A CASA CAI

 A marca FSC® é a garantia de que a madeira utilizada na fabricação do papel deste livro provém de florestas que foram gerenciadas de maneira ambientalmente correta, socialmente justa e economicamente viável, além de outras fontes de origem controlada.

MARCELO BACKES

A casa cai
Romance

Copyright © 2014 by Marcelo Backes

Grafia atualizada segundo o Acordo Ortográfico da Língua Portuguesa de 1990, que entrou em vigor no Brasil em 2009.

Capa
Alceu Chiesorin Nunes

Imagem de capa
Klaus Mitteldorf/ SambaPhoto

Assessoria jurídica
Taís Gasparian — Rodrigues Barbosa, Mac Davell de Figueiredo, Gasparian Advogados

Preparação
Márcia Copola

Revisão
Carmen T. S. Costa
Márcia Moura

Os personagens e as situações desta obra são reais apenas no universo da ficção; não se referem a pessoas e fatos concretos, e não emitem opinião sobre eles.

Dados Internacionais de Catalogação na Publicação (CIP)
(Câmara Brasileira do Livro, SP, Brasil)

Backes, Marcelo
    A casa cai : romance / Marcelo Backes. — 1ª ed. — São Paulo : Companhia das Letras, 2014.
    ISBN 978-85-359-2487-9

    1. Romance brasileiro I. Título.

14-08452   CDD-869.93

Índice para catálogo sistemático:
1. Romances : Literatura brasileira 869.93

[2014]
Todos os direitos desta edição reservados à
EDITORA SCHWARCZ S.A.
Rua Bandeira Paulista, 702, cj. 32
04532-002 — São Paulo — SP
Telefone: (11) 3707-3500
Fax: (11) 3707-3501
www.companhiadasletras.com.br
www.blogdacompanhia.com.br

A meus pais,
construtores à moda antiga,
ainda jovens.

My head is spinning round,
my heart is in my shoes […]
Now I must come back down,
she's laughing in her sleeve at me,
I can feel it in my bones.
But anywhere I'm gonna
lay my head, boys,
I will call my home.
Tom Waits, "Anywhere I lay my head"

Prelúdio em três acordes

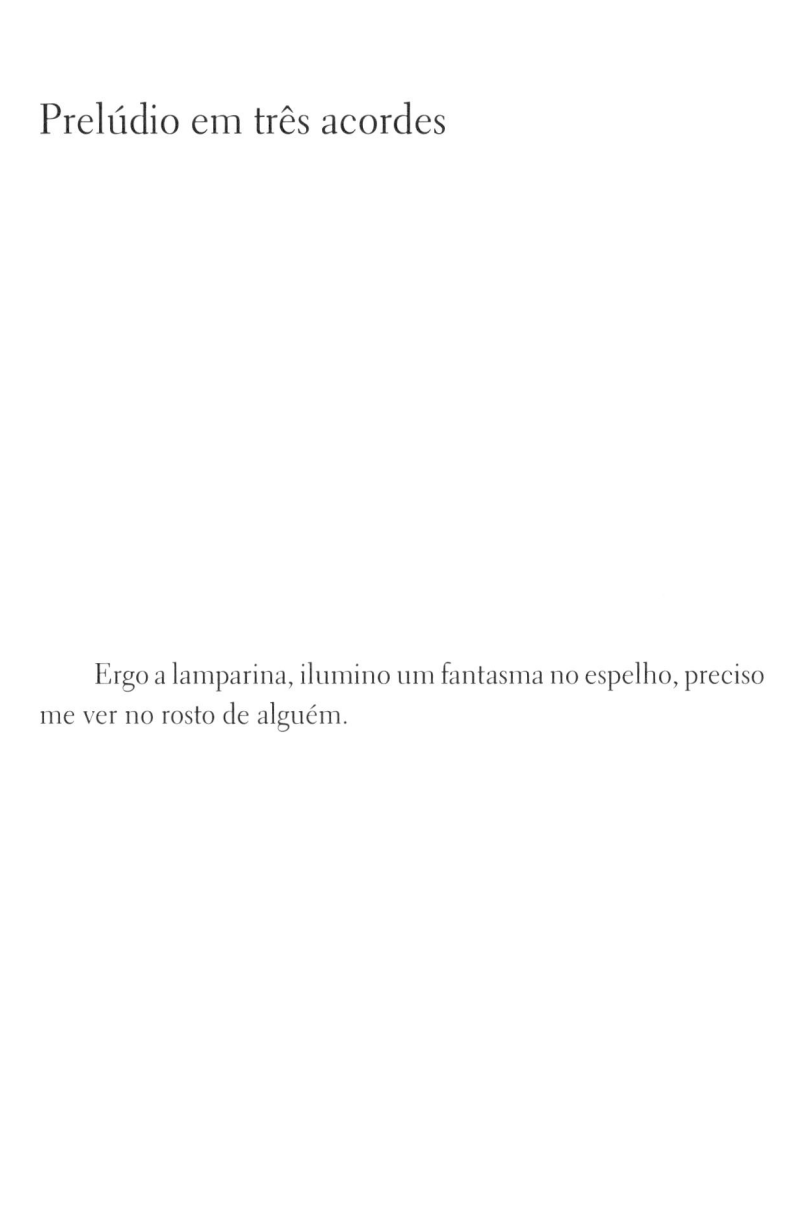

Ergo a lamparina, ilumino um fantasma no espelho, preciso me ver no rosto de alguém.

Final de 2011
Hoje
Aurora

1.

Parecia mesmo que eu não ia conseguir voar.

Andar já era difícil pra mim, eu saía tropeçando a esmo, encontrava todos os estorvos de costume no caminho e os que ainda surgiam sem anúncio algum apenas no meio do meu. Na verdade, eu tinha a sensação de nadar de arrasto por aí, de me debater dando braçadas num lago de cascalho, mas sem a segurança do solo por baixo da barriga, ainda assim esfolada. E seguindo sem força nem bússola o acaso da correnteza.

Não que eu entendesse alguma coisa, eu não entendia nada, mas aquilo não tinha a menor cara de aeroporto. O que eu sabia é que o avião era pequeno, e talvez isso explicasse tudo, se é que havia explicação pra alguma coisa, naquela situação e na vida.

Foi só a insistência de Lívia que me fez aceitar a ideia de percorrer por via aérea o trecho que nos separava de Porto Alegre, onde pegaríamos o avião que apesar de voar carregando o peso de tanto aço era bem mais habitual em seu tamanho, e certamente nos levaria em segurança de volta ao Rio de Janeiro. Na vinda, ainda havíamos feito o caminho de ônibus, um assim chamado semidireto que parava em todas as cidades da rota pra botar seus ovos no poleiro sem luxo de uma dúzia de estações rodoviárias municipais. Pelo menos seríamos poupados de encarar de novo tudo aquilo, e inclusive o restaurante de beira de estrada cujo bufê ficaria pra sempre marcado no cantinho mais sujo das minhas lembranças pelos dois cartazes manuscritos que diziam: "proibido comer na fila" e "proibido pegar duas carnes". Mas mesmo naquele lugar tolhido o garçom poderia ensinar gentilezas a um punhado de supostos cosmopolitas de avental, que empinavam seus narizes nos botecos da Zona Sul do Rio de Janeiro. No dialeto diligente que eu mal compreendia, o garçom se portava como um lorde, sobretudo ao se dirigir a Lívia pra oferecer bebidas, o café e o chimarrão eram de graça. Até sua demora não chegava a chutar a canela sempre escondida da minha paciência, e parecia apenas aumentar bucolicamente a extensão da vida. Eu não conseguia entender muita coisa, porque tudo o que ele dizia começava num erre rolante e suave e acabava numa espécie de "om" bem aberto de buzina, que nunca conheceu a existência das nasais, "refeiçom", mas com erre de pereba. Só acostumei o ouvido depois, ao escutar mais de perto os cavacos dos gaúchos estranhos que viemos a conhecer.

O abandono daquele descampado ao qual agora chegávamos parecia total, no entanto, e o pouso de um avião, mesmo pequeno, bastante improvável. Alcancei Lívia que seguia alguns passos à minha frente com a desenvoltura de quem estava em casa até mesmo naquelas bandas cinzentas, rodeadas de pastos verdes, e botei minhas dúvidas pra fora na pergunta ao primeiro, e aliás único, que apareceu na minha frente, estendendo um bilhete em que estava registrado a lápis um inútil código identificador:

Cadê o nosso avião?

Não operamos há três meses com voos comerciais, disse o

bombachudo de tez morena, escandindo as sílabas no mais perfeito português, sentado num tamborete à porta do galpão que era o único edifício mais regular naquele arremedo de pista de pouso. Não sei por quê, mas achei que por sua pele tisnada e seu rosto que cortejava traços indiáticos o homem falaria espanhol, cuspindo algum idioma que, eu tinha certeza, nada teria a ver com o linguajar loiro do qual estávamos voltando, embora continuássemos do lado brasileiro das missões.

Eu retruquei que tínhamos o e-mail confirmando a passagem, e o mostrei, dizendo que a companhia aérea até comunicara em mensagem de texto que havia um problema com o voo, que inclusive havíamos tentado ligar daquele interior distante pro 0800 sem sucesso, talvez porque o telefone usado fosse um PABX, eu achava, já que o celular não pegava, a não ser por um torpedo que chegava de quando em vez pra anunciar desgraças como a do referido problema. Mas daí a não existir mais aeroporto era um pouco demais, afinal de contas eu comprara a passagem, na verdade Lívia a comprara, no próprio site da empresa.

Pois é, chê, o aeroporto até que ainda existe, é só dar uma olhada em volta, os aviões é que não batem mais as asas por aqui, foi a única resposta, civilizada, embora um pouco arrogante, que ele me deu, num tom que já estava bem mais próximo da minha fantasiosa expectativa inicial em relação à oralidade platina de seus dotes. E enquanto abria a boca, ele ainda equilibrava algo que dançava ao sabor das sílabas, só agora eu via, no canto de sua boca.

Eu me debati mais um pouco, esperneei por dentro e olhei pra Lívia com cara de e agora, incapaz até de fazer o óbvio e voltar pro Golzinho onde o velho Vassili, que nos trouxera até ali, esperava por nós, e lhe explicar que havíamos sido deixados na mão. O bombachudo mascava o graveto, mais que um talo de relva era um graveto que ele tinha na boca, e depois de meia eternidade ainda disse, se metendo serviçalmente onde não era chamado, que o jeito talvez fosse pegar o ônibus pra capital, enquanto Lívia já falava com alguém no celular, invocando ajuda. Catei umas duas dúzias de estrelas enquanto respeitava o sinal erguido do braço de Lívia que me pedia pra esperar, e, depois de mais ou menos meia hora, eu acho, ela veio até mim dizendo que sua mãe, pra quem ela ligara implorando por auxílio, havia lhe dito que a companhia aérea sugerira pegarmos um voo em Passo Fundo, onde ficava o aeroporto mais próximo.

Afetando uma repentina objetividade, eu perguntei ao bombachudo a que distância ficava Passo Fundo.

Estamos em Santa Rosa, meu filho, ele disse.

E depois explicou que Passo Fundo devia ficar a uns trezentos quilômetros, e logo repetiu que não pegaríamos mais o avião das oito e meia da noite em Porto Alegre se não fôssemos logo pra rodoviária, torcendo pro ônibus do meio-dia não estar lotado. Dada estava a solução, e eu fui até o velho Vassili pra lhe pedir que nos levasse até a estação rodoviária central, a uns oito quilômetros dali, embora dona Maria tivesse suspirado de alívio ao saber que o aeroporto ficava antes da entrada da cidade, e que o velho marido portanto não precisaria encarar o trânsito mais urbano daquela cosmópole de uns cinquenta mil habitantes.

Mas agora precisaria.

Pobre Vassili, fora obrigado a pegar o carro de madrugada, praticamente, e fazer, por dever de hospitalidade e apesar do receio, as vezes de nosso improvável automedonte, percorrendo o asfalto a uns quarenta quilômetros por hora, os olhos grudados no para-brisa embaçado, que ele esfregava de vez em quando com a mão porque o ventilador não dava conta, ar condicionado nem pensar, o peito quase amassando o volante segurado com as mãos contraídas, o que o fazia apontar o cotovelo direito quase pro meio da minha cara, como se estivesse me acusando. Eu sentara na frente, Lívia ia toda encolhida no banco de trás, o teto do Gol era baixo, ela era alta, mas o velho ficaria constrangido se ela sentasse na frente com ele, e eu nem pude bancar o cavalheiro, aceitando sobre o destino das minhas costas o torcicolo inevitável daquela breve viagem nem de longe tão breve assim. O farol de um dos lados, acho que era o meu, estava queimado, mal dava pra ver o asfalto, e fiquei com vontade de esticar o braço pra fora da janela a fim de pelo menos avisar quando estivéssemos prestes a tocar o barranco da estrada, evitando um acidente que eu já considerava bem provável. Setenta e cinco quilômetros em três horas e meia. Nos dezoito iniciais da estrada de chão, a velocidade não foi menor do que no asfalto, mas talvez a cavalo tivéssemos chegado em menos tempo, se eu pelo menos soubesse montar.

 Só quando eu já estava onde antes se encontrava o carro, olhando por uns dez segundos à minha volta, foi que percebi que não havia nem sinal da metálica poça d'água que eu esperava encontrar no meio de toda aquela terra vermelha do estacionamento. O Golzinho esverdeado, ainda dos quadrados, e portanto bem antigo, simplesmente desaparecera. Claro, o velho Vassili devia ter ido embora depois de nos trazer com tanto sucesso até ali. A despedida estava dada no cumprimento sisudo e objetivo da obrigação, e isso de abraços e derramamentos eu já sabia desde o princípio que não tinha muita coisa a ver com ele. Entendi mais uma vez o que era estar num mato sem cachorro ao me encontrar no mato de verdade, e quando disse a Lívia o que eu achava que acontecera, ela foi até o bombachudo e lhe perguntou se havia algum jeito de ele nos conduzir à rodoviária, de chamar um táxi ou algo assim.

 O bombachudo a mediu de alto a baixo sem se preocupar com sutilezas nem respeitos, e disse que não podia sair dali de jeito nenhum, mas tirou um celular tinindo de novo do bolso, por um momento até achei que via o brilho de um punhal me ameaçando, trocou umas duas palavras com alguém em tom bastante imperativo, e uns cinco minutos depois apareceu aquilo que ele ainda havia pouco chamara de guri, pedalando com vontade uma bicicleta das mais chinesas, tipo BMX das antigas, só que sem uma marquinha sequer de velhice ou ferrugem nos aros niquelados.

Tu fica aqui cuidando, enquanto levo esses dois pra rodoviária, ele disse ao moleque, e foi caminhando pro fundo escuro do galpão, de onde apareceu alguns instantes mais tarde num matusalêmico Toyota Bandeirante, oliváceo como um tanque de guerra, cujo ronco chegou até nós bem antes da lata ancestral, evitando parcialmente o susto. Lívia me fez um sinal pra que eu pelo menos pegasse as malas, que joguei na carroceria coberta de entulhos e palha de milho, meio preocupado com a fumaça preta que saía do escapamento, entrando depois pelo lado do carona pra ficar no meio, enquanto Lívia se espremia entre mim e a porta capenga. Olhei várias vezes pra ela pedindo desculpas, mas por incrível que pareça ela não se mostrava aborrecida, enquanto o bombachudo mudava as marchas em movimentos de mais ou menos um metro cada um, socando de vez em quando com boa força o lado da minha perna esquerda.

E assim sacolejamos até a rodoviária, onde conseguimos comprar dois dos três bilhetes restantes, e encaramos a viagem de sete horas, dessa vez sem paradas, até Porto Alegre, onde chegamos em cima do laço, por assim dizer, e descobrimos que nossas passagens aéreas haviam sido canceladas por não termos pegado o voo programado no local de origem. Eu me exercitara um bom tempo na paciência cristã, tentara me educar na tolerância, aprendera a meditar à força durante alguns anos nas melancólicas colinas de Petrópolis, no seminário não havia espaço para a violência em seus aspectos mais óbvios, mas aquilo era um pouco demais.

Moça, não pegamos o avião porque até o aeroporto deixou de existir, eu disse, e contei com calma irônica a história da nossa chegada até ali.

Ela disse que lamentavelmente não podia fazer nada, que as nossas passagens haviam sido mesmo canceladas, e perguntou se não queríamos comprar dois novos bilhetes pra ir ao Rio, já que ainda havia lugar no voo. Subi em trezentos e cinquenta tamancos e mostrei que pagara quase dois mil reais por aquela passagem que já nem aproveitaria toda, e disse que ou ela nos botava naquele avião imediatamente ou eu iria direto até a Anac, mas não sem antes ligar pro meu advogado, que por acaso também era o advogado deste e daquele jornal, desta e daquela televisão.

Enquanto Lívia olhava estupefata pra mim, a moça pediu nossas passagens, deu um telefonema e depois de algum tempo disse que a companhia aérea faria a especial concessão de permitir que pegássemos aquele voo, embora o embarque já estivesse quase acabando. Eu disse que tudo bem, e que sobre concessões especiais ainda falaríamos mais tarde, mas que ela se lembrasse por favor de que, se não fosse a nossa diligência, e olhei pra Lívia pedindo desculpas por me incluir no plural majestático, possivelmente ainda estivéssemos esperando por nosso avião em Santa Rosa àquela hora, e até o dia de são nunca.

Consta aqui que houve comunicação do problema por mensagem de celular, a moça disse, mostrando outra vez que falar muito é a defesa mais usada por aqueles que não sabem o que dizer.

Quando, eu perguntei enfurecido.

Ontem, às catorze horas e trinta e seis minutos.

Maravilha, bem menos de vinte e quatro horas antes do voo.

E por e-mail há dois dias.

É mesmo?

Então expliquei que não víramos nada e, exagerando um pouco, disse que já fazia semanas que nos virávamos sem internet no lugarejo, porque a antena de rádio localizada na escola daquele interior era desligada a qualquer mijo de égua, eu disse mijo de égua, deixando Lívia ainda mais espantada. Mas mesmo que tivéssemos visto o e-mail, o problema não poderia ser resolvido, pois quais seriam as alternativas oferecidas? Víramos, sim, o torpedo, e isso também não mudara nada na situação, conforme constatamos ao tentar ligar já de Santa Rosa. Mas era o que dava, confiar na jactanciosa companhia aérea, ah, temos o melhor serviço do mundo, acreditar piamente que ela nos levaria bem tranquilinhos, eu disse bem tranquilinhos, de volta pra casa. Ao ver que a moça do guichê nem se encolhia, apesar do temor que fulgurou em seus olhos, revelando toda a verdade daquilo que ela sentia e logo seria encoberto por mais duas ou três palavras mentirosas, me limitei a aviar as malas pra que elas chegassem ao Rio conosco, pelo menos.

E assim pudéssemos começar de um jeito mais ou menos normal a vida verdadeiramente cotidiana, a vida de verdade, que só principiaria pra mim, pra nós, no dia seguinte. Se é que a dor de cabeça que eu já sentia estar me achacando, localizada mais ou menos a dois centímetros do meu crânio e já pronta a pedir passagem pra entrar, permitisse. Agora o principal era beber água, fechar os olhos e não me mexer muito. Respirando fundo, bem fundo. Minha sensação nessas horas já bem conhecidas era a de que eu tinha de levar minha cabeça adiante com todo o cuidado, mantendo longe dela as dores que a rodeavam e que, a qualquer movimento brusco, abandonariam a aura elíptica em torno da cachola pra adentrar os ossos.

E me despedaçar por dentro.

2.

Será que algum dia eu pisaria de novo ali?

Havia sido difícil deixar aquele interior, se bem que tudo era complicado pra mim, mas ali o clima tinha o visgo sinistro de um pague pra entrar e reze pra sair, parece que os caminhos que levavam pra fora do lugarejo iam sendo trancados aos poucos, enquanto o mundo em torno, fora dali, se abria cada vez mais, e até demais. E, não contados os novos afetos que eu admitia sentir, não haveria realmente grandes motivos pra voltar. Além disso eu só fora até ali pra participar do enterro de João, o Vermelho, cujos últimos dias acompanhei de perto na cela daquela penitenciária carioca, e que me contou toda a sua história, me ajudou a ver com três pitadas de sentimento a mais o que era amar, e agora iria descansar eternamente, se é que existia mesmo isso de descansar eternamente, na terra missioneira que o viu nascer.

O velho Vassili, pai de João, o Vermelho, o primeiro avô que acabei herdando depois do segundo pai que perdi, até prometeu escrever, escrever cartas, já que com a internet não aprenderia mais a lidar naquela idade. Olhei pros seus dedos grossos e cheios de ranhuras como as raízes da mandioca-brava, lavada, mas não descascada, que eu conhecera ainda no dia anterior, e tive a impressão de que eles seriam incapazes de tocar apenas uma tecla a cada golpe. Meus e-mails eu poderia mandar, segundo o velho Vassili, pro endereço do colégio local, que o diretor com quem tudo já fora devidamente combinado os imprimiria e mandaria por um vizinho pra que ele pudesse lê-los junto com dona Maria, sua alemoa, ao aconchego do fogo, tomando um chimarrão.

E quando sentirem saudades de uma borsch, podem voltar, dona Maria ainda disse à despedida, prometendo mais uma vez a fartura da descendência eslava de seu esposo.

Eu prometi visitá-los de vez em quando, garantindo inclusive aos velhos, mais pra mostrar carinho do que por pensar que algum dia o fizesse de fato, que contaria ao mundo a história de seu filho, aquele pai que acabei encontrando depois de perder meu próprio pai, e com quem convivi por tão pouco tempo na minha pastoral de presídio e logo em seguida também perdi. Mas interiormente já me contentava com a promessa das cartas, o Rio de Janeiro era longe demais daquela colônia russa encravada no fim do mundo brasileiro.

Se eles pelo menos morassem em Porto Alegre?

Mas havia aquela distância toda a percorrer. Seiscentos quilômetros de estrada. A linha aérea regular não existia mais, como acabáramos de aprender na marra, e um realismo analítico que eu apenas estava começando a conhecer mais de perto, misturado à acomodação de sempre, me fazia pensar que um reencontro, pelo menos em breve, seria bem complicado.

De resto, havia tanta coisa a fazer, tantos problemas a resolver, eu estava sozinho no mundo, completamente sozinho, pois, antes do segundo, perdera também meu primeiro pai, aquele que a biologia me deu e me arrancou, João como o segundo, não Vermelho mas Pedro, João Pedro. Não fossem aqueles distantes avós postiços, os únicos que conheci, não fosse sobretudo Lívia, que eu ainda não sabia se devia ou não inserir na categoria dos referidos problemas a resolver, e eu estaria de fato sozinho.

Eu reconhecia desde já que agora veria o que era bom pra tosse. O mundo que eu sempre encontrara de portas abertas à minha frente mesmo sem fazer o menor esforço pra baixar algum trinco ou desemperrar fechaduras, caíra em cima de mim de uma hora pra outra. E sem dar o menor aviso.

Eu até fugira às questões da herança por algum tempo, voltando a me esconder no seminário depois da morte do meu primeiro pai, me escafedendo como aliás já fazia desde os catorze anos. Embora já quase no fim do curso de teologia, acabei desistindo da batina, no entanto, e com isso deixei estupefatos meu padre confessor, nem pra ele eu contara toda a verdade, meu reitor e meu bispo, que apostavam todas as suas fichas em mim pra ajudar a ressuscitar, se não pastoralmente pelo menos culturalmente, a Igreja católica do Rio de Janeiro. Eu gostava de música, entendia de pintura, lera todos os livros, conforme eles sempre diziam, podia provar ao mundo que a hoje tão propalada penúria erudita, a carência de cabeças doutas dos católicos, usada às vezes até mesmo pelos próprios pra esconder sua indigência moral, certamente pior, não passava de uma falácia.

Se eu entrara no seminário me esgueirando no limiar entre o desejo de minha mãe e a vontade de ofender meu pai, que eu nem sei se era minha ou também vinha da minha mãe, nada mais justo do que abandoná-lo depois que meu pai morrera. Até porque eu não precisaria mais continuar me vingando dele com minha vida celibatária, nem prestar justificativas à minha mãe, que aliás já se fora desta pra melhor bem antes, fazendo questão de dizer e repetir, antes de ir, que era de desgosto que ia, que o culpado de tudo e inclusive de sua morte era meu pai.

Até agora as coisas haviam ficado nas mãos do advogado, que seguira tocando os negócios do falecido João Pedro a partir da vaga orientação dada por mim de que tudo deveria continuar como era antes. Quando não se sabe o que fazer, e, se eu não sabia de muita coisa, sabia pelo menos disso, o melhor era continuar fazendo o que se estava fazendo até então. No caso, nada, o que era ainda melhor. Mudar exigia um expediente que eu não tinha e não sabia como alcançar.

Mas tudo acaba um dia, inclusive a inércia, mesmo sendo a minha. E a morte seguinte de João, o Vermelho, terminou me ajudando muito nisso, e me fazendo abrir mão de uma vez por todas de sacristias, cibórios e turíbulos.

Comecei a passear pelo meu bairro de Ipanema como um explorador, eu precisava desvendar aquele mundo que, apesar de ter me visto nascer, era absolutamente novo pra mim, já que eu não sabia nem da existência da Casa Nelson, que até mesmo Lívia, moradora do Leblon, conhecia. Padarias não faltavam e era bom parar aqui e ali pra entrar numa farmácia, desde pequeno eu adorava o cheiro das farmácias, mais do que o das padarias, nas quais entrava sem jamais saber conscientemente onde ficavam. Mas eu logo esquecia meus propósitos de mapear o terreno e acabava seguindo o velho de óculos fundo de garrafa, um homem rosado de tão branco, que abria sua caixa ordinária e melancólica, pronunciando num português perfeito e sem sotaque carioca, diante de mim e de todos os que passavam: doces especiais. Será que era algum professor vindo de fora, talvez universitário, tentando complementar a renda da aposentadoria pra não ser expulso de Ipanema pelo aumento desvairado do aluguel?

Certa manhã fui ao banco, bem munido do cartão que nunca utilizara, e descobri estupefato que não sabia nem usar um caixa eletrônico. Fiquei embananado diante daquelas teclas todas, dos lados e na tela, nem soube direito onde enfiar o cartão, e, ao descobrir, não soube por que lado enfiá-lo, pra começar enfim o processo que eu tinha certeza de que me botaria dinheiro vivo nas mãos. Eu tinha uma conta de banco que não sabia movimentar, e não encontrei coragem de perguntar à atendente como deveria proceder, vendo o desembaraço de todos diante das máquinas, inclusive o de uma velhinha de pra lá de noventa anos, ao que parecia. Fingi um problema com o cartão e me retirei, o rabo econômico entre as pernas, assustado de repente até com as marcas suadas das mãos que os outros haviam deixado no vidro da porta do banco, e abrindo-a por um lugar em que não via a sujeira de nenhuma digital, bem no alto. No trinco eu não tocava nunca.

Se o pouco dinheiro do qual precisara até então em minha vida me caía na carteira sem que eu precisasse fazer qualquer coisa, agora eu necessitava com urgência do já referido expediente até pra tocar o verde simbólico de sua cor. Expliquei tudo ao advogado. A confissão a alguém que era pago religiosamente do próprio bolso sempre foi bem mais fácil, conforme julguei constatar. E o advogado pôs um estagiário confiável a meu lado por vinte e quatro horas.

Em poucos minutos consegui dominar não apenas o uso do caixa eletrônico como também, é verdade que com alguma paranoia, o internet banking. Os processos virtuais e digitais eram semelhantes aos que eu conhecia da minha vida reclusa em passeios solitários pela rede mundial, muito além do universo bancário, e logo vi que aprenderia tudo com alguma facilidade, afinal de contas a vida me chamava.

E, em sua parte mais bonita, apesar de eu ainda tatear meio às cegas e capengar como os felinos que acabam de nascer, a vida se chamava Lívia. Eu só não dava pulinhos de felicidade porque senti que a coisa seria dura já ao desembarcar no Rio de Janeiro, quando fomos recebidos como sempre pelo cheiro pouco agradável da baía.

Olhei pros tapumes cheios de paisagens que encobriam os furúnculos urbanos da Favela da Maré, e vi que a instituição fazia de tudo pra não assustar os turistas que chegavam pelo aeroporto à assim chamada cidade maravilhosa. Quem vinha, e eu também vinha, e vinha pela primeira vez digamos de vez, deveria ser recebido apenas pelas curvas das montanhas, pelos traços infantis de uma cidade que sempre existiu de verdade apenas no desenho das crianças, pelos braços abertos de Cristo, estilizados já na hora da chegada no plástico que escondia as saudosas malocas do formigueiro humano em sua versão carioca. Depois da ascensão recente das UPPs era afastado, ademais, ainda que parcial e mais uma vez maquiadamente, inclusive o terrível efeito colateral das balas perdidas, e insinuadas e encenadas cada vez mais paisagens peculiares e pacíficas pra gringo ver. Era assim que se construía uma cidade. Mas que ninguém, sobretudo quem jamais construiu alguma coisa, ousasse se meter em becos onde não era chamado, as balas por certo ainda sabiam sibilar, e como sabiam.

Se eu cogitava construir, também sabia muito bem que havia lugares em que os estrondos de rojões jamais anunciariam festas.

3.

Eu mesmo me surpreendi com a naturalidade com que tudo acabou acontecendo. Não vou negar que nos preparativos pro enterro do meu pai eu talvez já sentisse alguma coisa quando Lívia me abraçava, ou então quando a acolhia em meus braços, sempre porque ela queria me consolar, pois eu jamais seria capaz de tomar a iniciativa, envolvido como estava pela camada protetora da existência seminarística, que tanto me aborrecia nessas ocasiões.

Mas mesmo essa dúvida, mesmo essa vontade, mesmo esse medo, e os três sentimentos vinham sempre juntos em mim, marcando encontros assíduos e fatídicos na minha incapacidade de agir, eu calei com a volta provisória ao seminário. Melhor lugar pra pensar na vida não havia, se bem que o que eu mais fizera até então era pensar na vida, e no fundo me faltasse era fazer alguma coisa no mundo de verdade que havia lá fora. Mas adiar sempre foi uma maneira eficaz de conseguir caminhar adiante, sobretudo no meu caso. Havia sido sempre assim.

Desde sempre.

Durante nove meses, eu vivera no útero de minha mãe, eu agora sabia, depois no ventre bem protegido da família até os treze anos, e, quando enfim iria nascer, querendo ou não, me refugiei na matriz do seminário, nas montanhas de Petrópolis, retardando aquilo que eu sempre tive a impressão de ser muito antes um aborto do que um nascimento. Mas com a morte do meu pai, com a morte dos meus dois pais, não havia mais como me esconder. O fórceps da fortuna me agarrara pela cabeça, e as mãos robustas da desgraça me puxaram para a luz, onde meus olhos ofuscados ainda tentavam se adaptar e eu buscava, sem encontrar, o seio natural de uma hipotética mãe protetora.

O golpe de misericórdia na minha insistência eclesial havia sido dado realmente pela morte de João, o Vermelho, o cético João nascido em meio à cisão de dois berços missionários tão religiosos, o ortodoxo russo de seu lado paterno e o católico alemão de seu lado materno. Em tão pouco tempo, a vida me dava mais um pai e me arrancava os dois, um biológico e um eletivo. E quando perdi o segundo, eu já sentia que era uma obrigação diante do meu progenitor, o primeiro, assumir de braços abertos pelo menos a sua herança sanguínea. Aliás, devia ser isso que acontecia ao natural na maior parte desses casos, no meu ainda mais, depois da grande comunhão que marcou nosso reencontro no final da vida do meu pai, quando ele já estava tão enfraquecido pela doença.

O destino parece ter tomado a decisão em meu lugar quando perdi também o pai por afinidade que encontrei ao tentar lhe dar um suposto e assaz culpado consolo espiritual, aquele segundo pai estranho que me ajudou a amar ainda mais o primeiro que perdi antes. E assim acompanhei o fim paulatino dos dois, do primeiro no hospital, do segundo na cadeia, onde ele expiava o assassinato que cometeu e todos os seus outros assim chamados crimes, inclusive o de ter nascido, conforme sempre fez questão de dizer.

Era até bem natural que a primeira pessoa para quem eu ligasse depois de saber que havia perdido também a João, o Vermelho, fosse Lívia, afinal de contas ela já era a pessoa mais próxima de mim depois que perdi o meu pai natural, o pai de verdade que também só descobri pouco antes de sua morte e de quem comecei a me aproximar no dia em que entrei em sua casa pela primeira vez, quando ele já estava doente havia um bom tempo, e o vi sentado na espreguiçadeira que costumava ocupar. Assim que me aproximei, meu pai tirara o braço do colo e o apoiara no encosto lateral, talvez pra formalizar um pouco mais sua postura, e seu relógio descera chocalhando até o cotovelo, me fazendo sentir um baque e estacar o passo entrante no meio da sala.

Como ele estava magro!

E Lívia não apenas era a pessoa mais próxima de mim, era a única que me restava. Eu evitava laços, e se permitira a aproximação de Lívia fora apenas por causa do meu pai. Se eu aparentemente era simpático com todo mundo no seminário, não me sentia vinculado a ninguém, a diplomacia por certo nunca vinha do coração e eu não era dado a afagos, quanto mais artificiais. Não era em vão, aliás, que os meus superiores estimavam pra mim uma grande carreira intelectual na Igreja, mas se preocupavam com minha falta de traquejo mundano, os meus fumos de pastor das muitas ovelhas perdidas, afinal de contas eu nunca me mostrara assim mais empolgado nas relações comunitárias internas nem externas animadas pelo seminário.

Lívia logo se ofereceu pra me acompanhar ao Rio Grande do Sul, às missões que ambos desconhecíamos, onde iríamos participar do taciturno enterro do meu outro João, de João, o Vermelho. Ela precisava mesmo espairecer, e não aguentava mais a solidão de sua casa depois que o filho resolvera estudar na Nova Zelândia, por que cargas-d'água assim tão longe, ela sempre se preocupava.

E enquanto ambos chorávamos a perda do meu pai, enquanto eu voltava a chorar e ela chorava comigo a perda de João, o Vermelho, acabamos nos aproximando de vez. Quando dois desgraçados chegam perto um do outro na correnteza que os arrasta, acabam se agarrando pra se salvar ou então se afogar juntos. Muitas vezes os dois nem sabem qual é a melhor das alternativas, e isso os faz se agarrarem com ainda mais força.

Mas o destino acabou jogando um galho pra nós, mostrando como a gratidão é um sentimento relativamente confiável no caos das nossas emoções. Quando estamos amando, ainda que só mais ou menos, é sempre assim. A gratidão, mesmo que apenas física, mas sobretudo quando também psíquica, nos faz dar o próximo passo. E nós dois terminamos por entregar um ao outro mais do que achávamos que seríamos capazes de dar no princípio, o que só fez aumentar ainda mais o amor que já sentíamos e nem sabíamos.

Ainda assim eu só viria a nascer de verdade para a vida naquele idílio melancólico das missões, por assim dizer como os gatos, que eu aprendi muito bem com João, o Vermelho, como nasciam, desprotegidos, cegos, em meio às palhas de um galpão qualquer. E nasci num lugar que jamais cogitara conhecer, carioca como eu era, e por alguns momentos chegava a achar que João, o Vermelho, continuava perto de mim, me ajudando a ver o caminho com a lanterna de seu chicote. Ninguém é tão presente pra nós quanto aqueles que nos faltam, eu já me dera conta. E eu olhava os campos junto com Lívia, me exibia revelando um conhecimento que nem era meu, mas daquele meu padrasto missioneiro encontrado por acaso, e que eu apurara em várias pesquisas pra me aproximar ainda mais dele, quando já sentia afeto por ele, mas ainda justificava comigo mesmo que se tratava apenas da objetividade de alguém que queria entender melhor com quem estava falando.

Corajoso, espertinho naquela roça toda, eu fingia ter noção, mostrava galos e mostrava galinhas a Lívia, estipulava diferenças, apontava bois e apontava vacas, falava do sofrimento dos que não chegavam a se tornar touros, citando inclusive os remorsos de um homem de ofício que um dia largara a faca porque não conseguira assistir à agonia de um cavalo emasculado diante de uma potranca que se insinuou, linda, pra ele. A potência morrera antes da vontade, e o olhar acusador do potro marcara o castrador pra sempre, fazendo-o abdicar da profissão sangrenta.

O sorriso doloroso de Lívia abriu uma porta na qual não ousei bater. Eu não sabia também que nessas horas o melhor mesmo era seguir apenas o instinto e simplesmente entrar, sem grandes etiquetas nem delicadezas. Depois fiquei olhando pra ela embevecido durante o que me pareceram ser umas duas horas, enquanto ela se embalava sozinha numa gangorra antiga, toda de madeira de lei, cujo lado certamente reservado a mim eu não tive meninice nem despacho suficiente pra ocupar.

Nós dormíamos separados, claro.

Por incrível que pareça, o coaxar constante dos sapos, o cricrilar onipresente dos grilos e o canto dos galos pela manhã não chegaram a me incomodar. A natureza parecia não fazer parte das coisas às quais eu, em todo lugar e a vida inteira, precisava me acostumar pra tolerar, pra ter minha precária tranquilidade. Às vezes eu ficava contemplando uma árvore durante horas, vendo apenas o movimento da brisa em suas folhas, desfrutando o campo como só um forasteiro, um alienígena, sabe e pode fazer, porque a maior parte daqueles pequenos agricultores sonhava mesmo era com o salário garantido da cidade no final do mês.

De modo que eu até estava dormindo bem, como poucas vezes dormira na vida. Na tarde de uma das sestas que eu já lamentava tão solitárias, cheguei a ter a sensação de estar me desmanchando na cama, me esparramando literalmente no colchão, me misturando aos lençóis e me fundindo com eles. Eu não sabia mais onde eu terminava e onde começavam os tecidos que supostamente estavam fora de mim.

E só consegui me mexer quando ouvi as batidas de Lívia na porta do meu quarto:

Você não vai acordar?

Sim, já vou, eu disse, ainda meio dormindo.

Vem comigo ver os morangos de árvore que o seu Vassili quer mostrar pra nós.

Eu tartamudeei mais alguma coisa, disse que logo iria, e só lavei meu rosto na pia do quarto, ajeitando um pouco os cabelos, antes de sair.

E assim conseguimos evitar, eu e Lívia, que o pé de lichia fosse derrubado.

Os velhos achavam que haviam sido enganados pelo vendedor de mudas de árvores frutíferas vindo da cidade, aquele pomo era esquisito demais, uma casca dura e espinhosa, certamente não seria comestível. Colhi algumas frutas dos galhos abarrotados e mostrei como se abria a casca, liberando a polpa na qual nos esbaldamos todos, inclusive os velhos, que se melaram sem pudor no desconhecido. À noite, Lívia preparou uma caipirinha da fruta, usando cachaça de alambique e hortelã colhida na horta. O velho Vassili era sisudo, pouco dado ao álcool, mas ainda assim bebeu com gosto, até dona Maria provou.

Eu explicara ao casal anfitrião que Lívia era uma grande amiga, eles se mostravam discretos, não perguntavam nada, nossa liberdade era grande, se o filho deles gostara tanto de mim era porque eu devia ser bom, e o filho falara muitas vezes a meu respeito nas cartas que haviam trocado quando ele estava na cadeia. Naquela noite a caipirinha me deu coragem de pensar muito em Lívia, mas não de bater à porta do seu quarto.

Os velhos acordavam cedo para a lida com os animais, vacas que precisavam ser ordenhadas no curral, galinhas que necessitavam de milho no galinheiro, porcos que precisavam de lavagem no chiqueiro, este bem distante da casa devido às moscas, que ainda assim se faziam perceber, mesmo que poucas. Talvez pela manhã, na hora do café, nos aproximássemos mais.

Fui acordado por gritos terríveis, eu nunca ouvira algo semelhante, e logo me lembrei que no dia anterior o sempre sorumbático Vassili me dissera, antes de se recolher, que matariam um porco, carneariam um porco, conforme ele disse, perguntando se eu queria ver como era. Eu disse que seu filho havia me falado a respeito, e que meu estômago de carioca talvez fosse fraco demais pra tanto, mas que quando acordasse apareceria pra dar uma olhada. Foi quando a porta se abriu e Lívia se aninhou na minha cama, tremendo de medo, enquanto eu lhe dizia que se tratava apenas de um porco, que naquele lugar as coisas eram assim, que estava tudo em ordem. E ela foi se acalmando, parando de tremer, diminuída no meio dos meus braços, seu medo me deixando cada vez mais corajoso. Mas ainda assim nada aconteceu, e foi tão bom.

Certo dia, num de nossos probos passeios pela estância, o velho Vassili na roça com o Carmo e o Clarito, seus peões, dona Maria na cozinha preparando o almoço, Lívia viu um gatinho se esgueirando pra dentro do galpão, um gatinho que devia ter sobrevivido ao inverno e à darwiniana seleção natural, porque também não havia mais ninguém pra metê-lo num saco e batê-lo contra o moirão da cerca como João, o Vermelho, disse que fora obrigado a fazer certa vez por seu pai bem no meio do almoço. Eu continuava não entendendo, via o velho Vassili tão cheio de amor discreto e contido e não o imaginava capaz de uma coisa como aquela, também porque ainda não compreendia a ordem daquele mundo, violência e maldade me pareciam erradamente a mesma coisa, sem contar que eu não compreendia nem a ordem daquele que achava ser o meu próprio mundo.

Pra não compreender alguma coisa, ademais, bastava apenas pensar de verdade nela. Quanto mais se pensava, menos se compreendia, e o que eu sabia fazer era pensar, só pensar e mais nada, quando muitas vezes o certo era fechar os olhos e agir, parar a cabeça e simplesmente atravessar a parede que por vezes vemos à nossa frente e que se desfaz assim que a tocamos, no exato instante em que pensamos que arrebentaremos o crânio nas pedras.

Pois é, aquele gatinho acordou todo o espírito materno de Lívia, ela quis pegá-lo, e eu nem precisei sair de mim pra me arvorar cavalheiro de repente, pronto a pericaçar como o guarani a onça que traria pela orelha, fazendo-a beijar os pés da minha feudal dama. Achei a porta do galpão com alguma dificuldade, baixei a tramela que rodou sobre si mesma se fechando de novo, e só usando as duas mãos desajeitadas é que consegui entrar, tropeçando em minha falta de jeito.

Depois de algum tempo, no entanto, fui obrigado a recolher armas e chamar Lívia pra dizer que não estava encontrando o bichano. Ela abriu a porta com desenvoltura, espiou pra dentro, e um raio de sol entrou pela fresta, desenhando no lusco-fusco toda uma listra da poeira que eu levantava em vão. As partículas bailavam no ar, alucinadas, iluminadas, e ela as apagou de uma só vez ao soltar a porta que se fechou, enquanto eu já me debulhava todo, jorrando em cima dela como um celeiro abarrotado cujo portão é aberto de repente.

Não dissemos nada, não precisamos dizer, meu coração sapateava dentro do peito a ponto de levantar sozinho as minhas mãos e levá-las ao lugar certo, as coisas se fizeram todas por si como desde os primórdios sem manuais, e foi essa a minha salvação. Nós nos misturamos como a cal e a água, borbulhamos e fervemos como doidos no meio das espigas de milho, e só depois de muito tempo esfriamos na serenidade branca de uma mistura homogênea, pensando nossas feridas e já caiando os fundamentos ainda invisíveis de um castelo no ar.

4.

E assim chegamos ao Rio.

Entre os imóveis que meu pai deixara, que eu nem tinha ideia de que ele possuía em tal quantidade e de cara me davam a certeza de que eu pelo menos jamais precisaria trabalhar na vida, visitamos um a um todos os que ficavam na Zona Sul. Acabamos escolhendo uma espaçosa cobertura na Selva de Pedra, que decidimos reformar de acordo com o gosto dos dois enquanto ainda continuávamos os testes casamenteiros e morávamos separados, Lívia em seu apartamento na General Artigas, alma do Leblon, eu no apartamento em que minha mãe sempre morara, na Barão da Torre, em Ipanema.

O entusiasmo de Lívia era grande, ela estava disposta até a voltar a trabalhar em alguma galeria de arte pra aumentar a renda e não se limitar aos convites de casamento manuscritos e decorados que fazia por encomenda, alcançando-lhes uma beleza que máquina nenhuma seria capaz de lhes dar. Sua caligrafia era uma arte, seus arabescos e florais em nanquim faziam Beatriz Milhazes parecer uma impressora a laser com uma boa seleção de cores.

Ainda perguntei, um tanto intimidado, se Lívia não se incomodava com a proximidade da Cruzada São Sebastião. Eu sabia por pesquisas que a área era malvista, que o conflito existia, e que a rua em que ela morava era mais bem localizada no Leblon, embora o apartamento fosse menor.

Ora, ora, ela disse, soberana como sempre, um pouco de democracia fará bem às maravilhas da nossa corte.

É que o pessoal por aqui ainda tem medo da vizinhança, se sente ameaçado, ao que parece, olha só pra todos esses muros e cancelas.

O número de bandidos na Cruzada não deve ser maior, percentualmente, do que o da Selva de Pedra e do resto do Leblon, meu querido, fica tranquilo.

Você vai se candidatar nas próximas eleições?

Só nas tuas.

Eu quis dizer algo sobre votos, urnas e inversões, mas me limitei a dar corda à preocupação:

É que os métodos da Cruzada talvez sejam mais diretos.

Balela, querido, ela disse, e botou um fim na conversa, com a última palavra de sempre.

Íamos levantar juntos a nossa casa, edificar nosso lar, à maneira mais antiga, nos duzentos e poucos hectares paradisíacos do Leblon, e isso numa época em que ninguém mais se mostrava disposto a preparar pra alguém um chazinho que fosse, daqueles que já vinham prontos em sacos com fios de segurança pra evitar dedos queimados. Durante a reforma, eu também ainda regularizaria alguns imóveis, sanaria outras tantas pendências, revisando com cuidado uma pasta de problemas que o advogado, o pit bull do meu pai, era assim que meu pai o chamava, deixara comigo. Aliás, fui logo aproveitando a oportunidade daquele primeiro encontro, depois de decidirmos que eu agora assumiria o controle parcial das coisas, pra instruir o advogado acerca do processo que ele deveria abrir contra a companhia aérea que nos deixou a ver navios durante sete horas sem avião dentro de um ônibus.

O pit bull ouviu a história estupefato, aos risos, e disse que seria possível ganhar uma bolada em danos materiais e sobretudo morais, na medida inclusive em que poderíamos acrescentar algumas perdas de compromissos importantes por causa da dor de cabeça que realmente ainda não me deixara em paz depois de dois dias. Eu não me contive e lhe disse seminaristicamente que o processo pra mim era antes de tudo uma questão de cidadania, de respeito com o funcionamento dos serviços pátrios, e cuspi uns lugares-comuns, me perguntando se agora eu é que queria me candidatar e dizendo que exigia aeroportos padrão fifa, e não apenas aeroportos, hospitais e escolas também, embora um sentimento demagogo que eu já cadastrava como vingança talvez estivesse mais próximo de flechar em cheio a mosca sempre esquiva da verdade. Que ele processasse a companhia, rosnasse bem alto e usasse todos os meios pra fazê-la sangrar ao máximo.

Em meio àqueles elefantes brancos de papel que o advogado me passou, vi que vários documentos remetiam a pastas mais completas localizadas no cofre do apartamento de solteirão que meu pai habitava na Delfim Moreira nos últimos anos de sua vida. Se escolhemos a cobertura da Selva de Pedra, aliás, só o fizemos porque um sentimento bem cristão de culpa ainda me impediu de optar pelo melhor apartamento que havia à disposição, numa negociação que por sua vez me permitia eleger com mais tranquilidade e desprendimento uma ótima moradia que era apenas a segunda em qualidade, talvez até a terceira entre todas as que meu pai deixou pra mim. Sem contar que nas entrelinhas eu desde o princípio achara absurdo escolher o apartamento que era do meu pai, a casa onde ele passou seus últimos anos. Como eu poderia viver, como poderia conviver com Lívia dentro daquele lugar?

Num dia de setembro, ironicamente aquele que marcava o início da primavera, pedi as chaves da moradia praiana ao advogado e adentrei o mundo do meu pai pela primeira vez sozinho. Quando vi os canteiros verdes, pontilhados de cores, vermelho aqui, amarelo ali, lilás acolá, nos jardins exíguos da Delfim Moreira, pensei que, sendo assim, tudo só poderia florescer pro bem.

Eu tinha ido poucas vezes àquele apartamento, mesmo quando meu pai ainda era vivo, mas via suas marcas em todos os ambientes, em todos os cantos, em cada um dos detalhes. Tudo que era mais dele estava ali. Ele morrera, mas seus badulaques continuavam nas paredes, nos armários, vivos como sempre, marcando um lugar no espaço que ele mesmo não ocupava mais. Quanto tempo já havia se passado? Bem mais de um ano! A duração das coisas parecia ser maior até do que o luto, e eu sentia que elas voltavam a arrancar nacos de dor da minha alma.

Era tudo muito elegante, clean, bem moderno, uma espécie de loft incompleto em duas centenas de metros quadrados, a pincelada barroca de uma escrivaninha de madeira nobre num dos cantos, alguns quadros bem avaliados na parede, um Gerhard Richter que sempre adorei, um jovem e talentoso russo chamado Lev Khesin que eu não conseguiria dispensar, um Carlito Carvalhosa e um Fábio Miguez, dois que eu não venderia de jeito nenhum e pros quais já imaginava um lugar que ainda estava longe de existir na nova casa a ser construída. No fundo, era tudo o reflexo de um bom gosto que Lívia em algum momento mesmo assim caracterizou como levemente impessoal, instruído pelo dinheiro talvez lavado, e que se revelava em alguns fulgores subjetivos aqui e ali, uma bela espreguiçadeira da Missoni, a mesma em que o vi assim tão magro pela primeira vez, seu relógio descendo até o cotovelo, barulhando como a cauda de uma cascavel a anunciar seu câncer.

Se meu pai comprara uma espreguiçadeira, eu nunca conseguira imaginá-lo numa. Uma espreguiçadeira nada tinha a ver com a imagem que eu tinha dele. E, se ele o fizera, certamente fora porque de algum modo já sabia que ia morrer. Lívia também gostava do móvel, me ensinando que era uma espreguiçadeira e que era da Missoni ao dizer que ela ficaria muito bem em nosso novo apartamento. Os melhores quadros ela já devia saber que eu iria levar, e sua naturalidade foi tanta ao mencionar aquela espreguiçadeira que nem dei chance ao estranhamento que por um segundo se manifestou dentro de mim, mostrando suas garras, e engoli meus pruridos.

Eu sabia onde ficava o cofre, e fui direto pro quarto do meu pai, não sem antes avaliar meio de longe a cama gigantesca que ele prezava tanto, e onde nunca fiquei sabendo ao certo em que medida Lívia chegou a se deitar de verdade, afinal de contas meu pai já estava tão doente. Eu nem sequer sabia se essas coisas deviam ser perguntadas, desconfiava que não, tanto que jamais havíamos conversado a respeito. Sempre imaginei que existiam detalhes sobre os quais não se falava, e nem ao meu confessor, no seminário, eu revelava o que me afligia de verdade.

Há feridas, isso é certo, que são apenas da gente, e nas quais é melhor não tocar.

Muito menos com a língua.

5.

O cofre era uma cortina para um mundo desconhecido.
Numa pasta de documentos familiares, descobri que meu bisavô paterno era gaúcho, coisa que meu pai nunca me dissera, e que seu passado era pra lá de obscuro, que viera pro Rio de Janeiro meio fugido depois de balear um pernambucano num hotel de Porto Alegre, o que talvez justificasse o silêncio do meu pai a respeito. Quer dizer então que minhas raízes também estavam localizadas no frio mais ao sul? E eu já me perguntava se a intimidade que acabou nascendo entre mim e João, o Vermelho, não tinha a ver também com isso, com o vento das origens, os verdes ancestrais de um pampa inconsciente, o atavismo que ficava marcado em algum lugar do nosso corpo e da nossa alma e que acabou nos aproximando sem que sequer percebêssemos.
Fantasia.
Pelos documentos, meu bisavô parecia não ter pai. Era filho de uma certa Tudinha Simões, dos arredores de Pelotas, e já se acolherara com uma carioca ao chegar, tendo com ela um único filho, meu avô.

Eis que eu também confirmava o que muitas vezes pensei não passar de uma bravata do meu pai, que meu avô, sargento, de fato integrara a Força Expedicionária Brasileira e morrera depois de conquistar Monte Castello, lutando contra o nazifascismo na Segunda Guerra Mundial. Ali estavam os papéis, e meu pai de fato ficara órfão na mais rala das infâncias, cachorro solto no mundo e ainda cuidando do Maninho, como ele sempre o chamava, já que minha avó morrera no parto do irmão mais novo de meu pai, isso também era confirmado pela certidão de óbito que encontrei na cuidadosa, ainda que parcimoniosa, pasta dos documentos familiares.

O pouco-caso com os filhos parecia ser coisa antiga no clã da minha família, e se perdia numa matriarca solitária, pois do contrário como meu avô teria sido capaz de deixar sozinhos dois rebentos em idade tão precoce pra se voluntariar à guerra? Ou não tivera escolha? Será que, por outro lado, meu bisavô não deixara filhos pra trás, no Rio Grande do Sul, já que chegara ao Rio de Janeiro com mais de quarenta anos?

E meu avô?

Com quem meu pai e meu tio haviam ficado, se minha avó já estava morta?

Por que as mulheres, depois dessa minha tataravó que ficara no Rio Grande do Sul, morriam sempre primeiro que os homens, mesmo assim pouco longevos, na família?

E depois meu pai ainda perderia seu irmão, ficando sozinho no mundo, como não se cansava de protestar a todos. De qualquer modo, com a vida do meu avô minha família ajudava a pagar pelo empenho claudicante de Getúlio, outro gaúcho, esse até missioneiro, disposto a compensar com homens os incentivos americanos em forma de empréstimos, que propiciaram inclusive a criação da Companhia Siderúrgica Nacional e sobretudo da Vale do Rio Doce, onde meu pai iria economicamente à forra mais tarde e incrementaria sua fortuna com ações compradas e vendidas na hora mais certa. Na ordem do mundo se perdia aqui mas se ganhava acolá, e tudo sempre terminava num parco equilíbrio que às vezes engolia um indivíduo ou até parte de um povo, tropeçando um pouco, pra seguir caminhando adiante logo depois.

    O frio que meu avô deve ter passado nos trajes dos pracinhas brasileiros, inadequados pra tanto inverno, todo enrolado em jornais, eu não chegava nem a lamentar, até porque nasci quase cinquenta anos depois de sua morte. Era tempo demais e meu avô jamais fora, portanto, uma referência pra mim, embora ao revirar os papéis eu tenha sentido o bafejo de um certo orgulho macho, que até então poucas vezes se manifestara em mim. O fato de meu avô ter ajudado, com seu grão de areia, a desestabilizar definitivamente o poder de Mussolini e fazer a Alemanha retroceder ao participar com seus próprios braços e armas da conquista do norte da Itália, no entanto, era um galardão familiar que nem eu dispensava, conforme agora descobria.

    Pelo que consegui deduzir naquela papelada toda, meu avô tombou quando os pracinhas já ganhavam terreno, depois de a Força Expedicionária ter superado as primeiras e grandes perdas devidas à falta de experiência, à arrogância tacanha e bem brasileira de alguns generais que achavam que o terreno poderia ser ganho no grito, e também ao treinamento do inimigo alemão e sua estratégia de combate que previa ataques em pequenos grupos de ação rápida, a famigerada blitzkrieg. Parece que ele morrera mais exatamente na invasão a uma casa ocupada por soldados alemães, em 12 de dezembro de 1944. Depois de matarem supostamente todos os inimigos, os brasileiros comandados por alguns líderes que achavam que uma semana no mato bastava pra acabar com os tedescos, já partiram pra festa e esqueceram de vasculhar o porão, e um único soldado alemão teria conseguido acabar com quase vinte brasileiros, entre eles meu avô, metralhando-os pelas costas.

O dólmã verde-oliva, guardado cuidadosamente no cofre, estava intacto. Meu avô nem deve tê-lo usado em batalha, porque os soldados tupiniquins haviam optado pelas jaquetas de cor cáqui dos americanos, que não os confundiriam com o uniforme alemão, bem semelhante ao brasileiro. As jaquetas, pelo menos, os pracinhas sabiam usar, ao contrário do que acontecia com as armas, que também receberam dos americanos e demoraram a aprender a manusear. O dólmã aliás chegou antes do corpo do meu avô, que só seria trasladado ao Brasil no final de 1960, eu agora via, enquanto já fazia o bom propósito de um dia visitar seus restos mortais no mausoléu do Monumento aos Pracinhas, no Parque Eduardo Gomes, o nome oficial do Aterro do Flamengo que eu também descobria apenas agora.

Junto ao dólmã havia um bloco de anotações lamentavelmente apagadas pelo tempo, manchas de água ou de suor, algumas mais escuras, impediam qualquer tentativa de decifrar as sobras de alguns rabiscos. Imaginei meu avô, escolado e estudioso, reclamando do frio insuportável, da comida ruim, das péssimas condições de higiene, sobretudo no front, vociferando contra paulistas iludidos que só foram à guerra porque não aguentavam o calor de um quartel de Mato Grosso. Meu avô certamente sabia que boa parte de seus camaradas não tinha a menor ideia das circunstâncias e motivos pelos quais o Brasil havia entrado na guerra. Ele também devia ter contado, em suas mal traçadas linhas, de façanhas em que os pracinhas queimavam óleo diesel pra levantar cortinas de fumaça, facilitando o avanço das tropas, e de outras em que jogavam o mesmo combustível misturado a gasolina no rio usado pelos mesmos soldados alemães para a retirada, botando fogo na água logo em seguida e queimando assim centenas de boches e capturando outros tantos que desistiam de fugir ante o inferno. Mergulhando no passado da família, no entanto, eu ainda não chegava ao centro incandescente do meu próprio passado mais atual. O fogo que matara alguns alemães estava longe de ser o pior dos fogos.

Será que meu destino era mesmo o de ser o depositário daquilo que sobrou da história dos outros, contado, escrito ou imaginado? Só porque eu era o último galho de um tronco que já nascera torto e esperneava tentando dar minhas flores todos me transformavam em apêndice narrativo de suas obsessões? Eu já havia tentado fazer o que prometera ao velho Vassili, contar em meus papéis interiores, cheios de lágrimas e ainda inéditos, pra sempre guardados, ninguém jamais os veria, eles morreriam e seriam bem enterrados comigo, a história de João, o Vermelho. Será que agora meu pai de verdade me convocava a contar a dele, enciumado postumamente, onde quer que estivesse, por me ver tão dedicado, e por tanto tempo, à narrativa solipsista do meu pai postiço?

Não, de jeito nenhum.

Meu pai, meu pai de verdade era diferente, meu pai escondia seus segredos, ele não pendurava na janela da rua a roupa suja daquilo que lhe acontecia, agia nos bastidores, por trás de todas as cortinas. Preocupado em como contar, ao contar, eu também já descobrira que se o ato de contar ajudava a compreender, nem por isso nos fazia sofrer menos, e, se trazia os mortos de volta, os trazia apenas mortos, não lhes dava vida pra continuar existindo ao nosso lado de novo, como deveria ser. Contar, pois, talvez salvasse, se é que salvava, um pouco a nós mesmos, mas não aos que morriam de verdade. A dor já passava, ou pelo menos diminuía, ao ser contada, como eu agora a contava a mim mesmo. Eu não precisava publicá-la, portanto, não conseguiria mesmo ressuscitar o falecido.

O que eu de algum modo sempre suspeitei, porém, ficava

cada vez mais claro ao revirar aqueles papéis, e tenho certeza de que meu pai só não exigiu meu silêncio antes de morrer porque imaginava que eu jamais abriria o bico pra cantar sua melodia, e também porque sabia que minha obrigação filial era respeitar os vernizes da sua memória. Não me custava nem um pouco fazê-lo, eu agora queria mais era viver a minha vida e não meramente falar sobre a dos outros, e ficaria quieto, calaria a boca sem o menor problema, não daria um pio. Aquilo não era coisa que se contava sem mais por aí. João, o Vermelho, meu outro pai, meu padrasto de alguns dias, certamente diria que era merda fedida demais pra se pisar, mesmo sem querer!

Só agora eu entendia algumas insinuações que meu pai me fizera no leito hospitalar, quando eu já lhe entregava todo o carinho dos abraços que lhe neguei durante a vida inteira. Quando ele me dizia que eu era certamente um homem muito melhor do que ele, na verdade já invocava perdão sutilmente ao padre que sabia não haver em mim, o filho que, por mais que eu tentasse negar, por mais que minha mãe tenha plantado e cultivado ano a ano as sementes da discórdia, ele sempre prezou. Também entendi suas insinuações acerca da carga que às vezes caía em nossas costas sem que a buscássemos, e vi nelas os pedidos de desculpas pelo fato de ele ter de me submeter inevitavelmente à revelação das piores verdades que marcaram sua vida, que eu agora via se descortinando aos poucos, e que ele fora homem suficiente a ponto de não jogar ao fogo do esquecimento.

Todos os fogos, o fogo.

Se ainda tivesse alguma dúvida acerca de seu amor, eu, que durante a vida inteira tivera tantas dúvidas, poderia achar até que ele estava querendo me atirar sua realidade à cara, me punindo ao revelar minha origem, me testando em minha tão propalada retidão ao estipular os fundamentos de sua própria fortuna. Mas será que também não era um pouco isso? Será que amor e punição eram inconciliáveis? Ou muitas vezes andavam juntos, sobretudo quando se tratava de pai e filho, e de pai e filho numa família como a minha? E eu já parecia estar percebendo que um morto era capaz de ler melhor meus pensamentos do que eu mesmo.

De certo modo, eu me via diante de uma proposta de pacto ao revirar aqueles documentos. E os verdadeiros pactos eram assinados sem sangue, pelo menos sem sangue material, com um sangue que no caso passava de pai pra filho e não precisava nem virar rabiscos vermelhos sobre um papel qualquer. O meu bem-bom econômico, de qualquer modo, parecia garantido, ainda que por vias que estavam longe de ser absolutamente lícitas, conforme eu já tinha certeza ao virar as primeiras páginas das pastas mais escondidas daquele cofre de surpresas.

Levantei, saí do quarto, abri as portas de vidro duplo da sacada, uma janela aberta pro infinito, eu parecia estar num transatlântico só meu, e fiquei olhando o mar por algum tempo. Ele espumava e babava, vi serpentes e estrelas refulgindo na crista das ondas. Engraçado como ele, o pai de todos os pais, podia estar de ressaca num dia tão calmo de primavera, deus devia estar bufando e brincando com um velho espelho quebrado no lugar onde todos o imaginavam, no céu, lançando sobre as vagas revoltas raios de luz captados ao sol rutilante. Realmente, as três coisas mais bonitas de ver no mundo eram as chamas do fogo queimando, as ondas do mar batendo e outras pessoas trabalhando.

O calor de fora aumentava minha preguiça e só era amenizado pelo bafio do ar condicionado que chegava de dentro da casa. Apesar de ainda estarmos em setembro, o verão prometia. Quantas vezes meu pai estivera ali onde eu agora estava, exatamente no mesmo lugar, se é que ele tinha tempo pra essas coisas?

Não, os ricos não vão à sacada. Isso era coisa de folgados e exibicionistas. Me lembro do dia em que li numa coluna social que meu pai havia quebrado o braço e teria de abrir mão dos grandes encontros sociais em que jogava golfe com seus afins. Em pleno seminário, e na época nem sequer me dei o trabalho de ligar pra ele, me perguntei como é que deus criando seu mundo patrimonial em apenas sete décadas era capaz de quebrar o braço. Na verdade, a minha opção pela pobreza não conseguia vê-lo contemplando, apreciando o que quer que fosse. A imagem que me ficou do meu pai não era a do leito mortuário, nem sequer a da câmara fria onde fui obrigado a reconhecer seu corpo, muito menos a da espreguiçadeira, elas só me acossavam de quando em vez. A lembrança mais fotográfica que eu tinha dele era a do homem ativo, que não parava nunca, não tinha tempo pra nada, estava sempre correndo, e no fim da vida fora obrigado pelo câncer a mostrar com mais clareza que de fato me amava.

Voltei pro quarto e toquei a tecla digital de seu tablet acoplado à dock station. Ouvi os acordes da "Sarabanda" da *Suíte número 4 em ré menor opus 437* de Händel a todo o volume. Eu nunca soubera que meu pai também apreciava música clássica, aliás eu não sabia nem de que música ele gostava, e, quando me dava algum CD de presente, eu achava que ele se preocupava apenas em me dar o que supunha que eu gostava e não em me mostrar também o que ele gostava, como os que amam costumam fazer e eu agora tinha a impressão saudosa, culpada e terrivelmente atrasada de que ele também fazia. Mas, claro, a "Sarabanda" era a cara dele, uma lentidão que na verdade era lenta só por ser contida, que estava sempre prestes a explodir, guerra e paz, ou melhor, paz e guerra em três minutos, elaboração e êxtase, água parada mas revolvida por um terremoto no fundo do leito, e que rola pela ribanceira abaixo de repente, levando tudo de arrasto.

Imerso na música, tornei aos papéis do abismo que o meu pai escavara aos meus pés. Talvez quisesse apenas sentir a grande vontade de pular. Em que medida era legítimo eu me deitar às cordas preguiçosas daquelas rendas, faisões assados que voavam diante dos meus olhos implorando pra eu abrir a boca?

Não era sobretudo absurdo escolher pra morar justamente aquela cobertura no melhor lugar da Selva de Pedra?

6.

Deixei tudo de lado, tranquei o cofre, não sem antes ver um prospecto que dizia: "Fazendo do céu o melhor lugar da terra". Pensei que as Igrejas evangélicas estavam cada vez mais ousadas em suas promessas, mas logo vi que a propaganda nada tinha a ver com a salvação da alma e se limitava a um comezinho bem-estar no voo, jurado à francesa em arrotos publicitários. As hierarquias de fato não existiam mais, e o que um dia talvez servisse apenas pra elevar o espírito hoje seria usado sem o menor pudor pra combater o chulé.

Ao me levantar, pensei se devia ou não desligar o ar-condicionado, talvez eu voltasse em breve, e seria bom encontrar o ambiente mais ameno já ao chegar, pra não ter de encarar aquele calor que me fizera suar dez minutos antes de o potente aparelho central, instalado no teto, poder vencê-lo. Mas ao chegar à porta, prestes a trancá-la, acabei voltando pra desligar tudo, depois de já ter decidido deixar o ar ligado com a desculpa de que o modelo consumia menos energia, conforme eu lera certa vez.

Ironicamente, pensei mais uma vez que a vocação franciscana do falecido seminarista ainda continuava bem forte em mim. Muito embora o calor que havia passado ao chegar tivesse me obrigado até a tomar um banho, já que tinha um encontro marcado com Lívia e o arquiteto na nossa nova casa.

No banheiro, ainda vi alguns cabelos que deviam ser do meu pai, acho que apesar de ter se passado tanto tempo o apartamento não fora limpo depois da última internação da qual ele não voltara mais. Um território valioso como aquele era o espaço de ninguém, bem que o advogado dissera que era melhor resolver a questão de uma vez por todas, a fim de capitalizar ganhos com o imóvel, já que eu não iria querer morar dentro dele. Despedaçado por dentro, não resisti e usei o sabonete gasto e ressequido que meu pai provavelmente deslizara por seu corpo tantos meses antes, e me lembrei que ele sempre fizera questão de divulgar humanamente em encontros familiares que jamais conseguira aderir ao sabonete líquido na esponja, era demorado demais pro seu gosto. Num sabonete à moda antiga ele tinha tudo bem palpável em sua mão, e não precisava de operações mediadas nem apresentações: frasco, essa é a esponja, esponja, esse é o frasco, o frasco do sabonete líquido.

O cheiro era bom, me entreguei a ele por um bom tempo. Mesmo assim ou até por causa disso, me preocupei em dar uma segunda lavada, e deixei a água do chuveiro de uns três palmos de diâmetro correr solta, eliminando qualquer resquício do sabonete. E nem sequer pensei, ou melhor, pensei e rejeitei o pensamento, em usar um dos perfumes que vi na bancada de mármore bege da pia.

Não ia chegar sem mais a um encontro com Lívia levando em meu corpo o cheiro do meu pai.

7.

Demorei mais do que devia no banho e cheguei cinco minutos atrasado ao novo apartamento, que ainda nem era.

Lívia já me esperava porque sabia que eu era pontual. Eu tentava controlar minha incapacidade de lidar com o mundo ao respeitar com a maior objetividade possível questões facilmente definíveis como os horários, ouvindo cinco horas quando se dizia cinco horas, onze quando se dizia onze, mas logo aprendi que essa tentativa de controle mais do que me ajudar acabava me atrapalhando, ninguém respeitava o relógio no Rio de Janeiro, e talvez fosse bom assim.

Olha o meu carioca virando carioca de verdade, ainda tive de ouvir Lívia dizendo, depois de contemplar teatralmente seu delicado relógio. Ela era uma dessas mulheres que ainda usavam relógio.

O arquiteto, terninho bem composto de calça colada e casaco ajustado ao corpo naquele calor todo, nos mostrou o projeto na maior animação. E eu logo vi que ele poria o apartamento abaixo, o que primeiro me assustou, depois de certo modo me consolou, seria bom começar tudo do zero, ainda mais naquele lugar.

Lívia estava empolgada. E discutia ambiente por ambiente, enquanto eu me perguntava por que ela queria, por exemplo, duas cozinhas, e entendia mais ou menos que o triplex que meu pai fora ajustando aos poucos funcionaria como espaço aberto no último andar da cobertura, espaço social ainda parcialmente aberto, praticamente sem paredes, no penúltimo, o do meio, e espaço exclusivamente privado no antepenúltimo, o de baixo, em que ficariam as suítes, inclusive a do casal.

O arquiteto falou num novo conceito que tirou não sei de onde e, segundo ele, apregoava que se deveria descer e não subir pros ambientes privados do apartamento, sobretudo quando a cozinha era aberta como a nossa, entre outras coisas porque os cheiros subiam, e não desciam, e nenhuma coifa, eu descobria a existência de coifas que ficavam além da cabeça das freiras, era capaz de dar conta deles quando se fritava um camarão.

Visitas, por exemplo, seriam recebidas na entrada principal do andar intermediário, e desceriam aos ambientes privados apenas em casos de grande intimidade, ao passo que o acesso ao espaço do último andar estaria livre a todos os convidados pela escada ampla e boquiaberta que levava à cobertura. A que descia pro andar inferior seria bem mais estreita.

Até me admirei com o fato de ouvir tantos detalhes, e isso certamente sucedeu não pela capacidade do arquiteto no uso dos adjetivos e sim porque Lívia parecia estar gostando muito da ideia, embora nada dissesse e eu apenas a visse balançando a cabeça afirmativa e entusiasticamente. O que importava era, como sempre, o afeto, e não o assunto.

Ela também escolheu, numa planilha italiana cheia de uns quadradinhos de vidro em mosaicos unicolores e às vezes policromáticos, aquilo que só então descobri serem as pastilhas que cobririam nossos banheiros e as duas pias de mármore da nossa suíte, depois os mármores dos outros banheiros, enquanto eu já voava bem longe, pensando em meu pai na parte mais preocupada da minha cabeça, enquanto na mais tranquila me sentia feliz da vida ao perceber que pelo menos não necessitaria cuidar daquilo. Tudo haveria de dar certo, o apartamento ficaria uma beleza, e eu não precisaria fazer nada, o que era ainda melhor. Não que eu não soubesse o que era bom gosto, o que significava beleza em termos de decoração interna, mas Lívia certamente faria o melhor com muito mais empenho, e nossa casa, a nossa casa, eu murmurava interiormente a nossa casa pela primeira vez, se encontrava, em todos os sentidos, nas mãos mais capazes.

Você não está feliz, meu amor, a reforma vai começar amanhã mesmo, Lívia me disse, e em seis, talvez sete meses estaremos morando aqui. Não é maravilhoso?

Eu respondi que sim num sorriso no qual emendei um abraço que era mais de agradecimento do que de qualquer outra coisa. Lívia me livrava também daquilo, e ainda por cima mostrava alvoroço com as supostas agruras do encargo. Não era isso que eu normalmente via no pouco que vivi do mundo.

Mesmo no seminário, entre meus colegas, a gratuidade ensinada nos catecismos e breviários estava longe de ser praticada sem algumas exigências. As pessoas em geral cobravam inclusive por aquilo que faziam com prazer, a conta algum dia acabava chegando, mas Lívia era apenas alento e agradecimento em sua diligência.

E isso apesar das várias encomendas que ela andava recebendo, convites e mais convites a serem desenhados, na classe alta ainda havia casamentos formais. E de também ter seus problemas a resolver. O caseiro da casa em Petrópolis morrera, e sua mulher não queria mais continuar cuidando, nem provisoriamente, da moradia. A referida mulher descobrira, a partir da sétima prestação de um fogão do Ricardo Eletro, da décima terceira de uma máquina de lavar das Casas Bahia, que foram chegando depois da morte do marido, que este era pai de mais duas famílias. Enterrado, ele não conseguia controlar mais a chegada da correspondência, e a esposa acabara se surpreendendo com tantos eletrodomésticos novos que jamais vira em sua casa. A vida não era mesmo coisa que se comprasse à prestação, e os juros em geral exigidos pelo risco da morte faziam todo o sentido.

Tanto mais louvável o empenho de Lívia.

À tardinha, havíamos combinado ir à praia, eu raramente ia à praia, mas sabia que Lívia gostava e sentia que era meu dever acompanhá-la, pelo menos de vez em quando. Desde que saíra do seminário, eu havia mergulhado não mais do que duas ou três vezes naquele mar assim tão próximo. E, mesmo indo, eu tentava explicar a ela que a miopia me deixava sem ação, que eu não tolerava a cegueira parcial de estar sem óculos, que mesmo enxergando bem eu já não entendia direito todo aquele mundo.

Achei de mau gosto mencionar que o duto construído pela instituição pública pra levar os dejetos fecais da cidade além das Ilhas Cagarras havia sido inaugurado, e isso de certo modo resumia o Brasil em mais uma boa metáfora, quando a construção chegava a apenas dois terços de seu destino final. E boa parte da merda, portanto, voltava à praia, trazida pelas ondas, banhando sobretudo algumas regiões de São Conrado e da ponta do Leblon, mas chegando inclusive aos melhores postos de Ipanema.

Você não entende, Lívia sempre me dizia, cheia de carinho. Era uma das frases que ela mais usava, e tinha razão.

Deus nos guarde de entender, eu respondia, engatilhando a pistola da memória. Entender arranca a força da nossa ira, a dignidade da nossa raiva, a vontade da nossa vingança, sem contar as bênçãos sempre bem-vindas da nossa recordação. Se é que a senhora me permite uma citação, eu dispararei por fim, rimando.

Cego e ainda por cima cínico, foi assim que ela quis terminar, incisiva, mais um debate.

Mas dessa vez eu fazia questão de botar o ponto final:

Você teve sorte de me encontrar, não fosse assim e eu com certeza ainda estaria sozinho.

No caminho para o Posto 12, já fiquei encafifado com uma peregrinação em torno do Jardim Pernambuco. Depois vim a saber que ela era protagonizada por velhas católicas, adeptas de padres carismáticos, dispostas a proteger suas casas-grandes de todas as senzalas e mazelas, físicas e metafísicas. Achei que o carro afundando no canal da Visconde de Albuquerque era um resultado direto das rezas, ou então as motivara. O grupo de pessoas em torno do acidente se tornava cada vez maior.

Por que ninguém virava estátua de sal?

Perguntei a Lívia se ela achava que ainda havia alguém no veículo.

Ela apenas respondeu com outra pergunta:

Nossa, como ele foi parar ali dentro?

Deixamos o carro na Sambaíba, que junto com a Igarapava, onde poderíamos ter ancorado nossa canoa, e a Aperana, que era o caminho errado, ainda lembravam o território indígena que também o Leblon havia sido outrora. Derradeiros resquícios, antes de chegarmos nós, os falcões de fancaria, intrusos naquele lugar, predadores progressistas do paraíso.

Já deitados na praia, eu contemplava Lívia, disfarçando, mas no fundo embevecido. Por que uma mulher como ela se interessara por mim, se nem eu mesmo me interessava por mim? Lívia me olhou, eu estava tão apaixonado que tive de desviar meus olhos. A areia transbordava no caminhãozinho de uma criança que brincava ao longe. De repente, vi duas sombras piramidais avançando sobre nós, achei que fosse um disco voador, olhei pra trás e percebi que o sol descambava exatamente entre os dois picos do morro Dois Irmãos, tingidos de um vermelho inverossímil como se tivessem pegado fogo. Chamei a atenção de Lívia sem saber se gritava, deslumbrado, ou murmurava, respeitoso. Se consegui alguma coisa, foi controlar um pouco a voz, que ainda assim brotou, fazendo um punhado de gente se virar pra mim.

Longe daquilo que eu era, do que sempre fui, eu chamava atenção, e devia estar parecendo um tribuno, apontando as maravilhas do mundo que surgiam de repente e até eu percebia. As sombras se mostraram tão bem recortadas apenas devido à exatidão central do sol que se punha em meio aos dois morros, e em dado momento estávamos deitados no centro em que ambos se encontravam na mancha escura da sombra, e eu senti por um momento que o mundo talvez se abrisse epifanicamente pra mim, me acolhendo. Só alguns instantes depois me dei conta de que presenciávamos um fenômeno único, que a natureza nos ungia, sim, era essa a minha impressão, porque o Sol, eu sabia, mudava sua trajetória todos os dias e com certeza nunca descambava exatamente na vulva em que os dois picos se tocavam. Demorei um pouco pra perceber que era dia 12 de outubro do ano mais cheio da minha vida, e que passava um pouco das seis da tarde.

E então virei Vinicius, me estiquei todo na areia, alongando o poetinha a um metro e oitenta de altura, e declamei pra Lívia a "Balada da praia do Vidigal". Nem me constrangi com a pieguice, sussurrei os versos que simplesmente me vieram, sedento, e invoquei meus clamores de vento e os seus soluços de água, rolei com ela na areia, enquanto os cardumes plagiados dos meus beijos impediam que ela se afogasse, pois três vezes ela submergiu e três vezes eu a trouxe à flor da superfície com a rede da minha imensa vontade de ficar pra sempre com ela.

E então vi que já estava mais do que na hora de lançar de uma vez por todas a âncora da pedra fundamental.

8.

No dia seguinte, estávamos às oito em ponto na Selva de Pedra, não tive tempo nem de tomar o café da manhã. Mais meio minuto e já nos encontrávamos diante da porta do apartamento, parados os dois, e mudos. Só reagi quando Lívia deitou em mim um olhar em que a alga translúcida de uma repreensão dançava em meio a um lago de ternura imensa:

Acorda!

Era o que ela implorava.

As chaves haviam ficado com o arquiteto e eu toquei a campainha, a porta não demorou a se abrir. O arquiteto, cheio de verbo e salamaleque, explicou que todo mundo já chegara, dizendo que faria as apresentações, enquanto eu pegava no sono mais uma vez.

O despertador só tocou de novo quando eu já estava diante de uma malta de homens estranhos, eles simplesmente tomavam conta da minha casa, mulatos cabisbaixos e maltrapilhos, roupas cinzentas, cobertas de um pó meio branco, já dispostos a derrubar a primeira parede logo de uma vez. Assustado, de olhos possivelmente esbugalhados, em dado momento pensei que Lívia fosse pegar um formão e um martelo pra ajudar o que eu enfim deduzi que pudessem ser os pedreiros. Mas ela apenas demonstrou mais uma vez sua genuína e no entanto distanciada simpatia, deu as boas-vindas ao mestre de obras e sua equipe, e pediu, se pendurando em mim, que tratassem com todo o carinho da casa que levantariam pra nós. Nenhum daqueles homens broncos por certo ousaria dar um golpe mais bruto, uma batida menos cuidadosa, assentar um ladrilho de modo mais desleixado, eu tinha certeza, depois do discurso dela.

Com o café de tantos sustos dentro de mim, eu ainda disse duas ou três palavras irônicas, a fim de que os obreiros não ficassem pensando que eu descera da Lua naquele exato instante apenas pra decorar o ambiente, e vi que Lívia me aprovou com um sorriso, ela devia achar importante a palavra do homem naquelas circunstâncias e provavelmente pensasse que depois do melífluo pão feminino uma azeda chicotada masculina seria mais do que bem-vinda. Cumpri minha obrigação, lembrando do alto da minha cobertura que nos telhados de Paris agora se aproveitava a diligência das abelhas pra cultivar em produtivas colmeias um mel dos melhores em meio às flores não envenenadas e naturais da metrópole francesa. E já pensava em fazer o mesmo, em cultivar ali todo o nosso mel, prosaico e poético, e lembrava que o Rio de Janeiro felizmente era uma cidade bem arborizada, em que ainda se podia viver à sombra.

Depois saímos, deixando tudo combinado com o arquiteto, que zelaria pela obra e nos chamaria sempre que necessário. No princípio, nossas visitas não precisariam ser frequentes, porque o trabalho se limitaria a botar o apartamento abaixo, o que aliás levantaria a maior poeira. Enquanto eu lembrava da minha alergia, Lívia disse que os pedreiros por favor usassem máscaras, e eu de qualquer modo fiz questão de garantir que ficaria por perto, que acompanharia tudo com olhar de dono, porque do contrário o boi não engordava, aqueles homens gostavam de metáforas grosseiras, prometendo mais uma vez de antemão aquilo que no final das contas provavelmente Lívia iria cumprir.

Quando chegamos à portaria, saudamos o porteiro com um sorriso. Ele fez questão de dizer como meu pai era um cara bacana, enquanto eu já ia perguntando se ele trabalhava havia muito tempo ali e ele respondia que fora o segundo porteiro do prédio, e que já ocupava o posto havia trinta e cinco anos.

O seu João Pedro era um grande homem, o porteiro terminou dizendo, enquanto eu me perguntava se ele precisava dizer aquilo justamente na frente de Lívia, em cujo rosto julguei perceber uma sombra de tristeza. Mesmo assim deixei meu telefone de casa pra qualquer eventualidade, e não gostei nem um pouco de ver Lívia registrando também seu celular no caderninho do prédio.

Caminhando distraidamente pelo bairro, vi Zeus arrotando toda a sua imponência de pombal na esquina da rua, o nome do prédio era realmente Zeus, depois vinha o Edifício Milano, assim, em italiano mesmo, e em seguida, como se a rima interna fosse prevista, o Lugano, da Itália se passava sem mais à Suíça sem sair daquele bairrinho metido a besta do Rio de Janeiro. Fui acordado, eu estava mesmo com sono, por dois ônibus que subiram a Afrânio apostando corrida, um deles lotado de torcedores nas cores vermelho e negro, o que será que eles faziam ali, e só então percebi que Lívia continuava a meu lado. Antes de dobrarmos naquela que eu sabia um dia ter se chamado a rua do Pau, perguntei por dever de simpatia se ela não queria me acompanhar ao apartamento do meu pai, pois eu precisava continuar avaliando a papelada que ele deixara, resolver as pendengas em aberto, ou pelo menos orientar o advogado nesse sentido.

Ela disse que não, que voltaria pra sua casa, que precisava

arrumar tudo para a visita do filho, que estava voltando da Nova Zelândia pra alguns dias de férias. Se fiquei aliviado com o fato de ela não me acompanhar, me aborreci com a menção ao filho, e logo vi a situação piorar.

Aliás, ela disse, você irá enfim conhecê-lo.

E em seguida Lívia me falou com toda a clareza, mais uma vez com toda a clareza, ela sempre me falava com toda a clareza, a respeito do encontro, dizendo que temia um pouco a reação do filho, afinal de contas eu era apenas um pouco mais velho do que ele, e ele sempre se mostrara bem possessivo em relação à mãe. Eu percebia que Lívia continuava se sentindo culpada. Se antes achava que o filho jamais aprovara seu namoro com um homem bem mais velho, tanto que o filho voltara a se aproximar dela depois da morte do meu pai, agora ela o obrigava a encarar um homem bem mais novo, que o filho por certo e por sorte não imaginava quem era.

Eu disse que tudo daria certo, enquanto por dentro não sabia o que fazer pra controlar a espécie de medo, acho que na verdade nem era medo, mas sim alguma coisa que tinha a ver com nojo, com asco, que aquilo tudo me causava.

Por que eu teria mesmo de conhecer o filho dela?

As coisas não estavam bem assim, na ignorância mútua do que acontecia?

Agora precisávamos tocar tambores e anunciar à família e ao mundo que estávamos juntos?

Quem sabe a trombeta de uma coluna social, eu quase dei a ideia.

Mas eu sabia que não havia saída. Que Lívia já falara de mim a Lucas, e que mostrara todo o entusiasmo típico de quem não quer apenas preparar o espírito de um filho querido, mas inclusive tem certeza de que está fazendo a coisa certa, até porque quem ama sempre faz a coisa certa.

O que fazer, pois?

Melhor não pensar naquele assunto por enquanto. Havia questões mais urgentes a resolver.

E nos despedimos com um beijo dos mais padronizados.

9.

Passei no Fellini, fiz meu pratinho e o levei pra casa do meu pai.

Também a me servir no bufê eu aprendera seguindo as orientações do rebanho, simplesmente observando o que os outros faziam, aprendendo e depois ocupando meu lugar na fila. Não havia coisa mais melancólica no mundo pra mim do que almoçar ou jantar sozinho num restaurante. Nas poucas vezes em que o fizera, engolira quase tudo sem mastigar, porque achava que os presentes e passantes me olhavam e pensavam: coitado, parece tão abandonado, vai ver a mulher com quem combinou se encontrar não veio, e ele foi obrigado a tomar sua refeição de condenado na mais absoluta solidão. Era o momento em que os olhos do mundo, que eu tinha a impressão de estarem sempre voltados pra mim, mais me vigiavam, ainda que eu apenas estivesse aprendendo a perceber o mundo à minha volta.

Apressei o passo e ao chegar ao apartamento do meu pai me dirigi automaticamente à espreguiçadeira, percebendo que o ar-condicionado funcionava a pleno vapor desde o dia em que o deixara. Será que eu esquecera mesmo de desligá-lo ou não era o único que entrava ali depois de meu pai ter morrido?

Mas fiquei com medo de sujar a espreguiçadeira e assim ter de levá-la maculada, embora maculada ela talvez já estivesse, ao nosso novo apartamento. E acabei buscando o apoio de uma mesinha da sacada com quatro cadeiras de couro num tom que supus ser aquilo que chamavam de marfim. O bom gosto estava por toda parte.

Consegui comer devagar, olhando pro mar.

Se eu nunca notara o peso da solidão, afinal de contas passara a maior parte da minha vida sozinho, em casa, casmurro, viajando na maionese incrementada dos meus livros e dos meus filmes, e depois no seminário, fingindo orações que não fazia, agora me parecia incômodo ficar ali. Fiquei chocado com uma gaivota que deslizava de asas abertas levada pelo vento, não fazendo força nenhuma pra voar.

O silêncio berrava em meus ouvidos, abrindo buracos sem fundo, e em dado instante cheguei até a desejar a visita do fantasma do meu pai. Será que fora meu pai que fizera aquele risco na mesinha, ademais tão cuidada, perfeitamente lustrada e sem manchas em seu vidro de cinco centímetros de espessura, encaixado no quadro de aço enluvado, ele também em couro marfim? Pura fantasia, talvez a pequena ranhura quase invisível não passasse de mais um desses rastros desajeitados que as empregadas costumam deixar em nossas casas. O traço vertical acabou ganhando um horizontal imaginário na parte de baixo e me apressei em declarar interiormente que fui eu, sim, eu, que escrevi o nome de Lívia em pensamentos sobre o tampo da mesa, desenhando com esmero a singeleza de suas cinco letras.

Quando o telefone tocou, quase caí da cadeira.

Quem poderia estar ligando?

Será que era meu pai?

Absurdo, mas por outro lado ninguém sabia que eu estava ali. Eu também não dera o número a ninguém.

Será que era algum amigo procurando meu pai?

Ou então uma amiga?

Alguém que não sabia que ele tinha morrido?

Um erro do passado buscando solução?

Um cobrador de antigas dívidas?

De qualquer modo, eu teria de pagar, e atendi.

Era Lívia, que apenas me perguntava se estava tudo bem, se eu conseguia dar conta da papelada. Eu demorei a perceber que nada havia de onisciente na ligação dela, uma vez que nem a ela eu dera o número, e respondi que sim, que tudo seguia às mil maravilhas, mas sem grandes novidades, e que aliás aquela papelada aborrecida era completamente desprovida de quaisquer interesses, eu me tornava erudito quando mentia ou estava inseguro, falava mais difícil que nunca, e que inclusive estava cogitando a possibilidade de deixar tudo nas mãos do advogado, pedir que ele mesmo processasse aquele material caótico.

Católico?

Eu disse "caótico"!

Depois de dizer que entendera "católico", será que eu dissera mesmo "católico", ela me lembrou que se tratava do cofre, e que era melhor olhar tudo com algum cuidado e talvez manter certas coisas em família, em caso de necessidade. Mãos alheias não precisariam tocar no que era meramente privado, talvez até íntimo. Será que ela estava tentando me prevenir de alguma coisa que sabia muito bem e da qual eu nem desconfiava? Em pouco ela ainda diria pra eu deixar tudo em suas próprias mãos, como de costume acabava fazendo.

Mas Lívia nada disse, e eu lhe dei toda a razão de sempre, dessa vez um pouco mais apressadamente, e terminei garantindo que daria um jeito, que continuaria revirando aqueles espectros de papel. Mandei um beijo e forcei o fim da ligação, embora imaginasse que a despedida deveria vir da parte dela, já que fora ela quem ligara, pois por certo era assim que as coisas funcionavam, ainda que eu jamais tivesse pensado a respeito, só agora me dava conta.

Mais uma vez eu fizera uma coisa errada, portanto.

E, assim que desliguei, me arrependi. Depois de pensar mais de meia hora, mergulhado em meu remorso, acabei ligando pra Lívia de novo, pensando se agia corretamente em fazer com que aparecesse em seu display aquele número que devia ter chamado por ela tantas vezes, embora meu pai a tivesse conhecido já doente, quando lutava em vão contra o câncer que o levava no exato instante em que ele se agarrava com todas as forças à vida, tentando ficar.

Ao caminhar com o fone nas mãos de um lado a outro, falando pouco e ouvindo muito como sempre, acabei tropeçando em alguma coisa e, depois de garantir que a doçura de Lívia não estava com nenhum sabor amargo, me despedi de novo, dizendo que a amava e botando assim um emplastro bem untado na minha própria ferida. Quando deixei o telefone em cima da escrivaninha, olhei pro chão da garbosa área de serviço e vi o par de sapatos preferido do meu pai, o pé direito chutado por mim a cerca de meio metro do esquerdo.

Ali estava o meu pai, de pernas abertas. Construí seu corpo sobre o vazio dos buracos de couro, em posição de ataque. Juntei o par e o levei pra perto do sofá, quase me curvando ao peso metafísico daquele leve material. Ao sentir as lágrimas molhando o canto dos meus olhos, eu caí no estofado, e tentei engolir o nó que já se formava outra vez em minha garganta.

Fitei o couro vermelho, que ia escurecendo em tons mesclados até chegar ao bico. Nenhuma costura visível, meu pai arrancava a seriedade de qualquer terno com um sapato daqueles e dava à sua própria apresentação o tom que sempre desejou, a mais cuidada das petulâncias. Desenho perfeito, elegância e despojamento minimalista, mas vermelho, com arroubos um tanto barrocos apenas no solado. Olhei a marca, nunca ouvira falar, Jo Ghost.

Soluçando, afagando o couro, constatei que os sapatos serviam em mim como se tivessem sido feitos sob medida. Meu pé largo se acomodava com perfeição à sutil marca de uma dobra, e o mindinho se aninhava como a uma luva na saliência discretamente aberta na parte externa do bico demasiado fino. Tirei o sapato, o número 46 confirmou o que eu já suspeitava, o pisante era italiano, dois números a mais, lembro quando perguntei a respeito à minha mãe ao ganhar meu primeiro importado de presente.

Voltei a calçá-lo, dessa vez também o esquerdo, e dei algumas voltas no apartamento, seguindo os passos de meu pai e chorando como uma criança. Na verdade eu não chorava, mas as lágrimas escorriam pelo meu rosto como se o coração enfim tivesse aberto todas as suas comportas e a garganta trancada fizesse tudo que era líquido dentro de mim sair pelos olhos.

O que eu faria com aquela herança?

Diante do espelho, vi, estranhado, e apesar dos olhos marejados, algo que pensei ser desdém e soberba nos traços da figura esboçada à minha frente. Quer dizer então que aqueles rasgos apareciam em mim sem mais nem menos como uma espécie de herança física inescapável só porque eu usava os sapatos do meu pai? Embora julgasse não senti-los no coração, eu carregava aqueles rasgos nos ombros, na cabeça erguida, no nariz empinado. E eu já não sabia mais se não estava tentando apenas sufocar a dor mostrando altivez, e só por isso e por causa dos sapatos dentro dos quais ora crescia é que eu me aproximava da moldura que seria desenhada pelo corpo do meu pai no retrato espelhado.

Voltei ao sofá e tirei os sapatos, tornei a calçar o sapatênis e fui até o closet pra pegar a sacola em que os enfiaria a fim de poder levá-los comigo. Ao abrir o compartimento dos calçados, vi os pés do meu pai em cerca de vinte fôrmas diferentes, eu nunca mais precisaria comprar sapatos, e logo me lembrei das promessas de pobreza e caridade feitas no seminário. Respeitaria as primeiras, as da pobreza, não gastaria nada, mas não jogaria fora preciosidades como aquelas, que os eventuais contemplados pelas segundas, as da caridade, certamente não saberiam usar.

Passei a mão nos incontáveis ternos alinhados com uma regularidade absoluta que ia do inverno mais inclemente ao verão mais impiedoso, do preto mais sóbrio ao bege mais despojado. À cretinice do branco meu pai jamais se entregaria. Será que eu devia usar inclusive as roupas do meu pai? Vi-o em toda a sua elegância bem cuidada de novo em pé à minha frente, e tive certeza de que o tamanho mais uma vez não seria o problema, a diferença de idade também não, eu era até mais circunspecto e muito mais descuidado do que ele nos trajes. Seus Brionis, seus Zegnas, seus Guccis, eu agora via os nove nomes do bezerro de ouro diante do qual ele sempre se ajoelhou, representariam em mim apenas uma evolução a caminho da moda. Quantas camisas, quantas gravatas, até suas cuecas estavam cuidadosamente arrumadas, ele devia usar exclusivamente modelos boxer, o que não me parecia comum em sua idade.

Afaguei meus cabelos um tanto descuidadamente longos e me lembrei que meu pai fazia questão de dizer sempre, ao sentir que a prata tomava conta de sua cabeça, que ao envelhecer um homem tinha de manter a cabeleira bem curta, deixar crescer a barba, uma barba de três dias, vestir preto, branco, mas só nas camisas, cinza e azul-marinho, no máximo. Já bastava, pra ele, que a velhice restringia as opções corporais de um homem a três alternativas: virar um velho mais ou menos balofo e relaxado, que no entanto não se abandona de vez ao crescimento da barriga, e essa não deixava de ser uma alternativa até boa, porque as duas que restavam eram a magreza murcha de uma uva-passa ou então a luta impotente diante da natureza pra tentar manter a linha física. A última era, e não podia deixar de ser, a opção dele, mas era e sempre seria apenas parcialmente bem-sucedida, apesar do esforço, na medida em que conseguia dar ao corpo apenas aquela estrutura de, digamos, aposentado ativo, velho vigoroso, com um peitoral que só vencia a barriga com muito empenho, e ainda assim dava ao tronco uma largura um tanto desproporcional em relação à parte inferior dos glúteos e das pernas.

Ah, meu pai detalhista, meu pai obsessivo, e ele ainda terminava seu discurso sobre o corpo e a moda do corpo dizendo que com a velhice, assim como já havia sido na mais rala infância, as coisas tendiam a ficar outra vez iguais entre homens e mulheres, e justificava a necessidade dos cuidados físicos e do apuro estético com um disparo fatal fundado em vários exemplos: Milton Nascimento parecia uma baiana velha e ele não conseguia mais distinguir Ferreira Gullar de Barbara Heliodora, nem Angela Merkel de Paul McCartney, nem sequer o falecido Tom Jobim da ainda viva Luiza Erundina. Sim, eles ficavam cada vez mais parecidos porque não seguiam as regras de ferro, o manual de aço que ele mesmo se impunha, nos trajes, nos exercícios e nos pelos e cabelos.

Peguei um par de meias e enfiei junto com os sapatos vermelhos numa sacola também da tal da Jo Ghost, que logo encontrei, e depois fechei o closet. Olhei o relógio e vi que eram quatro horas da tarde. Então já passara tanto tempo assim? Fui até o cofre, abri-o, e em seguida voltei a fechá-lo sem mexer em nada.

Tarde demais.

Peguei a sacola e saí, seguindo a pé pelo calçadão até meu

apartamento em Ipanema, louco por meu casulo, completamente deslocado em meio àquele público praiano que suava saúde por todos os poros, olhos fixos no chão, um medo imenso de tropeçar, detestando sentir tanta gente por perto. Só de vez em quando seguia alguns apelos antigos e levantava um pouco a cabeça pra ver melhor uma Betsabá que vinha ao meu encontro praticamente nua, acompanhando-a com meus olhos de Davi desejoso de fazer um Salomão com ela.

A cada vinte passos, no entanto, olhava para a coluna de prédios do outro lado da rua e ansiava por ver os muros vetustos e desolados do Country Club, encimados pelo conhecido tabique verde, que me sinalizariam que já era hora de entrar no mundo mais recolhido e central de Ipanema. Eu me sentia um tanto ridículo com a sacola de sapatos na mão e pela primeira vez lamentei não ter um carro pra me esconder, e me lembrei da insistência do meu pai, quando completei dezoito anos, e da minha revolta, depois de algumas tentativas malogradas em que bati três vezes o carro de quinta categoria no qual treinava apenas pela perseguição dele, a fim de fazer o teste que me daria a carteira de motorista. Acabei fugindo pela tangente, eu mesmo frustrado, dizendo a ele que um padre jamais andaria de Jaguar por aí, que eu não precisava de carro, e portanto dispensaria a carteira, que trabalharia a pé, que assim como são Francisco pregaria aos passarinhos vestindo apenas uma bata de cordão, que nem cardeal eu quereria me tornar pra não cair em luxos de carruagens, solidéus e barretes, mozeta e galero vermelhos, eu sabia esculhambar com argumentos irrefutáveis e conhecedores quando queria ofender, sem contar o anel cardinalício.

Ambição pra fugir disso não falta a você, lembro que meu pai ainda me gritou em tom sarcástico na mais terrível das nossas discussões a respeito.

Depois dos meus catorze anos, acho que jamais havíamos

trocado duas frases sem vociferar um contra o outro. E as contendas sempre terminavam com meu pai lembrando ironicamente que um padre de verdade não deveria carregar tanto rancor no peito, que deveria saber perdoar, se é que eu achava mesmo que estava diante de um pecador, e em seguida vinha até mim, dizendo:

Tá aqui, a outra face.

Ao chegar em casa, felizmente encontrei o jantar pronto. A empregada seguira minhas ordens à risca, e só precisei esquentá-lo no micro-ondas. Aliás, se não fosse minha empregada, eu certamente estaria perdido!

Acho que até passaria fome.

O dia em que resolvi ir pela primeira vez à feira da praça Nossa Senhora da Paz foi também o último. Comprei batata-doce pensando que era beterraba, depois de ter apontado pro inhame, perguntando na maior ignorância a um dos feirantes o que era aquilo. Eu nunca tinha visto nirá, não sabia o que era jiló, e não tinha a menor ideia de como era o quiabo, que meu pai sempre chamara, rindo às bandeiras despregadas e antigas de sua boca aberta, de comida de negro.

10.

Fiquei três dias sem ir ao apartamento do meu pai, enquanto o advogado já cobrava a solução pra algumas das pendências. Da obra, fiquei sabendo apenas por Lívia que a assim chamada nossa casa continuava sendo posta abaixo, que a síndica criara alguns problemas e queria informações, mas que o arquiteto já calara sua apimentada impertinência apresentando a planta da reforma em todos os seus detalhes.

Quando cheguei ao prédio de Lívia, praguejei ao me ver todo molhado, maldizendo o fato de não ter pegado um guarda-chuva. Mas a chuva também pareceu aumentar assim que pus os pés fora de casa, talvez por ter constatado na própria pele que ela me molhava, o que não aconteceu quando apenas a via da janela.

Me sacudi todo e o porteiro foi logo abrindo a porta pra mim, e nem sequer interfonou comunicando a minha subida. Embora eu achasse que ele até poderia ordenar que eu me secasse antes de entrar no elevador, foi logo dizendo, todo solícito, que se eu quisesse poderia usar o de serviço, que já estava a postos, segundo ele. No exato momento em que me inclinei pra atender a sua sugestão, achando que ela talvez tivesse a ver com o fato de eu estar molhado como o pior dos serviçais, e passar por baixo da fita amarela que não entendi por que havia sido posta ali, um pouco acima da minha cintura, e me separava dos fundos onde se encontrava o outro elevador, bati em cheio na solidez que eu achava ser gasosa e só então constatei que se tratava de uma porta de vidro. O estardalhaço foi grande, tentei fingir que não houvera nada, mas ao olhar pra trás ainda vi a cara estupefata do porteiro e um casal à espera, diante do elevador social, tentando conter respeitosa e penosamente o riso.

Abri a porta com cuidado, só então vi o trinco, xinguei a transparência e minha falta de tato, e me escondi no elevador de serviço, às pressas. Apertei umas oito vezes o número 4 do painel, de repente com um medo inescrutável de não saber usar o elevador, ou talvez temendo que ele não funcionasse, por algum motivo, agoniado também porque ele não tinha nenhuma janela.

Era um caixão da pior espécie.

Aquela não fora a primeira porta de vidro que eu descobrira com a testa, e só consegui me distrair quando lembrei, pensando que isso representava uma solução pros meus problemas, da primeira vez em que passara por uma porta automática, que se abrira sozinha no mesmo instante em que me aproximei. Eu ainda era criança, e minha mãe teve de entrar e sair do shopping comigo cinco ou seis vezes, enquanto eu fazia um abre-te sésamo com um gesto das mãos como se fosse um mago, até ver o sorriso do segurança se transformar numa cara amarrada.

Eu me preparava pra tocar a campainha da casa de Lívia, enquanto me dava conta de que pela primeira vez entraria ali e não a encontraria sozinha. Estava tremendo da cabeça aos pés por dentro e sentindo por fora algo que talvez tenha identificado pela primeira vez como sendo mais até do que nojo e asco, como raiva pura e simples por ter de me submeter àquilo. Fiquei com vontade de dar meia-volta, mas isso seria ridículo, eu já estava ali, e, por enquanto, pelo menos, precisava tão só erguer um pouco o dedo e apertar um interruptor antigo, identificado por um sininho. Isso era quase nada, coisa fácil, e, depois disso, fosse lá o que Deus quiser. Passei a mão no rosto mais uma vez e constatei que talvez nem estivesse tão molhado quanto havia pensado, felizmente.

Lívia abriu a porta e embalsamou meu ódio com um sorriso, me pegando pela mão sem me beijar e me levando até a sala onde o filho esperava por nós, alinhado, sério, até sisudo. Obviamente julguei ler escárnio em seu meio sorriso quando lhe dei a mão, talvez também porque eu ainda estivesse um pouco molhado da chuva, e ouvi Lívia dizendo, virada pro filho: Lucas, esse é o fulano de tal, e, virada pra mim: Fulano de tal, esse é o Lucas.

O primeiro comentário de Lucas foi que eu realmente parecia um pouco com um padre. Tive de fazer força pra esconder o incômodo com o fato de Lívia ter contado ao filho tantos detalhes a meu respeito, embora não me ocorresse nenhuma outra coisa que ela pudesse contar. Também matei de um só golpe a timidez que já ameaçava apelar para as verdades do meu inconsciente aberto, destruindo minha postura de galo no terreiro e revelando toda a verdade sobre mim.

Por via das dúvidas, afetei ares bem laicos e fui logo dizendo que na verdade eu jamais pensara em me tornar padre, que indo ao seminário atendera amorosamente, na condição de bom filho que era, sobretudo aos desejos de minha mãe, e que depois a inércia acabara fazendo com que eu ficasse por lá. Não achei conveniente mencionar a vingança contra meu pai, Lívia poderia não entender, e Lucas, talvez tocado pela minha menção ao carinho filial com minha mãe, por sorte abandonou o assunto.

Ao botar um ponto final no primeiro silêncio constrangedor, tentei ganhar alguns anos jogando sobre o rosto uma camuflagem de seriedade, evitando as brincadeiras que me ocorriam em meio àquele nervosismo todo, e discursei economicamente sobre as dificuldades que estava tendo pra lidar com o espólio do meu pai, o embrulho, e acho que ele não me entendeu, fingindo me entender, quando usei o termo, o embrulho do inventário, censurando os entraves governamentais, os bloqueios de bens e as insinuações percebidas aqui e ali de que se rolasse um cafezinho, e assim que disse rolasse um cafezinho pra me aproximar de Lucas vi que teria sido melhor ter dito algo como fosse oferecido um bom suborno, as coisas poderiam andar mais rápido e sem grandes complicações. A mão molhada trabalhava com mais rapidez, a propina era o azeite, eu quase disse o lubrificante, da máquina pública brasileira, terminei em tom pseudofilosófico, sentindo a barba grisalha de uma rabugice bem genuína crescer em meu queixo.

Por sorte me ocorreu lhe perguntar, já brincando de padrasto, como estavam seus estudos, se ele estava gostando da Nova Zelândia, enquanto pensava que era bom saber que em breve ele estaria do outro lado do mundo, meu antípoda entre os antípodas. Também quase lhe perguntei se ele sabia que era meu antípoda, em termos geográficos, é claro, mas acabei desistindo por três motivos: primeiro, porque não tive certeza se de um ponto de vista rigoroso nossos antípodas não eram os japoneses, segundo, pra não parecer professoral diante daquele estudantezinho e, por último, pra não provocar o pequeno édipo com a possibilidade do trocadilho verbal que açulava também a minha ironia.

Senti ciúmes ao ver que Lívia convidava seu filho pra ajudá-la a servir a mesa, e fiquei na sala contemplando alguns porta-retratos aos quais jamais dera atenção. O que Lívia fazia ao lado daquela pujante Lotus amarela numa paisagem litorânea que eu supus americana? Era tanta coisa da vida dela que eu não sabia... Em que medida era legítimo perguntar a respeito? Em outra imagem, ela abria todo o seu sorriso de uns quinze anos, montada de costas num cavalo que imaginei ser de raça, toda amazona, mas às avessas.

O jantar, um risoto de limão-siciliano que me uniu a Lucas por um breve momento nas zombarias a Lívia e nas súplicas por um prato mais animal, correu sem problemas, com o filho discursando sobre o modo de preparar um carneiro na Nova Zelândia, e eu, aproveitando o que aprendera de orelhada e na recente viagem ao Sul, dizendo com entusiasmo um tanto desmedido, e que me pareceu marcadamente sanguíneo, que bom mesmo era um churrasco bem gaúcho, a costela gorda, o lado inteiro de vários bois tostando nos espetos enfileirados em torno de um fogo de chão. Que meu ancestral bisavô paterno era dos pampas eu ainda não contara nem à minha mulher, e me dei conta de que chamava Lívia de minha mulher pela primeira vez, ainda que apenas em pensamento.

Lívia, por sua vez, aproveitou pra nos chamar diplomaticamente de bárbaros, unindo-nos como vítimas de uma ofensa fingida, enquanto os assuntos iam ficando cada vez mais triviais e evasivos. E foi assim até o momento em que eu disse, mui respeitosamente, que já era hora de ir, imaginando com malícia se não alimentava no filho a ilusão de que ainda não dormira com sua mãe e sentindo ao mesmo tempo uma vontade imensa de lhe falar da decoração interna dos galpões missioneiros, pedindo a Lívia que confirmasse minhas impressões com todo o conhecimento de causa que ela também possuía. Por sorte, ele não perguntou como foi que eu e sua mãe nos conhecemos, seria difícil resistir.

Quando a porta se fechou atrás de mim, sem que Lívia, pra atender sabiamente ao mesmo respeito que eu acabara de manifestar, me contemplasse sequer com um beijo mais longo, fiquei com ciúmes. Quem dava àquele fedelho o direito de dormir com sua mãe, me botando pra fora do apartamento sem mais nem menos?

E, por um momento, realmente achei que os dois se deitariam juntos, e tive dificuldades em convencer a mim mesmo de que aquilo era fantasia de mais e realidade de menos, sobre a qual eu aliás faria bem se pensasse um pouco, mas não pensei. O momento não deixava, e eu me dei conta de que além de sentir ciúmes do meu pai, sentia ciúmes do filho dela, sem contar que faria bem em sentir ciúmes também do pai do garoto, que devia ter gostado tanto da minha mulher a ponto de conceder que ela lhe desse um nome com L como o dela e talvez até o bólido de uma Lotus nos Estados Unidos.

Sem saber o que fazer, e vendo uma multidão de monstruosos morcegos de olhos verdes voejando em minha cabeça, simplesmente segui adiante. E, quando me dei conta, vi que estava entrando no prédio do meu pai, ali bem perto, e toquei a própria têmpora com o indicador em riste, me autoacusando de doido num movimento teatralmente patético, afinal de contas não era ali que eu dormia.

Olhei pro porteiro, estupefato de me ver àquela hora por ali, antes mesmo de tocar a maçaneta da porta de vidro que eu agora via, porque já conhecia muito bem, a experiência era recente e a região afetada na cabeça ainda doía um pouco, e fiz sinal de que iria voltar, pedindo com outro gesto ainda mais embaraçado que ele tocasse a campainha pra abrir novamente o portão de ferro, a fim de que eu pudesse sair. Desisti da caminhada até Ipanema. O Jardim de Alá não era o lugar mais seguro do mundo àquela hora da noite. Chamei um táxi.

Quando chegava em casa, cumprimentei autisticamente um homem de preto que passou por mim, achei que pudesse ser o vigário da igreja Nossa Senhora da Paz. Só então percebi que se tratava do porco de um garçom da famosa churrascaria mais próxima, que me olhou mostrando uma cara pra lá de estranha, talvez cheia de propostas que eu não entendi, muito menos parei pra ouvir.

11.

    Ao chegar àquela que seria nossa nova casa, a fim de dar uma olhada nos trabalhos depois de duas semanas, levei um susto.

    Lívia estava em Petrópolis, possivelmente lamentando a minha incapacidade de lhe dar consolo e curtindo sozinha o luto por seu gato, que morrera engasgado ao tentar engolir um chiclete que Lucas esquecera em algum canto da casa. Também não seria eu que curaria as feridas deixadas pelo filho, aquele irresponsável, se bem que por outro lado o lugar que eu mais gostava de beijar era aquele onde ele abrira a maior ferida no corpo de sua mãe, ao nascer, coisa que aliás talvez explicasse o fato de ele sair matando gatos a torto e a direito numa vingança sem cabimento, que respondia a um eventual ciúme descalibrado cujo causador era eu. Sim, em que medida aquele acidente não havia sido um crime? E percebi que minha paranoia era o que os outros chamavam por aí de inconsciente.

    Eis, pois, que eu visitava a obra sozinho pela primeira vez.

    O primeiro dos três andares não passava de um buraco informe, apesar de continuarem martelando nele onde já não havia mais o que botar abaixo. Também constatei com alguma estranheza que no intermediário, ainda intocado, havia o que julguei ser dois sacos de dormir, e me perguntei se aquela gente esquisita estava pernoitando por ali.

Não podia ser.

Mas por que, então, os sacos de dormir?

Acabei julgando impertinente interrogar o arquiteto a respeito. Vai ver era assim que se fazia e eu apenas mais uma vez não conhecia as praxes.

O arquiteto dissera a Lívia que seria bem adequado, em termos diplomáticos, ele usou exatamente essas palavras, "termos diplomáticos", se nós nos apresentássemos pessoalmente à síndica. E eu, me perguntando por que Lívia já não o fizera, ela própria, interfonei pro número do apartamento que o arquiteto me passara, e me apresentei, ponderando se não estava sendo inconveniente e ficando aliviado em seguida ao constatar no relógio olhado às pressas que já eram dez e meia da manhã. A empregada que atendeu pediu um momento, e cerca de trinta segundos depois ouvi uma voz entusiasmada e sonora do outro lado, um címbalo no meu ouvido.

Era a síndica, que já foi logo me chamando pelo nome no maior desembaraço, enquanto eu me encolhia em meu cujo caber de caramujo, intimidado. Mas certamente o advogado o referira ao mostrar o projeto da obra. Não havia razões pra especular enigmas nem alimentar pulgas que já se manifestavam atrás da minha queimante orelha.

A síndica me perguntou se eu preferia encontrá-la logo agora, e emendou dizendo que a hora era boa, que nem precisaria se compor porque já estava pronta, uma vez que logo teria de sair para um compromisso. Pensei por algumas frações de segundo se isso significava que ela queria ou que não queria me receber, e disse:

Pode ser.

Brincando, ela ainda perguntou:

Na sua casa ou na minha?

Eu logo emendei que não queria incomodar, e por isso estava subindo, cogitando por outro lado se ela não estava talvez querendo aproveitar a oportunidade pra meter o bedelho na obra e ver o que estavam aprontando em seu prédio, preferindo, portanto, que o encontro fosse no nosso apartamento em reforma. Como saber, nessa vida, o que era certo, o que era errado, quando se fazia alguma coisa?

Mas como convidá-la, se não havia nem sequer uma cadeira apresentável no apartamento? Tudo estava revirado pela confusão dos sacos de dormir espalhados pelo chão. Por sorte, a síndica mais uma vez logo respondeu que tudo bem, e eu vi que de algum modo as coisas mais uma vez acabavam dando sempre certo. Ela disse ainda, como se fizesse questão de eliminar toda e qualquer dúvida que ainda pudesse restar em mim, que já estava me esperando. Eu desci quatro andares e cheguei quase num piscar de olhos ao apartamento dela, que ficava no nono.

Ela me recebeu pessoalmente.

Uma periguete da melhor idade, cachorra master, pensei, sessenta anos e cara de ninfeta, embora pudessem ser também cinquenta, o que já não a deixava tão longe assim de Lívia e calava a boca da minha ironia muda e, assim eu esperava, invisível. Logo vi um Vik Muniz na parede, que ela devia ter comprado havia um bom tempo, quando a meleca na tela ainda não chegara ao milhão. Ao passar do quadro à síndica de novo, percebi que desde o princípio tentava fugir de seus olhos insistentes, e pensei que o cheiro das verdes folhas da hortelã nunca é tão intenso como no momento em que as mesmas começam a murchar.

Objetivamente dentro do nosso assunto, falei, talvez rebuscando um pouco e adicionando uma dose de otimismo ao discurso, o que ela já sabia, ou seja, que o plano da obra previa mais cinco ou seis meses de trabalho. Ela foi logo dizendo que então calcularia um ano de reforma, sem tirar as pupilas de mim, e mostrando uma fixidez que eu imaginei estar fundindo meu rosto, além de me confundir. Tive a sensação de não passar de uma máscara de borracha diante de um maçarico, e vi meu nariz se derretendo, meus cílios colando nas pálpebras e deixando marcas pretas de fuligem na pele, o castanho dos meus olhos manchando as bochechas e minha cabeça toda se tornando uma bolota informe aos poucos.

Como você é parecido com seu pai, ela disse, cessando o processo da fusão, e me fazendo perguntar por dentro, num gesto de autodefesa, se meu pai pegara aquela ali também. Podia bem ser, mas eu me limitei a dizer que sim, afetando seriedade, que muita gente já dissera que éramos parecidos, ainda que eu mesmo não achasse, até porque eu usava óculos, e ele usava lentes, porque minha pele e meus cabelos também eram um pouco mais escuros, ao que ela me interrompeu dizendo que eu também deveria usar lentes, que aquele castanho penetrante não deveria ser escondido atrás de vidros, por mais finos e elegantes que estes fossem.

A liberdade da desconhecida me deixou estupefato, mas me limitei a dizer simpaticamente que pensaria a sério no assunto, já que ela estava dizendo, e ainda brinquei que talvez só não aceitasse a sugestão porque não queria perder um certo ar intelectual que acreditava que os óculos me emprestavam. Ela viu no chiste surpreendentemente familiar até pra mim uma porteira aberta, e chegou a virar um pouco as pernas em minha direção, elas que antes estavam discreta ou até coquetemente postas de lado por causa da saia curta, para a idade dela curtíssima. Em seguida ela ainda ajeitou os cabelos com uma mão cheia de graça.

Senti uma vontade gigantesca e ao mesmo tempo assustadora de pular em cima da síndica ali mesmo no instante em que também me lembrava que já a devia ter visto alguma vez, embora não soubesse onde, talvez um encontro fortuito na rua, daqueles que marcam sem que a gente se recorde conscientemente deles. Acho até que tive um princípio de ereção, que cortei pela raiz com um gole espalhafatoso na água gelada trazida pela copeira alguns minutos antes, enquanto pensava numa cachoeira de Mauá em que mergulhara em pleno inverno quando ainda era criança pra mostrar ao meu pai como eu também era macho.

Acabei dizendo que estava tudo certo, então, que em caso de qualquer dúvida bastaria que ela falasse com o arquiteto, ele quase sempre estava na obra. Triunfei sadicamente quando ela perguntou se eu não queria lhe dar meu celular pra alguma emergência, dizendo que jamais tive celular, e ela se vingou, foi o que me pareceu, retrucando:

Engraçado, até nisso vocês são parecidos. Seu pai também não gostava de celular. Mas pelo menos tinha um. Lembro que certa vez..., e ela começou a contar uma história desinteressante, ao que tudo indica pra maquiar um pouco a intimidade sem dúvida exagerada em relação ao meu pai que estava tentando a toda custa mostrar diante de mim.

Pra não dar chance àquela vontade absurda que voltava enquanto a cor alegre do batom da síndica se mexia em torno da cavidade que falava sem parar aquilo que eu não ouvia mais e que me fazia apenas sentir uma vontade louca de enfiar meu pau em tanta e tão pintada boca, eu disse que precisava ir assim que ela terminou, ao que ela ainda respondeu, não escondendo insinuações, que, qualquer coisa, ela estaria sempre à disposição. E, fazendo meu desespero chegar ao ápice, deu uma mordida num biscoito que minguou em sua boca, deixando em sua mão apenas a lua crescente e bem regular daquilo que restou.

Quase corri abaixado até a porta, onde ainda tive de me despedir dela com dois beijinhos. Porque ela simplesmente avançou sobre a mão que eu fiz menção de estender, forçando o contato.

Perfume de puta.

12.

Saudações!

Por aqui vai tudo bem, tirando o calor e o Normélio Maliuk, que se enforcou.

Dia desses tentamos ligar mas não deu certo, a central do telefone também vive com problemas.

Na missa da festa do churrasco de sócios, que foi grande, o padre fez uma oração especial pela morte do Yannick, a comunidade inteira rezou junto.

Estamos tratando bem o Campeiro, o boizinho brahma que nasceu quando estiveram por aqui. Quem sabe não será ocasião pra nova visita quando ele já estiver gordo e for carneado. O Mineiro, vendemos pro Canísio, vai virar touro de raça.

A chuva tá fazendo falta, o que não ajuda nada no calor, mas talvez ela venha pra noite. No açude, às vezes se vê os peixes com o lombo de fora da água. Na parte mais funda, só tem meio metro, ainda. Se não chover nos próximos dias as bergamotas também começam a cair. E olha que os pés tão carregados. O milho, do tarde, não vai dar. O soja já apanhou bastante, acho que não pega mais grão. O potreiro todo está secando. A chuva promete e promete, mas não vem. Talvez amanhã ou depois.

O Carmo se aposentou, aproveitando o salário mínimo do governo, e o Clarito finalmente passou na prova da carteira de motorista e agora vai dirigir pra nós, além de cuidar da chácara como sempre. Na próxima vez, já vai ser ele quem leva as visitas pra Santa Rosa, em caso de necessidade.

Estamos pensando em reformar a casa, faz tempo que não mexemos nela.

Se bem me lembro, se falou quando aqui estiveram, mais da parte da dona Lívia, que gostaram muito da schmier colonial. Mandamos uma de melado com batata-doce, pelo correio, ao endereço anotado no caderninho, um vidro, ficou bem cremosa, tomara que gostem de novo.

Tomara, também, que o Inter se classifique mesmo pra Libertadores, mas parece que tá difícil.

Abraço

Vassili

Ah, esqueci de dizer: o professor Alfredo me ajudou a digitar o e-mail e corrigiu alguns erros, achei que devia citar o nome dele, mesmo ele falando que não precisava. Disse que vai continuar ajudando.

Toquei o canto do olho, no lugar em que uma lágrima me fazia lembrar que a humanidade talvez realmente existisse, e que a vida antes da morte não era simplesmente uma balela.

Botei algumas vírgulas ainda faltantes no e-mail durante a leitura, a fim de entender um pouco melhor aquelas linhas. Com alguma dificuldade, me lembrei que Clarito era o irmão mais novo do Carmo, que o substituía de forma definitiva no serviço ao casal, portanto, já que o irmão mais velho finalmente conseguira se aposentar com o salário mínimo do governo, se livrando dos trabalhos da assim chamada estância. Fora o próprio Clarito, aliás, agora eu me lembrava, que nos ensinara como a internet era enxada rudimentar naquelas roças, servindo no máximo pros agricultores mais carentes buscarem a eventualidade de uma esposa, produto escasso no lugar. Segundo ele, um mais ousado até botara um anúncio no facebook dizendo que procurava mulher com trator, e que as interessadas por favor mandassem uma foto… do trator.

Canísio era um vizinho do qual João, o Vermelho, meu saudoso Yannick, aliás também já falara ao contar de seu mundo, que aliás outra vez já parecia a mim fazer parte mais da fantasia do que da realidade. O Normélio Maliuk eu não conhecia, mas o mesmo João não se cansara de dizer que o índice de suicidas no lugar era altíssimo, e que o enforcamento era quase sempre a forma escolhida. Eu não gostava nem de me lembrar do assunto, doía demais. O professor Alfredo era o diretor do colégio local, eu o conhecera no enterro de João, o Vermelho.

Fiquei comovido com a naturalidade do velho Vassili ao falar da criação, lembrei que ele chamava biblicamente de "criação" aos animais domésticos dos quais cuidava com tanto apego, um apego que não raro os homenageava com a faca e a carne sobre a mesa, consumida de modo quase sagrado todos os dias. Ele, aliás, falava de tudo como se fôssemos parte daquele lugar, amigos íntimos que tudo conheciam, que até torciam pelo mesmo time de futebol, e senti que ele realmente desejava que assim fosse e que não demorássemos a visitá-los. E isso era, inclusive objetivamente, mais do que compreensível, eu representava o único elo com o filho que ele perdera, e que saíra de casa tão cedo pra viver longe de casa uma vida tão diferente da dele. E de Lívia, ademais, tanto o velho Vassili quanto dona Maria haviam gostado muito, era visível. Ela era uma senhora muito fina e gentil, conforme diziam.

Respondi imediatamente, não contendo minha felicidade, homenageando-o como ele mais gostava, em sua longínqua língua russa, e chamando-o de diêduchka, contando tudo de bom que nos acontecera desde a visita e evitando a menção a qualquer eventual problema, aquela gente já os tinha em suficiência no sol do verão, na seca inclemente que ele mesmo citava, e na geada do inverno que ainda viria.

    Só mencionei as dificuldades da viagem de volta pra justificar a impossibilidade de uma visita imediata. Se o aeroporto ainda existisse, isso não seria assim tão difícil. E, ademais, já estávamos em plena reforma da casa em que iríamos morar, inclusive estimei a coincidência das duas casas sendo reformadas, e, como o avozinho devia saber, não dava pra largar a obra sem mais nem menos. Agradeci o envio da schmier dizendo que certamente iríamos nos esbaldar, e insisti que ele continuasse contando as novidades, feliz por ter se decidido a encarar o computador, bem mais ágil nessas circunstâncias, apesar da alegada e constatada lentidão das conexões. E prometi, sentindo as lorotas do lero-lero, as unhadas do nhe-nhe-nhem, que, assim que fosse possível, voltaríamos a visitar as missões, pois estávamos os dois com saudades.

    Em seguida, reenviei o e-mail a Lívia às pressas, comovido como uma mosca que se afoga no mel.

13.

Aproveitando a visita do filho, Lívia queria aumentar meu contato com sua mãe e me apresentar ao resto pouco numeroso de sua família logo de uma vez, já era tempo. Sua mãe passara um bocado dos oitenta, e Lívia garantia que ela continuava ágil, lépida e faceira, até nadava seus mil metros a cada dois dias no Clube Caiçaras, sempre se queixando de que na hidroginástica só havia velhos.

Lívia também contou várias histórias de como às vezes ficava esperando pela mãe quando por acaso resolvia passar alguns dias em sua casa, ia dormir preocupada à meia-noite, rolava na cama até ouvir o barulho da porta do quarto da progenitora às duas da madrugada, para só então repousar com algum alívio. No ano anterior, ainda, fizera com ela uma viagem a Lisboa e Barcelona, e a velhinha mostrara uma fibra e tanto. Quando Lívia estava cansada dos passeios diurnos, sugeria à mãe jantarem no hotel, ao que a mãe sempre dizia que não viera a Lisboa, muito menos a Barcelona pra dormir, que queria jantar fora, que não era louca a ponto de perder a reserva no El Taller de Ferran Adrià.

E a marquesinha, assim Lívia a chamava, aliás tivera de ser contida, do contrário ainda faria um passeio catalão a Girona apenas pra almoçar no El Celler, ela colecionava restaurantes em fotos que agora aprendia a botar no instagram. Um pouco intrigado com tanto discurso sobre a mãe, achei que Lívia estava apenas querendo mostrar ares de responsabilidade e uma circunspecção pouco festeira que por certo agradaria, segundo ela, à minha seriedade seminarística, embora nada tivesse a ver com o passado daquela intrigante Lotus amarela da foto.

Você vai gostar dela, Lívia ainda garantiu, sentindo o medo típico de quem faz afirmações peremptórias, e que eu só notei porque um tremor em sua voz acabou traindo a verdade que as palavras tentavam esconder.

Vou, sim, e até parece que a verei pela primeira vez.

Sim, mas vocês nunca conversaram, e agora seus olhos sorriam junto com sua boca.

A apresentação seria feita num jantar em família na casa da mãe, a mãe fazia questão, e assim também tirava das mãos de Lívia uma tarefa de certo modo ingrata. Uma tia também se faria presente com o marido, que lamentavelmente começava a manifestar os sinais do mal de Alzheimer, e ainda algumas amigas, mais da mãe do que de Lívia, a gangue da mamãe, conforme a própria Lívia dizia, sem contar meia dúzia de amigos de Lucas, que logo fez questão de assegurar que não embarcaria sozinho naquele programa de índio de jeito nenhum.

Eu não sabia se preferiria as velhas ou os jovens, mas tinha a mais absoluta certeza de que, se pudesse escolher, teria ficado em casa sozinho e não encontraria ninguém. A experiência já me dera algumas lições, e eram poucas as vezes em que eu resolvia tirar meu pijama metafísico e não me decepcionava ao botar o pé na rua.

Só o deslocamento à Barra já me fez pensar duzentas vezes

que ficar trancado em casa estava longe de ser o pior programa. O mundo era perigoso, e o casal de artistas ingleses que viajara destemidamente de bicicleta por mais de vinte países acabara morrendo atropelado em Bangkok. E o doido que se propusera a vir jogando bola dos Estados Unidos ao Brasil terminara por morrer do mesmo jeito já nos primeiros quilômetros.

O que é aquilo ali, mais um shopping, perguntei em dado momento, doce.

Não, a Cidade da Música, seu ET, Lívia respondeu.

Que diferente, né?

Pena que nunca foi aberta.

Mas parece estar funcionando.

Ah!

Inclusive à Barra da Tijuca um dia se chega, embora Miami às vezes pareça mais próxima. E apenas pra descobrir mais uma vez que chegar também está longe de ser a melhor coisa que a vida pode nos oferecer. Depois de me postar na fila dos parentes pontuais e ouvir o porteiro latir, fiel, no interfone da cabine diante da casa, o nome dos que chegavam, deixei Lívia entrar na frente e quase estaquei à soleira da porta. Se eu pudesse, acho que sempre pararia à soleira, olharia de longe as pessoas reunidas e voltaria a me retirar em seguida.

Não sei em que medida a mãe sabia de mim e de minhas relações e interesses, mas foi logo me mostrando seus quadros, vi dois Antonio Dias, uma gravura de Waltercio Caldas, um Cildo Meireles e uma escultura particularmente esplêndida, que não consegui identificar. Tudo muito bem escolhido e distribuído em sua sala, iluminação especial pra cada uma das obras, paredes com fundo adequadamente escolhido pros quadros.

Mas o que logo vi também, confirmando o veredicto favorável da filha e a impressão de outros e breves carnavais, foi que a velhinha era uma dessas pessoas cuja idade social, um conceito que inventei na hora, era muito diferente da idade real. Se, estendendo a abrangência do referido conceito, eu estimava a minha idade social em cerca de cento e vinte anos, embora já estivesse melhorando e o fato de me encontrar ali era uma prova disso, a da mãe de Lívia deveria ser de uns dezesseis bem adolescentes.

Lucas logo se retirou com os amigos, depois de explicar diplomaticamente à avó opiniática que não estudava na capital, não, que a capital da Nova Zelândia, apesar de não ser a cidade mais populosa, era Wellington, e não Auckland, o que por certo explicava a confusão da avó, aliás corroborada pela tia e por suas amigas.

Ao contrário do que acontecia comigo, que em dado momento pensei, gregário de repente, que a coisa na festinha da sogra ainda poderia melhorar e não incomodei Lívia pra ir embora, Lucas devia saber desde o princípio que aquilo que já era ruim só poderia piorar. Ao contrário do que aconteceu nas bodas de Canaã, nos salões da vida real o melhor vinho nunca era servido no final.

Pelo que consegui ouvir, Lucas até fugira pra bem longe. Fora com os amigos a Petrópolis, enquanto eu já imaginava, sentindo alguns apelos que julguei devidos à minha idade real, que às vezes ainda se manifestava, o que haveria de rolar na casa que eu nem sequer conhecia. Mas eu não sentia a menor vontade de voltar a Petrópolis, já passara anos demais da minha vida por lá.

O tio com Alzheimer, outrora líder da célula comunista Lafayette e professor de física quântica do insigne Enéas das duas às quatro da madrugada, o único horário em que o eterno e ocupado candidato à presidência tinha tempo, começou a falar da crise imobiliária americana, o último assunto que ele parecia ter compreendido em toda a sua abrangência, quando o cérebro talvez ainda se mostrasse intacto. Os mais próximos ignoraram qualquer inconveniência, e entraram no assunto como se ele fosse a manchete de todos os jornais do dia, apesar de já terem se passado mais de três anos. Tratavam o velho com todas as colheres de chá de uma atenção que achei até obnubilante, recalcante, apesar de possivelmente humana. Eles o bajulavam como se fosse um ditador no desterro, um imperador no exílio.

É isso que dá financiar dois ou três imóveis como investimento sem ter dinheiro pra comprar nenhum, alguém disse.

No Brasil vai acontecer a mesma coisa, uma voz cansada de mulher acrescentou.

Sabiam que em São Paulo as empreiteiras agora já oferecem os apartamentos com uma árvore de estimação, outra acrescentou.

Uma árvore no pátio e três carros na garagem, a primeira tascou, afetando ironia e uma revolta que nas entrelinhas apenas murmurava, esses paulistas, com o conhecido desdém de quem nasceu no berço esplêndido do Rio de Janeiro.

E que a prefeitura de São Paulo instalou quatrocentas árvores sintéticas na cidade a um custo de mais de um milhão de reais, uma terceira emendou.

Enquanto eu aproveitava o primeiro desvio naquela estrada e me lembrava, todo carioca também, que o falecido Bussunda, acho que foi ele, ao ser perguntado sobre qual fora o lugar mais estranho em que já fizera sexo, se limitara a dizer, depois de três segundos de uma intensa meditação fingida: São Paulo, uma das senhoras mergulhou na temática, o assunto estava definitivamente atualizado e adaptado à realidade brasileira. A referida senhora disse, vociferando, que a Caixa só ajudava a impulsionar o preço dos imóveis às nuvens com os financiamentos oferecidos. Ela estava querendo se mudar e não conseguia, pelo que entendi. Eu via que ela queria brasas pra sua sardinha, que não assava.

Outra foi ainda mais específica e alegou que em breve a

bolha imobiliária do Rio de Janeiro também explodiria, os preços dos apartamentos estavam impossíveis, que aquilo não tinha mais nada a ver com o princípio de realidade. Pensei que ela, além de afagar a amiga, devia estar fazendo algum curso sobre Freud na Casa do Saber, que a minha amada Lívia também frequentava de vez em quando, e logo me lembrei do advogado, o pit bull do meu pai, dizendo que talvez fosse conveniente pensar em vender dois ou três imóveis, pois o preço estava lá no alto, e aplicar o dinheiro em algumas ações que haviam baixado muito nos últimos meses, mas eu tinha medo. Eu desistira de vez de tentar o negócio proposto ao ver a lista de documentos exigida pelo comprador interessado. Só do imóvel, e minha memorização coloridamente matemática começou a trabalhar a mil, seria necessário providenciar a certidão atualizada da(s) matrícula(s), a certidão de propriedade e filiação vintenária atualizada, a certidão negativa de tributos imobiliários municipais/IPTU, a certidão expedida pela municipalidade, referente a multas administrativas que vinculam o codlog do imóvel, a certidão cadastral com negativa de tombamento, expedida pela municipalidade, os avisos/recibos do imposto predial e territorial/IPTU, a taxa de lixo e comprovação dos pagamentos das parcelas referentes ao exercício do ano presente e do ano anterior, o comprovante de pagamento de água e energia elétrica (três últimos meses), o comprovante de quitação de condomínio ou associação, acompanhado do comprovante de representação do signatário da declaração, caso não haja condomínio ou associação, e ainda emitir uma declaração na qual constasse inexistência dos referidos. Sem contar meus documentos na condição de vendedor e os documentos dos antecessores dos imóveis, que eu não tinha a menor ideia de quem eram. Só os últimos envolviam mais uma dúzia de certidões, o negócio era uma verdadeira indústria milionária sem custos de produção pros cartórios, um labirinto que me fazia sentir vertigens já depois da primeira linha.

Acordei do meu passeio perdido pela casa do chapéu-coco, lá onde o vento faz sua curva mais fechada, quando a senhora mãe de Lívia pendurou a bolsa coberta de caveirinhas de metal dourado, será que eram de ouro, no encosto da cadeira, e começou a fazer muque, querendo mostrar os músculos que ainda tinha aos oitenta e cinco anos de idade e dizendo:

Olha aqui, ó, olha, viram?

E na parte fechada do ângulo do braço de fato se formava alguma coisa que todos saudaram com vivas e risadas, sobretudo por ser mais rija na parte de cima do que flácida na parte de baixo. Eu só consegui reconstruir na mente a cena, que via sem lhe dar atenção, porque o despertador das gargalhadas foi alto demais.

Depois Lívia começou a contar nossa viagem às missões, e o tio com Alzheimer, tio Jordão, conforme foi apresentado, me perguntou a que distância de Porto Alegre ficava a casa de nossos conhecidos e como havíamos chegado até eles. Eu disse que eram seiscentos quilômetros, que na ida fizéramos o caminho de ônibus, pensando que o faríamos de avião na volta, mas que havíamos nos enganado feio. Quando eu terminei meu discurso um pouco esticado acerca dos percalços do retorno, o tio baixou a cabeça e, ao levantá-la, olhou pra mim e me perguntou a que distância de Porto Alegre ficava a casa de nossos conhecidos e como havíamos chegado até eles. Eu me ajeitei na cadeira, entrei no delírio coletivo e contei minha história de novo, um pouco mais resumidamente e, assim que cheguei ao final, aliviado, o tio deu um sorriso e logo me perguntou a que distância de Porto Alegre ficava a casa de nossos conhecidos e como havíamos chegado até eles. Eu disse seiscentos quilômetros e que havíamos viajado de ônibus, na ida e na volta, me lembrando que o tio já fora surpreendido várias vezes, perdido na rua, esquecido da casa em que agora morava e buscando poeticamente, mas em vão, os lugares em que habitou no passado. Foi quando a tia, impedindo a chegada certeira da mesma pergunta pela quarta vez, atualizou bruscamente o assunto, perguntando à queima-roupa se os outros viram a notícia do pernambucano que fora preso com uma carteira de identidade falsa que, por incrível que pareça, mostrava a foto de Jack Nicholson.

Alguém tinha lido a respeito, sim, e a mulherada começou a se perguntar como um falsificador podia ser tão burro a ponto de botar a foto de um conhecido ator americano na carteira que na verdade deveria esconder sua própria identidade. De quem aliás, ele estava querendo fugir? Ou será que pretendia se apresentar mais garboso a alguém? Minha futura sogra ainda brincou dizendo que ele talvez tivesse respondido ao delegado, no momento em que fora preso: quero ser Jack Nicholson, até porque Jack Nicholson era bem mais interessante do que John Malkovich, que estava parecendo meio gay em seus últimos filmes.

Mas ele é gay, você não sabia, dona Eudora, uma das amigas disse na voz correspondentemente alta para que o aparelho auditivo da mãe de Lívia pudesse captar a mensagem.

Mas não é mesmo, disse dona Eudora.

Foi só então que me dei conta de que Lívia nunca me dissera o nome de sua mãe, que aliás continuava, animada:

Eu até aceitaria um gay desses pra mim, ainda que o Jack Nicholson seja bem melhor. Mas na rua quem me olha são só esses velhos de mais de oitenta anos. E emendou mais um de seus discursos contra os idosos, enquanto eu aproveitava pra pensar nas escadarias do nosso novo apartamento, e me perguntava se talvez não seria bom mesmo, apesar das dificuldades, vender alguns dos imóveis, já que nem todos estavam alugados, inclusive. Eu poderia deixar tudo nas mãos do advogado, autorizá-lo a dar os passos necessários, terceirizar a molhagem providencial das mãos. Eu precisava, também, terminar de uma vez por todas a inspeção no cofre do meu pai, pra poder alugar seu apartamento, não pensava em vendê-lo, o que aumentaria significativamente as entradas mensais com os preços que vinham sendo praticados no Rio de Janeiro.

Mas vendendo um ou dois eu conseguiria dar um jeito na falta de capital líquido pra tocar com mais desenvoltura a reforma da casa, aproveitando, por tabela, pra me desvencilhar logo de uma vez dos que não estavam regularizados, e até por isso não haviam entrado no inventário. A posse de um deles, e não era o mais problemático, inclusive estava registrada num guardanapo de restaurante. Certamente eu encontraria compradores dispostos a acertar tudo com um contrato de gaveta, a ocasião era propícia, meu pai seria o último a não me dar apoio, farejara tantas oportunidades na hora de comprar, agora eu faria o mesmo na hora de vender. Talvez meu pai, se ainda estivesse vivo, se limitasse a chamar minha atenção mais uma vez pra minha falta de espírito empreendedor, afinal de contas quem vendia não empreendia, mas até em relação a isso ele já mostrava carinho quando estava doente. E agora não poderia dizer nada mesmo, inclusive porque estava longe de estar vivo.

Uma das velhinhas doidas me acordou de novo dos meus pensamentos golpeando sem mais nem menos o piano, e arrancando dele um acorde tão agudo que, assim me pareceu, seria capaz de afiar uma faca.

14.

Parece que o primeiro andar do apartamento havia sido completamente quebrado e os pedreiros, segundo o arquiteto, começariam a trabalhar no intermediário ainda antes do fim do ano, embora o mestre de obras já estivesse prevendo uma pausa nos trabalhos por falta de pessoal pelo menos entre 20 de dezembro e 10 de janeiro. Alguns dos pedreiros queriam voltar ao Nordeste pra ver a família, de avião a coisa ia mais rápido, e agora a viagem realmente valia a pena. Nem sequer era tão mais cara assim do que a viagem de ônibus, conforme ouvi, surpreso, um daqueles homens estranhos, eu definitivamente não conseguia me acostumar a eles, comentar com outro a certa altura.

Se contadas as despesas de alimentação durante a viagem, dá quase na mesma, o esquisitão terminou dizendo.

Mas, claro, é só comprar a passagem com antecedência, o outro respondeu, concordando, e acrescentando que não perdia as ofertas quando elas apareciam.

Era só eu, portanto, que não percebia certas coisas à minha volta. Ainda descobri na assustadora indiscrição sonora, típica daqueles homens, que só um certo Indalécio, que deixara tudo pra última hora, não viajaria, e ficaria cozinhando no calor de seu barraco, na Rocinha.

    Eu não estava conseguindo voltar pro apartamento do meu pai, apesar da pressão cada vez maior do advogado, e, quando pensava que era melhor resolver o problema logo de uma vez, me limitava a calçar os sapatos vermelhos que ele um dia usara e caminhar pela sala da minha casa até me cansar, enquanto chorava aos acordes do *Réquiem* de Mozart, homenageando-o atrasadamente, como sempre acabamos fazendo na vida, porque alguma coisa sempre ficará por ser dita. Era um dos CDs que ele mesmo me dera, a segunda gravação de Karajan, feita em 1975 com a Filarmônica de Berlim, cantada entre outros pela soprano Anna Tomowa-Sintow e pela mezzosoprano Agnes Baltsa. Na música eu conheci um *Réquiem* bem melhor do que o apresentado na gravação sonoramente precária de Bruno Walter e inclusive superior ao da primeira gravação do próprio Herbert von Karajan, que eu me encarregara de baixar da internet. Me curvando mais uma vez ante a sabedoria do meu pai, eu já me perguntava, comovido, se também de música ele talvez não entendia mais do que eu, já que eu não tinha a menor noção da existência daquela segunda gravação até o momento em que ele a deu de presente pra mim, mostrando um conhecimento que na época fiz questão de creditar ao acaso.

    Eu já não lia mais, parecia não haver mais tempo pra algo assim na correria do mundo, e eu só notava que era assim quando ficava de molho em casa por várias horas sem fazer nada. Lívia era minha tábua de salvação também nesses momentos, meu Deus, eu realmente não tinha em quem me agarrar, não ia sair por aí com o advogado do meu pai, até convidara pra almoçar certo dia o estagiário que me ensinara os primeiros princípios da vida autônoma, mas a conversa com ele logo caíra no vazio. Ele realmente não passava de um office boy no sentido mais limitado do termo, e, como tal, era perfeito, mas apenas como tal.

Até isso Lívia percebia, no entanto, e quando lhe liguei depois de mais quatro horas de mergulho musical na minha própria solidão, ela me disse que só estava esperando o filho voltar a Auckland pra sair mais comigo, me levar às exposições. Como, se eu nem sequer me queixara, se eu não dissera nada a respeito? E ela logo continuou, com toda a suavidade de sempre, alegando que eu precisava conhecer os artistas plásticos que tanto apreciava, sair da casca em que ainda estava, me livrar da baba uterina que continuava me cobrindo. Isso ela não disse, mas eu pensei.

O sol ia azedando aos poucos, mergulhado num mar aéreo de tons vermelhos e inusitadamente verdes, até parecia que o céu invertia a situação normal e espelhava o oceano, o dia ia embora e a noite chegava, já velha. Mais uma vez eu não tinha posto os pés fora de casa, passeara sem grandes interesses pelo computador, a TV ligada em programa nenhum, cinco minutos de comédia com um pastor bem conhecido, alertando com todo o vigor de sua boa retórica romana, vejam só, sobre os falsos pregadores espalhados por aí, pra depois alardear a cura dos homossexuais, ilustrada com depoimentos enfáticos. Acabei enfim num canal de notícias, vendo sem ver uma tal de Adriana Santos, de Salvador, reclamar que seu médico lhe receitara cadialina pra emagrecer.

Quando ouvi o termo, parei, e o apresentador logo fez a mesma pergunta que eu:

Cadialina?

E a dona de casa, ela parecia uma dona de casa e em seguida foi de fato identificada como tal na legenda, explicou que o doutor lhe recomendara procurar um ferreiro e comprar três cadeados, acho que foram três, um pra boca, outro pra geladeira e o terceiro pro cofre, se é que havia um cofre na casa dela. Daí, a cadialina. Ainda havia médicos espirituosos no mundo, eu pensei, insultando interiormente a gorda e lembrando que, se não fosse minha empregada, eu mesmo certamente teria morrido de fome, se é que se morria de fome num só dia.

 E, sentindo o estômago doer, emendei cogitando que deus teve de dar ao homem um paladar, a fim de que o mesmo homem se alimentasse, e uma pulsão sexual, a fim de que se reproduzisse, e que só nisso já se podia reconhecer o que deus, santo deus, achava da razão humana desde o princípio. No mesmo instante, um botão saltou da minha camisa, eu o segui com os olhos até que ele desapareceu debaixo do aparador. Era a perversidade da matéria. Incrível como eu às vezes até sonhava com a vida aventureira de um navegador dos sete mares, mas na realidade acabava tecendo sempre e sem querer a rede que me mantinha bem preso dentro de casa. Eu sofria e mesmo assim continuava trabalhando contra mim mesmo, sonhando com um devir do qual apenas me afastava, porque o ser real vencia o vir a ser fantasioso, se tornando cada vez mais forte.

 Me estiquei pra alcançar uma jujuba numa bonbonnière e quase desisti no meio do caminho, porque minhas costas doeram. Ao abrir a página dos meus e-mails continuei descendo morro abaixo na estrada do sensacionalismo e parei numa manchete que anunciava algo sobre o filho de uma certa atriz boquirrota. Aquela seleção de notícias estava realmente lamentável, atravancava meu caminho, mas eu também parava em vez de pular por cima. Será que o nome da criatura que nascera era mesmo Dom, Dom Piovesani? Daria um bom bispo comedor de criancinhas, com certeza, e eu sabia do que estava falando.

 Fui acordado da viagem repentinamente pela descarga do apartamento vizinho, que mais parecia uma gata no cio. Meu susto só não foi maior porque me lembrei do ventilador no escritório de dona Eudora, que depois de dois minutos começava a cantar como se fosse um canário. No mundo das coisas estragadas havia máquinas assim, que mais pareciam animais. Quando enfim cheguei aos e-mails, consegui ver alguma graça no mundo, algum sentido no universo de novo.

Saudações!
Lamentamos a aventura do aeroporto que não existe mais. Não é tão longe assim de ônibus.

O granizo que caiu estes dias destruiu todo o telhado da casa, fomos obrigados a nos esconder debaixo da mesa de madeira. Por sorte o forro ainda não tinha sido trocado, mesmo assim se perdeu muita coisa feita. Os galpõezinhos, que já estavam prontos, vão ser levantados de novo. O material necessário praticamente já foi todo adquirido. O problema é que o Lauro agora anda ocupado com a vizinhança que sofreu ainda mais do que a gente, e a casa vai demorar a ficar pronta. Mas talvez pra quando vierem nos visitar já esteja tudo em ordem.

Estamos nos organizando pra terminar tudo até o início do ano que vem, pelo menos.

Apesar do granizo repentino, ainda não choveu de verdade. A situação é crítica. Tem uma previsão pra amanhã. Em alguns lugares dá pra atravessar o rio Uruguai a pé. Já estava querendo chamar o Canísio pra pegar os peixes do açude, mas pensamos em esperar talvez uma visita. Acho que o pessoal da cidade ia se divertir muito, o Clarito diz que tem carpas de mais de cinco quilos.

Ontem teve reunião dos transgênicos, os agricultores precisam se conscientizar. O Matias Nimrod, que estudou fora e foi o único daqui que estudou fora e voltou, participou pela primeira vez. Foi uma grande conquista para a comunidade, agora só precisamos trabalhar pra que ele aceite secretariar as reuniões. É um homem esquisito, mas tem uma cabeça daquelas.

Tantos casos de câncer nos últimos tempos devem ter algum

motivo. Só podem ser os transgênicos. Nos exames de sangue da semana passada os triglicerídeos continuavam um pouco altos, mas vai se dar um jeito. Também foi feita uma avaliação da próstata. Ela está grande, mas lisa. Por enquanto não é caso de cirurgia, o médico garantiu. A saúde de dona Maria continua de ferro, conforme os exames.

A schmier chegou mesmo? Tava boa? Dona Lívia gostou?
Novidades são sempre bem-vindas.
Abraço
Vassili

15.

Aceitei o convite de Lívia e fui com ela levar Lucas ao aeroporto, a fim de alimentar um pouco mais a estabilidade do nosso namoro, mas um tanto envergonhado por não ter carro a oferecer e nem sequer poder ocupar o volante do Corolla, ao lado dela. Pelo menos fui no banco do carona, depois de ter esperado um bom tempo pra ver qual seria o lugar destinado a mim. Felizmente, Lucas, ao se despedir com um abraço afetuoso da avó, que pediu desculpas por não ir junto, ela não podia perder a aula de natação, acabou embarcando sem piadinhas no banco traseiro.

Junto ao portão de embarque, me afastei discretamente pra que mãe e filho pudessem se despedir com a devida intimidade, enquanto tentava calcular os pontos que havia ganhado na ação e o preço que pagara por eles. Bondoso, misericordioso, até evitei meus comentários quando no estacionamento demos de cara com um gato abandonado, que ao nos ver desembarcando do carro logo saiu correndo.

Ainda bem.

Se tivesse se aproximado, e talvez ronronado um pouco, Lívia talvez lançasse sobre ele o amor que o gato morto levara consigo. E eu mais uma vez seria obrigado a fazer meu discurso sobre a dermatomicose, a sarna sarcóptica e a toxoplasmose, que era a pior, apesar de afetar sobretudo mulheres grávidas, do que Lívia estava longe.

Eu também já fizera questão de dizer a Lívia que por mim não teríamos gato no novo apartamento, aproveitando a desculpa médica da minha alergia, que não era nada especulativa como as outras doenças que eu às vezes afetava, e dizendo que o descuido de Lucas, nesse sentido, talvez tivesse sido apenas providencial. Embora chateada no princípio, ela gostou de me ver defendendo até os vacilos de seu filho, nos quais eu só via o saldo positivo a meu favor, aproveitando pra garantir uma vida sem pelos no pulmão. Inventei até que durante um bom tempo ao chegar perto de uma mulher, como se houvesse existido alguma antes de Lívia, eu vasculhava com todo o cuidado as roupas da mesma com meus olhos míopes a fim de ver se não identificava algum pelo perdido que me faria sair correndo logo de cara.

Sem contar que eu achava deselegantes aquelas redes nas janelas, e não queria lidar com gatos suicidas nem com aquele instalador que, pra provar a resistência de suas malhas e pregas, se jogava, como eu vira certa vez na casa de uma amiga de Lívia, com um salto cheio de coragem estúpida contra as redes, mesmo estando no vigésimo andar de um prédio. A cena me parecia vertiginosa demais, e inclusive dantesca, até porque em tudo que acontecia eu sempre imaginava o pior resultado, qualquer que fosse a experiência a se desenrolar ante meus olhos ou minha mente.

No fundo eu continuava achando um saco ter de me submeter àquilo tudo, agora até levar meu enteado, deus me livre, enteado, ao aeroporto. Mas reagir custaria bem mais do que obedecer e aceitar o convite, e no fundo também não me doía tanto assim me afastar pra não atrapalhar na hora em que os dois se diriam adeus.

O avião que partia para a Nova Zelândia também significava a volta à normalidade, que incluía passar as noites com Lívia, eu já estava com saudades, e ademais poderia me libertar um pouco daquela solidão toda que começava a me doer quando eu olhava pro lado e não encontrava ninguém com quem conversar. Não que eu quisesse ou precisasse de fato de alguém, mas saber que, se quisesse, não o encontraria, me deixava angustiado, e a mãe do moço estava desempenhando muito bem aquele papel de esteio no pântano da minha vida. Era coisa fácil ignorar um arame farpado aqui e ali.

Quando enfim voltamos a estar sozinhos, eu botei a mão debaixo da saia de Lívia no carro, ainda no estacionamento do aeroporto, e ela bateu no meu braço de leve dizendo:

Mas olha só, o meu menino está carente!

Isso me desagradou um bocado. Pensei que ela talvez estivesse pensando no filho e desviei as ideias imediatamente para a síndica, a fim de afugentar meu primeiro pensamento. Mas, ao ouvir seu convite, acabei dizendo que não, que preferia não acompanhá-la à obra, até porque precisava terminar de uma vez por todas de avaliar os papéis guardados no cofre do meu pai.

Lívia ainda perguntou o que havia de tão interessante, que me fazia demorar tanto tempo, no cofre, e eu mais uma vez não lhe contei que da última vez nem sequer mexera na papelada, um pouco por medo, mas também porque acabara me distraindo. Só nos veríamos à noite, portanto, e eu cozinharia meu desejo em banho-maria, o que era bom. Cilício, no entanto, eu não estava pensando em usar. Quando minha mão já se encontrava na porta do carro, prestes a fechá-la, percebi, atônito, que o Corolla não era blindado. Como Lívia tinha coragem de sair assim pelo mundo afora, submetida a todos aqueles perigos?

Lívia ainda ronronou afetando uma saudade que antes podara em mim, e eu pensei que ela não perdia por esperar. Ademais, como ela se atrevia a dizer, diante de tanta vontade, minha vontade, minha vontade mais santa, que também não podia ir junto comigo ao apartamento do meu pai porque além de visitar a obra precisava selecionar a roupa suja que a empregada levaria à 5àsec? Juro que entendi Santa Sé, e só bem mais tarde consegui esclarecer a citação do nome francês da lavanderia, satisfeito ao mesmo tempo por Lívia mais uma vez não ter aceitado ir comigo.

Não que eu quisesse que ela fosse quando a convidei, mas ela não precisava dizer seu não justificando-o com um motivo tão banal. Parecia até que tínhamos combinado que era melhor ela nunca aceitar os convites à casa do meu pai, o que era bom, mas quando ela acabava dizendo o não que eu desejava, eu terminava me aborrecendo, ainda mais por causa de uma lavanderia.

Santa Sé!

Chegando ao apartamento, senti o bafo do mundo fechado, eu tinha desligado automaticamente o ar-condicionado ao sair da última vez, ainda bem, abri as janelas por dez minutos, suei como um porco, depois voltei a trancar tudo e liguei o ar central. Em cerca de dez minutos, mais uma vez, já era possível começar a viver ali dentro. E fui direto ao cofre depois de ligar também o ar-condicionado do quarto que, como ficava nos fundos, não estava tão quente assim.

Amontoei numa pilha os papéis soltos sem olhar pra eles, ainda que a cada visada uma desconfiança anterior encontrasse mais um indício, e decidi que aquilo precisaria de tempo, que olharia primeiro as outras coisas, o cofre era grande. Num dos lados, o cofre era fundo, encontrei alguns lingotes de ouro, mais cerca de dez mil euros e talvez uns vinte mil dólares, meu pai por algum motivo devia ter gastado quase todo o seu dinheiro vivo antes de morrer.

Aqui, uma pilha de cartões insinuantes de uma mulher que eu não conhecia, ali uma lista de endereços que referia, entre outras, uma Taradinha do Flamengo, uma Piranha da Gávea e uma Vagabunda do Leblon, que eu não tive coragem de investigar pra ver se talvez não se tratava de Lívia. Num outro canto havia uma série de engenhocas sexuais, bonequinhos a corda que, acionados, se entregavam à maior fornicação grupal, mecanicamente penetrantes, canetas pornográficas, baralhos que ao serem exibidos contra a luz mostravam cenas de sexo das mais bizarras. Tudo de uma época em que essas coisas ainda deviam ser bem raras e difíceis de encontrar, muitas delas esboçadas com grande arte. Numa pilha, ao lado daquilo que ainda hoje deveria merecer o nome de boceta de rapé, havia ainda uma coleção completa dos filmes pirateados e mesmo assim bem encapados de um certo Sady Baby.

O que meu pai tinha a ver com ele, o que meu pai tinha a ver com aquilo?

Nas pesquisas que fiz logo depois, eu descobriria quem era aquele Sady Baby, um gaúcho descalibrado e com alguns fulgores doentiamente geniais. E que meu pai, sabe lá por que caminhos, devia ter pagado uma boa grana pela digitalização inclusive recente daquele nonsense pornográfico, que visitava até as ruínas missioneiras de São Miguel em *Ônibus da suruba*, uma das obras derradeiras do artista, ainda anterior, no entanto, à visão dessacralizadora e interessante de *Tesão dos crentes* e à barbárie de ter filmado a própria filha menor de idade na autorreferencialidade bem pós-moderna de *A filha do diretor*. O culto ao próprio umbigo chegava até mesmo à estética pornô. Sady Baby, um gaúcho de ascendência alemã, ex-jogador de futebol, que eu até confundi com o bem menos original e ainda assim engraçado cantor Ovelha em algumas fotos, chegou a simular o próprio suicídio, se jogando de uma ponte sobre o mesmo rio

Uruguai que João, o Vermelho, tanto cultuava. Seu corpo jamais seria encontrado, no entanto.

Era interesse ou uma simples curiosidade de tons mais perversos que sempre tentei calar com algum sucesso que fazia meu pai encomendar e desfrutar um troço daqueles? Eu buscava respostas, e só encontrava perguntas.

Mais ao fundo do cofre, e a dimensão dos mistérios parecia estar aumentando, encontrei uma série de trouxinhas de pó e tive quase certeza de que só podia ser cocaína. Será que meu pai além de tudo era viciado? Com o maior cuidado, tirei tudo do caixão de ferro em que estava enterrado seu espólio e encontrei ainda vários molhos de chaves e duas pastas fechadas de bom volume. A maior delas, na qual logo parei, trazia a indicação um tanto irônica e disfarçadamente secreta de "Stone Jungle".

Ela era grossa demais pra conter apenas documentos relativos ao apartamento que escolhêramos pra morar, e, quando a abri, logo fiquei estupefato. Além de várias cadernetas com notas, papéis avulsos cheios de registros, plantas baixas, um punhado de recortes de jornal, havia uma série de fotos sem autoria, muitas delas mostrando um incêndio, quase um documentário em imagens. Em pouco, confirmei que elas eram todas da Selva de Pedra ou, mais precisamente, da Praia do Pinto, que um dia ocupou o lugar em que hoje ficava a Selva de Pedra. Percebi de vez que herdei do meu pai uma floresta das mais escuras, e que agora minha vida abria os olhos no meio de um negrume eterno, buscando a luz de uma clareira que talvez nem existisse.

As fotos evocaram em minha memória algumas brigas remotas dos meus pais que eu presenciara na infância, acusações bastante evasivas da minha mãe que eu agora temia ver bem embasadas, mais do que jamais imaginara que seria possível. Abri uma das cadernetas, anotações pessoais do meu pai, registros em esferográfica, algumas delas configuravam quase uma espécie de diário. Não, eu não queria ler aquilo, era demais pra mim.

Por que eu abria logo a caderneta certa, ou errada, e na página mais perigosa?

Ou será que todas as outras eram iguais e nem fora o acaso que mais uma vez botava sua mão suja em cima de mim?

O que eu faria com aquela história toda?

Acossado desse jeito, eu me preparava pra mais uma resenha solitária e muda, enquanto via de novo que na vida não são poucas as vezes em que nos contam segredos tenebrosos, e algum dia precisamos descobrir que cumpre ficar de bico calado. Eis que agora eu entendia inclusive o significado profundo de uma das exclamações mais sinistras do meu pai, um homem cheio de sentenças e rompantes, que sempre que alguém falava em crença, em fé, dizia, menos pra se vangloriar, provavelmente, do que pra pedir desculpas, conforme eu agora descobria, fazendo ainda assim uma confissão que parecia arrogante:

Eu só acredito no fogo!

1968
Anteontem

Na verdade as coisas sempre começam bem antes de nos darmos conta de que estão começando. O começo que vemos é apenas o fim de algo que não percebemos, e na realidade deve ficar mais ou menos no meio do processo que depois chamamos de acontecimento. Exatamente por isso, no caso em questão, no meu caso, talvez tudo tenha começado em 1968, o ano que, também pra mim, ao que parece ainda não terminou.

Ano cheio de estrondos, tanta coisa aconteceu, o mundo mergulhou no caos, um barulhinho a mais aqui, outro acolá, nem sequer era notado, sobretudo vindo de tão longe, o Rio de Janeiro ainda estava longe de ocupar o centro do mundo. Nos Estados Unidos balas bem direcionadas assassinavam Martin Luther King e Robert Kennedy, enquanto no Brasil toda bala ainda era e continuaria sendo por um bom tempo uma bala perdida, sempre que a conveniência mandasse. Guerra do Vietnã num dos territórios ideológicos do mundo, Primavera de Praga no outro, quando os dois lados dessa moeda sempre absurda ainda existiam e isso tinha lá sua importância.

Yuri Gagárin, o primeiro homem que voou ao espaço sideral, dizendo que a Terra é azul, e que olhou pra todos os lados e não viu Deus, um Deus que apesar de seminarista eu jamais procuraria, bem mais tarde, morria num acidente, quanta ironia, ao testar um simples avião de caça. O russo também não sabia voar direito, ao que parece.

Nas minhas artes, cada vez menos plásticas, Andy Warhol era ferido, tantas balas, num atentado às portas de seu estúdio, enquanto Marcel Duchamp morria de velho em sua casa, depois de uma comezinha noite feliz com a esposa e os amigos, enquanto seu mictório era cada vez mais beijado e afagado no mundo inteiro. Jacqueline Kennedy também ainda fingia acreditar na filosofia familiar e se casava com Aristóteles Onassis, virando o centro matrimonial do universo pra depois passear descalça em Capri, um dos lugares pra onde Lívia prometia, outra vez bem mais tarde, me levar algum dia. As manifestações estudantis tomavam conta do mundo, assinalando a ascensão dos jovens sobre os anciãos, e, sob os acordes da Tropicália, chegavam também ao Brasil, onde o presidente Costa e Silva, a fim de preservar a ordem e o progresso, descia o sarrafo bem planejado do AI-5, tolhendo qualquer liberdade de protesto e dando poderes absolutos ao regime militar, que meu pai ainda moço chamava ora de golpe ora de revolução, dependendo de quem era seu interlocutor.

Isso era do mundo, isso era do Brasil.
Mas ouço tantas vozes gritando dentro de mim, outras sussurrando em meu ouvido, papéis farfalhando, inquietas sombras que voltam na penumbra, sobras da solidão, enquanto percorro o cemitério abarrotado de um cofre, vejo lápides e vejo túmulos, lugares claramente indicados e nomes já apagados, sigo fantas-

mas de algozes, fujo a miasmas de vítimas, enquanto vou tentando construir o passado, fazendo a cidade de outrora se levantar aos meus pés.

O ano ainda é o mesmo, 1968, e as vozes dizem:

— Num prazo de dez anos, a Coordenação de Habitação de Interesse Social da Área Metropolitana do Grande Rio vai conseguir remover, por bem ou por mal, as favelas da Zona Sul do Rio de Janeiro.

— Viva a Chisam!

— Fora com os párias!

— É preciso botar um fim nessa aberração.

— Calma aí, pessoal, estamos falando de política e não de guerra. A proposta no fundo é cuidar desse espaço humano deformado. Recuperar econômica, social e higienicamente a cidade, e inclusive regenerar moralmente as famílias menos favorecidas.

O espectro da remoção pairava sobre os favelados, e meu pai, ainda jovem, meados dos vinte anos, farejou a chance da sua vida e começou a investir nela. Quando a confusão é grande, quem tem um objetivo mais ou menos claro acaba se dando bem. E meu pai o tinha. Sobre uma ideia ainda bastante vaga, ele construiu o fundamento sólido de sua fortuna, que eu agora dilapido sem aumentar, sem investir sequer, e ainda por cima resmungando moral e hipocritamente, apesar de todo o silêncio cheio de vozes que me cerca, contra sua origem escusa, sem hombridade suficiente pra abrir mão dela.

Eu vejo tudo de tão longe!

Nos arquivos bem sistemáticos, eu diria até dialéticos do meu pai, na solidão sinistra da caixa-forte à minha frente, uma verdadeira biblioteca do abismo, encontro um apoio bem sólido para a minha palestra pessoal e já me arvoro cronista silencioso da cidade, contando pra mim mesmo sem nenhum rigor, e meio aos trancos e barrancos, como foi que tudo aconteceu, e inclusive de onde e como o meu novo bairro, a taba fabulosa, a aldeia lendária, nasceu no extremo sul da minha cidade. Se preciso reconstruir o quebra-cabeça pra entender de onde venho e onde estou, preenchendo inclusive os buracos de alguns momentos vazios, não tenho, e sei que não terei jamais, disposição pra narrar a um suposto público tudo que passei a saber, até porque desde logo reconheço estar olhando de um presente precário pra um passado esquivo que jamais experimentei.

Mas e todas essas vozes?

— Fogo, fogo!
— Socorro, ajuda aqui!

O dia das mães nunca mais seria festejado do mesmo jeito naquele lugar, e meu pai ainda pensou que ele e os seus bem poderiam ter escolhido uma ocasião melhor pra expulsar de uma vez por todas aqueles importunos que infestavam o nobre terreno da Zona Sul do Rio de Janeiro, maculando um paraíso que depois daquele inferno todo seria bem mais digno do nome. Já era quase madrugada, a calada da noite era o espaço dos insidiosos, o território dos traiçoeiros, a melhor conselheira dos que agem na moita.

— Quem estiver dormindo que acorde.
— Ali, ali, falta um fogo ali!

Pessoas corriam, desesperadas, pra fora de seus barracos, crianças e velhos eram arrancados da cama, uma garota que passou correndo olhou pro meu pai implorando silenciosamente por ajuda, enquanto ele estremecia com a mão sobre o carro velho, sardento de tanta ferrugem e sem sinal algum de placa ou identificação, que um de seus homens providenciara com a ajuda do meu tio. Meu pai aliás só estremeceria de novo, e estremeceria bem mais, ao ouvir o tiro que abateu seu irmão, meu referido tio, naquela mesma noite, só agora eu descobria.

Escondido por trás de seus eternos óculos escuros, que quase nunca tirava dos olhos, nem mesmo à noite nesses casos, meu pai carregou nos braços meu tio ensanguentado depois de ouvir o baque e um silvo agudo, rápido como a tesoura de um cabeleireiro. Então era por isso que meu pai se culpava tanto por não ter conseguido salvar a vida do meu tio, o Maninho, até pouco antes de sua própria morte.

Nos autos da polícia registraram, simplesmente, que meu tio havia sido vítima de um latrocínio na mesma noite em que o fogo lambeu aquela parte menos nobre do Leblon. E eu via, bem além dos clamores, por que a culpa do meu pai era tão grande. Nunca mais alguém seria capaz de descrever de verdade como aquilo tudo aconteceu, contar os detalhes daquele horror de fogos públicos e privados, que meu pai foi um dos poucos a saber exatamente como começou.

Alguns velhos choravam na calçada, dúzias de crianças zanzavam perdidas no meio da multidão. Os bombeiros, depois de ignorar por algum tempo os pedidos de socorro, acabaram chegando em número ridículo e encenando o mais fajuto dos teatros ao puxar canos de um lado a outro, dizendo que lamentavelmente não podiam fazer nada, porque não havia água.

Enquanto isso, a Lagoa dormia placidamente ali perto.

— Ainda semana passada levantei um tapume com a madeira que sobrou da obra em Ipanema — um homem gritava a outro —, e tudo por nada.

— Eu, pelo menos, não fui bobo de melhorar meu barraco e perder o que construí — o interpelado respondeu, olhando pro que ainda sobrava do seu casebre em meio ao fogo.

— Do jeito que a coisa estava, dava até pra imaginar, esse pessoal todo cadastrando os interessados em sair daqui — o primeiro disse, enquanto ainda tentava tirar alguma coisa de casa às pressas, os documentos, os dois porta-retratos de seu casamento.

O vento soprava forte e fazia sua parte. A madeira queimava como palha, os barracos eram uma montanha de papel implorando por água no meio de um deserto que lhes dava apenas oxigênio para mais fogo.

A boca do povo, interessado e não interessado, aos poucos começou a chamar de Selva de Pedra o conjunto dos blocos que foi sendo levantado no terreno em que antes ficava a Favela da Praia do Pinto. Meu pai achava desde o princípio que aquele nome negativo marcaria pra sempre o lugar, afinal de contas a novela de Janete Clair que lhe deu a alcunha criticava o processo urbano, a violência do concreto armado na capital carioca, opondo-a a um interior fluminense na época ainda pacato e bucólico e hoje em dia talvez até pior com suas cracolândias a céu aberto e suas construções terrivelmente típicas do Brasil defecado ao léu das beiras de estrada. Metaforicamente preciso, publicitariamente o nome da Selva de Pedra era um desastre.

Em cinco dias, o fogo consumira boa parte dos barracos da favela e a população que ainda resistia fora transferida compulsoriamente sobretudo para a Zona Oeste da cidade, engordando a Cidade de Deus ou então se deslocando pra fora do plano estatal e abrindo favelas cheias de surpresas como a Kinder Ovo, bem mais tardia, no Complexo da Maré. Os poucos barracos que o incêndio deixara em pé foram postos abaixo por policiais decididos e ainda melhor instruídos. Os que tentavam reconstruir suas casas eram simplesmente detidos por soldados que seguiam as ordens de políticos cheios de discursos:

— É preciso sair, minha gente, aqui é perigoso, quem garante que o fogo não volta.

A maior favela horizontal do Rio de Janeiro chegava ao fim, o berço de mulheres e homens que insistiam em dar um caráter natural, mas pouco progressista, ao Leblon deixava de existir. Era assim desde a Bíblia. Sodoma, Gomorra e Edom também ficavam na planície.

O branqueamento benfazejo da Zona Sul, o isolamento da pobreza em lugares distantes e regularizados era levado a cabo por planos governamentais, e meu pai aproveitava sua chance, já que a instituição fundamentava com empenho seus projetos mais ambiciosos. Ele tinha a faca na mão, e lhe davam o queijo de graça. E assim, juntos, ele e a instituição derrubavam o velho e levantavam o novo, usando a máscara do progresso e prometendo uma cidade ainda mais maravilhosa.

Nos papéis do meu pai eu vejo como a política de urbanização das favelas se transformou aos poucos em política de remoção, o problema se tornava mais drástico e necessitava de uma solução mais rigorosa, os espaços non gratos da cidade precisavam ser eliminados.

— Lugar de pobre é na periferia, aliás como no resto do mundo.

— É preciso dar um basta nessa geração espontânea.

Gente aparecendo como formiga em torrão de açúcar, uma fumaça surgindo aqui, outra fuligem acolá, mais dois moradores, casas que mal podiam ser vistas mas brotavam do chão como cogumelos, respeitando o que Drummond, e eu via que meu pai colecionava inclusive poemas em seu obsessivo afã catalogador, chamou de mandamento da vida que explode em riso e ferida. E assim, de 1968 a 1975, pelo que dava pra ver, dezenas de comunidades foram destruídas e mais de cento e cinquenta mil pessoas expulsas dos lugares em que haviam nascido ou moravam havia um bom tempo. Os que ousavam protestar eram engolidos pelo barulho das instituições, e as entidades que ousavam defender os favelados apenas ajudavam a legitimar um suposto debate que não existia ou, se existia, só fazia repetir a orientação típica do democratismo escroque, baixando uma cortina de fumaça que encobria decisões já tomadas por quem detinha o poder. Afinal de contas, estava provado que a democracia era o regime no qual três onças e duas jaguatiricas discutem com um veado-campeiro qual será o prato do dia. E meu pai era o melhor leitor intuitivo de Maquiavel.

Depois do fogo na Praia do Pinto, no Leblon, e no Pasmado, entre Botafogo e Copacabana, e da destruição da Favela Macedo Sobrinho, no Humaitá, eram muitos os lugares que pra mim começavam a existir apenas no instante em que os descobria já devorados pelo fogo, várias remoções inclusive sucederam de modo pacífico.

— Melhor morar na Cidade de Deus ou em Brás de Pina do que virar churrasco.

— Não vou querer perder o pouco que tenho, minha casa e minha vida, minha esposa e minha filha.

Eram muitos os que ficavam felizes, inclusive, com os apartamentinhos recebidos no subúrbio. Embora logo em seguida fossem obrigados a encarar o vazio e a distância da Zona Oeste com um trânsito cada vez maior e engarrafamentos que hoje em dia chegavam a horas, participando bem de perto e já desde cedo do problema da mobilidade urbana, um dos grandes cancros nacionais, os dados pareciam realmente acachapantes.

Mas as coisas tinham de ser feitas com objetividade e meu pai sabia usar com garbo a gravata e os suspensórios requeridos pelo método, inclusive ensinando, cheio de cartilhas, ao poder instituído a melhor maneira de agir.

Na Praia do Pinto foram montados estandes com maquetes dos conjuntos habitacionais que seriam construídos no subúrbio. Meu pai acompanhava tudo sempre de longe, na tocaia, via os funcionários deixando os escritórios e distribuindo os folhetos, e mulheres cheias de expediente, mas iludidas, implorando a maridos sempre mais inertes, e, por inertes, mais realistas, mais sábios, pra se mudarem logo de uma vez pra Cidade de Deus.

— Lá é que a vida vai ser boa.

Pra facilitar a convicção dos que teriam de dar o fora, a lista assaz antiga das propinas era vasta. E a organização bem escrita e cuidadosamente registrada do meu pai deixava claro que ele não temia nem mesmo o controle da polícia, que devia estar do seu lado. Já rolavam milhares de cruzeiros, novos e velhos, cooptando tanto líderes comunitários que incentivavam o abandono das favelas quanto funcionários do governo, que facilitavam a ação da construtora do meu pai.

Aqueles não seriam os últimos prefeitos, os derradeiros secretários a receber um ou dois apartamentos, coberturas pra fechar os olhos, pra piscar na hora em que seria dado o tiro de um novo empreendimento e depois dizer que não viram nada, abrindo mão de um rigor mais legal que nos momentos de maior severidade aceitava aumentar apenas em alguns andares o gabarito pouco austero de uma rua. A troca de favores rolava solta, e meu pai ainda se divertia, e parecia se divertir muito, nas palhoças cheias de samba, registrando tudo na sua poesia certamente involuntária, que revelava muito embora algum conhecimento histórico ao qual eu dou minha forma em pensamento:

aqueles negros
eram como gregos
antes de a cultura
lhes dar moldura.

Quando alguém ousava se rebelar, os mecanismos de coação eram usados com a maior liberdade. Os que não se dobravam simplesmente desapareciam ou eram varridos pra dentro das cadeias como supostos comunistas:

— Ninguém aqui vai preparar o golpe, desestabilizar o sólido e generoso Estado brasileiro.

E, assim, quem não sabia negociar terminava sem nada. Os militares, depois de meter os pés pelas mãos sem saber o que fazer durante alguns anos, haviam enriquecido suas técnicas aterrorizantes, que passaram a ser usadas inclusive pra intimidar os moradores mais obstinados das favelas que deixariam de existir.

— Uma semana antes da ação, vamos prender todos os líderes mais solidários pra evitar a resistência.

— Boa ideia, os que estão do nosso lado vão dar no pé e voltar depois que tudo estiver pronto, dizendo que foram presos também.

— Isso mesmo, assim ainda vão limpar o nome diante da população que esperava que eles a defendessem.

Naquela época, mesmo os que ainda acreditavam em alguma coisa, no poder da intervenção, acabaram desistindo da política. A podridão era demasiado grande e talvez antecipasse, agora eu me dava conta, o que hoje em dia chamam de crise de representação e já alcança os partidos como um todo, num fenômeno que está longe de ser meramente brasileiro, basta ler os jornais, ver quantos fogos são acesos da Síria ao Egito, de Atenas a Hamburgo.

— Quem me representa?
— Quem te representa?
— Quem nos representa?

Só os mais tolos, uns dois ou três, esboçaram greves de fome, como se alguém se importasse com elas. Podiam ser contados nos dedos os que ousavam defender a favela como espaço digno de moradia. E eu via que meu pai inclusive ajudara a bolar os relatórios que, no plano político, viam comunistas acoitados em toda parte, e, no além político, indiciavam as favelas como refúgio de outros elementos criminosos, foco de parasitas e doenças contagiosas.

Meu pai ajudara até a planejar o modus operandi das remoções.

Na Praia do Pinto tudo começara com uma carta oficial da Chisam, informando quanto tempo os moradores tinham pra deixar suas casas. Logo em seguida, havia sido mandado um pelotão de cadastradores à rua, que registraram os interessados na mudança.

Os moradores mais favoráveis eram logo convidados a visitar o sonho da casa nova:

— Nossa, tava bom o churrasco.

Adoçado o humor, os caminhões da prefeitura já iam levando os entulhos das moscas mais ávidas. Mas com o tempo, quando tudo já havia passado, quando já era tarde demais, mesmo os mais influenciados acabavam descobrindo como era bom ter um emprego na esquina, e que a distância da Favela da Maré, da Cidade de Deus ao Leblon era grande, bem grande.

— Ah, é tudo tão longe!

Quando o grosso das remoções cessou, em 1975, meu pai já havia construído uma boa fortuna em imóveis e começou a se voltar, ele mesmo, contra a truculência do Estado, afetando ares populares e condenando a assim chamada, e para ele a partir de então famigerada, desfavelização da Zona Sul. Ele também soubera se esconder por trás do diploma de advogado, virara um jurista até famoso, e nessa condição se colocara ao lado da opinião pública já bem mais esclarecida.

Enquanto pensava que em terrenos montanhosos o investimento em construção teria de ser bem maior do que havia sido no raso à beira da Lagoa, meu pai começou a defender a opinião de líderes comunitários, eclesiásticos e intelectuais:

— O capital é preguiçoso na fartura.

E meu pai louvava por exemplo a resistência dos moradores da Rocinha, a Rocinha que ele tanto amava e amava egoisticamente como todos os amores amam, que com sua obstinação conseguiram continuar desfrutando as benesses da Zona Sul. Sem contar que de quebra a Rocinha, o Vidigal, o Pavão-Pavãozinho e todas as favelas que sobraram poderiam continuar fornecendo bem mais de perto a droga requerida e consumida no asfalto, as trouxinhas de coca tinham lugar garantido inclusive neste, agora meu, cuidadoso cofre da Delfim Moreira. E eu também via mais uma vez que jamais me preocupara em expulsar os vendilhões do templo, e que isso era até bom. Pois do contrário teria de ter começado pelo maior deles, meu próprio pai.

A Rocinha desde o princípio viera pra ficar, e meu pai sabia disso. Com outras favelas também era assim e não era de todo ruim, dava pra explorar até a peculiaridade das mesmas, transformar a excrescência em distinção.

— A Babilônia será pra sempre o jardim suspenso de uma Copacabana burguesa e ainda democrática.

— A Mangueira do samba é um programa e tanto pra quem quiser curtir. — A suposta fábrica de chapéus anunciada por uma placa que deu o nome ao morro jamais chegaria ao lugar pretendido e assinalado.

— E o mesmo vale pro que sobrou da vida agreste, lá onde cantava o galo, o Cantagalo, o soberbo Galo de Bezerra da Silva.

— Enquanto os tambores continuam rufando na Tabajaras às vezes.

— E a soturna Catacumba não existe mais, porque junto com a Praia do Pinto deu adeus à pobreza, chamando a nobreza, e indo embora com a Ilha das Dragas e todas as feridas que foram curadas nas costas mais rasas da Zona Sul.

Apesar da boa dose de inércia por parte das vítimas e das testemunhas embotadas da opinião pública, os vários jeitinhos fizeram com que nos morros tudo acabasse mais ou menos bem. Era assim, no fim tudo dava certo, e se ainda não dera certo, era porque não chegara ao fim. Um certo obviamente relativo, que o conformismo típico do ser humano, acentuado nos trópicos brasileiros e praticado à exaustão também por mim, acabava vendo um tanto forçadamente como certo, inclusive pra não ter de continuar lutando pra melhorar aquilo que se chamava o resultado final de algo, e escondendo enfim que o assim chamado certo no fundo era errado.

— Dom Helder só olhava mesmo pro céu pra ver se saía de guarda-chuva ou não, o velho comunista.

— Ou quando pisavam no seu pé, tão pouco religioso é.

— Por que ele foi construir o curral pra suas ovelhinhas, que de brancas não têm nada, logo aqui?

— Tinha de ser justo no Leblon!

— De que adianta acabar com a Praia do Pinto se a Cruzada continua em pé?

— Agora a cidade vai conviver com essa doença até o fim dos tempos, os ratos vão ficar pra sempre na casa-grande.

— É mesmo o câncer do bairro, a sujicra eterna embaixo do tapete.

— Uma pena a revolução ter vindo tão tarde, do contrário

esse bispinho teria sido mandado para as lonjuras do Recife bem antes de 1964.

— Pobre Jardim de Alá, pobre são Sebastião, que homenagem!

Pros próprios moradores cheios de conceitos e exclusividades, os tapetes existiam, persas, apenas na Zona Sul do Rio de Janeiro. O que era varrido para a Zona Oeste ficava bem distante do alcance deles, era o monturo longe de casa, um processo higiênico que dava conta apenas do próprio umbigo, mas também se preocupava exclusivamente com ele. Sociólogos e arquitetos que ousavam prever problemas de transporte, saúde e desemprego eram desancados como comunistas, e o bispo acabava pagando o pato por plantar tanto tempo antes aquelas vizinhanças malquistas. Apesar de se livrar da Praia do Pinto, os donos do Leblon teriam de suportar para todo o sempre a Cruzada São Sebastião, inaugurada por Dom Helder em 1955. Se é que ela também não seria levada de arrasto pro ralo algum dia, o novo shopping já engolira um de seus cantinhos, o metro quadrado ali era valioso demais pra ficar nas mãos de gente sem quinhão.

— E pensar que, quando entraram nos novos apartamentos, os moradores da Cruzada pensaram que os sanitários fossem vasos de flores, já prontos com sua água ao fundo.

— Rá, rá, rá, novas pérolas pros porcos já velhos.

— Havia banheiros bem decorados com lírios colhidos no mangue, rosas roubadas no jardim vizinho, uns buquês imensos.

— A maior recepção na porta dos fundos.

Em sua astúcia, meu pai inclusive parecia ter adivinhado desde o princípio que a Selva de Pedra acabaria mudando de perfil, apesar das vizinhanças irremovíveis da Cruzada. Ele sabia muito bem o que eu só agora descobria, quanta coisa eu descobria, que os planos nem um pouco inocentes e bem interesseiros de acabar com a Praia do Pinto remontavam à década de 1950, embora mais de vinte mil pessoas já morassem no local na época. E, ao que parece, tudo porque o Leblon, sempre mais ao sul da Zona Sul, era o norte pro qual apontava a bússola assaz convicta da especulação, bem antes ainda de Manoel Carlos lhe dar o último verniz de glamour com suas novelas de quinta.

Os mais empreendedores já especulavam com o poço de petróleo do Leblon ao abri-lo, em 1919, quando a Companhia Construtora Ipanema comprou os terrenos daquilo que ainda nem era um bairro e começou a loteá-los, vendendo-os oficialmente com o nome de Leblon a partir de 26 de julho de 1919 e homenageando assim o francês que um dia fora dono daquelas terras. A ironia acabava concedendo, ao mesmo tempo, uma data de aniversário ao bairro que hoje em dia era um dos mais caros do mundo. Nada mais justo que a comemoração de seus anos coincidisse com a data em que seus lotes de preços cada vez mais abusivos começaram a ser vendidos.

Se o referido petróleo jorrou escasso por algum tempo, se o Leblon insistia em manter uma função meramente residencial que levava seus moradores aos negócios na assim chamada Cidade, o centro do Rio, se o contexto social era heterogêneo porque a classe média chegava com o bonde e os preços ainda se mostravam razoáveis por causa da distância, a partir da década de 1960, sobretudo, o lugar já parecia estar pronto a dar todos os seus frutos, e meu pai apenas leu os sinais do deslocamento urbano com alguma perspicácia a mais. E, se havia problemas, eles precisavam ser resolvidos. Se os primeiros intrusos da Praia do Pinto haviam sido mandados embora pelo fogo, os que ocuparam seu lugar seriam mandados embora mais sutilmente pelo dinheiro, cujo poder letal era tanto maior e mais incisivo, apesar de sorrateiro, meus sociólogos de orelhada, tanto à esquerda quanto à direita, sempre garantiram o que meu pai descobria intuitivamente.

— Onde já se viu, esse bairro não nasceu pra ser ocupado por um bando de forasteiros aspirantes à classe média.

— Não mesmo!

Era visível, era previsível.

Os interesses econômicos e residenciais da cidade se deslocavam, e aqueles prédios da Selva de Pedra, mesmo supostamente destinados a acomodar a baixa classe média carioca e alguns militares, certamente em pouco seriam ocupados por segmentos de renda bem mais polpuda. A história do Pedregulho, construído por Reidy em Benfica, que era lugar geograficamente adequado e por isso pôde resistir na tradição prevista, por certo não se repetiria, ainda alguns dias antes eu fora visitar um artista estrangeiro em residência no lugar, o prédio era realmente bonito.

Era uma questão de espaço, e a Selva de Pedra nasceu bem localizada demais, aquele não era ambiente pra se fazer piquenique com farofa e comportamento madureira.

— Já mandamos os pretos prestadores de serviços ao escanteio do cinturão citadino.

— Agora chegou a vez dos novos jecas iludidos e caipiras deslumbrados, suburbanos desavergonhados e provincianos reprimidos.

— Que busquem seu lugar nos Masters de uma Copacabana mais abertamente democrática e parem de chutar a canela da aristocracia econômica com seu amor plebeu ao futebol, seu suor e seu carnaval.

Num espaço tão limitado, obviamente a geografia, a única coisa imutável e definitiva no caráter de um imóvel, seria a grande orientadora do preço final, e os quarenta e dois edifícios da Selva de Pedra com seus dois mil duzentos e cinquenta e um apartamentos em pouco teriam um metro quadrado impagável pra qualquer um. Meu pai sabia. E os que já estivessem por lá, caso não subissem a íngreme escada social nas novas gerações, sairiam devido a propostas tentadoras dos que quereriam entrar.

E foi o que aconteceu.

Até porque o lugar era aprazível, o plano arquitetônico não deixava de ser bom, com sua praça central, bastante arborizada, hoje um tanto descuidada é verdade, na qual desembocam todas as ruas do microbairro naquele cantinho do Leblon. Os que entrariam mais tarde, como eu, nem conheceriam mais a história pra saber do passado sangrento, caso não fossem tocados pelo acaso de uma herança e pela narrativa escondida de um cofre. O segundo incêndio, portanto, seria apenas metafórico.

— Fora cambada!

— Pros longes mais espaçosos de Laranjeiras!

— Ou os pertos mais apertados de Copacabana!

Ou então logo de uma vez para a Zona Norte, onde os intelectuais desapossados e as protoperuas arrivistas iriam poder curtir mais pacificamente o fumacê de sua maconha hippie antiga e de sua dengue bem contemporânea.

Com que dor eu agora descobria, virando igualmente de longe uma página da minha história mais íntima, que meu pai não apenas teve suas amiguinhas no morro, mas inclusive uma amiguinha, a amiguinha, que o fazia ir e vir sem parar, a quem ele oferecera uma proteção cheia de interesses, e que essa amiguinha, já completamente repaginada e transformada por meu pai pigmalião, se tornaria minha mãe cerca de quinze anos depois de se casar com ele. Meu pai vivia negociando com os líderes políticos da favela e posava de grande benfeitor, embora por trás dos panos durante um bom tempo tenha defendido o endurecimento das ações. Ele falava bem, fingia lutar pelos interesses dos desassistidos, sabia lidar com as reivindicações assistenciais dos favelados e assim cativara inclusive minha mãe.

A Zona Sul sempre comprara frutas e verduras de uma certa "Rocinha", que havia na Gávea, ainda que alguns dissessem que uma "russinha", branca, loira, assim apelidada, teria vivido por lá e lhe dado o nome, o que de cara me lembrava João, o Vermelho, meu pai bem mais honesto, apesar de postiço, as relações entre as coisas na vida da gente pareciam não querer acabar mais, e tudo que não tinha sentido enquanto era vivido acabava alcançando significado quando era lembrado, sobretudo quando o sofrimento alimentava com todo o seu azeite a máquina da memória.

A Rocinha, aliás, apenas inchara tanto por causa do boom imobiliário sobretudo de Ipanema e do Leblon, mas também da Gávea e do Jardim Botânico nas décadas de 1950, 1960 e 1970, do qual meu pai participou de perto e por dentro, e que precisava dos nordestinos da construção civil. E fora lá, na Rocinha, que meu pai buscara minha mãe. Pelo menos ele não destruíra a terra de onde arrancara o barro pra forjar o prato do qual comeria por um bom tempo e do qual eu nasceria, já quase na bacia das almas.

Será que era mesmo bom ter nascido?

Tomando a decisão de ter um filho tão tarde, meu pai devia apenas ter se curvado ao desejo da minha mãe, aceitando um herdeiro já bem perto do cair da noite, mas ainda assim contra a vontade, tenho certeza. É claro que meu pai, mesmo velho, ainda estava longe de ter os cento e sessenta e dois anos do pai do fiel Enoque.

O fiel Enoque.

Mas só porque eu me sentia como o fiel Enoque, não o Enoque, filho de Caim, embora meu pai fosse Caim, mas o outro, nem por isso seria elevado ao céu por Deus sem precisar morrer como ele, muito menos geraria Matusalém aos sessenta e cinco pra morrer aos trezentos e sessenta e cinco anos, aumentando a longevidade das gerações. Eu não tinha nem vida nem vontade de ter um filho, embora quando meu pai morreu eu tivesse pensado em redimir com um descendente a relação hostil que sempre me vinculara a ele. E também por isso eu me recusava desde já e terminantemente a seguir o fiel Enoque e escrever meus quatro livros apócrifos, contando o que vi em minha viagem ao além-mundo de um cofre. Ao mesmo tempo em que principiava, já terminava, sempre no âmbito da fantasia, e apenas na fantasia, os tomos que compunham a cartografia do meu inferno, imitando nisso o mesmo Enoque, patrono da primeira descrição mais precisa do lugar em que o mundo religioso passou a situar a danação.

Em minha crônica muda, no entanto, eu fazia tudo sozinho, escondido no quarto do meu pai, sentado no chão, revirando longe do mundo o seu cofre ao me debruçar sobre uma quantidade infinita de papel. E sentindo que aquele piso de madeira nobre era meu divã sem analista, meu confessionário sem padre, até conseguir tapar enfim os ouvidos que já me doíam, parando de ouvir aquelas vozes todas.

Mas era da Rocinha que de certo modo também eu vinha.

2012
Hoje
Sol a pino

1.

Eu e Lívia havíamos passado a virada do ano na solidão de Petrópolis, lendo muito, curtindo o tranquilo significado de estar sozinhos, mesmo estando a dois, um bucolismo que chegou a lembrar o do princípio missioneiro dos nossos tempos, eu finalmente cedera a seus teimosos convites e conhecera a aconchegante casa que ela ainda mantinha por lá. Só faltava o galo cantando pela manhã pra nos acordar, umas galinhas ciscando aqui e ali, e o porco esfaqueado providenciando o susto que nos juntou sem nos unir pela primeira vez numa cama.

Não sem alguns pruridos, confesso que até cheguei a sentir nostalgias do seminário ao pisar naquelas paragens. E, em dado momento, pedi a Lívia que passeássemos de carro pela Estrada União e Indústria. O lugar era aprazível, eu tentei justificar, afetando objetividade e sentindo que precisava mesmo era me confessar.

Sem problemas, ela disse.

Mas eu fiquei de bico calado, não quis ou não consegui, não achei conveniente lhe dizer uma palavra sequer do que vira no espólio do meu pai e me deixava tão sorumbático, Lívia percebeu. Engoli mais uma vez sozinho o nó de um cofre que dessa vez me trancava a garganta.

Na volta, o primeiro contato do arquiteto no ano entrante foi pra dizer que o mestre de obras telefonara anunciando que dois dos pedreiros não voltaram das férias no Nordeste. Na verdade apenas um não voltara, porque resolvera ficar na terra natal, as causas eram desconhecidas, o arquiteto desconfiava que o vagabundo, conforme disse, estava aproveitando a segurança do bolsa família pra se encostar mais perto da parentela, se é que não arranjara um emprego por lá, parece que muitos dos que vieram do Nordeste e voltavam pras terras natais apenas pra passear acabavam ficando pra trabalhar. Porque o outro, disso ele tinha certeza, arranjara um emprego fixo por aqui mesmo e se mostrava disposto a desfrutar os benefícios da segurança com férias remuneradas, décimo terceiro e a ninharia de mais algumas vantagens.

Não estava sendo fácil arranjar pessoal pra trabalhar na obra, mas ele daria um jeito, o comércio frio da mão de obra ficava cada vez mais complicado. O Indalécio felizmente retornara sem problemas, mas o arquiteto tivera de aumentar sua remuneração horária porque também este recebera uma oferta de trabalho, essa ele sabia até que era na reconstrução eterna do estádio do Maracanã, que mais uma vez andava atrasada, era a velha história do atraso, específica e geral, porque tudo atrasava no Brasil. O Indalécio inclusive apresentara a proposta, sempre em silêncio, pra negociar seu aumento. Segundo o arquiteto me disse, concluindo, o próprio mestre de obras, bem pago desde o princípio, estava metendo a mão na massa enquanto a equipe não era reestruturada, a fim de que a reforma não parasse.

Quando fui visitar o apartamento, dia desses, me assustei.

Fiquei com a séria impressão de que os pedreiros, na verdade encontrei apenas o taciturno Indalécio destruindo o andar intermediário, eu me encolhia a cada uma de suas formidáveis marteladas, jamais conseguiriam reerguer aqueles escombros, abrir outra vez uma casa habitável no meio de todo aquele entulho. Até me arrependi de ter concordado com a reforma, esquecendo que o mais animado desde o princípio havia sido eu mesmo, e que depois por um bom tempo até pensara que a única maneira de morar em paz naquele lugar fatídico seria eliminando dele todo e qualquer rastro do passado. E talvez o arquiteto aumentasse o pessoal na hora de construir, destruir era mais fácil, tomara inclusive que arranjasse apenas pedreiros como o Indalécio, que em seu mutismo pelo menos não mostrava o menor sinal de querer interagir. Eu pensava inclusive em chamar a atenção do arquiteto a respeito.

Mudar também não dava mais.

Cumpria seguir adiante.

O apartamento da Delfim Moreira seria pior ainda, eu tentava me consolar. Lívia e eu conhecíamos bem demais sua história. Primeiro ela, provavelmente, depois eu. E Lívia tinha um passado íntimo demais dentro dele.

As outras moradias não pareciam adequadas.

São Conrado era longe.

O meu apartamento de Ipanema muito antigo.

E Copacabana já ficava no subúrbio.

O Flamengo, por sua vez, já era fora do Rio pra quem cultuava a verdadeira Zona Sul.

Quando estava na portaria, prestes a deixar o prédio, encontrei a síndica que chegava da academia, meias brancas puxadas até os joelhos, por cima da calça de ginástica que mais parecia uma segunda pele. Percebi que aqueles usos deviam estar na moda, apesar de abomináveis, dava pra ver com perfeição o desenho do triângulo isósceles cheio de saliências marcado no entrepernas dela.

Me chamando, mais uma vez sem a menor cerimônia, pelo nome, ela foi logo dizendo:

E aí, como está andando a obra?

Eu me assustei com a intimidade mais uma vez, era como se ela tivesse adivinhado o lugar em que meu olhar a tocou, apesar dos óculos de grau escuros que eu mandara fazer e estava inaugurando um tanto atrapalhado naquele mesmo dia. No fundo eu não sabia se ao usá-los eu estava pretendendo disfarçar a decadência geral, os filhos eram sempre piores do que os pais, marcada localizadamente na minha miopia, conforme assegurava a desculpa interior que dei a mim mesmo, ou sem perceber me inclinava a imitar cada vez mais meu progenitor.

Será que a síndica percebera mesmo que eu olhei pra ela bem lá? Será que os óculos não escondiam nada e era só eu que, por causa da miopia, não via o olhar dos outros quando estes usavam lentes escuras diante de seus globos oculares? Não podia ser, botei mais esse alerta na conta da minha paranoia, e não deixei a peteca cair:

Atrasada, você parece até que é adivinha, eu disse.

Não tem nada de adivinha nisso. Eu sou síndica, e sei do que estou falando. Calculo sempre o dobro do tempo quando me falam da duração de uma obra.

Mas será que isso não vai representar um problema pro condomínio, eu perguntei, me arrependendo da colher de chá que dava no exato momento em que a estendia pra adoçar uma suposta má vontade da parte dela.

Não se preocupe, o que se pode fazer? E o seu pessoal aí é nota dez. Vi que passam até um pano no corredor depois de levar o entulho embora. São muito educados, também, e tratam bem os moradores e o porteiro. Mas se você pudesse me dizer até quando vai a quebradeira, seria muito bom. A vizinha do décimo segundo tem reclamado um pouco do barulho e da poeira.

Não tenho a menor ideia, mas vou pedir ao arquiteto que faça uma previsão, eu prometi.

Quando entabulei a despedida, ela ainda disse que se não estivesse tão suada me daria dois beijinhos, e que eu era realmente muito parecido com meu pai.

Vai ver são os óculos de sol, eu respondi, e senti apenas um bafejo de seu perfume, me perguntando por que aquela mulher me atraía tanto. Será que era seu nariz arrebitado? Eu sempre me sentia atraído por narizes arrebitados, apesar de sua falta de nobreza, ou então por causa dela. Ou será que seria sua loirice cuidadosamente artificial que me deixava assim, todo querendão, como diria João, o Vermelho, meu outro pai, que ela com certeza não conhecia e cuja herança não me parecia nem um pouco maldita, talvez porque não tivesse nada a ver com sangue, pelo menos não diretamente?

Ah, e como eu queria!

Na próxima vez em que você visitar a obra passa lá em casa pra tomar um suco, ela ainda disse.

É uma ótima ideia com esse calor todo, pode deixar, eu garanti.

E quase aleguei que subiria junto com ela agora mesmo, não pra beber um suco, mas pra lamber seu suor. Poderia até dar a desculpa de que precisava esclarecer com o arquiteto quando terminariam de quebrar o apartamento, eu agora também queria saber, embora o arquiteto nem estivesse no apartamento.

No último instante, desisti. E consegui inclusive não me virar na direção dela, evitando assim o controle do porteiro atento a quem dei um tchau dizendo que, havendo qualquer problema, ele falasse com o arquiteto, que este me ligaria em seguida, e me esquecendo que eu mesmo já lhe dera meu telefone.

2.

Eu certamente teria me esquecido do aniversário de Lívia se não fosse o e-mail. Assim que a encontrei, salvo pelo gongo, lhe dei uma orquídea dourada de Kinabalu que ainda consegui providenciar, um beijo de feliz aniversário e a nova mensagem impressa que o velho Vassili me mandara, agradecendo em silêncio a lembrança amável do meu protetor distante.

Saudações!
Inicialmente, nossos parabéns à dona Lívia pelo aniversário. Votos de uma vida longa com muita saúde, paz e aquela alegria de sempre. E que consiga realizar a maioria de seus sonhos. Acredito que ainda esteja bem longe da metade de sua vida.
Recebemos o digestivo, que foi servido até pra uma visita vinda da Argentina, que gostou e disse que a bebida era realmente uma coisa fina.
A chuva por fim veio, mas boa parte da plantação se perdeu, muita gente teve que carnear seu gado pra não perder tudo.
Na reforma, já estamos dentro da casa. O Lauro continua fir-

me e o orçamento já estourou umas três vezes, mas a dona Maria também quer tudo bem bonito. Agora colocando o forro PVC. Dá uma trabalheira. Vai tudo a passos lentos. Espero que por aí a coisa ande mais rápido. O Lauro coloca tudo bem no nível aqui. Na sala será botado hoje o primeiro lustre, desses que a dona Maria comprou outro dia em Santa Rosa. Vai ficar bonito. Acho que iam gostar de ver.

As acomodações nos quartos também melhoraram, foram providenciados colchões novos. Amanhã vem um pedreiro da cidade fazer um acabamento. Vamos mesmo pintar as aberturas de branco e as paredes de um tom verde bem claro, agradecemos pela dica.

Compramos um boizinho da raça Angus, engorda a olhos vistos. O Clarito disse que mais parece uma ovelha. Não sei ainda quando vamos carnear.

Ontem botamos uma schmier, feita com o melado novo, no correio. Acho que tá ainda melhor do que a última, o suco da cana tava bem doce por causa da seca. Meus triglicerídeos baixaram um pouco, mas ainda continuam altos.

Hoje receberemos a visita do Canísio e da mulher pra disputar a negra da canastra, já que no domingo passado cada dupla ganhou duas cabeças. No almoço, serviremos frango com polenta e uma borsch pra abrir.

No *Correio do Povo* outro dia alguém lembrou alguma coisa sobre o Yannick, a gente sempre sente saudades quando ouve falar a respeito dele.

De novo está custando a chover. Por sorte não afetou o amendoim. Começamos a colheita ontem. Até que está rendendo.

O pessoal não sabe se torce pra que chova amanhã ou não, conforme a previsão do tempo anuncia. Poderia estragar o bailinho da terceira idade. Não somos sócios, mas vamos ajudar a trabalhar na entrada, pra cobrar os ingressos. É bom porque se entra em contato com muita gente conhecida e dá pra se divertir um pouco, o que não acontece nas reuniões dos transgênicos porque a briga é sempre grande.

Ninguém se enforcou.

O Valdemir acha que o Inter não vai longe na Libertadores.

Bem. Um abraço forte em vocês e continuamos aguardando a visita.

Vassili

Lívia, sempre tão atenta, uma dama, pareceu não perceber o caráter singular da orquídea, e logo me perguntou, nitidamente incomodada, eu não tinha a menor ideia da razão, será que adivinhou que eu só me lembrara de seu aniversário ajudado pelo acaso, por que eu não mostrara os outros e-mails do velho Vassili a ela.

Desisti de tocar seu decote e engoli em seco a piada em que planejava lhe contar, inspirado pela flor, o significado de "fazer catleia", pronto para a demonstração corpórea que lhe tiraria toda e qualquer dúvida. Mas ela não estava pra Odette, por mais que eu me sentisse Swann. Podado, encolhido pela geada de seu olhar, expliquei que havia sido apenas um e-mail, que eu talvez tivesse me esquecido de lhe apresentar, mas que certamente o mencionara.

Lívia respirou fundo, vi bem, e não demorou a me afagar dizendo que fora ela que mandara uma garrafa de Amarula em nosso nome e me lembrando, eu também já havia esquecido, que ela sugerira pintar a casa colonial nas cores mencionadas quando eles haviam falado vagamente em reformar a moradia nos dias em que por lá estivéramos. E louvou o carinho do velho, só uma pessoa afetuosa ou muito interessada registrava uma dica com tanto cuidado e lembrava a data de aniversário de alguém que vira apenas uma vez na vida.

Enquanto eu pensava que só podia ter sido dona Maria quem lembrara, Lívia terminou dizendo que tínhamos mesmo de visitá-los, sugerindo que eu brincasse com a ideia de ver o resultado da sugestão decorativa, confirmando se ela fora seguida à risca. Ademais, havia sido lá que tudo começara. Eu concordei, a harmonia também era uma estratégia, mesmo sem vislumbrar as possibilidades concretas de uma visita e duvidando que eles entendessem a brincadeira se eu a fizesse. Me limitei a responder ali mesmo que estávamos pensando em repetir a visita, que a reforma no entanto estava longe de andar mais rápido por aqui e só por isso não viajávamos logo no dia seguinte, a saudade era grande. E então eu já estava de fato quase chorando.

Quando eu disse a Lívia, voltando ao ramerrão do cotidiano e afetando toda a objetividade do mundo, que a síndica me pedira uma previsão pro fim da quebração, perguntando ao mesmo tempo se ela podia por favor ligar pro arquiteto, Lívia veio até mim e arrancou a faca das minhas mãos num gesto brusco, perguntando rispidamente se eu não sabia mesmo cortar em cubinhos mais regulares a carne que o entregador do Zona Sul trouxera e que ela congelaria para um estrogonofe. O calor estava tão grande que quase me senti melhor com a nova flecha de olhar gelado que ela disparou sobre mim. E Lívia não perdeu tempo em esticar o arco mais uma vez pra dizer que a síndica se intrometia um pouco demais pro gosto dela, que a obra andava bem e que não era bom ficar concedendo previsões, até porque quando elas não eram atendidas acabavam apenas dando origem a novas cobranças.

Estranhei um pouco a animosidade dela, sempre tão diplomática, mas achei conveniente não cavoucar naquilo que logo imaginei ser um terreno dos mais acidentados. O engraçado é que antes mesmo de mencionar a demanda da síndica me passara pela cabeça a leve sensação de que num posto de gasolina não era conveniente brincar de são-joão. Mas mesmo assim instalei a fogueira do problema, creditando meus pruridos ao fato de me sentir culpado por desejar a gostosa. Quando uma coceira braba já me fazia sentir o lodo da curiosidade pelos joelhos, desisti de vez de fazer qualquer pergunta, até porque Lívia lembrou que à noite iríamos à abertura da nova exposição de Adriana Varejão, uma artista que ela conhecia e de quem gostava muito.

Eu também.

O almoço de aniversário conseguiu ser amistoso, tranquilo, a paleta de cordeiro com cabelinho de anjo do Gero era realmente uma maravilha, pensava qualquer ferida, perdoava qualquer pecado, e eu me senti mais padre do que nunca entre todos aqueles símbolos divinos, ouvindo interiormente uma propaganda ancestral que dizia: padre Cornélio, olha a gula, e respondendo eu mesmo, Senhor, olha a massa!

Nem contei a Lívia do susto que levei ao ver o apartamento naquele estado, muito menos do meu medo de jamais voltar a vê-lo em pé de novo. Eu já havia quebrado pratos demais pra um dia, e ela certamente diria, equilibrada e soberana, que aquilo era normal, que não havia razão alguma pra pânico. Se é que não voltaria ao estranho ataque, o que seria ainda pior.

Nossa harmonia ficou tão grande de repente que se um raio caísse na travessa de folhas de mostarda nenhum dos dois o teria notado. E só devo ter ficado branco como um nabo e mudo como duzentos outros quando Lívia resolveu dizer mais uma vez que não gostava nem um pouco da síndica, que aliás nem a cumprimentara quando a encontrara no Jobi alguns dias antes. A soberba da sopa é fazer esperar, por estar quente demais, aquele que depois a tomará. Se bem que ela não sabia, e eu muito menos, quem, no caso, ocupava o topo da cadeia alimentar.

Também me surpreendi gostando de passear com Lívia, sentindo orgulho de exibi-la, até porque a diferença de idade que poderia me constranger estava longe de ser algo assim tão visível. Quando nos despedimos, eu disse que passaria às seis na casa dela pra pegá-la, assim iríamos juntos à exposição, me incomodando um pouco com a imprecisão dos termos, porque eu não a pegaria e sim iria com ela em seu carro.

Que ela dirigiria.

Será que eu realmente nascera pra andar no mundo apenas de carona com alguém?

3.

A exposição foi badalada, as páginas sociais estavam todas presentes, a Zona Sul do Rio de Janeiro era uma casa de bonecas.

Vi ídolos caindo uns após os outros ao trocar três palavrinhas higiênicas com eles, a carne exposta da proximidade transformava o maior dos gênios no vapor de um homem qualquer. Na vida era assim, quando deus dizia um palavrão, ninguém mais precisava se ajoelhar diante dele. E a torre de uma catedral, ademais, nunca é tão alta quanto esperamos, apesar de estarmos acostumados a um país novo em que qualquer campanariozinho já nos deixa mais próximos do céu.

Lívia cumprimentava todo mundo, minha sogra também estava presente, fiquei sozinho algumas vezes porque as duas seguiam juntas, sempre em busca de uma nova eminência a ser cumprimentada. Meu Deus, o que eu estava fazendo ali, não sabia nem onde enfiar as mãos, me escondi várias vezes atrás do catálogo, eu era um homem sem cabeça caminhando em meio à multidão. Gerald Thomas, de repente eu vi, se parecia com Laerte vestido de mulher e uns vinte anos mais velho, meu pai tinha razão. Quando eu saía da casca, cumprimentava um secretário aqui, um ministro acolá, o último embaixador eu também ainda vira no enterro do meu pai, que parecia meu único guia, morto e fantasmagórico, naquele lugar.

Quase saudei com dois beijinhos o secretário municipal de Obras, aproveitando o embalo metafísico e seguindo a inércia que me fez cumprimentar sua esposa do mesmo modo antes, eu sabia que as mulheres tinham prioridade. Na verdade eu já me inclinava pra repetir o gesto quando me dei conta de que ele era um homem, e que não se beijava um homem assim sem mais nem menos. Consegui parar no meio, fingindo um rapapé dos mais patéticos, que ele aceitou todo orgulhoso com um sorriso aberto e uma vênia semelhante.

Dei a mão a um pintor de vinte e um anos que só porque ainda usava óleo e tinha alguma noção achava que podia cobrar vinte e cinco mil reais pelos quadros de sua primeira exposição numa galeria nem de longe assim tão conhecida, dessas que ainda haviam ficado no Rio de Janeiro, sem forças pra se mudar pra São Paulo, onde rolava o dinheiro de verdade. Era o custo artístico Brasil, eu vira outro dia, que também fazia um syrah Primeira Estrada ser vendido a setenta e nove reais, apesar de ser fabricado nacionalmente em Três Corações. Eu degustara, e gostara. Mas queria ver se as artes brasileiras seriam capazes de provar seu valor quando o vinho das Minas Gerais tivesse de competir com os bons barolos e os bons bordôs da Itália e da França.

Aceitei a mão que um Virgílio da latrina me estendeu, aquele poeta achava mesmo que seus detritos valiam ouro, depois limpei a palma da minha num guardanapo umedecido no suor da taça. Quando conseguia vencer a inclinação aos beijos, eu tinha de me controlar pra não superar a timidez com reações exageradas e fazer meu aperto de mão parecer um torniquete que deixava os outros de olhos esbugalhados.

De vez em quando Lívia voltava pra mim, dizendo que precisava me apresentar a alguém, e lá ia eu, arrastando os pés e quebrando todos os ovos espalhados à minha frente. Sozinho, mesmo na multidão, várias vezes me perguntei quanto tempo ainda aquilo iria durar, mas não era bobo de manifestar meu desencanto, pelo menos não a ponto de reclamar em alto e bom som. Eu não entendia aquele entusiasmo todo, e depois poderia observar as coisas bem mais detalhadamente no ninho tranquilo da minha internet. Mas tentava me comportar a preceito. Mesmo assim, e me vendo macambúzio, minha sogra surda em dado momento quase gritou no meio da exposição, pensando que se dirigia apenas a mim:

Ânimo, que isso aqui tá muito bom.

Banquei o concentrado e comecei a avaliar as obras exibidas, entranhas expostas em azulejos cortados, rasgados, sangue e vísceras saindo das paredes mais conhecidas de uma casa, azulejos em carne viva, a artista numa grande conversa silenciosa com o barroco em meio à balbúrdia do açougue contemporâneo. Eu me sentia completamente representado, ela parecia estar se dirigindo a mim, entendendo como eu tentava construir minha casa. Das obras mais novas eu não conseguia gostar tanto assim, se visse algumas delas numa churrascaria de Campos pensaria que a mulher do dono era artista e gostava de se exibir. Mas ainda assim me ajoelhava diante delas.

Lívia conversava com uma moça que imaginei ser Adriana Varejão. Eu cumprimentei as duas, e fiquei na rodinha, um tanto encolhido, como se tentasse ocupar o menor espaço possível. Ainda bem que ninguém fez apresentações. Quando começava a me entediar de novo, uma outra moça olhou pra mim, acho que ela já estava olhando antes, havia algum tempo, e disse que eu tinha de ser o filho de João Pedro, mencionando na maior desenvoltura o nome do meu pai. E, voltando-se pra Lívia, que eu pegara pela mão, complementou, sem concluir:

Mas você não está…

Lívia a cortou dizendo que sim, que eu era o namorado dela e, botando um ponto final em qualquer interrogação que porventura ainda pudesse vir, adicionou à voz todas as pitadas de seu orgulho pra alegar que inclusive estávamos construindo nossa casinha e em pouco nos mudaríamos e moraríamos juntos. E só depois me apresentou, dizendo que a moça era Camila Canali e que também era pintora. A moça, a pintora, uma referência apenas vaga nos meus alfarrábios mentais, logo se voltou pra mim, parecia estar conversando só comigo, como se apenas eu existisse naquela roda:

Seu pai comprou alguns quadros meus, me ajudou muito quando eu estava começando.

Eu perguntei quais eram e ela tirou brejeiramente seu iPhone do bolso traseiro da calça jeans, nem bolsa ela trazia consigo, digitou meio minuto e me mostrou três quadros, óleo sobre tela, só óleo sobre tela e nada mais, ela parecia mais uma dessas que voltavam a usar aquele material antigo, arremedando a grande volta ocorrida na década de 1980, que já reabilitara a pintura depois de ver a arte se perder por tantos materiais. As imagens que ela me mostrava permitiam ver muita suavidade nas cores, contornos definidos, temas relativamente claros, não era preciso viajar primeiro, pensar duas horas e depois chutar a bola para as nuvens de uma interpretação ainda vaga.

Gostei especialmente de um dos quadros, casa amarela com telhado azul, que parecia mostrar o céu ao alcance da mão, encimando um lar já marinho, embora a cobertura cerúlea estivesse virada pra fora e não pra dentro, porque do interior da casa não se via nada. Aliás, quem tinha acesso de verdade ao interior das coisas, ao interior das casas e ao interior de si mesmo? O cavalo, acho que era um cavalo diante da porta, devia ter trazido o dono bêbado pra casa, eu logo pensei. Senti saudades de nunca ter montado e logo me lembrei de já ter visto o quadro em algum lugar, embora não me ocorresse onde pudesse ter sido. Tinha certeza de que nenhum dos três estava no apartamento do meu pai, o que significava que ele talvez tivesse se desfeito deles.

Lívia viu que eu me entretinha, brincou com Camila em tom maroto, dizendo que ela cuidasse de mim, e foi ver onde estava sua mãe, a marquesinha. Eu me incomodei um pouco. Como Lívia se atrevia a dizer em público que eu precisava de cuidados? A moça que supus ser Adriana Varejão, mas depois vi que não era, também saiu da roda e em pouco conversávamos apenas os dois, Camila e eu, num papo ameno, e eu descobria, quase estupefato, que estava gostando de conversar, enquanto empinava a taça de vinho tinto e ela misturava água a seu branco, completando o cálice pela metade com a água gaseificada de outro copo, que o garçom acabava de trazer.

Achei estranho, e comentei.

Ela disse que aprendera a mistura na Alemanha, que por lá a chamavam de Weinschorle, e que era boa, inclusive porque evitava a desidratação.

Vou adotar, eu disse, me inclinando na direção dela, quase sussurrando em seu ouvido, dessa vez voluntariamente. De onde me vinha todo aquele desembaraço, nem eu sabia. Vai ver era do enfado anterior, que eu tentava assim isolar de vez.

Não pega bem pra homem. Homem que bebe Weinschorle é bunda-mole, só toma banho de água quente, ela disse, na intimidade cavada no chão à minha frente em apenas dois segundos, um passo e eu cairia. Pelo menos na Alemanha dizem que é assim, ela concluiu.

Tomou, eu pensei, cativado, quem manda se atirar desse jeito pra cima da moça. Sentindo que a desejava tanto mais por me saber incapaz de satisfazer o desejo que me levava a ela, consegui emendar o soneto de sua ousadia verbal alegando que eu tinha uma alma feminina, que certamente aquela bebida fora feita pra mim e que só não adotaria o hábito agora mesmo porque o tinto estava bom.

Impossível, sendo o filho de João Pedro, ela terminou dizendo.

Impossível o quê?

Isso da alma feminina.

Nunca imaginei que a fama de macho do meu pai fosse assim, digamos, tão grande.

E que fama! Mas você deve ser pior, muito pior, e ela ousou piscar de leve pra mim, o que poderia muito bem ainda fazer parte da brincadeira.

Eu sou um santo! E lhe contei na maior cara de pau que inclusive havia sido seminarista, o que pareceu deixá-la cada vez mais cativada.

Comentamos as obras de Adriana Varejão, logo em seguida falamos de Kokoschka, eu disse que ele era meu pintor preferido e inventei parentescos absurdos entre a dona brasileira daquela exposição e o gênio austríaco, enquanto Camila me olhava abismada. Quanto mais despropositada a tese, tanto maior o sucesso, se ela apenas for defendida com verve e algum conhecimento. Acabei me divertindo como poucas vezes me divertira em minha vida fora da casca. Se beber água fosse pecado, o gosto dela realmente seria irresistível, e as guerras que já anunciavam por causa dela pro século XXI se mostrariam tanto mais inescapáveis.

No final da festa, Camila pediu meu celular, eu disse que não tinha, mas que ela sempre me encontraria com facilidade escrevendo um e-mail. E, enquanto eu dizia qual era, ela já o anotava, alegando em seguida que eu também já tinha o e-mail dela, porque ela não apenas registrara o meu, como já mandara o seu pra mim.

Não vou poder olhar agora, mas até que gosto de retardar

as coisas boas e curtir a espera daquilo que certamente será uma delícia, eu disse, ridiculamente insinuante.

Vai ser, ela respondeu.

Cabral foi mais feliz no momento exatamente anterior àquele em que descobriu o Brasil, eu continuei.

Eu sou um país ainda desconhecido, ela tartamudeou.

Promessa é dívida, eu terminei dizendo, me assustando ainda mais com minhas alusões.

Acabei não pedindo o celular dela, achei que na lei da equivalência não era nem direito. Não tinha um pra dar, não pediria o que ela poderia me dar. E, inacreditavelmente, não cheguei nem a perceber a grande sensação de sempre, nem me vi obrigado a sair do espetáculo coletivo antes de ele chegar ao fim pra poder respirar sozinho o ar da noite, deixando pra trás o chapéu e a bengala que nem sequer usava.

Foi então que começou o burburinho, as cortinas caíram, o espetáculo terminou, e em pouco tempo todo mundo na exposição só falava do prédio que supostamente havia desmoronado no centro da cidade. Suspeitava-se que o número de vítimas era altíssimo, parecia até que o Teatro Municipal havia sido atingido.

4.

Quando me encontrei com Lívia na obra no dia seguinte todos os meus sustos anteriores já tinham encontrado fundamento no prédio que desmoronou.

Perguntei ao arquiteto se ele estava tomando todo o cuidado do mundo e mais um pouco, se não haviam mexido nas colunas, afinal de contas pelo que eu via eles pareciam estar derrubando tudo. Ele garantiu que nada havia sido feito sem a opinião do engenheiro e que, não contadas algumas colunas móveis e portanto dispensáveis, a estrutura do apartamento permanecia absolutamente intacta, não havendo razões pra "noia" nenhuma, ele realmente disse "noia".

Eu tremi na base, mas em seguida fiquei mais tranquilo ao me lembrar que estávamos na cobertura, naquele arremedo de casa em forma de apartamento, e que acima de nós não havia mais ninguém pra sustentar a não ser o sol de dia e o céu estrelado à noite. Ainda pensei em perguntar em que andar do apartamento ficavam as colunas móveis que haviam sido removidas, mas achei que em pouco todo mundo riria do meu medo, dizendo que não estávamos no centro do Rio de Janeiro, onde os prédios simplesmente caíam sem pedir licença.

    Imagina só como vai ficar, Lívia me disse, vai ser uma maravilha.

    Eu não conseguia imaginar, e me lembrava apenas das imagens que não paravam de ser mostradas na televisão, dos alertas das autoridades, das suspeitas que já estavam sendo levantadas.

    Almoçamos juntos, o arquiteto exagerava seu entusiasmo, nitidamente tentando afagar meu temor. Mas nem quando ele saiu, antes do cafezinho, consegui falar dos meus receios a Lívia, eu precisava mostrar um pouco de intrepidez, e curtiria minha angústia sozinho como estava acostumado a fazer.

    Ao chegar em casa, lembrei que ainda não abrira meus e-mails, não havia grandes motivos pra fazê-lo, eu perdera todo o interesse em algumas paixões que cultivava virtualmente, fascinadas também por ver em mim um eremita contemporâneo, por eu não ter blog, facebook, twitter nem qualquer coisa do tipo. Quando uma das mulheres reclamava dizendo que se eu entrasse nas redes sociais nós poderíamos ser amigos, eu respondia dizendo que não dava conta nem das minhas poucas amizades reais, por que haveria de querer amizades virtuais?

    Eu sempre me comportara assim.

    Quando o orkut surgira, eu ainda estava no seminário. Me lembro que logo no princípio pensei em quem poderia ser aquele turco do qual escutava falar aqui e ali, sem imaginar que havia realmente um turco por trás da ideia, e, quando descobri do que se tratava, achei que eu não precisava de uma segunda vida paralela. Já tinha a minha, entre os muros do seminário. Quando saí do seminário, todo mundo já estava no facebook, e eu tive de me conter pra não entrar também. Sabia que, se o fizesse, em pouco tempo me isolaria num novo útero, o terceiro ou quarto da minha vida, e desistiria de vez do mundo lá fora.

Assim que abri meus e-mails, ignorei uma mensagem da mineira que eu namorava platonicamente havia quase dois anos, gingando pra evitar os encontros que ela propunha, dizendo que estava bom como estava, e que o começo da realidade prosaica significava sempre o fim da poesia fantasiosa. Vi que o advogado me passava alguns relatórios prometidos, que eu também ignorei, e só então me dei conta do motivo por que estava querendo tanto acessar meu correio eletrônico e já evitava fazê-lo desde pela manhã.

Lá estava o e-mail de Camila me agradecendo pela noite agradável e assinando com o emoticon ostensivo de um beijo bem carnudo.

Tocado, empavonado, ridicularizei interiormente aquele ícone mais do que oferecido, mas acabei respondendo que se alguém tinha de agradecer era eu, dizendo que ela me salvara de mais uma noite tediosa, e que era eu, portanto, que ficava lhe devendo essa. Tive a impressão de que a resposta de Camila veio antes mesmo que eu enviasse a minha mensagem, porque não me lembrava mais exatamente quando apertara o send, pensando se devia realmente me mostrar tão insinuante, afinal de contas ela conhecia Lívia, o círculo de amigos não deixava de ser o mesmo e a distância protegida que eu sempre cultivara nos meus casos platônicos acabava indo pro espaço. Mas em algum momento devo ter murmurado comigo mesmo que aquele balão de ensaio valia a pena, porque a mensagem dela chegou, dizendo que ela já estava pensando que eu não responderia mais, e perguntando logo em seguida com a maior naturalidade do mundo quando nos encontraríamos de novo, afinal de contas eu queria mostrar a ela aquele livro sobre Kokoschka.

Eu vi o brejo a meus pés e, completamente avacalhado, senti que precisava ganhar tempo.

Respondi que estava meio atrapalhado por causa da reforma, ela devia ter ouvido Lívia falando a respeito, mas em seguida risquei a segunda oração, eu riscava mesmo as orações, e não precisava fazer alertas e lembrar nomes e limites, terminando por dizer que tentaria encontrá-la assim que desse. E que, enquanto isso, ela por favor mandasse notícias, que eu faria o mesmo.

5.

Eu cofiava, antigo, a barba aqui, ajustava a gola da camisa acolá e não me dava conta de que aquilo tudo no fundo era em vão. Abri e fechei dez vezes o penúltimo botão da camisa, depois de ver que com todos eles ocupando suas casas eu voltava automaticamente à ordem seminarística, e apenas por causa de um botão a mais que havia fechado.

Às vezes achamos que ajeitando uma mínima mecha do nosso cabelo tudo fica em ordem, que isso muda completamente nossas feições e inclusive faz o eixo terrestre se inclinar positivamente em nossa direção, o mundo girar a nosso favor, que vamos abafar, quando na verdade pros outros seremos os mesmos de sempre, iguais, exatamente como éramos antes, com mecha desajeitada ou não, dependendo sobretudo das lentes que algumas circunstâncias sobre as quais temos bem pouco controle fizeram com que esses mesmos outros usassem pra nos ver. Mas pouco me importava, eu estava me julgando bem diferente, e, apesar do medo, muito mais garboso.

Até pisquei ridiculamente pro moço que me olhava do espelho.

Eu também não me dava conta de que aqueles deuses orientais de múltiplas feições existiam apenas dentro de nós e eram, externamente, um resultado da lupa que somos capazes de aplicar apenas ao nosso próprio semblante, e jamais ao dos outros. Muito menos percebia que, se tudo desse certo, em pouco tempo o deus já não me importaria mais e o hábito faria com que mal me olhasse no espelho antes de deixar a casa, e, se possível, me faria sair de cabelos desgrenhados, usando o pijama mais surrado do mundo.

Fui verificar pela trigésima vez se o telefone de fato estava funcionando, se não o esquecera fora do gancho na última vez em que me aproximara da mesinha pra ver se ele estava mesmo funcionando. Averiguei também se o porteiro estava no prédio, testei o interfone pra ver se não estava com defeito, eu era uma mosca tonta voando de um lado a outro, procurando uma lágrima pra pousar.

Camila estava atrasada, me deixava esperneando, eu dava rabanadas no vazio como um robalo sobre a mesa da cozinha. Finalmente tínhamos marcado o encontro pra eu lhe mostrar o livro sobre Kokoschka, e inclusive algumas anotações que eu fizera a respeito do quadro *Noiva do vento*, meu preferido. A empregada já tinha ido embora havia tempo, eu a apressara várias vezes, não sem sentir alguma culpa, e dizendo que já eram cinco e meia e que o Corte 8, ela morava no Corte 8, em Duque de Caxias, era longe, bem longe.

O doutor está esperando alguém?

Eu me irritei. Então a jumenta de Balaão pensava mesmo que o chicote de seu senhor lhe dava o direito de falar? Me encolhi um pouco e disse:

Não, por quê?

Achei que era por isso, ela respondeu.

Por isso o quê?

Que o doutor estava esperando alguém, e por isso queria que eu fosse embora.

Eu neguei outra vez e, repentinamente bondoso com as classes menos favorecidas, aleguei que apenas achava injusto ela trabalhar além das oito horas combinadas. Camila chegaria às seis.

E, preocupado com alguns rastros que eventualmente pudessem restar, eu ainda disse à empregada:

Queria que você só viesse depois de amanhã, em vez de amanhã.

Vi uma desilusão se desenhar na face dela:

Precisa mesmo, doutor?

Eu percebi que ela não conseguiria negar e fui sádico, fincando as esporas e aproveitando de quebra pra punir sua impertinência de antes. Disse que sim, que amanhã eu precisaria trabalhar em casa sem ser perturbado, e pouco me importei com o fato de ela, conforme supus pela nuvem que pairava em seus olhos, perder um encontro, um piquenique com o namorado, a hora na modista pra provar seu remoto vestido de casamento. Eu não pensava em noivado, estava preocupado apenas com o meu randevu, com o meu convescote, e ela parecia querer botar suas formigas-cabeçudas, seus mosquitos cheios de dengue no meu lanche, não indo embora.

Tudo bem, a empregada disse, submetendo-se à relação ancestral.

Meu encontro com Camila estava longe de ser desprovido de perigo, mas eu o encarava de cabeça erguida. E ela, certamente, não estava interessada apenas no livro e na minha opinião sobre o pintor que sucumbiu às crueldades de Alma Mahler. De qualquer modo, todas as saídas de emergência continuavam abertas, pra mim e pra ela. Eu não queria fugir, mas também não ia fazer nada pra prendê-la. Em dado momento, achei que a esperada visita se anunciava à moda antiga, mas logo vi que havia sido apenas um pombo que levantou voo, batendo palmas com suas asas. E então eu percebi como esperar, esperar em si, é que era uma coisa antiga, como ninguém mais esperava o que quer que fosse, pelo menos não esperando, como todo mundo preenchia os instantes da suposta espera com alguma tela, algum teclado, um aparelho qualquer, deixando de esperar por esperar. Só eu é que ainda parecia capaz de ficar à espera, simplesmente à espera e sem nada fazer, esperando como os australopitecos.

Seis e cinco, a campainha tocou.

Ela veio.

Veio mesmo.

Quase não a reconheci quando lhe abri a porta, achei que ela havia mudado bastante, não sabia nem se estava mais bonita ou mais feia, só achei que estava diferente. Mesmo assim foi bom, também porque nada aconteceu, ainda que tenhamos andado sobre o fio da navalha por cerca de duas horas. Não nos cortamos porque dançamos bem. O duelo começou com negaças bem insinuantes, mas nenhum dos dois saiu correndo. E, se nada aconteceu, provavelmente foi também porque não cumpri meu papel, porque não dei a estocada que me faria beber o primeiro gole do sangue dela.

É que eu tinha medo.

Desconfiava até que só tinha marcado o encontro em minha casa pra garantir que não faria nada, afinal de contas o porteiro a vira entrar e ele gostava muito de Lívia e, se já vira alguma coisa, eu queria que ele pelo menos não tivesse razão, caso alimentasse suspeitas. Quando não se tem culpa é bem menos difícil mentir, a verdade é baseada em fatos e muito mais fácil de ser contada.

De qualquer modo, evitei convidar Lívia ao meu apartamento nos dias seguintes, não tinha falado nada a ela do encontro, e só isso já me tornava pra lá de suspeito. Mas também não havia como dizer que encontraria, ou então que já encontrara Camila. Lívia fizera insinuações muito evidentes e portanto nada inocentes, marcando bem o terreno, de que gostara de me ver conversando com ela, de me ver falando animadamente com alguém, e eu não negara que sim, até fizera questão de dizer que apreciara papear com Camila, que se Lívia quisesse poderíamos sair com a moça qualquer dia desses, o que deixou Lívia positivamente surpresa.

Camila e eu sabíamos, pelo menos eu pensava que sabíamos, os dois, que no próximo encontro a casa cairia.

6.

E a casa caiu.

Às vezes, sabemos muito bem que vamos despejar o cereal fora do copo porque o corte que fizemos na embalagem saiu torto, ou então está grande demais, mas tentamos mesmo assim, até tomamos cuidado, mas seguimos adiante, e despejamos metade do conteúdo no chão, fazendo a maior sujeira. Depois temos de limpar e nos irritamos com nós mesmos, mas ainda assim insistimos em derramar, em semear nosso trigo no terreno infértil da cozinha.

Na noite anterior eu mais uma vez tivera um pesadelo, aliás recorrente nos últimos meses. Dirigia num trânsito confuso, eu, que nunca tivera carteira de motorista, e assim seguia adiante, com algum medo mas muito desembaraço, até que em dado momento passava a conduzir meu carro de longe, por assim dizer de fora dele, como se fosse por controle remoto, vendo-o seguir adiante sem mim, até que aos poucos não conseguia mais ver onde ele estava e mesmo assim continuava dirigindo, adivinhando as curvas, me desviando dos outros carros especulativamente, cada vez mais rápido, rezando pra não bater em ninguém, cada vez mais rápido, nem sair da estrada, cada vez mais rápido. Se algumas vezes eu acabava levando uma multa, ou então escapava, sem nenhum ferimento, com algumas batidinhas relativizadas pelo fato de achar que o carro estava mesmo velho, na noite anterior eu tivera a sensação de que, pelo barulho das batidas, por algumas impressões de dor, apesar de não ver nada, eu morrera, e de que morrera junto com Lívia, que me acompanhava pela primeira vez. Na verdade já imaginava meu corpo trucidado, lamentava a morte dela também, e estava apenas esperando pra ver o carro, que em algum momento mais uma vez perdera de vista, correr ao encontro dele, averiguar seu estado e confirmar se estávamos realmente mortos dentro dele. Mas, num derradeiro esforço, acordei antes de ver o automóvel e me livrei assim de constatar o que já parecia certo pra mim. E assim consegui, no pesadelo narrativo configurado por meus sonhos bipartidos, me manter na terceira pessoa do narrador nem um pouco onisciente, sem precisar me dividir pra encarar também a primeira pessoa de personagem e vítima.

Ainda troquei alguns e-mails com Camila antes, tantos que não precisamos nem de um bar pra quebrar o gelo, tudo estava mais ou menos combinado, e eu também teria medo de encontrá-la num restaurante, por exemplo. A Zona Sul era o lugar mais vigiado do mundo, devia ter mais câmeras do que Londres, câmeras de olhos, vivas, prontas a ver. E eu pensei que um dia o céu estaria, se é que já não estava, tomado de drones prontos a abater mais ou menos a esmo qualquer cidadão no instante exato em que ousasse pisar em falso ou não, desrespeitando as leis impostas por um sempre especulativo status quo. Nossas fichas completas certamente estavam prontas e precisavam apenas ser acessadas em algum lugar nos desertos virtuais bem povoados de Maryland, onde a NSA tomava assento, ninguém mais podia fechar a porta simbólica da privacidade a fim de que a mãe, o pai, um irmão não espiassem pra dentro do quarto como ainda fazíamos na adolescência de um mundo já completamente obsoleto. A situação presente, bem mais sucinta, me obrigava a lembrar que nos bares da Zona Sul, mesmo de algum quilate, apenas pra chamar um garçom se era obrigado a um espetáculo histriônico de mímica que sempre acabava em gritos. E o resto do Rio de Janeiro eu não conhecia.

Fato é que eu não sabia onde encontrar Camila, achava que no meu apartamento não dava, ela jamais fizera menção de que pudesse ser no dela, e eu tive de apelar ao recurso arcaico do motel. Até me mostrei coquete, dizendo que me viraria, porque isso era um dever do homem, embora não tivesse o mínimo conhecimento de causa.

O mais próximo que encontrei foi em Botafogo. Havia dois em São Conrado, no Vidigal, na verdade, pelo que vi no google maps, mas pareciam não estar à altura de Camila, e ademais ficavam longe, não tanto pra mim quanto pra ela, e pelo menos na hora de comer eu queria ser cavalheiro. Ainda lembrei ironicamente que não ficaria bem pra mim visitar o motel num lugar em que trinta anos antes o papa João Paulo II tomara um café com dona Elvira, quebrando o protocolo e escolhendo, em meio às socialites que também circulavam pelo morro, uma favelada pra lhe conceder as honras da casa. Era no Vidigal, ameaçado também por projetos de remoção no passado, que a Igreja na qual eu ainda estava longe de entrar desenvolvia seus principais projetos, e só por isso o papa visitara a favela, pouco antes de as confissões evangélicas tomarem o poder definitivamente naqueles lugares. E pensar que o papa, eu pensava no papa pra esquecer de mim, passaria incólume por uma favela do Rio de Janeiro e seria baleado um ano depois em plena praça São Pedro. Hoje em dia não era o papa, mas era a copa, e depois o papa de novo e a olimpíada, uma visita qualquer. Quando não há planejamento, tudo vira motivo. E mais uma vez se dava um jeito de instalar rapidamente algumas lixeiras, uns postes de luz, valões de esgoto e caixas de som, uma escadaria aqui, um corrimão ali, pra alegrar os olhos dos visitantes, mais ou menos ilustres, dispostos a um novo espetáculo. Quando não se aterravam manguezais em negociações sempre matreiras, fingindo criar territórios democráticos para a expressão da fé, religiosa, futebolística et caterva. Talvez eu pudesse escolher o Sheraton, mas lá a alta rotatividade de uma breve trepada com certeza seria percebida, e eu não poderia nem descansar sem ser perturbado nas areias da praia, que os proprietários do hotel haviam tentado privatizar sem conseguir, havia tanto tempo, porque os moradores do Vidigal souberam se organizar e protestar.

Nada de Vidigal, portanto.

Camila morava em Santa Teresa, e eu, por outro lado, não queria subir o morro distante nem mesmo à tarde, por isso acabei nem procurando por lá. O meio do caminho era a melhor pedida, e ela não teria do que reclamar, nem em termos de distância, quanto mais de conforto, o referido motel de Botafogo era uma beleza. Me informei tanto na internet que poderia ter usado a máscara da experiência e me fingir um grande matador, mas a pele da ingenuidade estava se mostrando eficaz também com Camila, e eu não tinha por que abandoná-la, portanto.

Fomos os dois, cada um em seu táxi, aquele era um amor cheio de engrenagens. Talvez indelicado, mas sobretudo medroso, calculei os segundos um a um pra deixá-la chegar primeiro. Quem viesse por último precisaria apenas se informar em que quarto o outro estava, era essa a combinação. Um motel era o único lugar do mundo onde ninguém, ainda, fazia perguntas indiscretas.

Quando acordei, pela manhã, o ponteiro dos minutos estava exatamente em cima do das horas na maior fornicação, tive dificuldades de ver a quantas andava, algo como dezesseis para as nove, mas achei que devia ser um bom sinal. No caminho até o motel, sozinho no táxi, eu achei por um momento que um carrasco acordando num dia ensolarado do ano de 1326 e caminhando em direção ao patíbulo onde mais uma vez teria de cortar a cabeça de alguém não deveria ter manifestado sensações muito diferentes das minhas. Era tempo demais pra pensar apenas numa coisa, sem a escolha de se ocupar de outros assuntos, porque todos eles deixavam de existir ante a iminência do abate. E como era banal andar daquele jeito no banco traseiro de um carro, sendo conduzido por alguém que não tinha a menor ideia do que eu iria fazer e vendo a cidade passar do meu lado esquerdo, cada vez mais feia, enquanto eu me dirigia para aquilo que já deixava de ser o paraíso tão só porque eu me encontrava a caminho.

Tanto que pro mar, do lado direito, eu não conseguia olhar. Logo sentia um vazio imenso e queria estar na outra face do globo terrestre, em algum lugar bem distante, num deserto da Mongólia, só um camelo por perto, já que o pampa cavalar dos meus antepassados não me tocava nem na fantasia. Quando fui tentar fazê-lo e virei os olhos pro vidro tentando encontrar a água, vi um tsunami em plena enseada de Botafogo e temi que ele me engolisse vivo de uma vez por todas. Era um ônibus que ultrapassava o táxi pela direita a cerca de meio milímetro do retrovisor.

Fiquei feliz quando deixamos a orla e entramos num labirinto de ruas mais feio ainda. Eu podia tentar olhar para as pessoas que passavam por perto. Mas não conseguia me desviar do assunto, o grande e único assunto, por mais que fizesse força. O mundo ficava em algum lugar entre as pernas de Camila, e até me assustei quando o Cristo Redentor surgiu imenso, vertical, diante dos meus olhos no fim de uma rua, bem mais sublime que ameaçador em toda a altura de sua estátua.

O táxi parou no sinal, como se quisesse me deixar olhar.
Quem era, aliás, aquele sujeito ligando de um orelhão?
Quem hoje em dia ainda ligava de um orelhão?
Eu até achava que os orelhões não existiam mais!

Será que não era um detetive particular esperando minha passagem pra comunicá-la a Lívia, ou então, pior ainda, a um suposto e certamente feroz namorado de Camila? Bastava ter um pingo de culpa pra logo ver sete mares de suspeitas nos olhos de todo mundo.

Me encolhi no banco apesar de imaginar que mesmo a minha paranoia tinha limites, aquele devia ser no máximo um irmão traidor, que não queria deixar rastros no celular, nem na conta telefônica, porque, conforme eu via, estava inclusive esperando a ligação, o sinal fechado ainda permitiu que eu o visse tirar o fone do gancho pra atender a um toque que não consegui ouvir. Ou então era coisa de droga.

Só podia ser.

Mas aquilo tudo durou uns dez segundos, apenas, e eu logo já voltava ao mesmo e exclusivo tópico. Não cheguei a achar que era uma grande besteira o que eu estava fazendo, mas me perguntei umas duzentas vezes se valia de fato a pena. Eu não precisava nem mesmo degustar na fantasia a grande hora com Camila, em pouco a veria nua como Eva à minha frente. Só não dei meia-volta porque afinal de contas ainda existia a hipótese praticamente incogitável, é verdade, de que ela pudesse não ir ao nosso encontro, o óleo dos catecúmenos não estava garantido. Era engraçado, mas eu já sabia: antes, era a incerteza; depois, o desgosto.

Deitados na enorme cama redonda do aconchegante quarto eu não dava tempo aos pensamentos, trocava carinhos com ela, acertávamos os ponteiros de um modo bem objetivo. Pelo menos ela nem sequer mencionara a necessidade da camisinha, que eu trouxera comigo por precaução mas que provavelmente não soubesse usar, eu não tinha a menor ideia de como aquelas coisas funcionavam. Até tentara me aperfeiçoar na arte de embalar grosseiramente o peru, mas os esboços no meu banheiro solitário resultaram patéticos.

Pelo menos eu tinha certeza de não ter decepcionado Camila com as três piores surpresas que um homem pode oferecer a uma mulher, conforme as dicas de um programa menos nobre que vira ainda na madrugada anterior por causa da insônia: um, o efeito David Beckham, eu tive de confirmar pra ver quem era de fato Beckham, que fazia um homem até bem-apessoado ter uma vozinha de falsete daquelas, minha voz devia ser grossa, até a gravei pra ter certeza, estranhei um bocado, mas fina ela não era; dois, o efeito tábua de queijos, que fazia um homem feder onde menos devia na hora da cama, eu me lavei trezentas e cinquenta vezes com um sabão da L'Occitane pra garantir; e, três, o efeito Darth Vader, que fazia o mesmo homem ofegar e resfolegar angustiadamente na hora do vamos ver, eu não era gordo nem bobo pra ser vítima dele.

No primeiro papo depois do gozo, eu bancava o autoconfiante, e confirmei que Camila estava namorando, parece que o tipo era realmente perigoso, um pouco abrutalhado, coincidentemente gaúcho, roqueiro apenas pra aumentar o lugar-comum. Quando eu falava da necessidade de ter respeito com aqueles que nos eram caros, ela respondia que também estava correndo riscos. No momento em que eu louvava a grandiosidade de Lívia, dizendo que eu não era como alguns outros homens, que não a estava traindo por me sentir insatisfeito, até porque Lívia era a mulher da minha vida, e aquilo soou, e talvez tivesse tido o propósito de me vingar por Camila ter conseguido me trazer até ali, como se fosse ela que me trouxera, Camila perguntou se eu iria falar de Lívia também enquanto metia, sim, porque ela estava ali pra foder e não pra conversar.

Pedi licença pra ir ao banheiro antes, eu já estava retardando uma mijada havia um bom tempo pra não deixar Camila sozinha depois do deleite, pois se eu lera em algum lugar que mijar após o coito ajudava a evitar alguns contágios que a falta da camisinha poderia acarretar, também aprendera que o carinho posterior era um requisito básico para a mulher se sentir amada. Mas a bexiga não me deixou pensar mais e eu pulei da cama, pisando sem querer no que imaginei ser o azul-arsênico da calcinha de Camila, que se matou de rir quando saí, nu como viera ao mundo, por uma porta que não dava pro banheiro e sim para a garagem do estabelecimento, na qual me surpreendi abismado de uma hora pra outra.

Confuso, meio cego sem os óculos, ainda vi alguém varrendo o chão a alguns metros de mim e depois bati a porta, gritando um pedido de desculpas ao suposto funcionário do motel e voltando a entrar no quarto com o rabo mais do que nunca entre as pernas, enquanto Camila já abria a porta do banheiro pra mim, solícita e sarcástica. Não sei por que um quarto de motel precisava ser assim tão grande. Por acaso as pessoas não iam ali simplesmente pra desatar seus nós, desentupir seus canos, urdir novos planos?

Por que aquela banheira de hidromassagem?

Quem tinha tempo pra essas coisas quando havia tantas outras a fazer?

Nem em casa eu usava a banheira, porque me parecia que não tinha tempo pra tanto, embora na verdade ficasse vagabundeando quase o dia inteiro pela vida afora.

Camila sabia de tudo, era uma diva entregue ao palco.

Pela primeira vez, e eu estava longe de ser um colecionador, uma mulher ficara de cócoras em cima de mim, subindo e descendo durante vários minutos, a juventude das pernas da pintora era bem treinada, os tendões de seus joelhos pra lá de resistentes, e eu degustei, praticamente imobilizado, o prazer que ela me dava e buscava, me segurando pra não explodir antes de ela abrir a boca num berro, fechando ao mesmo tempo os olhos silenciosos, tremendo toda. Eu também nunca vira algo tão ostensivo, era impressionante, minha barriga inteira ficou molhada, não do meu, mas do suco que esguichou de dentro dela nas duas vezes em que ela parou brevemente antes de parar de vez, se lançando em cima de mim e colando nossos corpos na mistura de sucos e suores.

Quando tudo se acabou e já prometemos a próxima vez sem marcá-la, apoiados na segurança dos e-mails mútuos, o sentimento de culpa me levou direto à obra num táxi que por sorte tinha os vidros bem escuros. Todo mundo parecia estar acompanhando meus movimentos mesmo assim. Mais uma vitória dessas e eu estou perdido, pensei com meus botões de general macedônio, distraído e esbanjador, apesar de triunfante na guerra.

Logo ao entrar no táxi, no entanto, percebi algo estranho no banco e interroguei o motorista, que disse que instalara uma massagem de shiatsu no carro.

Shiatsu?

Não demorou e ele já me mostrava, apesar do meu silêncio, um jornaleco do sindicato em que aparecia, todo sorridente, como um grande empreendedor do ramo:

Tem muito ator da Globo que me chama pra eu levar ele pro trabalho.

Eu fingi não entender e permaneci mudo.

Ele continuou, depois de esperar minha reação, que não veio:

Minha clientela é bem seleta.

Saindo do motel, cogitei por um momento se o motorista do táxi não estava me chantageando e controlei a vontade de dizer, pra assustá-lo e chamá-lo de volta à realidade, que ele por favor parasse, porque eu não andaria num mesmo carro em que andava a ralé mencionada por ele. O entusiasmo do taxista, aliado a meu medo um tanto apático, ainda me fez aceitar a incômoda massagem quando ele perguntou se eu não queria testá-la.

Assim que chegamos, pedi pra parar antes da cancela, sentindo comichões no corpo inteiro, e dispensei a ajuda do homem na guarita, já prestes a abri-la. Vi que a corrida dera algo como vinte e seis reais e trinta centavos e estendi ao taxista vinte e oito reais bem trocados, que eu descobri por acaso na carteira. Só me dei conta de que ele esperava pelo menos trinta, também por causa da patética massagem gratuita, quando vi o olhar de desprezo que ele nem tentava esconder. Mas eu já não podia mais recuar, porque me tornaria ainda mais ridículo. E pra compensar lhe desejei um bom trabalho e um bom fim de semana.

Ali estava eu, pois, no meu condomínio bem fechado, que um dia nascera tão aberto, com um monte de ruas e praças pra desfrutar privadamente, prestes a subir à torre de marfim que meu pai me deixou de herança, sua moedinha número um. Eram sete da noite, o trânsito colaborara comigo, e encontrei o apartamento vazio, os pedreiros deviam usar os sacos de dormir apenas para a sesta ou então pra descansar ao meio-dia. Mas será que os pedreiros, que bom que eu não encontrava nenhum ali, podiam se dar ao luxo de fazer sesta? O mundo estava mesmo de pernas pro ar.

Minha tristeza foi terrível, a sensação de que aquilo tudo, não a obra e sim o que eu acabara de fazer, não valera a pena, surgiu avassaladora, me devastou de vez. Embora eu já sentisse alguns pruridos de arrependimento ao examinar toda a beleza de Camila nua diante de mim, e começasse a me coçar quando a vira deitada exausta a meu lado, agora, agora eu tinha a sensação de que precisava arrancar algum pedaço de mim, bater no peito pra ver se não saltava pela garganta aquilo que me doía ali dentro, desatando o nó que se formara onde devia passar a saliva que eu não conseguia mais engolir.

E a questão não me parecia ética, apenas. Eu nem sentia, pelo menos não sentia que sentia, que estava traindo Lívia, e que era disso que aquele desencanto todo vinha. Sua origem estava antes na coisa em si, apenas, que realmente não valia a pena. E não era, certamente não era, por incrível que pareça, nem uma questão moral, até porque o boi, conforme sabemos, sempre vai ao cocho.

Depois de respirar fundo várias vezes sem conseguir, de soluçar sem resultados, acabei chorando sobre os escombros do meu apartamento, molhando um pouco daquele pó todo que me envolvia. Ainda ajeitei algumas caixas, amontoei alguns tijolos, pedaços de parede soltos, vísceras viscosas e vermelhas que brotavam como varejeiras do ventre aberto das paredes.

Por que os pedreiros desleixados deixavam tudo daquele jeito, se a caçamba de entulho estava vazia diante do prédio? Ou será que a caçamba não era do nosso apartamento, eu já dizia sem pensar nosso apartamento, agora me dava conta, será que os apartamentos vizinhos também estavam em reforma? Do lado oposto da rua, pouco depois da cancela, eu vira pelo menos mais duas caçambas, o mundo parecia estar sendo construído de novo no Rio de Janeiro e só eu botava minha casa abaixo.

Mas a lágrima dolorosa de hoje pode bem ser o suor gozoso de amanhã nos mistérios ademais gloriosos de um terço solene como aquele. E, quando cheguei em casa, já encontrei um e-mail de Camila dizendo que era bom dormir com um homem de carne e osso, um homem que gosta de verdade da fruta, canibal, que sabe se esbaldar nela e não fica cheio de dedos, tampouco, ela sabia usar tampouco, se dedica com uma devoção altruísta demais ao prazer da mulher, mas sabe fazê-la gozar naturalmente ao buscar o seu próprio e maior desfrute.

Então eu era aquilo tudo?

Absurdo!

Ela devia estar mentindo, lembro até que minha bandeira ficou a meio pau no princípio, que só depois de patinar um pouco é que peguei no tranco de verdade. Daí, também, a retórica esmerada de Camila ao lançar seu anzol. Mas o que ela podia querer de mim? Do bom partido monetário que eu talvez fosse, ela certamente não precisava. E, apesar do ceticismo, eu já queria vê-la de novo, e respondi cheio de carinho e agradecendo, humildemente servil, pelos paraísos que ela, fada devassa, estava me mostrando.

Mas é você que tem a varinha de condão, ela logo respondeu.

Se for assim, só sei fazer mágicas com você, eu repliquei.

E ela:

Meu corpo inteiro é uma fábula.

E eu:

Joga as tranças que eu subo, que eu entro, sou o mais safado dos irmãos grimm.

Ela:

Vem, já mandei derrubar a ponte movediça, estou descendo da torre.

Eu:

Seu castelo é minha caverna predileta.

E assim usávamos o e-mail como se fosse o bate-papo telefônico ao qual não nos entregávamos, whatsapp. As letras tinham mais espírito. Também não nos curvávamos às redes sociais, ainda nos comunicávamos a dois, falando um com o outro ao empilhar letras no aparelho moderno pra tratar do mais obsoleto dos afetos, tão obsoleto que não envolvia amor, numa comunicação direta que não abria as pernas pra facebooks e quejandos, onde ninguém mais dialogava, onde todo mundo apenas se exibia, e contava suas vantagens sem conversar com ninguém. Meu amor e suas filosofias.

Foi quando entrou um e-mail do velho Vassili.

Saudações!
Realmente, já está fazendo muito frio.

Depois da seca, geada pra valer. Muito pasto se perdeu. O milho ficou sapecado. Hoje está frio de novo. Não tinha saído de casa ainda. Lenha pro fogão tem. Fora de casa, o Clarito dá conta das coisas.

As jabuticabas, que estavam florescendo, se perderam todas, e as pitangas foram junto. Das mangas nem se fala, não vai ter fruta nem pra remédio. Hoje à noite deve vir outra branquinha pra matar o que sobrou. Quero só ver amanhã cedo. Dona Maria quase desistiu de ir ao Clube de Mães pra participar do balanço semestral. Mal dá pra tirar os dedos do bolso, ainda bem que é o professor Alfredo que está digitando o que eu escrevi na beira do fogo, a chaleira do chimarrão chiando.

Pobre do agricultor com suas vaquinhas. Não é fácil pra quem tem gado. A pastagem também não cresce. O Canísio falou que os peixes morreram de frio no açude dele. É a vida com seus altos e baixos. Acredito que pra julho o tempo melhore e não faça tanto frio.

A reforma segue andando, demora bem mais do que pensamos, mas agora, pelo menos, o Lauro está se ocupando só aqui da casa, embora tenha seus problemas com a mulher. Um vizinho disse outro dia que ele até ameaçou se enforcar depois de alguns tragos no bolicho do Teodoro. Está todo mundo de olho. Felizmente o trabalho não está sendo afetado, ao que parece, e ele continua cuidadoso como sempre. Não acredito que vai mesmo fazer o que dizem ter ameaçado. Vamos dando todo apoio que podemos. Outro dia convidamos ele com a mulher pra comer um churrasco aqui em casa. A mulher não é mesmo trigo limpo. Dá pra ver. Mas pra tudo existe um jeito.

    Sem mais por ora, me despeço no aguardo de novidades.

    A esperança de uma visita continua existindo.

    Um abraço, extensivo à dona Lívia.

    Vassili

7.

Depois de deixar dona Eudora em casa, ela reclamara que havia tempos não me via, eu planejava ver Lívia. Mas antes precisava buscar minha sogra, e a palavra "sogra" ecoou dentro de mim mais irônica do que nunca, no Clube Caiçaras, pra ir com ela de táxi até os confins da Barra. No princípio, mesmo isolados na obrigação do diálogo no banco traseiro do carro, dona Eudora me castigou mostrando pouco entusiasmo com a conversa. Ou será que isso se devia apenas à sensação de alguém que pisou em falso e ela nem de longe protestava contra a minha falta de atenção? Fato é que cada uma de suas respostas me pareceu um novo nome na lista dos mortos de uma catástrofe aérea que ela fazia questão de ler em voz alta pra mim.

O Clube Caiçaras, agora eu lembrava de ter lido algo a respeito nas anotações do meu pai, havia sido construído onde um dia ficava a Ilha das Dragas, cujos moradores, apesar de se decidirem pela urbanização, foram removidos à força, depois de os líderes terem sido presos, inclusive porque haviam se organizado em táticas de guerrilha pra sequestrar alguns dos chefes da remoção. A orla da Lagoa era bonita demais pra tolerar favelas, e a da Catacumba também precisou dar lugar aos apartamentos de luxo construídos inclusive pelo meu pai, que soube estender seu chapéu pra agarrar as frutas que caíam, maduras, enquanto o poder governamental fazia questão de sacudir a árvore, reservando um espaço pro bucolismo do Parque da Catacumba. O devir das favelas era bem mais do que um mero caso à parte na história sempre brutal e até já esquecida da cidade, e por isso mereceria ir além da minha ensimesmada crônica muda.

Na entrada do clube vi uma moça morena e bem-composta discutindo com um segurança que não queria permitir sua entrada porque ela não estava de uniforme. A pendenga demorou até aparecer uma senhora elegante, chamada por telefone, que atravessou com graça as águas que separavam a entrada da ilha em que ficava o clube, usando a barca ancestral movida a tração humana que me evocava toda a poesia da escravidão, um negro tocando blues em New Orleans e um mundo que desgraçadamente já não existia mais. Me deu vontade até de começar a usar o título de sócio do meu pai, apesar da minha ojeriza geral a qualquer ajuntamento mais numeroso de pessoas. A senhora desembarcou com a mesma graça que já mostrava na barca solitária e argumentou mais ou menos dez segundos, fazendo sua empregada entrar enfim como convidada e resolvendo a questão na maior elegância.

No Country seria diferente.

Esses clubes deviam ser tão fechados que seus sócios talvez achassem que nem a polícia tinha o direito de entrar nele, mesmo que fosse pra prender os pivetes transgressores da classe alta que por lá se refugiavam depois de eventualmente roubar um carro, usando o clube como o que ele às vezes tinha a maior cara de ser, um valhacouto. Pena meu pai nunca ter entrado no Country, do contrário eu agora teria um título de pelo menos meio milhão pra vender, impulsionando a qualidade da reforma que já demorava tanto.

Não que meu pai não quisesse, aliás, entrar num clube de verdade, fosse qual fosse, mas ele sabia que aquela fortaleza era inacessível, não iria bater num portão que desde o princípio tinha a certeza de ver cair sobre ele com uma chuva de bolas pretas que, conforme discursara certa vez, havia muitos anos, quando ainda cogitava se candidatar, era lançada por covardes de cabeça mofada, que dependiam dele mas se escondiam por trás de um título, preservando sua estirpe e engendrando uma nação decadente com leis próprias, arrastando adiante umas vidas em que a única glória era a reunião de um clube em que ainda poderiam destilar seu veneno incestuoso, se entredevorar com pequenos golpes, dando seus sorrisos e arrotando uma superioridade havia tempo perdida. Uma arrogância que só não fedia porque de algum modo estava protegida pelas muralhas maciças, aumentadas por tabiques verdes recendendo a perfume antigo que, se não deixavam forasteiros entrar, também não permitiam que o bodum local saísse.

E tudo porque ao meu pai faltava a nobreza familiar, os tais três séculos de canalhice, e uma mulher bem diferente da minha mãe, com quem ele nem era mais casado, pra ser considerado um membro digno. Onde se viu, casar com uma favelada? A insídia do controle levantava até os véus de verniz que ele jogara sobre ela, matando assim suas chances antes mesmo de elas vingarem. Mas solteiro também não entrava. E pouco importava o título de visconde supostamente ganho no passado por um de nossos avoengos, por ordens da casa real portuguesa, que retribuía assim todos os dispêndios beneméritos da família com a terrinha. Na verdade, agora eu também sabia disso pelo megafone do cofre, o viscondado também fora comprado a peso de ouro pelo bilontra do meu pai.

Quando eu atravessara as águas que me separavam da pequena ilha, degustando minha breve odisseia de seis metros naquela barca, entrei de cabeça baixa no, digamos, bem mais democrático Caiçaras, o Country era o Leblon dos clubes, apesar de ficar em Ipanema, perguntando logo por dona Eudora. Disseram que ela ainda estava na piscina, todo mundo parecia conhecê-la, e que ainda não terminara sua rigorosa e amplamente divulgada série de mil metros. Ela já estava na quarta, mas às vezes fingia consigo mesma que estava, digamos, na segunda idade e meia.

Ao chegar mais perto, vi que a velhinha não parava de falar nem mesmo quando estava nadando, quase não acreditei, uma amiga caminhava ao lado da piscina, acompanhando-a, e ela não cessava de conversar com ela, cumprimentando também a todos os que passavam nadando em outras raias. Haja fôlego, no percurso de seus últimos cinquenta metros, pelos meus cálculos, ela devia ter falado mais do que eu em minha vida toda.

Mas, de volta ao caminho até sua casa, depois de me castigar um bom tempo com sua já referida mudez, fosse pelo que eu fizera com a filha dela fosse pelo que pensara ironicamente dela própria, dona Eudora acabou não resistindo e me perguntou duas vezes, já na velha tagarelice de sempre, se eu estava de fato bem, se a reforma não estava me estressando demais. Eu respondi que não poderia estar melhor, sobretudo agora, que ela me concedera a graça de levá-la pra casa.

Pra dar lastro às minhas lisonjas, desci assim que o carro parou e fui abrir a porta pra ela, que me sorriu, mostrando de uma vez por todas que as coisas voltavam ao bem-bom de sempre. Assim que a deixei em casa, me apressei a fim de chegar a tempo na galeria, onde eu sempre era recebido de braços abertos como o filho de João Pedro e seu dinheiro.

Ainda bem que já deixara tudo acertado, não me atrasaria pro encontro com Lívia. E em seguida fui, exatamente como havia planejado, como havíamos combinado, para a casa dela. Não sei por quê, mas desde o princípio eu achava que não daria certo, que não conseguiria, que algo se atravessaria em meu caminho, impedindo que eu chegasse. Lívia abriu a porta já alguns segundos depois de eu ter tocado a campainha e correu na minha frente para a sala.

Vendo que ela fugia sem me dar o beijo de sempre, eu deixei no corredor a pedra que estava pesando demais e a segui. Por que, de uma hora pra outra, todo mundo me recebia, mas logo em seguida se comportava de modo estranho comigo? Antes que eu chegasse à sala, Lívia já havia desligado o aparelho de blu-ray. Pensei de cara que ela de fato contratara o suposto detetive particular, imaginado antes, e agora estava vendo o vídeo em que ele me filmara em flagrante. Então tudo dera certo e eu conseguira chegar apenas pra ser desmascarado de maneira ainda mais cabal.

Perguntei qual era o programa e ela fugiu do assunto, respondendo que se tratava de uma besteira. A especulação absurda adquiriu ares de dúvida e em seguida já virava certeza, ela sabia de tudo. Insisti, não havia mesmo o que fazer, e ela enfim disse que estava vendo um filme americano meio biográfico sobre o namoro e o casamento de William e Kate. Pra mim, que de nada devia saber, conforme ela esclareceu, William de Gales e Kate Middleton. Me lembrei do escarcéu causado pelas núpcias, parecia ter passado já tanto tempo, e afaguei uma culpa, que eu agora via aumentando no canto da alma, pela acusação injusta que lhe fizera. Mas como Lívia podia estar vendo uma coisa daquelas? Pelo menos desligara o aparelho de vergonha.

Aliviado, ao mesmo tempo, eu disse que tinha uma surpresa pra ela, que logo veio, cheia de curiosidade, até mim, e me deu, um pouco atrasado, o beijo que antes esquecera. Misterioso, voltei as costas sem dizer nada e fui até a porta, abrindo-a, saindo, e encostando-a, sem fechá-la.

E em seguida entrei com a pesada caixa.

Ana Linnemann costumava cortar as coisas, cortava tênis e telefones, cortava livros, cortava xícaras e pires, cortava até globos terrestres em suas instalações, deixava tudo partido ao meio, e eu sabia que Lívia gostava muito dela. Uma vez que eu achava que tudo já estava suficientemente seccionado, no entanto, acabei não resistindo, e, querendo ao mesmo tempo pedir desculpas, comprei pra ela uma das rochas bordadas da artista, rochas cheias de furos, costuradas com fios coloridos, tricô sobre pedras, quis me parecer que elas estavam remendadas. Bem antes do pedido de perdão feito através do presente, que era também a confissão sutil da minha culpa, pra ser perdoado era preciso confessar antes, os mandamentos da minha igreja interior eram claros, eu já achava aquela obra bonita e a namorava de longe. E ela acabaria em minha casa, de qualquer modo, se a desse a Lívia.

Deixei de lado as pedras que eram positivamente decorativas e mostravam flores. Me pareceram exageradas. Até porque eu já fizera algumas chacotas aqui e ali em relação aos florais de Beatriz Milhazes, dizendo desbocadamente que ela não passava de um Romero Britto de saias. Mas era assim. O sistema sobrevivia e o mundo seguia adiante também porque alguns dormiam valendo dez mil e acordavam negociados a dois milhões. A bolsa de valores, em alguns casos, era concreta demais pro caráter fugaz do dinheiro manchado.

Flores?

Ora!

Se eu pedia desculpas, não era daqueles que traíam e depois traziam flores pra casa.

Entre todas as obras de Ana Linnemann, escolhi exatamente a peça que melhor cabia e mais me agradava, uma pedra tricotada com fios coloridos que, ainda gracejei ao abrir eu mesmo o pesado presente que me preparava para entregar a Lívia, ficaria muito bem ao lado da espreguiçadeira da Missoni no nosso novo apartamento. Já que eu não tinha nem mesmo a coragem de uma bala de festim, simplesmente me calei e inseri de vez a espreguiçadeira no meu destino, aceitando-a. Não consegui dizer a Lívia que a ideia de levar o móvel pra nossa casa não me agradava porque o achava demasiadamente vinculado ao meu pai, tanto que nunca lhe contei a cena dolorosa do relógio, embora por outro lado também me consolasse carregar comigo aquela lembrança dele.

Enquanto eu terminava de desembrulhar o presente, já percebia que Lívia não estava acreditando. Vi todo o amor que ela sentia por mim no agradecimento cheio de sorrisos registrado em seus olhos, aquela era uma das coisas das quais ela mais gostara nos últimos tempos:

Ana Linnemann, meu amor, ela disse.

E emendou alegando que estava louca pra comprar uma das peças, mas, como achava que precisava colaborar na reforma do apartamento, afinal ela também moraria lá e queria se sentir parte material dele, cortara os gastos e desistira da artista. E me cobriu de beijos.

Assim se vai do inferno ao céu em alguns segundos quando menos se espera e, depois de meia hora, ao voltarmos do quarto à sala, eu já podia mostrar mais uma vez o sadismo típico dos satisfeitos. E disse a Lívia que ela podia continuar vendo seu filme, se quisesse.

Ela respondeu que o faria, sim, mas apenas se eu o visse com ela.

Mas é claro, eu rebati.

Logo vi que se tratava mesmo de um filme, que os papéis do príncipe e da plebeia eram feitos por dois atores desconhecidos, que eu literalmente nunca vira mais gordos. E a família inteira estava presente, os pais tabaréus da noiva, sua irmãzinha mais apetitosa, bem mais na realidade parcial das fotografias que eu vira do que na ficção fílmica, por certo. Até o irmão ruivo do príncipe, muito parecido com um colega de seminário que sempre chamávamos de Cabelo com Molho, dava o ar de sua graça, enquanto eu sentia que tinha uma coisa em comum com o glorioso William, por não saber, nem de longe, como se usava uma máquina de lavar roupa. A diferença entre nós era que o bobão do príncipe teimava em querer aprender, pra ganhar uns pontos e fazer média com a plebeia que o ensinava a viver e com todos os outros plebeus do mundo, que se desbundavam, famintos, diante do magnânimo fidalgo, enquanto a máquina passava a trabalhar a todo vapor dentro da minha cabeça, lavando as roupas de baixo, os panos sujos de um batalhão de lembranças culpadas.

Lady Di certamente apenas não apareceu, pelo menos na parte que vi enquanto ainda estava acordado, porque já havia morrido, se bem que o diretor poderia ter dado um jeito nisso. Eu, se fosse ele, não perderia a oportunidade de fazê-la ressuscitar pra abençoar o casamento. Se o diretor tentasse a comédia, aliás, o sucesso da narrativa teria sido maior, tenho certeza.

Tudo terminava antes das núpcias, com o pedido de noivado no Quênia, aliás acordei ao supostamente ouvir o bramido de um elefante, nada melhor do que escolher a África pra tanto, Lula e depois Dilma também pareciam saber disso com suas viagens. Do espetáculo do casamento eu fui poupado, pensando que era uma pena o fato de o príncipe William contrair bodas e ainda por cima parecer assim tão bobo. Com aquela história de noivado na África, ele daria um substrato definitivamente humano à sua realeza e poderia, de uma vez por todas, comer quem quisesse, ainda que ficasse cada vez mais parecido com o pai, o que, o mundo inteiro sabia, estava longe de ser auspicioso. Pro seu sucesso ser celestial, faltara apenas um manifesto em favor dos coalas, mas estes estavam na Austrália, bem longe, nas terras da noiva, e até o maior absurdo sobrevivia apenas devido a um fiapo de coerência.

Laudatório, aberrante, o filme tentava inserir no mundo da fábula uma piada de mau gosto, e eu me perguntava como Lívia era capaz de ver aquilo e gostar de Ana Linnemann ao mesmo tempo, a Ana Linnemann que eu acabara de lhe dar. Em determinado momento, enquanto os créditos rolavam e Lívia mantinha um silêncio penitente ao meu lado, mal sabia ela que o pecador era eu, peguei a caixa do filme em tom conciliador e vi que os produtores ao que parece também pediam desculpas, mas ao público, saindo pela porta dos fundos de um autoelogio retumbante: "Não tivemos outra alternativa a não ser levar ao mundo a montanha-russa de drama, paixão e amor entre Kate e William".

Nossa, um príncipe britânico e uma plebeia australiana na montanha-russa! Como eu era privilegiado, podendo presenciar tanta vertigem! E a descendência que viria apenas aumentaria a felicidade do casal, era assim e não podia ser diferente. O príncipe Guilherme, duque de Cambridge, era assim que deveria ser, afinal de contas Ricardo III era Ricardo III e duque de Gloucester e não Richard, acabaria levando a duquesa plebeia ao reinado sem precisar dar cabo da vida de ninguém como ainda faziam seus antecessores bem mais shakespearianos. O príncipe Guilherme vinha antes mesmo de seu pai na sucessão, e a rainha, por mais velha que fosse, não era eterna. Seu reinado, ademais, prometia ser longo.

Li ainda na capa do filme que uma semana antes do casamento diante do qual o mundo inteiro se ajoelhou, o filme que acabáramos de ver, que aliás se chamava, ironicamente ou não, *William & Kate: uma história real*, foi apresentado simultaneamente da Tasmânia a Portugal, do Chile ao Japão. E agora era visto por minha cosmopolita mulher num recanto ainda mais cosmopolita do Leblon.

Brincando, eu disse a Lívia que o & comercial do título pelo menos revelava alguma honestidade, ainda que provavelmente involuntária.

É verdade, ela disse, submissa, o que só me fez aguçar o ataque, aquela jugular estava exposta, à minha inteira disposição.

E eu disse que nem todos os casamentos acabavam tão bem assim, havia os que nasciam canhotos para a vida, e perguntei se ela não ouvira falar do noivo que, em plena festa de núpcias, eu achava que havia sido na Ilha do Governador, tropeçara numa cadeira, caíra e quebrara a taça que levava de recordação no bolso esquerdo da calça, acabando por cortar a veia femoral e morrendo na mesma noite. Ainda bem que o príncipe não botou no bolso uma daquelas xícaras pintadas em homenagem ao casal, mais um evento significa mais um faturamento, porque cair, ele deve ter caído, se bem que eu acho que é só o irmão do cabelo com molho que é chegado numa cachaça.

Você conta cada coisa!

Pelo menos, ao que tudo indica, a noiva do fidalgo não iria virar Viúva Virgem como uma moça lá das missões distantes se ele morresse de fato, eu continuei dizendo, e perguntei se ela já ouvira a história. E o noivo carioca que morreu com a taça no bolso com certeza também foi ao pote antes de morrer. No passado teria sido pior, concluí, o corvo teria sucumbido sem nem mesmo sentir o sabor da carniça. Se bem que, no caso de nada ter acontecido, a viúva da Ilha do Governador poderia vender sua virgindade, tinha gente comprando mesmo, o artigo era cada vez mais raro no mercado, e imagina quanto não pagariam por uma que escapou por tão pouco de perdê-la.

Tá falando daquela virgem catarinense?

Isso mesmo, e olha que sobre isso também fizeram um documentário. Grande ideia, mais um documentário. Será que podemos vê-lo? Não deve ser por acaso que o diretor também é australiano, como a noiva do documentário aí, acho que uma coisa deve ter a ver com a outra…

Lívia nada disse.

Eu continuei, insistente, querendo recuperar a graça dela depois do achincalhe, e machucando-a cada vez mais:

Você sabia que no Reino Unido do nosso duquezinho aí, quando se compra uma casa não se vira dono, mas se ganha uma concessão, diretamente da rainha, a proprietária de tudo em seu reino, que vale por oitenta e cinco anos? Pelo menos a casa não é eterna, né, e, longevos do jeito que estamos ficando, ainda haveria espaço pra novas possibilidades…

Hum.

Outro dia vi que havia um apartamento, mais ou menos do tamanho de uma mesa de bilhar, à venda em Knightsbridge, em Londres. Até valeria a pena pagar os trezentos mil reais, acho inclusive que seria mais barato do que no Leblon, só pra ter o direito de uma vaga de garagem numa zona tão nobre. Mas saber que não seria pra sempre…

Lívia já fingia que não me ouvia, e terminou simplesmente pedindo desculpas por me submeter a uma obra de arte como aquela, quando eu lhe dera outra tão maravilhosa, e concordando que o filme realmente era uma baboseira sem tamanho, mas dizendo que estava sensível, e talvez por isso não resistira ao acaso de vê-lo exposto no balcão da locadora.

Dessa vez fui eu que apenas resmunguei.

Estou sensível, ela insistiu.

Eu lhe fiz um afago e nenhuma pergunta, aquele não era o momento, de modo algum.

Vou fazer massa com molho frio de tomatinho e rúcula, quer?

Viva!

8.

O belo só se vê mesmo de soslaio, e num instante já desaparece.

Eu achava que não devia mais nada a Lívia, muito pelo contrário, depois daquele filme que ela me obrigara a ver meu saldo com ela já estava mais do que positivo. E se ainda havia algo a pagar, uma nova ida cheia de zelos ao apartamento em reforma certamente me proporcionaria um polpudo troco ante a caixa registradora dos afetos.

Quando cheguei, vi que a equipe dos pedreiros devia estar completa de novo, ao que tudo indica até aumentara, e os contratados nem me pareceram mais tão estranhos assim, e que o apartamento inteiro tinha antes a cara de uma caverna com alguns pilares sustentando o teto, um mero oco sem nada dentro. Me incomodei com o forte cheiro de urina e logo tive certeza de que, quando apertados, eles mijavam em qualquer canto, ignorando o banheiro de serviço do prédio, que talvez ficasse longe demais.

Por que não haviam deixado pelo menos um vaso funcionando?

O arquiteto precisava ser alertado.

Onde já se vira uma coisa dessas?

Eu jamais entendera tão bem a expressão vulgar que dizia que algo estava "no osso", e que eu aliás conhecera havia bem pouco tempo, o apartamento era realmente um nada, abria-se a porta e diante dos olhos havia apenas um buraco escuro com os tijolos sombrios à vista, uma instalação de Adriana Varejão virada do avesso, levada às últimas consequências e concebida por Wagner, Richard Wagner, a obra de arte total, visual, auditiva e até olfativa, com os pedreiros atuando, artistas de escombros, tripas por toda parte, o cheiro de urina era mesmo forte, um rádio velho tocando uma música bagaceira, querendo tchu, querendo tchá.

Agora eu já tinha certeza, transformar aquilo numa casa seria impossível. Lívia, solene a meu lado na solidão do último andar, que só por não ter teto era o mais intacto, parecia tranquila, e eu vi mais uma vez que só existia uma coisa mais fácil do que sentir medo: era ter coragem quando por perto havia alguém ainda mais medroso do que você. Quando Lívia apertou minha mão, senti que ela levantava a lança mais uma vez, se mostrando disposta a resistir e me dizendo que era preciso ser valente.

Enquanto a tensão se estendia sobre nós como um tapete que Lívia voltava a levantar de quando em quando com o bafejo de uma frase cheia de normalidade cotidiana, afinal de contas precisávamos definir qual seria mesmo o vaso sanitário que escolheríamos, os pedreiros no andar de baixo tentavam vencer o rádio conversando a boa altura, volume Eudora, na maior diversão:

E aí, Tufão, o material já veio?

Não, Roni, só à tarde.

Depois de ver meus olhos interrogativos, Lívia, assumindo de novo o papel de superintendente para assuntos triviais, me explicou, elaborando a maior novela, que Tufão era sempre o último a saber, e que Roni sabia de tudo e mesmo assim gostava, era traído e se deliciava, daí a animação acusadora dos pedreiros. Enquanto ouvia, eu já me perguntava de que lado os ventos da premonição traiçoeira existentes no oráculo operário estavam soprando mais forte, imaginava a casa dos dois primeiros porquinhos televisivos e novelescos voando pelos ares, não tinha mais tanta certeza de que a de tijolos do terceiro, eu, estava garantida, e cogitava filosoficamente se João Emanuel Carneiro era o Scribe tropical do século XXI.

O único a trabalhar em silêncio no cumprimento de suas obrigações parecia ser o tal do Indalécio, uma pena não haver dez como ele. Em termos concretos, e eles existiam, dava pra ver que os pedreiros começariam a levantar o que até agora haviam botado no chão em mais de cinco meses de trabalho, as piores previsões já estavam dando errado e a síndica me veio à cabeça mais uma vez, nada melhor que um par de peitos pra ajudar a afastar o medo.

Antes de sair, eu banquei o profeta e disse aos pedreiros, afetando uma seriedade de pastor ao cobrar o dízimo, que não esquecessem a pedra angular. Quando também Lívia me olhou mostrando estranheza, eu me limitei a dizer:

Isaías, capítulo 28, versículo 16.

As fronteiras entre bíblia e loucura eram realmente tênues. Me olhando com cara de pena e por certo pensando algo como: coitado, mas eu vou cuidar bem dele, Lívia alegou que estava na hora de ir, do contrário chegaríamos atrasados pro combinado almoço com a mãe dela. E, uma vez que ela não perguntou, não lhe expliquei o significado bíblico da pedra angular, deixando a metáfora morrer com minha suposta loucura.

Pegamos o carro de Lívia no estacionamento, Lívia me acordou perguntando se eu tinha uma nota de cinquenta pra pagar os quarenta e seis reais por duas horas e pouco. Já a caminho da Barra, ela começou a falar da mãe. Achava que precisava se aproximar um pouco dela e além disso estava um pouco preocupada, achava que a mãe manifestava um hedonismo cada vez mais maníaco, talvez por estar sozinha demais, tapando os sofrimentos com gastanças desvairadas, parece até que estava namorando pela internet. Lívia não tinha ideia de quem era o homem, mas dona Eudora não saía mais do skype. Tentei aliviar a barra da velhinha, dizendo que ela certamente se comportava como sempre havia se comportado, só que talvez com um pouco mais de exagero, o que aliás era típico da idade, e não apenas da dela, inclusive da nossa.

Tá me chamando de velha?

Eu disse "nossa".

E por acaso você sabe como mamãe se comportava antes?

Me recolhi na ignorância de meu reinado exíguo e disse, professorando, que minha observação era baseada no que via por aí, mais nos livros do que no mundo, e aproveitei pra me explicar melhor, dizendo que com a idade todos iam acentuando suas características, talvez mais as negativas do que as positivas, ou de um modo tal que até as positivas viravam negativas, mas que isso era mais do que normal, que dona Eudora certamente nunca fora comedida, que jamais bebera sua água na fonte da discrição.

Pai Diná, ela disse.

Eu fingi que entendi. Não podia confessar minha ignorância naquela hora. Talvez ela me desnudasse e arrancasse toda a autoridade que angariei com minha frase de efeito, disposta apenas aos panos quentes de uma contemporização provisória. Só ao chegar em casa vi que o mundo da cultura inútil de Lívia era mesmo vasto, e que ela possivelmente quisesse me dar os laivos de uma adivinha ridicularizada em vários vídeos do youtube. Uma vez que no ali e no então eu ficara em silêncio, afetando reflexão, Lívia continuou:

Você pode até ter razão. Talvez isso seja apenas o comportamento exagerado de quem não me deixava sair de casa sem dama de companhia até os dezesseis anos, você acredita? Eu não dava um passo fora de casa sem a Dilma. Até pra ir à praia eu era obrigada a levar a Dilma junto. E ao mesmo tempo ela me culpa até hoje por andar de Corolla, ela até faz um trocadilho com "carola", quando em Miami eu tinha uma Lotus, imagina.

Eu quis dizer: viu? Me limitei a um simples hum, no entanto, emendando cheio de uma saudade dolorosa do passado que não vivi com ela e que no entanto devo ter conseguido não revelar na voz:

Viu só! Até tu, bruta? Uma Lotus em Miami.

Que eu tive mais pra agradar a ela do que a mim durante os dois anos em que vivi por lá com meu marido, Lívia respondeu. Mas não dá mais! Descobri que ela paga cinco mil pra empregada, que também emprestou três mil pro filho da preguiçosa abrir uma creperia em São Gonçalo e ainda por cima contratou uma secretária pra auxiliá-la dois dias por semana. Então uma empregada não bastava? Foi com essa secretária, aliás, que mamãe aprendeu a usar o skype.

Será que ela não está apenas querendo companhia?

Ela liga mais pro computador do que pra companhia.

Achei que ela fosse avessa ao computador, eu disse, voltando ao diálogo também pra me aproximar outra vez de Lívia, embora soubesse de outras conversas que dona Eudora estava fascinada até com o instagram.

Pois é, e agora se entregou a ele aos oitenta e cinco anos e não para de falar com um homem que conheceu no Kur, o spa que ela sempre frequenta.

Se o homem estava no Kur de Gramado não deve ser qualquer um, eu contemporizei mais uma vez, me sentindo de repente o mediador universal.

Mas eu sou filha, não tenho como não me preocupar.

Depois de alguns segundos de silêncio, perguntei, tremendo como uma vara verde, se Lívia achava que deveríamos convidar a mãe para morar conosco no novo apartamento, e não resisti, terminando por dizer:

Se é que ele vai ficar pronto um dia.

Por acaso você não quer que ele fique pronto, ela me perguntou, furiosa.

Deixa de besteira, eu respondi.

Quer ou não quer?

Mas é claro que quero, eu disse, e de repente senti que talvez estivesse mentindo.

Ela botou um ponto final na pendenga, retomando o assunto da mãe:

Deus me livre de a marquesinha morar conosco, e aliás nem ela iria querer. Já não gosta quando eu me aproximo um pouco demais dela. Só não entendo mesmo por que contratou essa secretária. Ela regulava muito bem a vida dela com a Creusa, sempre foi unha e carne com ela, por que precisava de mais uma funcionária, como ela mesma diz. E eu sei que a Creusa cuida muito bem dela, apesar de se aproveitar disso às vezes. Sabia que outro dia mamãe até foi visitar a casa da Creusa em Rio das Pedras, pra ver como anda a reforma, na qual tenho certeza de que ela também investiu?

A Creusa também tá em reforma?

Sim, por quê?

Não, é que de repente tá todo mundo reformando a casa.

Isso agora não importa, importa é que não sei mais o que fazer com mamãe.

Você não disse que a Creusa cuida bem dela?

Imagina se não cuidasse.

De qualquer modo, os cinco mil reais pelo menos estão sendo bem investidos. E você devia se lembrar que sua mãe tem quatro aposentadorias, com as que herdou do seu pai. Deixa ela viver a vida dela. Melhor do que ficar deprimida por aí como a maior parte das mulheres da idade dela.

Lá isso é verdade, Lívia disse, mas a secretária não era necessária.

Enquanto isso eu já pensava que se tivesse ideia do que a vida real me reservava quando ainda estava vivendo apenas no ventre da fantasia, certamente não teria cortado o derradeiro cordão umbilical. Mas agora, por incrível que pareça, eu aceitava até com naturalidade alguns percalços que jamais teria encarado se soubesse que viriam antes de começar a relação com Lívia. Como por exemplo tratar dos problemas de uma sogra sibarita.

Chegamos.

Achei que chegamos.

Lívia tocou desesperadamente a campainha durante uns cinco minutos e sua mãe não dava o menor sinal de que nos abriria a porta. Ouvíamos que ela falava no telefone. Depois de Lívia continuar praguejando por mais um bom tempo, buzinando sem parar na campainha, a pessoa que falava com dona Eudora deve tê-la alertado de que alguém se encontrava à porta, porque ouvimos minha sogra gritar:

Ah, é, a campainha tá tocando? Vou lá ver.

Dona Eudora enfim abriu a porta, rindo mais de nós do que de si mesma:

A Creusa foi ao mercadinho e eu não ouvi nada, não consigo atender o telefone de aparelho, rá, rá, rá.

9.

Lívia estranhou e eu também, mas eu comecei a me exercitar fisicamente, eu que jamais havia me preocupado com isso.

Se você ainda estivesse engordando, Lívia disse, mas está cada vez mais magro, olha só, daqui a pouco desaparece.

É a idade chegando e preciso me cuidar, eu dizia, brincando com fogo outra vez, mas ela gostava, quando não estava brava gostava, achava que isso mostrava minha tranquilidade em relação aos seus anos a mais.

Fato é que agora eu dava a volta na Lagoa quatro vezes por semana. Comecei caminhando, depois fui aumentando o ritmo, agora já percorria a parasanga e meia de distância em pouco mais de trinta minutos. Eu tinha fôlego, um médico um dia me dissera que minhas taxas sanguíneas eram as de um praticante de triatlo, que nunca fui. Em pouco, eu já não deixava mais ninguém passar por mim, sentia vontade de desafiar até as bicicletas, e só parava de correr ao notar aquilo que eu julgava ser os arrepios da hereditariedade que me mandavam olhar mais pausadamente a beleza de uma mulher que andava à minha frente, na feição de uma cadela calipígia com sua cachorrinha na coleira, por exemplo.

Eu detestava animais, e só o destino sempre irônico fora capaz de fazer com que o gato de Lívia morresse engasgado, me livrando sem traumas de um futuro com ele, afinal de contas a opinião geral do mundo era cheia de afabilidades, protegia os animais e estava mais de acordo com aquelas cafeterias japonesas em que além de um cafezinho se podia pedir a companhia de um felino pra afagar durante os dois minutos de folga. Mesmo fóbico, no entanto, ao ver uma cachorra, como as que às vezes andavam na Lagoa, eu sentia vontade de comprar um dogue, um rottweiler, um barsoi, só pra vê-lo cheirar as partes do animal à minha frente, antecipando ao natural o que eu gostaria de fazer com sua dona rebolante e bunduda, e obrigando-a, quer quisesse quer não, ao contato comigo. Dois animais me pareciam de repente um caminho sem pedras que aproximava os donos.

Eu esquecia completamente de Lívia nesses momentos e, quando me batia alguma dúvida em relação a Camila, que eu continuava cultivando com cuidado depois da primeira vez, logo surgia uma espécie de sentimento que parecia me dizer que todo aquele empenho, na verdade toda aquela merda que eu estava fazendo com a pintora, no fundo tinha de ter alguma justificativa, que a aventura de algum modo valia a pena. Eu sentia que não estava empolgado, mas ainda assim precisava assumir, afinal de contas estava causando tanto sofrimento, e Camila grudava cada vez mais em mim. Quando nos encontrávamos, ela sempre queria mais, e mais, e de novo, e eu sentia, pelo menos pensava que sentia, que também no caso dela era menos por prazer e por vontade genuína que ela queria e mais porque talvez assim achasse que me esgotava a ponto de eu fracassar diante de Lívia.

Pelo que dava pra entender a partir de algumas alusões, o namorado dela também andava desconfiando de alguma coisa e, apesar disso e mesmo sem sentir grandes vontades, acabei tolerando uma série de riscos, metendo os pés pelas mãos, como certa vez em que aceitei um dos convites esquisitos de Camila e fomos pra uma festa no Trampolim do Luizão, em Santa Teresa. Agora eu admitia até subir o morro pra estar com Camila, mesmo sentindo o medo visível também no taxista de Ipanema, que demorou a achar o pardieiro.

Que lugar estranho, aquele!

Balançava como uma rampa na hora do mergulho, mostrando honestidade no trampolim do nome, sobretudo na pista de danças inclinada, abarrotada de moças que eu não sabia de onde vinham, pois tanto as loiras com cara de Zona Sul quanto as morenas com cara de comunidade usavam os mesmos shortinhos vem-cá, cavados, desfiados nas extremidades, as mesmas blusas me-tira-que-eu-gosto. E Camila, de repente importuna, o tempo inteiro ao meu lado afirmando suas posses! Não foram poucas as vezes em que me vi rolando morro abaixo, misturado à favela da encosta, que as toneladas de concreto daquela laje toda em que estávamos com certeza levariam de roldão.

E a música?

Em dado momento ela ordenava, simplesmente, no ritmo do que supus ser um funk: estupra a de vermelho. Começamos a dançar, sim, até eu comecei a dançar como um louco quando o DJ botou Abba, "The winner takes it all". No momento em que já tocava "Kung fu fighting", apesar de entrar no delírio coletivo eu não entendia a empolgação toda daquelas pessoas com épocas musicais que elas nem sequer viveram, tive dificuldades de me adaptar ao aumento do ritmo e dei um encontrão sem querer em alguém. O homem quis briga, e eu vi num relance todo o escarcéu dos jornais no dia seguinte, Camila abraçada comigo na primeira página, alguns esfaqueados se amontoando no chão, o sangue rolando solto, e, embora sentindo uma coceira estranha que me mandava reagir, logo pedi desculpas com o rabo calculista entre as pernas.

O escarcéu estava ficando grande demais pra simplesmente acabar no vazio, eu me dava conta. No balé macabro dos sentimentos, minha sensação era a de que precisava sustentar aquele absurdo todo, como se com isso ele se tornasse um pouco mais sensato, pelo menos. E assim, apesar da ânsia cada vez maior, eu continuava a estender os encontros, seguindo o que se poderia chamar de a inércia do erro.

Mas de repente me deu uma paranoia brava de voltar a encontrar Camila no motel. Mesmo escolhendo sempre táxis com película bem escura nos vidros, eu tinha medo de ser visto por alguém. O que me fez empatar os encontros de uma vez por todas, dando desculpas de que era meio longe, mentindo que Lívia estava cobrando cuidados na obra, foi um espelho na entrada do local, diante do qual eu não conseguia mais passar. Eu sempre tivera a impressão de que do outro lado dos espelhos de ambientes públicos havia alguém recebendo os olhares que pensamos estar dando apenas a nós mesmos, um espião onipresente que se aproveitava da transparência, meramente espelhada pra quem estava olhando, no intuito de vigiar todos os passos de quem passava diante dele. No motel essa sensação adquiriu traços de perseguição, eu não conseguia mais pisar aquele chão. Na última vez eu resolvera variar e voltara de metrô, me misturando à multidão e me sentindo mais perdido ainda. Ao chegar à estação nem soubera qual era o lado que levava à Zona Sul, qual à Zona Norte, não percebi as placas, e só mais tarde constatei que as coisas poderiam ter sido bem mais fáceis, todos os negros iam pro outro lado, pro meu só vinham brancos.

A paranoia aumentou e virou pânico quando um dia encontrei minha empregada chorando na cozinha. Interroguei-a e ela me disse que tivera uma visão, que eu precisava me cuidar, porque havia gente querendo me causar mal. Com toda a culpa do mundo no cartório da alma, me lembrei logo de João, o Vermelho, que dizia acreditar em bruxas, apesar de elas não existirem, e fiquei mais atrapalhado do que um sapo em cancha de bocha, conforme o Vermelho também diria.

Me perguntei se a empregada vira algum e-mail aberto, e corri até o computador.

Nada.

Eu também não era trouxa de não sair oficialmente do meu correio eletrônico com um sign out bem dado, impedindo qualquer acesso automático. Até mesmo no iPad, que ela certamente não sabia manusear.

Voltei à cozinha e, pra acabar com o choro da empregada, disse que iria me cuidar, sim, que ela não se preocupasse, e que aliás agradecia pelo alerta que a bondade dela me fazia. Concentrado no caso e tentando compreender as lágrimas repentinas da crente, ela orava e frequentava a igreja sem tentar me converter, busquei com insistência a franja que poderia explicar o pano da sua reação, inclusive pra assim me sentir mais tranquilo.

Será que ela recolhera algum bilhete anônimo?

Será que alguém ligara fazendo ameaças?

Não, ela certamente diria.

Ou será que sua devoção evangélica vira o diabo na capa do filme de Sady Baby que eu acabara esquecendo na mesinha do computador na noite anterior, depois de a insônia ter me levado a um serão de investigações mais detalhadas na cinemateca proibida do meu pai? Mas a empregada nem parecia ter entrado no escritório ainda, naquele dia, tudo estava como antes.

E em seguida me lembrei que talvez a culpa residisse no copo de suco que quebrei, lançando-o de cima da mesa num gesto estabanado ao tomar o café da manhã. O barulho fora grande, um verdadeiro estrondo, e a empregada tivera de juntar os mil cacos que restaram. Quem sabe aquilo não explicava tudo de um ponto de vista bem behaviorista? Me parecia verossímil. Um copo quebrado, o susto, eu como autor dos cacos, o suco esbranquiçado da fruta-do-conde no chão, a associação era fácil. Ainda tentei investigar no google alguma coisa sobre a assustada e suas relações, mas me dei conta de uma questão ancestral: empregada não tinha sobrenome.

Apesar de parcialmente satisfeito com minha própria explicação pro caso, e talvez um pouco acuado por não ter conseguido levar a pesquisa adiante, por via das dúvidas passei a olhar à direita e à esquerda antes de sair de casa, pra ver se algum suspeito não se encontrava à minha espera. Atravessava as ruas correndo, buscava sempre uma em que pudesse andar no contrafluxo dos carros, pois de qualquer automóvel que parava atrás de mim por causa do sinal fechado eu já imaginava um roqueiro saindo de garrucha na mão e me abatendo em meio ao tráfego.

O namorado de Camila de fato estava cada vez mais de olho, ela chegara a me falar claramente a respeito. Se mostrava até violento, apesar de não saber de nada, conforme ela garantia. Meu projeto de não ir mais ao motel depois da meia dúzia de vezes em que o frequentamos encontrava um fundamento realista, portanto, inclusive do lado dela. Por causa da marcação do namorado, e uma vez que eu não fazia a menor menção de chutar o balde, ela também passou a restringir nossos encontros a suas vindas diplomáticas à Zona Sul, quando deixava a pintura de lado pra fazer o que ela ainda chamou ironicamente de relações públicas.

Uma relação a mais ou a menos, seu namorado não haverá de se importar, eu disse.

Você e suas piadinhas. Se ele nos pegasse, você veria o que é bom pra tosse.

Cof, cof, cof.

Num dia em que o namorado iria viajar até São Paulo pra fazer um show, eu não resisti à enorme besteira de levá-la comigo ao apartamento em obras, mas é que as outras opções pareciam ainda menos viáveis. Eram sete da noite, o próximo porteiro chegaria apenas às oito, aquela hora sem vigia me parecera providencial, um aceno do destino. E eu ainda fiz questão de lembrar a Camila que tínhamos pouco tempo, e portanto teríamos de imitar os coelhos.

Como assim?

Palestrei sobre a fornicação não apenas dos coelhos, mas dos galos, dos cachorros, dos gatos e até das borboletas, e disse a ela que, além de imitar a pressa dos leporídeos, eu também esguicharia como um coelho, e que pintaria sua cara de branco com uma vontade de galo, mas que pousaria sobre ela como uma borboleta...

Ai, ai, ai, uma borboleta, ela me sacaneou.

É tão bonito, elas até saem voando juntas quando cruzam, eu disse.

Delícia.

Cada vez mais animado, eu ainda garanti que ficaria grudado nela como um cachorro por causa do nó que se abriria no meu pau depois do gozo, e que se ela tentasse me tirar de dentro dela iria miar de tanta dor, escandalosa como uma gata por causa das minhas espículas penianas de canino a virar felino de repente, que se abririam e a rasgariam toda caso ela tentasse realmente fugir. Sem contar que os machucados que eu deixaria a impediriam de acasalar com outro, garantindo minha exclusividade e a paternidade resultante dela.

E dos cavalos, não vais falar, ela me perguntou, se agarrando a mim já no elevador, completamente fértil e literalmente montando em minha perna, se esfregando toda.

Minha arte nunca corteja a obviedade, embora eu ache,

sim, que tamanho seja documento, me limitei a responder, continuando em seguida: sabia que um bicho-folha, e peço desculpas por voltar ao reino dos insetos, dessa vez à família dos tetigonídeos, permanece cinco meses ligado à fêmea após a cópula?

Ela nada disse, mas grudou ainda mais em mim, talvez especulando uma insinuação de eternidade da qual me arrependi, apesar de continuar:

O bicho-folha também é conhecido pelo nome de esperança-folha, eu prometi, e ela se debulhou toda pra mim, sussurrando em meu ouvido:

Klugscheisser.

Pedi desculpas pelo excesso de esperteza, ainda fiz uma piadinha ao declarar que eu tinha mesmo a língua solta, mas que isso tinha lá suas vantagens, e olhei para a câmera do elevador me perguntando em que limbo acabavam os vídeos gravados nos prédios residenciais do Rio de Janeiro quando não havia algum assalto à mão armada ou então um estupro que justificasse uma vistoria mais detalhada.

Um estupro! Boa ideia, eu pensei.

E disse:

Ah, os cavalos! Montar a carne, comer a carne e meter a carne na carne. Os três maiores prazeres que o universo deixou ao homem.

Vai continuar o discurso numa hora dessas?

Tudo bem, peço desculpas, e em seguida fiz um gesto contrito, baixando a cabeça e unindo as mãos ante o peito, pra continuar em seguida:

Quer que eu fale da pua dos porcos, da trolha dos touros? E em seguida agarrei-a pela nuca com uma das mãos e passei a outra no lugar em que seu mundo mais escondido já estava úmido, cheio de convites.

Mal conseguimos chegar ao apartamento. E, depois de mais

uma vez bebermos toda a nossa água sobre os colchões de uma cama box de casal que antes ficava no andar de baixo, e que um dos pedreiros disse que levaria pra sua casa porque eu e Lívia a havíamos dispensado, e agora se encontrava a céu aberto, no último andar, acabamos adormecendo no telhado da casa em escombros, sob o antigo e poético cobertor das estrelas.

Quando olhei o relógio já eram quase nove horas e eu tinha medo de ser visto pelo porteiro, saindo com Camila, e eu certamente seria visto. Olhando para suas ancas que se curvavam a meu lado como o galho de uma árvore frondosa, seus belos seios que revelavam na auréola castanha a falsidade de seus cabelos loiros, ainda tive a ousadia de dizer que agora teríamos de esperar até as sete horas da manhã, quando haveria a próxima mudança de guarda no meu castelo. Camila apenas sorriu e disse que gostava de saber que tinha tanto tempo a perder comigo, a experiência de uma noite inteira era indispensável a um casal.

Eu temi a insinuação, mas acabei por ignorá-la, a fim de não azedar o leite que ainda derramaríamos.

Camila só se assustou quando o celular tocou às onze da noite e ela teve de dizer ao namorado que sim, já estava em casa. E em seguida ainda me acusou de maledicente em relação ao celular, alegando que só a vantagem que ele significava permitia a tantas pessoas não terem mais telefone fixo. Se ela ainda tivesse um, seria obrigada a mentir pra justificar por que não estava em casa.

E que tal se ele pedisse pra você verificar uma coisa na guitarra reserva dele, bem pendurada na parede do escritório, eu suponho. O que você faria?

Meu querido, o mais paranoico entre nós ainda é você. Há cordas que a inteligência dele não toca. Já pra você, ao que parece, ninguém liga. Bem sábio não ter celular.

Só isso já me deixou de pau duro de novo e eu desprezei a

existência da telefonia fixa. Lívia não era policial, nem investigadora, e eu costurei o corpo de Camila inteirinho com as agulhas do meu, sentindo na pele e no sangue por que os árabes tinham apenas uma palavra pra caracterizar tanto o prazer quanto tudo aquilo que era supremo, e pensei que no dia seguinte seria difícil dar minha já programada e de repente desprogramada volta na Lagoa.

10.

Além da minha paranoia, que talvez fosse só minha, o namorado de Camila, cada vez mais desconfiado, agora começara a segui-la quando ela não mostrava a agenda de um compromisso que ele ouvia ser marcado por telefone, o que ao mesmo tempo aumentava meu medo e provavelmente ajudava a incrementar minha impressão sutil e talvez apenas inconsciente de que a sacanagem de fato valia a pena. Acho que era também a velha sensação de responsabilidade que todo ser humano devia sentir acerca das coisas às quais se vinculava e que não podia deixar na mão sem mais nem menos. Acabamos por mapear todas as praças da Zona Sul onde nos encontrávamos às pressas, trocando um ou dois beijos no escuro, eu louco de vontade de subir numa árvore logo de uma vez a fim de macaquear no alto.

Certo dia até chegamos às vias de fato e acasalamos por cerca de quinze segundos, tremendo de medo tanto dos curiosos eventuais quanto dos pivetes programados, bem no meio mais sombrio da praça Nossa Senhora da Paz. Aproveitando as confusões do metrô, Camila também bebeu todo o meu leite numa outra vez, a duas quadras da casa de Lívia, debaixo de uma árvore, no lugar mais escuro da praça Antero de Quental, cujo nome só descobri depois, quando escrevi o e-mail a ela, saudando a proteção do poeta português e lhe perguntando em seguida:

Pois que podem os astros dos espaços, contra débeis amores... se têm vida?

Ela logo respondeu, acho que em menos de um segundo:

Débeis amores?

E eu:

Você não viu o título? É "Amor vivo".

Ela:

Sim, mas e o débeis amores? Ela não era nem capaz de botar aspas quando queria encrencar. Eu respondi, na mesma moeda:

Por que você não foca no amor vivo, no se têm vida, na força que mesmo assim é maior do que a dos astros, porque têm vida?

É mesmo, desculpe.

Agora era sempre assim. Eu achava que em todos os e-mails dela havia indiretas cada vez mais diretas de que existia um jeito muito mais fácil de resolver as coisas, até porque vivíamos no século XXI e éramos pessoas livres. Fiquei em pânico. Será que ela estava realmente sugerindo que eu abandonasse Lívia? Só pra se livrar assim da pedra de seu próprio sapato?

Mas e eu?

Recuei uns setecentos metros e Camila caiu ainda mais de amores por mim. Mas quando minhas bolas ficaram azuis por ela de novo, e vendo que as possibilidades de nos encontrarmos se esgotavam sem alguma chance supostamente menos perigosa de as aproveitar, acabei por marcar um encontro com ela no apartamento do meu pai, parecia até que eu agora estava disposto a lhe mostrar o tamanho das minhas posses. A vontade era tanta, porém, que fiquei feliz por não ter cedido às cobranças cada vez mais insistentes do advogado. O pit bull dizia e redizia que a liberação definitiva da minha parte poderia proporcionar um acréscimo de renda com a locação certa e líquida que ele avaliava em pelo menos vinte mil reais mensais.

Após ficar semanas sem ir ao apartamento depois do fogo que descobrira ao fuçar no cofre, eu enfim acabara levando tudo o que era pessoal pro meu apartamento, em Ipanema, e deixara por conta do advogado o que tinha a ver com contratos pendentes, regularização e inventário. Havia sido difícil encontrar lugar pra tanta coisa, até porque a maior parte das recordações do meu pai, estava claro, precisava continuar escondida.

Alguns itens ficaram sem explicação, e assim permaneceriam pra sempre, como por exemplo o vestido de noiva encontrado no maleiro mais alto do closet, que certamente não significava uma promessa a Lívia, porque já estava meio amarelado de tão velho, e também não tinha nada a ver com minha mãe, o que por via das dúvidas fui confirmar nas fotos de casamento.

De quem era aquele vestido de noiva?

Ou então, pra quem era?

O que ele fazia ali, escondido nas coisas do meu pai?

Muitos dos badulaques acabaram sendo doados à Charitas, e assim eu de certo modo pagava à Igreja católica por ter me sustentado precariamente por tanto tempo no seminário. O leiloeiro que chamei, um certo senhor Levy, se interessou apenas pelas coisas que eu não queria dar.

Escolhi alguns dos livros e os outros doei a bibliotecas públicas. Um sebo que chamei por telefone me respondeu que a coisa estava preta, que os sebos não apenas não estavam mais comprando, como também não estavam vendendo o que quer que fosse, se eu já tinha ouvido falar de uma tal de era digital. Nada mais extemporâneo do que uma Britânica de quarenta e oito volumes, eu achava que eram quarenta e oito volumes, mas talvez fossem duas edições, eu não queria nem ver. Valiam só o peso em papel.

Também com a herança pública do meu pai não era fácil lidar. E uma das coisas mais aborrecidas que já fiz na vida foi aceitar um convite da assim chamada presidenta da República pra viajar com empresários brasileiros dispostos a colonizar industrial e comercialmente a África da qual os chineses estavam tomando conta.

Eu fui.

E não iria nunca mais. Eram reuniões de mais e solidões de menos. Ao contrário do meu pai, eu parecia não sentir o menor prazer em apertar a mão de príncipes e presidentes, e só conseguia achar constrangedor ser apresentado formalmente a uma mulher como Dilma Rousseff.

Por quê?

E daí?

Apesar da insistência irritante do pit bull, e voltando da Guiné Equatorial à Delfim Moreira, deixando pelo caminho a Malabo de uma viagem sem-sal, eu não conseguia decidir que já era hora de botar o apartamento numa imobiliária pra alugá-lo. Era como se eu ainda quisesse manter um lugar aberto pro caso de o meu pai voltar, ou então como se eu mesmo pretendesse garantir um abrigo pra onde pudesse fugir, em caso de necessidade. Meu pai não voltava, e eu agora não fugia, mas poderia me esconder muito bem lá dentro. Lívia não ia mais ao apartamento, eu desde o princípio fizera questão de evitar, por mais educados que fossem os convites, o contato dela com o espólio. E se o porteiro visse alguma coisa, portanto, não haveria de ser perigoso.

Na sacada, eu me lembrava do meu pai se vangloriando em encontros familiares, depois de comunicar a compra daquele apartamento na Delfim Moreira. A partir de então ele só compraria "a" vista, conforme disse, brincando com o trocadilho ao gargantear à parentela a beleza do mar verdejante e a solidão triangular e longínqua das Cagarras.

Foi quando o interfone anunciou a chegada de Camila.

Abri a porta, ela entrou, toda exuberante, com uma blusa yves-klein-blue e um casaquinho do mesmo tom por cima. Ela sabia escolher, sua pele branca refulgia no contraste, e os cabelos loiros desenhavam uma cauda perfeita sobre as costas azuis. Tirei sua roupa com devoção usando dentes insensatos, e logo estávamos onde sempre nos víamos melhor, na cama, resfolegando até enfim cair de lado, exaustos.

Quando voltei com uma cerveja, encontrei Camila enrolando uma fileira de baseados. Assim que terminava um, ela já começava outro. Enquanto eu tomava um gole de cerveja sentindo que beber de bico às vezes era tão bom quanto beijar, via que aquela moça realmente investigava com bastante autonomia as fronteiras da liberdade que eu lhe dava. Pequenos e colocados em fila uns ao lado dos outros, os baseados mais pareciam preguinhos alongados de duas pontas como os que eu vira na bancada do apartamento em reforma outro dia. E então pensei: perdido por dez, perdido por mil, e banquei o versado. Quando Camila me perguntou se eu tinha um isqueiro, procurei fósforos por algum tempo e depois trouxe a torradeira e a liguei na tomada atrás da cômoda, acendendo com uma experiência mais do que forjada os dois primeiros cigarrinhos na parte interna do aparelho. A maconha de tão fraca devia ter alguma mistura, e cheirava bem como as batatas-doces assadas no forno a lenha que eu comera também pela primeira vez havia alguns meses, na visita às missões.

Tapei a imagem de Lívia, que me apareceu de repente, com mais uma tragada, e, depois de uns dois ou três cigarrinhos, senti que meu cérebro boiava, completamente solto dentro da cabeça, e alguns de seus pedaços, sobretudo os responsáveis pela realidade e suas preocupações, começaram a sair pelas orelhas, escorrendo pelo meu rosto abaixo e sumindo na espuma do colchão. Com mais algumas tragadas, eu já parecia estar notando que enquanto meu cérebro escorria pra fora da cabeça pelos buracos dos ouvidos, a espuma do colchão entrava pelos do nariz, e em pouco minha cachola se transformava numa esponja só.

Em dado momento, pensei se eu não deveria oferecer a cocaína que ainda ficara no cofre do meu pai porque eu não soubera o que fazer com ela, incrementando o piquenique, mas no último momento consegui desistir, eu não faria em público, mesmo que restrito, as confissões que deviam ser apenas dele. Então Camila se arrastou como uma guerrilheira cansada sobre a cama, mal vi seu corpo se esgueirando entre as nuvens, chegou até o iPad da mesinha de cabeceira e, depois de procurar por algum tempo, parou numa música que eu ainda não conhecia. Os primeiros acordes do piano já me carregaram pra bem longe em seus braços cheios de melodia e, quando ouvi a voz tresnoitada, enrouquecida pelos cigarros de tantos sábados à noite cantando o meu paraíso perdido, mergulhei de vez no espaço ao encontro do abismo que já se abria dentro de mim.

A voz parecia estar me dizendo que Camila segurava uma espátula, usava um avental, e era uma violação em movimento, da base do nariz, que eu agora tocava, aos sapatos de salto alto que ainda vi jogados pelo chão. Que ela provavelmente era a responsável pelos tíquetes de solteiros, pelas entregas de ontem, embora tudo não passasse de um convite pra ir a um bar ouvir blues. E logo me senti como James Cagney depois de mais uma briga, agarrei Camila pelo pescoço com a pouca força que me restava, apertei um bocado, depois apertei mais um pouco, enquanto ela sorria como Rita Hayworth, e eu tentava entender qual era a dela, se ela estava realmente sozinha, se queria bancar a solteira, pensava numa farmácia, e num quadro de Edward Hopper, sua mais perfeita representação em música, óleo sobre tela virando som, e depois a via sozinha vagando pela noite por aí em busca de companhia e preparando ovos fritos pra mim pela manhã, perguntando como eu os queria, se meio crus, acho que meio crus, ou mexidos, enquanto eu já ia lhe dizendo que de qualquer jeito era o único jeito. Ainda alertei que ela deveria tomar cuidado, e não apostar num cara com uma mala na mão e uma passagem pra dar o fora, vi uma parada de ônibus cansada e um encanecido par de sapatos, sapatos vermelhos, meus sapatos vermelhos do meu pai, mas aquilo tudo era apenas um convite pro bar onde ouviríamos blues.

A música continuou, era longa, enquanto eu não conseguia parar de olhar pra Camila, e, na falta de uma xícara de café, dei mais uma tragada, levando sua mão até minha boca, e vendo seu braço se dobrar languidamente até chegar aos meus lábios, ela sabia mesmo servir um baseado, e eu esperava que fosse apenas pra mim. Perdido no momento, gritei por misericórdia, misericórdia, lembrei que devia ir embora, mas vi ao lado da cama apenas o calhambeque quebrado de um homem que deixei pra trás, junto com o sonho que antes perseguia, as batalhas que eu nunca tive com a bebida e o convite sempre aberto pro bar de blues.

Eu fazia força pra ficar acordado, mas já não entendia mais a quem a música se referia ao mencionar um certo sugar daddy, não queria entender, na verdade, eu mesmo queria sustentar aquela mulher, lhe dar todas as balinhas de que ela gostava, as de maçã e as de laranja e as de cereja e as de maconha, de cocaína talvez, alimentar sua conta bancária e seus desejos acostumados às coisas mais finas. Mas logo já estava mais pra lá do que pra cá e adormeci o sono de alguns segundos que pensei serem horas, até acordar num espasmo me perguntando ao sabor da melodia que diabos tinha a perder, me questionando de novo se devia ir embora ou ficar, e, obrigado a escolher, acabando por aceitar o convite pro bar onde ouviríamos blues.

A música tinha mais de cinco minutos e, assim que chegou ao fim, eu me estiquei todo, acionei a repetição digital do aparelho, Camila se encarregou de providenciar todo o volume possível na dock station, e ficamos ouvindo juntos aquela voz rouca durante mais de seis horas cantando a mesma trilha, às vezes fazendo algum movimento pra mostrar ao outro que ainda estávamos vivos. Mesmo quando peguei no sono não baixei o volume, e, quando acordei, Camila estava chorando ao meu lado.

Agarrada ao travesseiro como se fosse uma tábua de salvação no mar da cama, ela se afogava em suas próprias lágrimas. Na verdade ela nem chorava, tudo se passava em silêncio, e as lágrimas rolavam por suas faces como se ela tivesse engolido metade do oceano logo abaixo da janela, a alguns metros, e agora usasse os olhos pra botar pra fora aquela água toda, enquanto tentava catar em vão, angustiada, as flores azuis tecidas na colcha sobre a cama.

Ela disse que se chorava era apenas por causa de Tom Waits, daquele saxofone que às vezes levava a tristeza do piano ao ápice e lhe doía tão fundo que as lágrimas simplesmente brotavam de seus olhos. Eu comecei a lamber suas faces como um cão sarnento, enquanto ela jogava a colcha de lado, dizendo que escondera todas as suas flores debaixo da cama, e erguia o lençol vermelho como se fosse uma tenda sobre nós.

Agora vamos brincar de casinha.

Eu simplesmente não conseguia dizer nada, apenas balbuciava ao tentar falar.

Envolvidos por toda aquela atmosfera sanguínea no acampamento do quarto, ela me contou histórias que eu mal conseguia ouvir. Disse, tentando dizer, que já morara na Alemanha, que inclusive havia sido uma das garotas surpreendidas com Jörg Immendorff havia alguns anos, quando o cadafalso moral, ela realmente disse algo que depois eu supus ser "cadafalso moral", o cadafalso moral da imprensa alemã botara a cabeça do pintor, já moribundo, a prêmio, apenas porque este dera uma festa cheia de cocaína em sua casa a um punhado de supostas prostitutas, entre as quais se encontrava também ela, que acabara de chegar à maioridade e já estudava com o célebre alemão.

Enquanto eu ainda conseguia pensar que deveria ter lhe oferecido a cocaína, Camila disse, fazendo bolhas com as lágrimas que lhe chegavam à boca:

Se um dia você for a minha casa, vai ver que até ganhei um quadro dele. Aprendi muito com o Jorginho, como eu o chamava.

Camila não parava de falar, eu continuava não conseguindo dizer nada e só percebia que justamente os momentos em que a vida nos dava as maiores felicidades muitas vezes eram também aqueles em que menos tomávamos cuidado no sentido de preservar essa vida, eu achava que meu coração talvez estivesse parando e não me importava, o que imediatamente me levou a ter certeza de que a eternidade seria a coisa mais entediante do mundo.

Em dado momento, pensei que Camila estivesse dizendo o nome de Lívia, mas, além de não falar, eu não conseguia mais ouvir, minha cabeça estava pesada, caía pro lado, e eu acabei adormecendo de novo, sentindo que minhas pálpebras eram de chumbo e meus ouvidos viravam colmeias abertas pra todas as abelhas do mundo.

E, quando acordei, Camila não estava mais na cama, não estava mais no apartamento, tinha desaparecido.

11.

Camila não respondeu minhas mensagens durante dias, e foi o que bastou pra eu pensar que talvez a amasse, me dando a certeza de lamentar o caráter apenas passageiro de sua presença. Perdi até a vontade de continuar correndo na Lagoa, onde vi certo dia que implodiram uma das últimas casas, quase na esquina da Maria Quitéria, pra construir mais um prédio. A casa ao lado estava coberta de pó e o ar em volta tomado pelo cimento, guindastes apontavam pro céu como canhões prestes a disparar. Eu abri a guarda, larguei o bastão e disse a Camila que ela podia marcar o próximo encontro, quando e onde quisesse.

O fato de a resposta ter demorado a vir só aumentou a falta que eu de repente sentia dela. Será que eu me enganava e ela não estava nem um pouco interessada em mim? Quando a resposta enfim chegou, Camila disse apenas que estava ocupada em preparar sua próxima exposição e que precisava dar um tempo. Eu vi uns quinhentos navios afundando na mesma hora entre as garças que voaram diante dos meus olhos.

Caminhando diante de uma galeria, enxerguei de longe

uma obra de Adriana Tabalipa, tábuas coloridas e decrépitas costuradas umas às outras por linhas em xis, compondo assim a parede irregular e inusitadamente circular do que eu pensei que podia bem ser uma casa em forma de caracol. Parecia o princípio de um labirinto, tábua amarela, em seguida azul, depois verde, todas as cores, meio apagadas, a madeira de uma demolição, o começo de um caramujo sem fim, e as placas de madeira ficavam cada vez mais altas, verticais, em pouco virariam uma parede intransponível, será que tinham vindo da Rocinha?

A casa como labirinto, eu pensei, por onde entrar?

Me lembrei do homem das mil e uma noites que, montado em seu burro e pastoreando outros nove, só conseguia contar uma novena de alimárias, porque se esquecia de incluir aquela em que estava montado, surpreendendo-se, ele mesmo, com o fato de, ao desmontar, conseguir contar as dez que no entanto sabia que possuía. O mesmo homem achava que sua casa tinha um aposento a menos quando se encontrava dentro dela, porque também não conseguia contar o recinto em que estava.

Mas era assim, no fundo só conseguíamos ser donos de verdade dos burros que não cavalgávamos, dos quartos que não habitávamos. Era preciso andar a pé, longe dos animais, pra perceber que eles de fato existiam, dormir ao relento pra avaliar a importância de um teto. Será que realmente nunca conseguimos contar a égua em que montamos, a alcova em que estamos?

Eu olhava à minha volta e não via mais nada.

Ou melhor, via tudo.

Mas nada era meu.

Quando visitei a obra certo dia, depois de um bom tempo sem dar as caras, o celular de um dos pedreiros já tocava cantando "Esse cara sou eu". Eu pensava que Roberto Carlos já havia morrido e depois Lívia me explicou que a novela mudara, que agora já era outra.

Com algum esforço, consegui ver todos os três pisos em ordem, nada de entulhos ou escombros, e ainda percebi que as coisas andavam inacreditavelmente bem. No andar intermediário, uma cozinha surgia do nada, um banheiro já podia ser distinguido. No de baixo eu chorei diante daquela que seria a nossa suíte, o banheiro também já demarcado, o closet adquirindo forma, nele Lívia penduraria suas roupas, do outro lado eu penduraria as minhas e algumas do meu pai, os ternos neutros que ninguém, nem a própria Lívia, identificaria como sendo dele, os sapatos nos quais eu não me importava que ela percebesse a herança.

Dona Eudora devia ter dado com a língua nos dentes, pois quando Lucas voltou a visitar a mãe, insultou-a num jantar em família, depois de algumas doses de uísque, cobrando dela o fato de estar namorando o filho do antigo amante. Foi o que bastou pra Lívia se sentir culpada mais uma vez e ficar muda diante dele.

Ela achava que o filho jamais aprovara seu namoro com aquele homem assim tão mais velho, tanto que ele voltara, e ela ficara tão feliz, a se acercar um pouco mais dela quando meu pai morrera. E pensar que o filho até me aceitara antes de descobrir que eu era filho do meu pai, porque meu pai poderia ser avô do filho dela, lhe doía, a morte do velho não o deixara virar seu padrasto. E, agora, eu que poderia ser filho dela e irmão de seu filho é que seria o padrasto da mesma idade...

Por que, aliás, aquele pirralho voltava pra casa a cada seis meses, eu me perguntava, procurando me evadir, enquanto alguns familiares, estupefatos, cochichavam uns com os outros indagando se aquilo era mesmo verdade, e se o menino não estava apenas bêbado. Foi quando Lívia enfim conseguiu perguntar com uma voz que me pareceu ainda mais culpada se o filho achava de fato que aquela era a casa da mãe joana.

Senti que devia dar meu apoio a Lívia, mas não consegui. Tentava me agarrar em alguma coisa, mas só encontrava ar a meu redor. Ora, eu tinha todo o tempo do mundo, mas não sabia muito bem nem como lidar com os amigos, quanto mais com os inimigos, sobretudo quando apareciam dentro da minha própria trincheira.

Enquanto eu tentava entender as coisas na confusão do fim do jantar, elaborando aqueles segundos sórdidos em que os pratos jazem sujos sobre a mesa, ossinhos espalhados pelos cantos, guardanapos amarfanhados com as pontas tocando o molho, facas jogadas ao léu, prontas pra não serem mais usadas, fomos todos salvos pela síncope do tio com Alzheimer, que havia um bom tempo mal percebia o que acontecia à sua volta, já não reconhecia mais ninguém, mas mesmo assim era levado aos encontros familiares como se nada estivesse acontecendo.

12.

No enterro do tio Jordão eu chorei porque lembrei do enterro do meu pai.

Percebi que Lívia me amou mais ainda ao pensar que eu chorava por seu tio, enquanto eu só torcia pra aquilo acabar logo de uma vez e me perguntava por que ninguém podia se casar apenas com a mulher que escolhia em lugar de ser obrigado a encarar toda a sua família. No meio das lágrimas todas, no entanto, em determinado momento eu já não sabia mais se talvez não estava sofrendo de verdade, e apenas invocava os parentes enfadonhos pra me redimir, buscando uma desculpa que justificasse as besteiras que andava fazendo. A cena era semelhante, o cemitério era o mesmo, a morte acabava igualando tudo.

No enterro do meu pai, eu vira como os filhos nunca sabem quem são os amigos daqueles que lhes deram à luz. Muitos dos figurões que se apresentaram eu conhecia apenas da televisão, aceitara os pêsames de todo mundo, dera a mão a centenas de estranhos, chorara em silêncio por ele, com Lívia sempre ao meu lado, e me comovera até quando a freira chegara pra rezar o terço de encomenda do corpo. Eu achava o discurso inútil, afinal de contas meu pai estava morto, definitivamente morto, mas naquele momento tive alguma esperança de que mesmo assim ele pudesse ouvir o que estava sendo dito. Na verdade queria que ele ouvisse, queria muito que ele ouvisse, como queria, mas a tartaruga talvez também espere que saiam gaivotas dos ovos que ela bota com tanta dor.

Eu me recusara a fazer o velório, não queria que o corpo do meu pai fosse trazido sem vida para a minha casa, ou então levado para a casa dele, não conseguia lidar com a ideia, e Lívia felizmente concordou comigo. Como dormir com um morto dentro de casa? Alguns parentes que nunca haviam se aproximado da família protestaram. Outros que eu nem sequer vira algum dia aproveitaram pra se apresentar na capela mortuária, talvez à espera de uma migalha eventual da herança.

Guardei com cuidado as mensagens recebidas da Presidência e do Ministério dos Transportes, recebi as coroas enviadas pela Secretaria de Obras do Estado e do Município, pelo governador e pelo prefeito municipal, pela firma do meu pai, por vários de seus parceiros de negócios, um mar de flores que quase me sufocou com seu cheiro enquanto meus bolsos se abarrotavam de cartões interessados, oferecendo desde a compra de imóveis e badulaques até a venda de serviços tumulares.

O número de pessoas que aguardavam com a maior cortesia a morte de outras era realmente incontável, e havia corações que só começavam a bater de fato quando o dos outros parava. Eu mesmo não podia jogar a primeira pedra, o meu só começara a sofrer por meu pai quando viu desenhado em seu rosto o sorriso inefável da morte, um rosto que no esquife se mostrava tão plácido, depois do susto que me dera, quando fiz o reconhecimento do corpo na câmara fria, contraído noríctus da derradeira e inglória luta. Também aquilo por certo se devia ao trabalho bem pago dos preparadores, funcionários experientes do gabinete mundial de madame Tussaud. Ou será que a vida que ia embora levava consigo também as agruras da vida, deixando apenas a paz de um boneco solene pra trás?

Havíamos comunicado a todos em anúncio fúnebre que o velório do meu pai seria no próprio cemitério, e que receberíamos a partir das oito da manhã quem quisesse se despedir de João Pedro de Tal, o enterro seria às onze. Aos mais próximos, Lívia enviou comunicados fúnebres escritos com todo o esmero de sua letra, de resto destinada apenas à alegria de enlaces nupciais bem pagos. Eis que ela aclamava assim, agora eu me dava conta, o matrimônio do meu pai com a morte, pra depois se entregar a mim, ainda em meio ao luto.

Lívia não chorara, embora eu julgasse ver que estava sofrendo ao investigar seu rosto, detetive da dor que me fiz de repente. Não se morria mais como antigamente, ninguém chorava de verdade, e por um momento até procurei com os olhos as dez mulheres vestidas de preto, inconsoláveis, clamando aos céus, batendo no peito e se lamentando sem parar, aos berros. Mas se até eu me recusara ao velório, não seriam os outros que se voltariam pra uma tradição que de repente me fazia falta.

Onde, as carpideiras?

Também foi só no enterro do meu pai que conheci dona Eudora, ainda longe de me aproximar de fato de sua filha. Ela logo se apresentou me dizendo que eu era garboso como o pai, como se hora e lugar fossem apropriados pra tais elogios. Acho que foi a primeira vez em que Lívia piscou carinhosamente pra mim sem, conforme me pareceu, insinuar o que quer que fosse, apenas pedindo desculpas pela deslocada efusão materna.

Desconhecidos deitaram lágrimas em meu ombro, um amigo se queixou de que só ficara sabendo do enterro porque nunca deixava de ler a seção de óbitos, e em seguida se debulhou em lágrimas dizendo que num passado distante havia sido o primeiro sócio do meu pai. E o amigo não parava de se lamentar, perguntando se eu entendia o significado de ficar sabendo da morte de um amigo pelo jornal e até cogitava alguma culpa por ter se surpreendido tantas vezes com as boas notícias que a mesma página por vezes tinha lhe dado.

Mas quem era aquele outro homem que sorria de modo assim tão insinuante pra mim? Um senhor que se proclamou velho conhecido do meu pai achou que não precisava explicar nem quem era. Algumas mulheres me saudaram com carinho e passaram por Lívia sem lhe dar a mão. Quem elas eram eu também não sabia, mas podia muito bem desconfiar. Agora eu me lembrava que até a síndica estivera presente, eu não tinha mais nenhuma dúvida, e só por isso havia achado antes que já a tinha visto. Fora no enterro do meu pai, pois, que eu conhecera também a ela.

Eu, aliás, precisava dar um jeito no túmulo.

Por mais incréu que estivesse me mostrando depois daquele seminário todo, eu tinha de respeitar a memória do meu pai. E o lugar em que estava enterrado continuava sem identificação, numa ala bem distante do cemitério em que eu agora mais uma vez estava.

Meu pai sempre fizera questão de dizer que não queria ser reduzido a um montinho de cinzas, e, apesar dos novos costumes, exigia ser enterrado no jazigo da família, ao lado do irmão, o Maninho, que se fora tão cedo e ainda quando meu pai já estava no hospital o fazia sofrer tanto assim, agora eu sabia por quê. Certamente meu pai não gostaria de saber que seu túmulo ainda não fora providenciado. E de repente me dei conta do significado simbólico de seu desejo, do medo que tinha do caráter definitivo e devorador de suas próprias crenças, anunciadas na máxima que murmurou tantas vezes:

Eu só acredito no fogo!

No mesmo instante, me encostei numa lápide, tive de chorar ainda mais, porque com a acusação interior que lhe fiz veio à mente também a lembrança banal de uma embalagem de drops Dulcora que encontrei no cofre, no meio dos papéis do meu pai, envolvendo dois bilhetes do cinema Star, em Ipanema. Meu pai ainda não se separara da minha mãe e às vezes me ligava no meio da mais inesperada das tardes pra ver um filme comigo, e eu sentia, um tanto inusitadamente pra mim, apesar dos sete ou oito anos de idade, que a vida também podia ser doce. E o açúcar daquelas horas só voltara pra mim em toda a sua candura por causa da recordação que ele, e não eu, guardara com tanto cuidado, entre os bens mais preciosos do seu, e não do meu cofre.

Também no enterro do tio Jordão eu não conhecia ninguém. A não ser os mesmos figurões de sempre, tio Jordão também era um homem conhecido.

Urubus oficiais.

E enquanto o cortejo fúnebre percorria os dois quilômetros, acho que deviam ser bem uns dois quilômetros, até o lugar em que ele seria enterrado, uma bela netinha lia sua carta de despedida a ele. A cartinha lembrava como ele sofrera nos últimos meses do Alzheimer, como já estava ausente mesmo quando continuava em casa, e como agora seu espírito devia ter chamado seu corpo pro lugar onde o esperava havia tanto tempo, já esquentando o ninho em que o avô poderia enfim descansar por inteiro.

Enquanto isso, eu avaliava algumas das lápides, ainda pensando no túmulo do meu pai. E reconhecia um punhado de nomes célebres, paladinos do Rio de Janeiro que mereceram tumbas suntuosas. Mesmo ao morrer, eles rimavam "umbigo" com "jazigo", usando com vontade a altissonância de pedras e estátuas.

Dona Eudora ficou pelo caminho. Estava cansada demais, conforme alegou:

Ainda vou estragar minha sapatilha da Heckel Verri.

Lívia, que de repente voltei a perceber ao meu lado, apenas sussurrou em meu ouvido:

Viu só, pra passear a marquesinha sempre está disposta, mas pra não sofrer usa até a desculpa dos sapatos e dos oitenta e cinco anos que rejeita.

Fiquei mudo.

Dona Eudora, no entanto, apesar de ouvir mal, devia ter escutado alguma coisa, porque ainda gritou que depois queria ver se também ela tivesse uma síncope, e emendou dizendo que nem pensava em parar no hospital, onde ainda botariam sopa em vez de soro na veia dela, como fizeram com aquela velhinha em Barra Mansa.

Eu limpei os pratos, esquentei os panos e disse a Lívia que sua mãe fazia bem, e que eu só não parava porque na morte, pelo menos, achava que devia ser solidário com os familiares dela. A segunda e a terceira parte da frase, porém, guardei pra mim, e pronunciei apenas a primeira em voz alta.

Também aproveitei o enterro pra andar de mãos dadas com Lívia na frente de Lucas, naquele lugar ele não haveria de pintar seu sete edipiano. Mesmo assim, o moço não desgrudava da mãe, que seguia elegante no meio de nós dois, desenhada no negror esguio de seu vestido.

Na hora das exéquias o vento estava tão forte que levantou a estola do padre e quase o sufocou no exato instante em que ele ia proferir a bênção final.

13.

A presença de Lucas facilitaria meu novo encontro com Camila, assim eu imaginava.

Recusei o convite de mãe e filho pra ir com os dois a Petrópolis, não queria me afastar de Camila, que talvez enfim aceitasse me ver, pelo menos. O fedelho chegava até a representar uma vantagem, agora eu via, Lívia só tinha olhos pro seu novo muso. Foi quando Camila, respondendo a mais um e-mail insistente, aceitou me encontrar.

Eu fui aos céus de tanta felicidade. Mas, assim que a vi chegar, Camila já foi me encostando na parede imaginária que eu sempre temi e disse que eu precisava dar um jeito, que ela estava cansada de correr riscos, que não queria acabar sendo enxotada de casa pelo namorado caso ele descobrisse, e que aliás sairia no lucro se ele apenas a expulsasse, violento como era.

Intimidado, dessa vez fui eu que pedi um tempo, já pensando em ver como poderia me sair melhor da enrascada e cogitando apelar para a retidão que sempre demonstrei com ela, pros alertas que fazia desde o princípio, quando tentava dizer que apesar de estar com ela eu não cogitava largar Lívia. Sem contar as juras mútuas, esses despropósitos do princípio, que nos fizeram garantir que, acontecesse o que acontecesse, continuaríamos amigos.

Mal entabulei a primeira frase, ela me cortou, dizendo que ou eu dava um jeito ou era o fim. Eu falei que tudo bem, que talvez fosse melhor terminarmos tudo então, o que só a fez chorar como uma doida na minha frente, me deixando no maior sem jeito com aquelas mãos que eu não sabia mais usar, que talvez nunca tivesse sabido usar, com aquelas pernas que, impotentes, só serviram pra me levar embora depois que ela partiu. Realmente, não era fácil ficar olhando, ainda que da montanha mais bela, onde se estava desfrutando uma solidão clandestina a dois, como os casais caminhavam lado a lado no vale, lá embaixo, de mãos dadas, exibindo aos olhos do mundo o lago raso de seu amor, tão calmo e tão plácido que dispensava as vertigens do alto.

Quando Camila se levantou do banco daquela que pensei ser nossa última praça, minha Nossa Senhora da Paz, e simplesmente foi para um lado qualquer da vida, eu ainda fiquei sentado por algum tempo, olhando pra um vazio enorme pintado em branco à minha frente, e depois me levantei, arrastando as pernas, e fui pra casa. Fui pra casa porque era perto. Fui pra casa porque não tinha pra onde ir.

E, uma vez que fugir sempre foi o que eu mais soube fazer, eu fugi.

Simplesmente fugi.

Fugi pra longe, tentando ajudar o ponto final com o aumento da linha, botando uma geografia enorme entre mim e aquilo que acabara de acontecer. A distância era um remédio antigo.

Conversando com Lívia uma semana depois, inventei que havia prometido a João, o Vermelho, visitar a Rússia, e, já que não estava mais aguentando sobretudo as agruras da reforma, disse que achava que era aquela a oportunidade, e que a elaboração definitiva da morte do meu pai postiço, que ainda me fazia sofrer, teria de ser feita de modo solitário.

Você tá meio estranho ultimamente, ela se limitou a dizer.

E você acha que não tenho motivos?

Que motivos?

A reforma por acaso parece pouco?

Ah, tá, a reforma…

Lívia era madura demais pra discutir com uma criança que chora pedindo um doce, um doce que ainda por cima não queria dividir, mesmo sem estar com vontade de comê-lo. Depois de perguntar se Petrópolis não seria suficiente pro meu descanso e ouvir meu não obstinado, ela disse apenas, no mais objetivo dos tons, que aproveitaria pra visitar o filho em Auckland, até porque desconfiava mesmo que eu não gostaria de ir com ela.

Ainda perguntei se ela não achava mais conveniente esperar, já que o filho acabara de viajar, e as saudades, portanto, não justificariam a viagem.

Sempre tenho saudades do meu filho.

É que também não acho que seria bom deixar a obra apenas nas mãos do arquiteto. E se houver uma decisão urgente a ser tomada?

Ele tem meu celular. O teu é que ele nunca tem, não é?

Terminei a pendenga em tom conciliatório, dizendo que talvez nossos aviões se cruzassem nos ares em algum momento, e que isso seria bom. E que, se eu sobrevoasse Auckland na volta, lançaria minha âncora tentando alcançar o mar agora tão turbulento de seu corpo.

Lívia não me presenteou com o beijo de sempre, me senti um cavalo que depois do mais belo pinote não recebe o prometido torrão de açúcar, e pensei que ela talvez desconfiasse de alguma coisa. Mas a passagem estava marcada, e a viagem veio.

Consegui deixar de lado mais uma das minhas antigas caspas seminarísticas com uma simples coçadinha e voei na classe executiva. Por algum tempo, pensei se também não o fizera apenas porque sem Lívia eu não tinha pra quem mostrar meu pouco-caso com os inconvenientes de uma classe econômica, o guardanapo de papel cheirando a pimenta, o vinho ruim, aquelas sardinhas dormindo de boca aberta na lata exígua e cheia de bancos, umas amontoadas sobre as outras.

Também não precisaria encarar um companheiro de viagem como o da última em que eu atravessara o Atlântico pra ir a Flandres, havia dois anos, a classe C começava a conhecer até as ilhas gregas. Na volta, um sujeito vindo de Atenas que pegara a conexão da KLM em Amsterdam, ele fizera questão de me contar tudo, se aboletara ao meu lado. Pra meu maior horror, ele não apenas usava com a maior tranquilidade os dois encostos laterais de seu banco, como também tinha uma ferida no cotovelo que se apoiava justamente do meu lado. Com uma chaga daquelas eu nem viajaria ou, se viajasse, usaria pelo menos uma camisa de mangas compridas, e não aquele branco ofensivo de mangas curtas, ainda mais enfiado pra dentro das calças, um pastor protestante em festa no colorido das ilhas em que até a alegria menos feliciana era permitida. Me encolhi todo, cada vez mais curvado para a esquerda, e o clérigo pagão nem desconfiava. Em dado momento, começara inclusive a coçar sua ferida, em pouco certamente estaria sangrando, e aí eu pularia pela janela. Resolvi fingir que estava dormindo, e quando de fato consegui cochilar alguns minutos às três da manhã, pela primeira vez na vida num avião, o tabaréu cosmopolita me acordou com três pancadas formidáveis na coxa, dizendo que precisava ir ao WC, ele disse WC. Aquilo era demais, e fiquei o resto da viagem no fundo da aeronave, enchendo de sorvetes da Häagen-Dazs o vazio da minha vida.

Pra garantir a tranquilidade da viagem russa, no entanto, não me limitei ao conforto da classe executiva, mas também caprichei no bom vinho. Bebi tanto que nem sabia se devia ou não estranhar meu novo e elegante vizinho de banco, terno apurado, que mesmo assim dormiu esquisitamente de bruços, de costas viradas pra cima, desenhando uma figura das mais bizarras, involuntariamente grosseiro e ao mesmo tempo exposto, logo ali, ao meu lado.

14.

Ao chegar em Moscou, me abaixei pra pegar um sapato no fundo da bagagem e não consegui chegar a ele. Sem me dar conta do que estava acontecendo, chorei desbragadamente ao lado da minha gigantesca mala, que não consegui desfazer durante dois dias. E já achava que era mais por Lívia do que por Camila que eu derramava minhas lágrimas.

Só me consolei com o aconchego do Baltschug Kempinski, e até gostei de viver aquela vida de hotel, ver alguém arrumando todos os dias um quarto que não era meu, pegar o jornal solicitado ao concièrge, meu contador de velas na por mim conhecida etimologia, com todas as folhas passadas a ferro pra não sujar meus aristocráticos dedos, especulando sobre a provisoriedade e sentindo vontade até de torná-la eterna. Seria bom erguer a lona do meu circo ora aqui ora acolá, migrar de cidade em cidade como os palhaços, sem parar em lugar nenhum.

Construções volantes.

Mas a alegria era um pássaro migratório na minha alma sem verões, mesmo quando imaginava saltar de galho em galho.

Depois de visitar um moderno condomínio construído a partir de contêineres, parece que já usavam o mesmo sistema no Brasil, passeei sozinho pela praça Vermelha, olhando para as folhas caídas e para as árvores desnudas que apenas aqui e ali mostravam alguns toques de ouro e bronze. Vasculhei os meandros do Kremlin, vi que o maior sino do mundo jamais tocou e ouvi os guardas xingando secamente, a repriменda mais breve do planeta, um psiu de um centésimo de segundo, a qualquer um que ousasse tossir, pisar em falso ou pigarrear, perturbando o sono eterno de Lênin.

Achei que o corpo do herói, fosse real ou de cera e apesar de tão impecavelmente cuidado, lembrava um pouco meu João, meu segundo João, João, o Vermelho, aquele que eu usara pra justificar mentirosa e asquerosamente minha viagem até ali, e tive de conter à força um soluço, aproveitando a desculpa da severidade intimidante dos guardas. A possibilidade da censura já foi maior do que a dor no coração, e eu senti um certo alívio, pelo menos no que dizia respeito a João, aos meus dois Joões que eu perdera.

Faltavam as duas Joanas.

Mas talvez eu tivesse vindo de fato à Rússia por causa do missionário, o homem que misturou as estepes ao sul, e um dia viera dali e no entanto jamais chegara de verdade a voltar até o lugar, o que sempre lamentara tanto. Talvez eu não estivesse apenas fugindo de Camila, e fugindo de casa, sim, fugindo da casa, fugindo da minha casa, fugindo da nossa casa. Talvez aquele fosse de fato o meu modo de rezar por João, o Vermelho, um modo que ele aliás certamente teria apreciado.

Foi quando um brasileiro me deu um tranco, quase gritando, e interrompendo profanamente o fluxo dos meus pensamentos. Tive a sensação até de que ele cuspia em meus ouvidos:

E aí, brasileiro!

Supus que ele tivesse me reconhecido pelo sapatênis de pirarucu da Osklen, talvez pela bolsa do mesmo material. Consegui dar um sorriso, não mais do que isso, eu não queria conversar, muito menos com um sujeito ensolarado, meio-dia em todos os gestos, como aquele, e achei que poderia escapar porque estávamos à saída do mausoléu. Mas os brasileiros andavam por toda parte e, embora eu fugisse deles como da pior entre as sete pragas do Egito, o grude era permanente, e o moço em questão, escarvando o chão com seus tênis de corrida brutalmente brancos, insistiu:

É a primeira vez que você vem à Rússia?

Ele devia ser cearense, apesar da cabeça oval, nordestino pelo menos. Me lembrei das cascas do seminário que deixara pra trás ao sair do último ovo em que estava, das poucas viagens que tinha feito, e respondi, dando um basta meio amargo à conversa, que a todos os lugares pra onde eu ia, eu ia sempre pela primeira vez. Eu não queria realmente conversar com ninguém.

Na catedral de são Basílio, atraído pela beleza da guia, me juntei a um grupo de turistas franceses e ouvi sem querer a história da igreja e do santo que deu nome a seu belo e multicor monumento arquitetônico, tantas cebolas fincadas em espetos, um castelo de brinquedo, feito de açúcar colorido. A catedral havia sido construída por Ivan, o Terrível, em honra da vitória sobre os tártaros, história que eu depois ouviria ser repetida em mais umas dez igrejas suntuosas, sempre a mesma, tantas igrejas louvando a vitória de Ivan, o Terrível, e sempre sobre os tártaros.

Ouvi ainda que o impiedoso czar mandara cegar os dois arquitetos que construíram são Basílio, a fim de que nunca mais pudessem erguer do chão algo assim tão belo. E a catedral acabara resistindo tanto ao cerco avassalador de Napoleão quanto aos ataques verbais dos bolcheviques, que chegaram a cogitar explodi-la.

São Basílio, o santo que lhe deu o nome, na verdade não passava de um homem comum, que deixou a casa onde morava, ele não precisava de casa, não precisava de casa como eu já achava que estava precisando de novo, e começara a andar nu por aí, carregando consigo apenas suas pesadas correntes, se fingindo de doido pra poder dizer a verdade sem ser crucificado. Dizem até que jogava pedras, indigitando alguns culpados. Na verdade, bem antes de Marx, era o que eu imaginava, ele podia fazer o que bem entendia porque nada tinha a perder, a não ser suas algemas. Era um Nostradamus russo, um visionário da estirpe de Dostoiévski, um louco da casta do príncipe Míchkin.

Aprendiz de sapateiro, Basílio disse sua primeira verdade a um homem que certo dia encomendou seus sapatos ao mestre pro qual o santo trabalhava, fazendo a recomendação especial de que fossem costurados pra durarem vários invernos. Uma vez que Basílio ria ao contemplar a cena, o sapateiro e seu cliente lhe perguntaram o que havia de graça naquilo, e Basílio se limitara a dizer que não havia graça nenhuma, a não ser que de nada adiantaria costurar os sapatos pra tantos invernos porque o cliente morreria já no dia seguinte, o que de fato aconteceu. Ah, meus sapatos...

Em outro episódio, Basílio choraria durante vários dias, e, na manhã seguinte àquele em que parou de verter suas lágrimas, Moscou pegaria fogo e seria praticamente destruída. Será que também ele só acreditava no fogo?

Certa vez, depois de perambular vários anos nu e na mais absoluta liberdade por aí, alguém dera ao pobre Basílio uma pele de animal que ele passara a usar como sua única roupa. Louco como era, Basílio cumpria sua sina e às vezes não era perdoado pelas crianças. Um dia, um bando de jovens decidira sacanear o santo andarilho, e um deles se deitara no chão, tiritando de frio, enquanto os outros saíam juntos pra chamar são Basílio, dizendo-lhe que o rapaz estava enfermo e precisava de sua roupa pra se aquecer. Basílio estendera a pele sobre o rapaz, e depois dissera que se ele estivesse de fato doente ficaria bom, mas que se fosse mentira morreria em seguida. Mal Basílio virara as costas, os jovens foram chamar o colega encolhido debaixo da pele e perceberam que estava morto. São Basílio era santo, mas nem tanto. Apesar de ortodoxo, pelo menos não oferecia a outra face como os vermes cristãos pisoteados por Nietzsche.

Na Rússia, o homenageado pelo maior monumento da capital era um louco, portanto, e não um príncipe ou um herói guerreiro. Mesmo tendo Basílio repreendido Ivan, o Terrível, várias vezes, este teria ajudado a carregar seu caixão ao cemitério, pra onde foi antes de ser trasladado à cripta de sua morada definitiva, na catedral. Ivan logo voltou a me lembrar João, o Vermelho, e eu pensei que na história russa, pelo menos, havia sido o filho que levara o pai simbólico ao cemitério como normalmente deveria acontecer pra respeitar a ordem e a natureza, e que aquele Basílio não fora obrigado a jogar uma pá de terra sobre seu rebento imperador como fizera são Vassili com seu Ivan, meu Yannick, o João, o Vermelho de todo mundo, não menos Terrível em seu destino.

Saí dali quase correndo e só estaquei numa das naves seguintes, onde alguns dos cantores gregorianos da catedral começavam seu espetáculo. Resolvi parar, aquilo era o som mais puro do seminário me chamando, a melodia que meu celibato nunca alcançara, e vivi uma epifania que jamais cogitara nas montanhas de Petrópolis. Aquilo era bom de verdade, e minha alma se transformou numa supernova que apenas não explodiu porque no último instante um ceticismo escoteiro jogou seu mar de água fria sobre mim.

Mas eu ouvia tão concentrado, que não percebi estar me aproximando demais da flama de algumas velas devotas ao me abaixar pra tentar destrinçar o cirílico de uma placa, e, quando percebi, estava pegando fogo no meio da catedral de são Basílio. Uma velhinha gritou ao ver minha camisa em chamas, o fogo realmente não me deixava em paz, mas consegui apagar tudo com duas ou três batidas, nem cheguei a queimar minha mão. Não gostava mesmo daquela camisa D&G, era um pouco colorida e alegre em excesso, e me distanciava etariamente ainda mais de Lívia. A guia que contara a todo mundo a história de São Basílio se assustou com meu estado ao nos cruzarmos outra vez no corredor, se ofereceu pra me acompanhar até o hotel e depois me levou a tomar o que chamou de vodca do búfalo, uma aguinha das mais especiais, com um búfalo no rótulo, e um talo de capim boiando no líquido um tanto amarelado da garrafa.

Com ela eu queria conversar.

Depois da décima dose, a guia me contou que o gosto especial da vodca se devia à urina do orgulhoso búfalo que molhara o talo de capim antes de este ser colhido. Olhávamos extasiados para a garrafa e estremecíamos de susto a cada vez que uma gota caía da válvula no bico, abrindo uma cratera provisória e cheia de ondas no que restava de líquido no fundo. De onde vinha aquela vodca pingando? Pensamos por um momento que a bebida estava se reproduzindo, talvez por causa do búfalo, e demorei a constatar que alguns mililitros ficavam armazenados na parte de cima, no referido bico, por algo equivalente ao que devia ser um movimento de sístole e diástole. Tentei explicá-lo a Nadiejda, Nadienka pra mim, mas senti meu inglês fraquejar e me limitei a convidá-la a testar comigo a maciez dos lençóis do Kempinski e seus milhares de fios egípcios. Pra terminar a noite, Nadiejda, Nadienka pra mim, pediu no inglês mais cheio de erres e sem artigos que já ouvi que eu urinasse em cima dela no banheiro, imitando o búfalo da garrafa depois de tanta vodca. Foi a única coisa que eu consegui fazer, e foi bom. Nadiejda, Nadienka pra mim, nem me pediu mais.

Meio zumbi, aquilo tudo, do fogo na catedral à bebida no boteco, acontecera também porque eu não estava conseguindo dormir direito desde que chegara, havia três dias. E, já quando entrei no teatro Bolshoi, eu bocejava sem parar, e com meu casaco vermelho tinha certeza de que todos viam em mim a mais nova versão do autorretrato de Joseph Ducreux.

A explicação para a insônia era relativamente simples.

Não que no meu quarto em Ipanema não houvesse luzes, mas a luzinha da tv no aposento moscovita, que não consegui desligar de jeito nenhum, mesmo vasculhando todos os botões do aparelho, bastou pra me dar um motivo de vigília e registrar assim um mundo ignoto ao qual só o tempo que eu não tinha, porque a estada seria breve, acabaria me acostumando. O jeito era aguentar. Ademais, quando se encara um jet lag de tantas horas, talvez seja o momento em que o eterno confronto da nossa vida aqui dentro com a ordem arbitrária do mundo lá fora adquire seus contornos mais objetivos, e somos como nunca os fantasmas de dom quixote, não lutando mais contra os moinhos de vento e sim montando neles pra desembarcar poucas horas depois num país a quinze mil quilômetros de distância. O estranhamento devia ser também uma revolta do atavismo, inconsolável com tanto descalabro nas relações entre espaço e tempo.

Pelo menos a temporada de outono não previa espetáculos de balé. Ainda assim o programa do Bolshoi não me deixara muito interessado, eu não achava a última sinfonia de Mozart grande coisa, era alegre demais pro meu gosto, e aquele Júpiter regendo Júpiter tentou em vão me manter acordado. Daniel Barenboim fazia o maior escarcéu, lançando raios com seu braço em movimento, mas, apesar de toda a completude divina de seus gestos e de sua música, eu já estava mais pra lá do que pra cá.

Não pegava no sono, pegava no sonho direto, ouvia um acorde, ainda seguia a batuta com os olhos, e logo já rolava numa caverna em que pedreiros rastejavam como cobras tentando picar meus tornozelos, enquanto eu tentava alcançar a mão que Lívia me estendia, Lívia que virava Camila e depois virava ninguém, uma mulher desprovida de face mas que eu mesmo assim sabia que era Lívia, porque nos sonhos às vezes só conseguimos reconhecer as pessoas de rosto tão difuso e variado pela intensidade nítida e estática da dor que sentimos.

A pureza e a clareza da música não venciam a escuridão dos meus sentimentos, o cansaço era mais forte, e eu só acordava por medo de desabar no meio do Bolshoi e acabar com o espetáculo do maestro. Brasileiro bêbado desmaia no Bolshoi, eu já via nas manchetes de todos os jornais do dia seguinte, enquanto a música triunfante tentava, sem conseguir, levar para a claridade de todas as alturas o meu sofrimento rasteiro, me fazendo ver mais uma vez que a arte nos seus mais elevados impulsos ajudava apenas o artista a sobreviver. Mozart conseguira chegar até Deus, Barenboim bancava Júpiter cuspindo estrelas e controlando a organização de todos os corpos celestes no edifício universal daquela orquestra, mas eu logo em seguida já caía de novo no fundo do poço mais fundo dos meus sonhos dolorosos.

Em São Petersburgo, dois dias depois, vi um homem se confessando em público diante do pope na igreja da Santíssima Trindade. Ele falava em voz alta, praticamente bradava aos quatro ventos seus três defeitos, e eu ali em silêncio, cheio de pecados, a calça estilosa e hereticamente rasgada, os satânicos sapatos vermelhos, olhando pra fila gigantesca à espera, sem coragem de ocupar o último posto que parecia estar reservado ao pecador vindo de longe. Eu escondia minhas iniquidades até de mim mesmo, e aquele homem batia no peito pedindo perdão aos berros por um pecadilho qualquer.

Comprei quatro entradas exclusivas pro Hermitage e durante quatro dias seguidos o visitei das dezoito às vinte e uma horas.

Passeei, sozinho e abandonado, por aqueles corredores suntuosos, tentando sorrir às velhas guardas russas que me acompanhavam em algumas das salas, aparentemente sem desconfiar de mim. Vi os maiores presentes que Catarina, a Grande, recebeu de seus vários amantes, sabendo que ela ainda assim gostava mesmo era de seus cavalos.

Rezei diante daquele que me pareceu o melhor entre os vários quadros dedicados ao general Kutúzov, pedindo a João, o Vermelho, que, se me ouvia de algum lugar, viesse me contar uma história pra que eu pudesse dormir, enfim, à noite, agora já fazia uns seis dias que eu mal pregava os olhos, perambulando por aí de boate em boate e aproveitando o aconchego pedestre de São Petersburgo, que eu não sentira em Moscou. A constipação também me martirizava fazia três dias, e só porque eu não conseguira entrar no banheiro do trem que me trouxera à residência dos imperadores russos ao ver um homem saindo dele. E era sempre assim, eu só conseguia entrar em qualquer banheiro público do mundo, eu quase nunca sequer tentava, deus me livre, se imaginava que era o único a usá-lo ou no máximo se quem o usava antes de mim era uma mulher. Foi o que bastou pra deixar meus intestinos completamente presos.

Em dado momento, na última noite da visita ao Hermitage, me senti tão cansado que quase sentei no trono suntuoso dos Romanov. Eu daria todo o ouro dos citas e as joias da oficina de Fabergé pra apagar aquela dor que me machucava por dentro, e que eu não conseguia saber ao certo de onde vinha mas me impedia até de dormir.

Será que eu nunca mais conseguiria fechar os olhos?

Fiquei cerca de meia hora diante da *Casa branca ao anoitecer*, uma das últimas obras de Van Gogh, butim de guerra que o Exército Vermelho arrancou de mãos privadas em Dresden no ano de 1941. Eu só podia agradecer ao fato de o governo alemão ainda não ter tido sucesso na luta pra recuperar a obra, ele que também ainda deveria se ocupar de tantos quadros escusos nos porões de museus germânicos. A casa de dois andares tomava conta da pintura, e eu construí um terceiro piso imaginário sobre as linhas verticais e horizontais severamente definidas, enquanto buscava no céu da paisagem alguma marca do tom rosa que um dia teria dominado o quadro inteiro.

O que significavam aquelas duas janelas iluminadas em vermelho no meio de tantas outras completamente escuras?

O que expressava aquela luz no meio dos arbustos, saindo do primeiro andar?

Seria ali que ficava a porta de entrada, escondida pelo matagal?

Quer dizer então que havia uma luz marcando a entrada mas ela não podia ser vista de longe e só quem estava próximo era convidado visualmente ao interior do lar?

Quem eram as duas mulheres que entravam pelo portão do jardim?

E quem era a mulher do primeiro plano, nitidamente destacada em relação às duas outras, cujas feições mal delineadas ainda assim pareciam tristes?

A mulher que se afasta da casa, parecendo que acabou de deixá-la?

Todas aquelas mulheres estavam de preto. Será que o vestido da mulher no primeiro plano realmente fora azul-marinho, algum dia? *Casa branca ao anoitecer* também não seria o único quadro em que Van Gogh pintaria silhuetas escuras de mulheres ao portão de um lar.

E que corpo celeste era aquele?

Um sol em meio à noite?

Uma estrela?

Ou o planeta Vênus pendendo sobre o meu e sobre o destino de Van Gogh?

Em 16 de junho de 1890, mais ou menos às dezenove horas, o planeta Vênus realmente teria refulgido de um jeito semelhante em Auvers, conforme estudos astronômicos mais recentes.

Van Gogh foi um pintor de casas. De quaisquer casas, e de suas casas, dos lares em que habitou. Mas nem mesmo nestes é possível encontrar a grande noção de conforto, de bem-estar, que em geral marca esse tipo de obra quando surge das mãos de outro artista. O que se vê nas casas de Van Gogh é uma ausência de alegria, a casa como lugar estranho, quase sinistro, sobre o qual paira uma inquietude das mais peculiares, mais ou menos como em Edward Hopper várias décadas depois, mesmo quando seus personagens, sempre tristes, macambúzios, terrivelmente vazios, se encontram tomando sol, fora de casa, à beira de uma praia que deveria ser a coisa mais amena do mundo.

Também Van Gogh teve dificuldades de se entender com seu pai, e eu me pergunto, pensando em mim, em que medida isso foi decisivo em seu destino. O pintor sempre tinha a impressão de que aqueles que o convidavam a visitá-los viam nele um cachorro sarnento, um peralvilho que chamavam apenas por pena, embora sentissem medo dele, e eu totozinho percebendo tudo aquilo. E mesmo assim Van Gogh sempre procuraria um lar, uma casa que pudesse chamar de sua, que lhe desse a tranquilidade necessária à saúde fragilizada.

E Van Gogh, ao contrário do que acontecera pouco antes em Arles, nunca pintou tantas casas como nos dois meses anteriores ao suicídio em Auvers, onde morava numa hospedaria. E o pintor gostava de Auvers, das casas precárias com telhado de palha, que aos poucos estavam se acabando, e que ele começou a pintar antes de morrer, como em *Les chaumières*, que também vi no Hermitage, enquanto pensava nos barracos da extinta Favela da Praia do Pinto.

A *Casa branca ao anoitecer* era de junho de 1890.

Fora pintada um mês antes de Van Gogh se suicidar, e o rigor de seus traços, assim como as figuras fantasmagóricas diante do portão da casa, parece revelar uma intuição sombria. É o seu último quadro que apresenta um corpo celeste ou o motivo estelar que aparece em várias pinturas anteriores. Van Gogh pintava estrelas nos momentos de maior suplício, como também acontecia no quadro *Estrada com cipreste e estrela*, concluído um mês antes e, junto com *Casa branca ao anoitecer*, uma das obras mais tenebrosamente maravilhosas da pintura universal.

Naquela mesma noite, depois de chegar ao Hotel Europa e passar bem de longe, no saguão, pela presidenta Dilma, que eu tive a impressão de ter acenado pra mim de leve, discreta, e se foi, foi sem efusão, não era a dela, que alívio, e após fugir ao que certamente imaginei fosse um chamado do ministro Edison Lobão, deus me livre de ser visto perto dele, minha ojeriza era até física, me segurei na corda do telefone fixo e liguei pra Lívia. Com os olhos fitos numa reprodução do quadro de Van Gogh, eu perguntei a ela, meio amedrontado, se realmente havíamos decidido pintar o nosso apartamento todo de branco.

Ela disse que sim.

Por que diabos eu não levava Lívia comigo na grande viagem em que só o caminho valia a pena?

Onde será que o vendaval a deixara?

Em que casa estaria?

Há alguns dias, ainda, ela se encontrava aqui, estava comigo.

Agora eu já andava completamente perdido e não tinha a menor ideia de onde eu mesmo estava.

Não havia arte capaz de tampar aquele buraco dentro de mim, e eu por pouco não cortei minha orelha pra acabar com a dor que sentia, deslocá-la da alma pra algum lugar do corpo, enquanto me perguntava se ainda conseguiria voltar, se seria reconhecido ao chegar. Tantas feridas e nenhuma cicatriz pra dizer quem sou. Eu não tinha nem um cachorro pra abrir as portas de Ítaca pra mim e o leito só nosso da minha Penélope ainda nem havia sido construído.

Eu sabia que não existia mais como aquele que alguns dias antes havia sido, aquele mesmo que se fora, e, por mais preguiçoso que fosse, não soubera ser vagabundo o suficiente pra conversar com meu caminho e me entender com ele enquanto buscava a companhia de alguém. Talvez eu pudesse existir como aquele que estava vindo a ser, como aquele que voltava.

Mas será que ainda seria reconhecido?

15.

Acordei de madrugada no primeiro dia da minha volta ao Rio e por um bom tempo não soube quem eu era. Mais do que isso, eu não sabia o que eu era. Não sabia nem sequer que eu era. Era a sensação mais estranha que eu já havia experimentado, e por um bom tempo me concentrei pra descobrir pelo menos se eu era, depois se eu era uma pedra, se eu era um vegetal, se eu era animal, o que eu era, e não consegui.

Eu já havia acordado algumas vezes, sempre depois de algo que me deixava muito cansado, uma viagem longa, e não sabia onde estava, ou então tinha dificuldades pra reconstruir o mundo do quarto à minha volta, aqui a mesinha de cabeceira, ali a janela, do outro lado a porta, mas aquela dor de não ser doía demais. Só aos poucos consegui identificar de fato que eu era, e que eu era gente, que eu era eu, e quase morri de alívio quando meu nome, meu saudoso nome, enfim pousou em mim como um pássaro vindo de longe.

A luta contra o inferno coisificante do nada foi macabra, muito pior do que os tantos pesadelos em que eu achava que morria. Tenho certeza de que foi apenas por pouco que consegui me reencontrar de novo, depois da morte provisória em que por algum tempo, sobretudo depois daquele sono mais profundo, alimentado pelo cansaço da viagem e pelo deslocamento geográfico, eu não fui nada. As perguntas que eu às vezes já me fazia vieram mais fortes do que nunca quando voltei a me acomodar na tranquilidade do meu eu acolhido pelo colchão, pelo travesseiro, pelos lençóis conhecidos.

Como é que eu conseguia voltar a ser o que era, pela manhã, se por tantas horas da noite não havia sido nada?

Como é que desembocava no eu anterior ao sono e não em outro?

Por que entrava e me encaixava de novo num ser que era exatamente igual ao da véspera se havia tantos bilhões à minha disposição em meio ao nada de um sono noturno?

Quem me guiava nesse eterno retorno?

Acordar era ressuscitar no mesmo eu a cada novo dia.

Como se adivinhasse que eu estava na Rússia, o velho Vassili me mandou outro e-mail. E eu senti vontade de repente de ter acordado não em minha casa, não no Rio de Janeiro, muito menos na Rússia, e sim nas missões distantes onde passara tantos dias de tranquilidade depois de um velório dos mais serenos. Será que o grande fluido mesmeriano que unia as afinidades mais profundamente eletivas realmente existia em meio a todo esse burburinho eletrônico, à confusão cheia de fios comunicativos, visíveis e invisíveis, mas sempre frios, que conectava o mundo, e eu acabara enviando às missões minhas saudades russas, fazendo o velho Vassili me escrever?

Balela!

O casal de velhos apenas devia ter lido da visita da presidenta a São Petersburgo e, talvez até sem se dar conta disso, muito menos imaginar que cheguei a encontrá-la num corredor de hotel, Vassili aproveitara a oportunidade pra escrever.

* * *

Saudações!

A reforma está entrando nos finalmentes, agora de verdade.

O Angus está cada vez mais gordo, acho que quando o pessoal da cidade se decidir mesmo a vir passear por aqui ele já vai pesar mais de duzentos quilos. Não sei se vai dar pra esperar.

Dona Maria continua robusta, e minha pessoa é que tá com uns problemas ultimamente. Mas vai se dando um jeito. Ontem e hoje choveu muito. Deu um susto no açude e noutras coisas mais, mas não chegou a aumentar o nível da água.

Sábado que passou fomos à igreja russa, participar de uma missa. Dona Maria aceitou ir junto. Rezamos pelo Yannick, pela primeira vez na religião do avô dele, que um dia também foi a minha. Ao meio-dia teve almoço. Falei com o padre Dionísio, padre novo agora. Nasceu em Moscou, pelo que disse. Fala muitas línguas. Ficou muito interessado em falar quando eu disse que por aí se tinha planos de ir pra Rússia, de escrever sobre o Yannick e outras coisas mais. Perguntou aonde moravam os nossos conhecidos, eu disse que era no Rio de Janeiro, e ele, assim como nós, lamentou a distância.

Hoje provavelmente vamos carnear um daqueles polacos que vocês estranharam tanto, e fazer uma galinhada como a que comeram quando por aqui estiveram e louvaram tanto o sabor especial do frango caipira. O pescoço pelado vai ser preparado com recheio, fica muito bom.

O telefone comunitário agora só recebe ligações de segunda a sexta, da uma da tarde às oito e meia da noite, que é quando o Inácio, o novo cuidador, vai dormir. Só aceitou ficar com o telefone nessas condições.

Um abraço especial pra dona Lívia e sempre no aguardo de novidades e talvez de uma visita.

Vassili

* * *

Havia uma sugestão mais do que óbvia pra ligar, mas eu não saberia o que dizer. Responder ao e-mail, no entanto, era uma obrigação. E foi o que fiz, dessa vez, apesar da reforma que ainda continuava, prometendo quase formalmente uma visita, inclusive porque eu queria mostrar as fotos feitas na Rússia, e só então revelei que já havia estado na Rússia, que aliás acabara de voltar. Se Lívia não quisesse ir, eu iria sozinho.

Mas com que saudades eu esperava por ela. Camila nem me passava mais pela cabeça, a não ser como aqueles incômodos vagos que não saem de dentro da gente mas cuja origem também não sabemos situar ao certo.

Uma vez que eu queria deixar tudo acomodado para a chegada de Lívia, e ter um fim de ano tranquilo, encarei os problemas que precisavam ser resolvidos, como por exemplo mandar aquela documentação em caráter oficial exigida pela Receita Federal pra esclarecer algumas questões relativas ao espólio do meu pai. Era o último problema do qual eu me ocuparia, os outros eu já deixara com o advogado, resolver pendengas burocráticas definitivamente não era comigo.

Os correios já eram coisa pra lá de antiga, e eu mesmo assim fui obrigado a usá-los. Aquilo era como ouvir rádio, ter telefone fixo, ver canal de TV aberta, rebotalhos de um mundo que quase não existia mais, um atraso de vida.

Quem ainda usava os correios?

Por que eles existiam?

Será que só as contas a pagar explicavam sua sobrevida?

A indústria de papel era um dinossauro esperando a boa ação de um meteoro perdido no espaço, entrando em rota de colisão com a Terra. Se bem que o governo russo estava voltando a comprar máquinas datilográficas pra se safar da espionagem. E havia também as encomendas, que aliás não faltavam entre os que disputavam espaço comigo na fila alongada de dezembro.

Lembrei até que o falecido João, o Vermelho, já dizia que talvez só virasse selo quando ninguém mais escrevesse cartas, e agora eu estava ali, surpreso com aquela gente toda amontoada no mesmo lugar, uma imensa sensação de deslocamento, a impressão de ter acordado num planeta desconhecido. Por acaso cópias escaneadas, enviadas por e-mail não tinham o mesmo valor, um valor talvez até maior, do que fotocópias? Por que a Receita ainda as exigia, então? O correio certamente não passava de um fetichismo da instituição arcaica, ou então de uma tentativa de manter em pé mais um cabide de empregos.

Mas, apesar disso, havia muita gente que ainda o usava, e como havia, eu agora descobria. Cerca de seis raparigas tricotavam, entretidas, em seus celulares, reduzindo a imensidão redonda do mundo a um quadradinho que carregavam na mão e exibia suas vidas num aquário liliputiano. A criadagem inteira do Leblon parecia estar mandando presentes pros parentes que haviam ficado longe. Gordas senhoras mostravam toda a pujança alcançável por cento e poucos reais de diária e eu me lembrei do velho Charles Leblon, lamentando ao mesmo tempo o fato de ele ter desativado já há tanto tempo sua empresa de caça às baleias. Cadê a chácara do francês que há cento e cinquenta anos ainda estava aqui? Os mamíferos nadadores abundavam, ofegando à minha volta, e por pouco não fiz minha caneta virar arpão.

Na manchete de um tal de *Meia Hora*, e eu descobria que ainda existiam jornais impressos, uma notícia anunciava que uma velha escorregara em santinhos espalhados pelo chão e morrera. Mas as eleições já não haviam passado fazia tempo, perguntei comigo mesmo, eu mais uma vez justificara meu voto, ainda não me preocupara em transferir o título de Petrópolis pro Rio, eu tinha uma preguiça mortal de respeitar prazos e depois encarar as filas de um cartório eleitoral.

Olha só, até a síndica do prédio vai depositar sua cartinha, e, ninfeta que completou sessenta anos ainda ontem, agora eu tinha certeza, chega com o jeans assobiando no lugar em que as coxas se tocam e vai logo pegando duas fichas, uma pro atendimento preferencial dos idosos, outra pro atendimento comum dos esperançosos, se gabando pra mim de passagem que sempre faz assim e acrescentando, mais agressiva que amistosa:

E aí, ainda tá com a Lívia?

Mais do que nunca.

Pois é, a gente hoje em dia nunca sabe, o que é atual agora pode ser antigo daqui a meia hora, ela disse, insinuante.

Nós nos gostamos, eu diria até que nos amamos, eu respondi, cortando o barato de uma nova insinuação da parte dela, e sentindo ainda mais mortalmente a saudade de Lívia, que voltaria apenas no dia seguinte.

Respect, ela se limitou a dizer.

Pois é, ainda seremos vizinhos.

Ao que ela disse, coquete:

Sejam bem-vindos. A reforma quase acabou, não? Outro dia um pedreiro, aquele bonitinho, sabe, me disse que em trinta, talvez quarenta dias tudo vai estar pronto.

Nem eu estou sabendo disso, mas se for assim, que bom, eu respondi, ignorando realmente o estado das coisas e me dando conta de que devia ter visitado o apartamento pela manhã. Mas em pouco o faria, e veria em que pé estavam as coisas, até pra poder contar a Lívia.

Estou na torcida, aqui, a síndica ainda disse, e eu achei que a frase era um bom encerramento pro lugar-comum de um encontro como aquele.

Voltei aos meus papéis, à fila de espera, olhei mais uma vez pro bilhete que tinha nas mãos e pro painel eletrônico, vi que continuava faltando muito pra eu ser atendido. Aos poucos, me dei conta de que havia várias pessoas esperando na fila com as fichas pertencentes a outros, eu parecia o único bobo a trabalhar insanamente em minha própria causa, respeitando todas as regras.

Me irritei com os dois aposentados que mandavam, cada um, vinte e seis pacotes, e já ocupavam os guichês 4 e 5 havia pelo menos quarenta e cinco minutos. Mais uma vez senti vontade de matar velhinhos, afinal de contas eles tinham tanto tempo e eu já estava atrasado pro meu encontro com Camila, no qual pretendia lhe dizer toda a verdade, e definitiva, de que não daria mais pra continuar. Depois de seu último e-mail, eu queria limpar, e limpar definitivamente, os trilhos antes da chegada de Lívia. Eu já estava do lado mais fácil na rua dos sentimentos, e só agora via: quem ama tropeça, esperneia, faz escarcéu, e só quem não ama consegue ser elegante, alinhado e discreto. Era mais ou menos a diferença entre o fogo e o frio.

Por acaso não havíamos terminado no último encontro?

Será que ela não entendera?

Por que aquele e-mail, então?

A nova conversa começara logo pela manhã no referido e-mail sem título que dizia apenas: e aí, não vai me contar como foi a Rússia? Sem saber o que fazer, respondi claro que sim, e marcamos no cinema, que era lugar escuro, pra ver o filme de Pina Bausch. Tínhamos comprado dois lugares vizinhos pela internet e nos encontraríamos já sentados em nossos bancos, que eu fiz questão de que ficassem bem perto da porta de saída, mesmo assim. Eu demorara a conseguir entrar nas salas hermeticamente fechadas dos cinemas modernos, não admitia ficar trancado num lugar com tanta gente. Queria pelo menos ficar próximo da porta e sempre conseguia, eram os lugares menos cobiçados pelos outros. Depois do filme, nós veríamos o que faríamos.

Enquanto isso, todo tipo de jeitinho era usado ao meu redor, o Brasil se expressando em sua verdadeira face nos correios, cinco reais pra cá e um moleque que devolve pra lá a ficha de um playboy que não quis esperar. Eu estava a ponto de explodir, mas o Natal parecia deixar todo mundo animado. A meu lado, eu via que a idosa ia mandar um pacote provavelmente para a filha, que vivia em Orlando. Se eu tivesse ido a pé, provavelmente já teria chegado ao Centro pra entregar pessoalmente a carta, quem sabe não seria atendido pelo menos antes de fazer o caminho da volta, se é que os milagres natalinos realmente existiam.

Então eis que chega enfim não a minha, mas a vez da síndica, e é no atendimento comum, e ela passa sua ficha a um velhinho com o qual fez amizade, o cara nem levantava mais. A puta simplesmente entrou na minha frente, eu quis reclamar que devia ter algo errado, porque ela chegara depois de mim, mas me calei. Ela já devia ter trocado sua senha com alguém e ainda botou o velhinho antes de uns outros dez velhinhos na fila do atendimento especial. Estes não se importaram, ou então não viram nada, eu também não vira nada, afinal de contas.

Então eis que sou surpreendido pela chegada do advogado do meu pai, o pit bull que já latia pra mim, parecia até que agora todo mundo decidira se encontrar nos correios. Também ele ia mandar seu presente de Natal, e me mostrou, piscando, um pacote em que vi escrito o nome de uma certa Suelen, de Feira de Santana.

Eu precisava mesmo de uma nova amante, ele me disse.

Olha a casca de banana, eu alertei, tentando mostrar de um modo mais ou menos diplomático que não estava muito a fim de papo e como se tivesse legitimidade pra encarar o bom conselheiro.

Com a outra não deu certo, aquela secretária, você conheceu, a Luana, aquela morena. Me demandava demais, calculava as horas que eu passava com ela, queria pelo menos dez por cento do meu tempo, acredita? Até me mostrava as tabelas do horário que eu tinha a cumprir com ela. Um dia eu disse que não daria mais, ela ainda aguentou uns dois meses no escritório e em seguida pediu demissão. Fiquei sabendo que se separou há pouco, mais de seis meses depois de eu tê-la deixado, não é confortável?

Advogados defendiam sua causa com verve e verborragia mesmo no correio e diante dos patrões. Resolvi botar a pulga atrás de sua orelha:

Vai ver ela amava tanto você que só aguentou o marido ainda por todo esse tempo pra poupar você, só pra você não achar que era o culpado da separação dela.

Será?

E, fugindo do assunto que começava a se tornar espinhoso demais, o advogado me propôs o negócio dos deuses. Eu daria minha ficha a ele e ele depositaria meus documentos, afinal de contas era mesmo dever dele fazê-lo, e o pacote da Suelen sem precisar esperar tanto tempo assim pegando uma nova ficha e me liberando portanto pro encontro com a minha Suelen. Ele já estivera antes ali, aguardara uma hora e vinte minutos, e fora obrigado a abortar a espera por causa do almoço que havia marcado com um fiscal da prefeitura, aliás no mesmo objetivo de discutir as questões do inventário do meu pai.

Quando já estava sentado ao lado de Camila, tremi ao ouvir a piadinha dos responsáveis pela casa, dizendo na tela com imagens de uma santidade escroque e brega que aquele cinema era protegido pela vizinha Nossa Senhora da Paz. Mas o filme de Pina Bausch logo se mostrou adequado no sentido de preparar uma separação, não havia felicidade no universo da coreógrafa alemã. E, apesar disso, por causa disso, Pina dançava e dançava e fazia dançar, e arrancava beleza dos movimentos mais macabros. Não me saía da cabeça, mesmo depois de ter deixado o cinema, um dos quadros, no qual parei, mergulhei e que me marcou tanto que não consegui mais acompanhar os que vieram depois por um bom tempo. Um homem jogava uma mulher nos braços de outro, que a segurava, enquanto ela o beijava, mas depois esse outro a deixava cair. Aquele que a jogava voltava a jogá-la nos braços do outro, no entanto, e assim cada vez mais rapidamente, até que, depois de uma série de movimentos, abraço e queda, aquele que a jogava nos braços do outro acaba desistindo, mas os dois que se beijavam passam a repetir sozinhos e automaticamente os gestos antes feitos com o auxílio daquele que enfim desistira...

Quando o filme chegou aos créditos, uma moça entrou e sorteou um pão do Bento entre os dez ou doze espectadores vespertinos, por sorte sem ligar completamente a luz, e eu ganhei. Primeiro não quis me anunciar, mas ela insistiu, mencionando o número da poltrona em voz alta repetidas vezes. Eu sugeri a Camila que levantássemos, e, ao passar pela moça do pão, já fôssemos direto a um barzinho fuleiro em que certamente não encontraríamos ninguém que nos conhecia.

Era engraçado ver aqueles estabelecimentos sobrevivendo no ambiente requintado do Leblon, restos de um passado já distante, botecos de quinta categoria próximos a prédios em que o metro quadrado passava facilmente de vinte e cinco mil reais e o aluguel comercial chegava a alturas inalcançáveis. Será que eles também contribuíam pro IDH formidável do bairro? Como era possível uma loja de pregos e rebites sobreviver no Bar 20, em Ipanema, onde o aluguel normal da mais precária sala comercial também já passara havia tempo de dez mil por mês? Só a propriedade teimosa é que podia explicar todo aquele cheiro de mortadela nos botecos. Alguém devia estar sustentando o saudosismo dos obstinados.

Enquanto isso, eu não sabia o que fazer com o pão ganho

no sorteio. Mal conseguia caminhar direito por causa dele, sentia que carregava um elefante, ou então um ouriço, nas mãos. Procurei um mendigo e não encontrei, eles deviam ter sido varridos pela municipalidade para abrigos precários no dia anterior. Não tive outra opção a não ser jogar o pão no lixo, depois fiquei sofrendo umas duas horas por causa disso, e nem consegui me concentrar direito na conversa.

Quando já estávamos sentados havia uns dez minutos, Camila tentou pegar minha mão. Olhei com fingida severidade pra ela e disse:

As paredes podem não ter ouvidos aqui, mas têm olhos, e a rua é logo ali, não convém dar mole.

E ela fugiu pela tangente, me perguntando agora de viva voz como havia sido a viagem à Rússia.

Aproveitei a deixa e disse que pensara muito durante a viagem.

Vi que ela se encolheu, mas eu precisava continuar. E fiz um discurso objetivo e cruel sobre um suposto plano de vida, mencionando Lívia várias vezes e dizendo que ela própria se excluíra com suas cobranças acerca do espaço que poderia ocupar na minha existência.

Passei por cima do: egoísta filho da puta, que ouvi ser murmurado entre dentes, não queria chamar a atenção do público pouco atento depois de algumas garrafas de cerveja, que quando entramos apenas nos olhou, apesar de eu morar naquele mesmo bairro, como se fôssemos extraterrestres, e continuei:

Desde o princípio, fiz questão de dizer a você que meu assim chamado casamento ia muito bem, que ele não se encontrava em risco, que eu amava Lívia, e que só meu intenso desejo por você é que me fez desviar do caminho.

E acrescentei, girando a faca, que acabara de enfiar:

Do caminho certo.

Você não sabe mesmo de nada. Caminho certo, ora, ora, ora.

Se você não encontrou o seu, não é culpa minha. Mas eu zelaria um pouco mais pelo roqueiro, se fosse você.

Você agora ainda por cima vai querer me dar conselhos conjugais? Eu não sou obrigada a ouvir nada disso, me desculpe, continue no seu caminho certo. Ora, ora, ora, caminho certo…

Quando ela me deu as costas, senti toda a vontade dos dias de abstinência pousar na calça turca cheia de losangos que ela usava e era redondamente abaulada pelas nádegas saltitantes de seus vinte e poucos anos. Não resisti, e rastejei até o abismo pra dar uma espiada:

Se você quiser uma saideira, eu me encontro à disposição.

Ela chegou até o meu ouvido e apenas sussurrou:

Você aguenta mais um dia, babaca. Vai valer a pena, é o caminho certo.

Senti que tropeçava nas pedras da beirada, e, enquanto pensava o que ela estava querendo dizer, exatamente, é incrível como às vezes preferimos ignorar pra não ter de encarar verdades que podem ser perigosas, comecei a sentir um vazio tomando conta de mim e percebi que desde o princípio não havia pensado em dormir sozinho naquela noite. Por acaso eu havia dito a Camila que Lívia voltaria no dia seguinte? Voltar pra casa sem mais nem menos num momento em que Lívia ainda estava do outro lado do mundo, quando eu poderia deixar meu cavalo pastando solto por aí, eu era mesmo um imbecil…

Pra tentar chegar o mais tarde possível em casa, fui ao apartamento em reforma. Era ali mesmo, agora eu me dava conta, que eu pensava em ir com Camila, o filme terminara calculadamente às seis e meia, chegaríamos às sete e pouco e daria tempo para a rapidinha antes da entrada do novo porteiro, às oito, dessa vez eu saberia controlar melhor os minutos e o maquinismo de quem já não se interessava tanto por aquilo que de certo modo já virara um hábito me ajudaria a não perder a hora. Mas às vezes as coisas acabavam fugindo ao controle e seguindo outros caminhos, antecipando adeuses que já estavam desenhados no horizonte.

Quando cheguei, vi que o apartamento evoluíra um bocado. Era impressionante o salto que ele dera. Na verdade, faltavam apenas os acabamentos. Gostei especialmente do verde-malaquita das pastilhas no banheiro da suíte, era como entrar no mar de repente sem que o nariz ardesse por causa da água salgada. Também apreciei as ousadas pastilhas de cor abóbora do grande banheiro social no andar intermediário. Quando liguei a luz elas ficaram quase vermelhas, parecendo iluminadas por dentro. Gostei tanto mais das pastilhas negras do banheiro do terceiro andar, onde eu via que Indalécio já plantara as mudas de angico que fiz questão de encomendar pela internet pra sublinhar minha ascendência gaúcha até há pouco ignorada.

Nada de palmeiras!

Realmente parecia já não faltar muito para a reforma ficar pronta.

Andei de um lado a outro por algum tempo, satisfeito, não entendendo como os pedreiros haviam conseguido transformar o buraco de antes no apartamento que já assumia formas definitivas e me agradava, sim, me agradava muito. Era ali que eu queria morar, sem dúvida era ali. E então quase corri pra casa, queria conversar com Lívia, por sorte já passava das oito da noite, lá portanto eram pelo menos oito da manhã, acho até que eram nove, eu sabia que eram mais de doze horas de diferença por causa da última conversa, quando ainda estava na Rússia, cansado demais pra prestar atenção em horários e coisas do tipo. Torcia pra ela já estar acordada. Eu queria vê-la, liguei o computador e logo abri o skype.

Ela estava.

E atendeu.

Pedi que ligasse a câmera. Muitas vezes falávamos sem imagem, pra potencializar o sinal, que no Brasil continuava instável, um absurdo, cinquenta megas prometidos, cinco, se tanto, entregues.

Lívia disse que não, que acabara de se levantar, que fora dormir tarde.

Eu insisti.

E quando a vi tive de me conter pra não me debulhar.

Logo a levei em pensamentos pra dentro da nossa casa, e a vi circulando, soberana, pelos diversos ambientes, enquanto eu ficava sentado com um livro no sofá que já imaginava vermelho e bem mais pra Cildo Meireles que pra gritos e sussurros. Precisávamos encomendar os móveis novos que comporiam a casa com alguns dos dela, com a espreguiçadeira da qual eu nesse momento não queria me lembrar. E logo, como se adivinhasse meus pensamentos, Lívia me perguntou como estava o apartamento, e eu respondi que a reforma até andava surpreendentemente bem, ainda que faltasse muita coisa, conforme acrescentei, mentindo, pra lhe fazer a grande surpresa quando ela chegasse.

Tá triste, meu amor, ela me perguntou.

Não, você vai chegar, tô tão feliz que tô quase chorando.

Bobão.

Nos despedimos e eu soltei meu pranto por um bom tempo.

Quando já não aguentava mais, fui até a geladeira pegar o pacote que o porteiro me entregara naquela mesma tarde. Desembrulhei o pote de plástico, jogando o papel marrom na pia, tirei a tampa com o maior cuidado e depois comecei a embeber numa bojuda taça de vinho que já respirava havia alguns minutos as hóstias supostamente não consagradas que fizera um dos coroinhas da igreja Nossa Senhora da Paz providenciar pra mim.

Era a minha penitência.

Eu me ajoelhara três dias seguidos diante do altar depois de muito tempo, sentindo lanças de tédio se cravar em meu corpo, e pregos imperscrutáveis marcar minha alma engastada num banco, até ganhar a confiança, ajudada por alguns trocados, de um servidor de Cristo mais pretinho, que mostrava, junto com o padre Jorjão, pároco local, que também no Rio de Janeiro a Igreja católica estava se proletarizando. Uma estátua de são Sebastião que faria o sangue abundante do quadro bem mais ilustre de Mantegna rolar pela tela abaixo, mais de vergonha alheia que de dor, não parava de olhar pra mim, espelhando a agonia antiga que me tocava a alma. E pensar que a minha Igreja um dia financiou uma arte tão mais nobre? Nem precisei dizer ao coroinha que eu um dia já ocupara seu lugar, simulando um parentesco profissional e afetivo que sempre aproximava. Quanto menos informações, melhor. O fato de eu ter conseguido o que queria só me dava razão.

Devorando hóstia por hóstia e mais mergulhado do que elas no cálice à minha frente, eu via mais uma vez que pra homens como eu, filhos de um pai como o meu, sem mãe, sem irmãos, quase sem ninguém, desde o princípio havia apenas duas opções na vida: ser bandido ou ser sacerdote. O mundo era um hospital sem médicos, onde todos são pacientes, nenhuma enfermeira, apenas doentes.

E eu, seguindo apenas a força da inércia que por um bom tempo me orientou, entrava no mosteiro também ilusório da retidão fingida mais uma vez, papando hóstias que me ajudavam a descortinar um passado que nem sequer busquei e que me agarrava sem nem mesmo bater à porta. Como se fosse o santo oficial de Diocleciano, me levantei todo Sebastião, e, embora crivado de flechas, fui até a janela do apartamento vazio que olhava pro nada e reafirmei minha confissão num grito:

Lívia!

1998
Ontem

Sentindo que começava a virar mais uma vez as páginas de antigos diários, estes em branco, eu lembrava que meu pai era um dos maiores doadores do Seminário Diocesano Nossa Senhora do Amor Divino, em Petrópolis. Assim, eu achava, e sinto que devia dizer "acreditava", que ele pagava parte dos seus pecados, lamentando o fato de a Igreja católica não mais vender suas cadeiras cativas no céu de uma forma clara, aberta e monetariamente mensurável como no passado.

Lembro até que um dia ele reclamou de dom Manoel, o bispo reitor e construtor do seminário, quando este lhe pediu que tirasse seus óculos escuros pelo menos pra falar com um membro da Igreja, perguntando se meu pai não sabia que os olhos eram a vela acesa da alma. Meu pai fora um dos primeiros a adotar o hábito até então estranho entre os da sua classe social, e isso num tempo em que ainda se pensava que só usava óculos escuros quem tinha algo a esconder. E meu pai tinha, ah, como tinha algo, e não apenas algo, a esconder, embora não fosse por isso que os usasse, se envolvendo ainda mais na aura de mistério que sempre o rodeou.

E se meu pai investia tanto naquele seminário, era mais do que justo, pois, que eu o escolhesse. Agora eu aliás entendia por que ele sugerira que assim fosse, depois de se mostrar estupefato com minha decisão supostamente mui bem ponderada pela carreira eclesial, decisão que aliás nem era tão minha assim, pelo menos não apenas minha. E sei que se meu pai aceitou meu caminho foi apenas porque negociou interiormente com uma esperança na verdade já morta e enterrada que fez a Igreja católica dar ao Brasil o primeiro presidente de uma constituinte na figura do bispo Dom José Caetano da Silva Coutinho e mais tarde até um regente de império na lata do padre Feijó, assuntos dos quais minha mãe aliás nem desconfiava.

Ao fim e ao cabo, e eu só me dera conta disso bem mais tarde, assim como meu pai sustentava o edifício real do seminário com sua magnificência endinheirada, minha mãe construíra o edifício mental do lugar com sua vingança sagrada. E eu só precisara entrar, portanto, o que havia sido até bem fácil.

Botar a pedra fundamental, erguer a casa, agora eu via e sentia em algum lugar do meu cansaço infindo, é que eram elas. Curtir a humildade da inação era bem mais fácil, manter a espinha ereta era mais complicado do que se curvar.

Enquanto todos iam à serra de Petrópolis pra curtir suas férias com mais tranquilidade, eu abria mão de começar a percorrer os turbulentos caminhos da existência, estendia minhas férias eternas, prorrogava a folga da vida que tirara desde o nascimento, por assim dizer, pra me internar no seminário. Ironicamente eu me lembro de ter pensado que se um imperador havia escolhido Petrópolis como residência, eu bem poderia morar por algum tempo na cidade imperial do magnânimo Pedro, o lugar que então escolhi pra continuar vivendo, bem trancado fora de casa, depois de ter deixado o lar protegido da minha mãe, que tão bem substituiu um útero do qual eu nunca pedi pra sair, fique claro. Nada mais fácil do que estender com alguns ritos ralos entre quatro muros bem conhecidos essa minha vida estéril e parasitária, ofendendo o dinamismo esclarecedor de Voltaire e Diderot e me limitando ao objetivo parco e natural de concluir um curso em que ninguém era reprovado.

Botar o pé na rua, e eu o botara umas duas ou três vezes no meio da Zona Sul, significava uma agonia pra mim, e a decisão pelo seminário foi quase uma coisa natural. Eu não entendia o gregarismo dos meus coleguinhas de escola, e ficava degustando o sabor das minhas unhas e cultivando a fidelidade silenciosa dos meus botões nos recreios solitários do ensino fundamental, já sentindo que os apelos dos outros só não viravam agressão à minha diferença indiferente porque eu também sabia morder.

Meu estojo escolar sempre fora o mais bem-arrumado da turma, tinha canetas de todas as cores, e eu não emprestava meu material pra ninguém. Mas eu queria mesmo era crescer, aceitava todos os brócolis insossos pra virar adulto o mais rápido possível, como se a infância fosse o próprio inferno e o paraíso pudesse existir na idade madura. Quando tinha oito anos de idade, espancara um certo Jacozinho, apenas porque ele ousara rir e chamar a atenção de todo mundo para o fato de eu escrever com a mão esquerda até a metade da linha, passando então o lápis para a direita e continuando com ela até o fim. E eu já percebia que no ensino médio daquela escola alemã as coisas apenas piorariam, que não haveria mais tranquilidade nem espaço pro meu solipsismo ademais casmurro.

E foi assim que Petrópolis acabou me concedendo as paredes protetoras de sua fortaleza e o internato terminou por matar o pouco que me sobrava de mundo. Mesmo quando fiz aquele estágio de três meses no Colégio Pio Latino-Americano, em Roma, e frequentei a Pontifícia Universidade Gregoriana, não cheguei a viver o mundo, isolado pelos corredores sempre altos da igreja que eu nem sequer tentava transpor pra espiar o que havia do outro lado. E se não me entreguei aos doces destinos que fizeram um Joseph Ratzinger apavorado, cansado, esgotado, admitir a falibilidade papal abandonando seu maior cargo, foi só porque não recebi propostas. Eu devia causar medo, ou então não tinha cara de vítima, fato é que apesar de presenciar sugestões fartas e úmidas nas adjacências, ofertas sujas e profusas nas vizinhanças, comigo ninguém parecia querer nada, não sei por quê.

Eu via em Petrópolis, eu via no Vaticano que não eram poucos os que haviam escolhido o caminho religioso apenas porque sabiam de antemão que assim não precisariam encarar uma sexualidade problemática, confrontar de forma aberta a perversão, achando melhor mantê-la escondida entre os muros da igreja, podendo eventualmente dar vazão a ela no mais propício dos recantos. Às vezes eu chegava até a lamentar a falta de tentativas em relação a mim, buscava uma acolhida calorosa que nunca ecoava do outro lado.

Eu teria gostado de desfrutar algum carinho, ainda que fosse masculino, um carinho que nem meu pai me dispensava, também porque minha mãe sempre me ensinou a eriçar os espinhos assim que ele se aproximava, espinhos que eu talvez mantivesse em pé quando alguém pensava em fazê-lo naquele mundo de oportunidades da garotada católica. O que os outros faziam questão de chamar de abuso talvez tivesse me parecido acalanto, e, apesar dos eternos espinhos, eu não teria gritado, eu teria gostado, eu queria ver que alguém gostava mesmo de mim. Mas pelo menos minha pele de ouriço não terminaria virando sapato num curtume.

As minhas poucas experiências infantis com meninas não deixaram de ser traumáticas. Lembro que com seis anos, ao entrar no colégio, brincamos certa vez de chicote-queimado, a brincadeira devia ser exclusiva daquela minha escola alemã, em nenhum outro lugar ouvi falar dela. A turma ficava em pé formando um círculo em que todos olhavam pro centro, com as mãos abertas e cruzadas às costas, num universo em que faltava apenas uma fita branca pra identificar os envolvidos e dar à cena o caráter paradigmático de um filme antigo. Alguém andava em torno do grupo com uma varinha arrancada ao pessegueiro do pátio e elegia um dos participantes, deixando a varinha em suas mãos, e este tinha de perseguir quem se encontrava imediatamente à direita e fingir que batia nele, enquanto este saía correndo pra não apanhar, até que a volta em torno do grupo fosse concluída.

Hoje imagino que a moral do jogo era ensinar o alunado a ficar atento, afinal de contas nunca se sabia quem receberia a vara em mãos, e, mais ainda, quem teria de reagir com rapidez suficiente pra não levar uma surra. Uma metáfora pouco pedagógica do mundo, na verdade. Eu, naturalmente, fui o primeiro a receber a varinha, e à minha direita se encontrava Laura, a menina dos meus olhos. E eu corri atrás dela, e bati, bati, bati, mas achei que não bati tanto assim, eu a amava, mas mesmo assim devo ter batido, batido muito, e em dado momento parei porque a volta estava dada e ela chorava copiosamente, lágrimas escorriam por suas faces, enquanto a professora me explicava que eu devia apenas fingir que batia, e não bater de verdade:

— Mas eu não bati — eu disse.
— Bateu, sim!
— Mas não quis bater!
— Mas bateu!

E, se Laura chorou durante cinco minutos, meu coração ficou despedaçado por uns três meses. Eu hoje tinha certeza de que as pancadas haviam doído muito mais em mim do que nela.

Uns seis anos depois, eu devia estar com doze, já na então chamada sétima série, ainda longe de abrir mão das minhas coleções completas de dinossauros e cães de raça dos chocolates Surpresa, e Nina, a moça mais desejada da oitava, insistiu em dançar comigo no bailinho do colégio. Eu tinha certeza de que ela estava zombando de mim, que aquilo era uma armação dos coleguinhas, unidos pra me sacanear. Eu achava que as moças eram intangíveis, que o desejo era uma coisa só minha, que na melhor das hipóteses, depois de muito empenho, altos poemas e não menos sucesso discursivo ao apelar com chantagens por um sacrifício, talvez conseguisse convencer uma menina a fazer contra a vontade e por sentir pena de mim aquilo que só eu desejava. Na minha vida, os rouxinóis não pousavam no peitoril da janela pra dourar meus sonhos com um canto que jamais ouvi.

E eu disse a Nina que não sabia dançar.

Ela insistiu.

Eu disse que tinha vergonha.

Ela me puxou.

Eu resisti.

Ela me puxou com mais força, era maior que eu naquela idade fatal em que as meninas crescem tanto, os meninos demoram, e elas só se interessam por quem tem pelo menos cinco anos a mais.

E Nina me puxou com tanto ímpeto que eu cedi, mas cedi tão afoito que pisei em seu pé, e sua sapatilha de tecido branco ficou vermelha em poucos segundos.

Nina me largou e foi ao banheiro deixando um rastro de sangue atrás de si.

Nunca descobri o que ela teve no pé e jamais voltei a ficar perto de uma pista de dança. Mas aprendi que amar, a única coisa no mundo capaz de proporcionar a verdadeira redenção, espancava e arrancava sangue dos outros pra doer ainda mais na gente.

* * *

    Meus escassos passeios pelo seminário, nos quais mesmo assim não saía de dentro de mim, se resumiam aos caminhos de paralelepípedos irregulares em meio a cercas vivas cheias de graça, só verde e cinza decorando aquele parque primário e sem flores à Burle Marx. Eu andava seguindo a linha traçada pelo calçamento aos meus pés e só por isso alcançava algum rumo, caçando as maiores moscas a espadadas, sempre me afastando do prédio central e não querendo voltar pra ele, mas voltando sempre, olhando pro verde alto da cerca esquerda que se estendia em direção ao mundo e me impedia de vê-lo, e percebendo a vista se abrir apenas pro lado direito, para a parte interna do grande conjunto ajardinado em torno da construção cujo vértice apontava para a estrada não muito distante, abaixo, mas que mesmo assim por ordens dos outros e falta de vontade da minha parte eu quase nunca palmilhava. Na parte oposta ao vértice, floresta e montanha delimitavam os caminhos pro nada do alto.

    Era no pátio interno do triângulo predial que eu me sentia melhor, no entanto. Ele emoldurava com precisão as tentativas de fuga dos meus pensamentos, mantendo-os na fixidez de seus trilhos. Eram breves os caminhos que davam num grande círculo central, também de pedra, no qual uma fonte em forma de trevo nunca me dava a sorte de encontrar meu verdadeiro destino, nem mesmo quando eu ainda tinha a ilusão de que ele existia.

    Na verdade eu devia intuir, já na época, que o destino era uma palavra inventada pra aquilo que jamais se realizava, a não ser nos finais trágicos de algumas histórias, reais ou inventadas. Destinos venturosos não existiam, eles sucumbiam a uma simples enxaqueca, por exemplo, e eu as sentia com uma frequência que naquela época talvez tenha sido maior do que nunca. Duro constatar que estava desperto apenas porque sentia, e porque sentia dor, uma dor que era tão próxima do núcleo da dor a ponto de ser impossível controlá-la como às vezes conseguia fazer quando feria por exemplo um dedo. Não eram poucas as vezes em que eu tinha a sensação de que cortando minha própria cabeça o mundo ficaria melhor, e aqueles matagais na montanha eram um bom lugar pra um cachorro sarnento como eu morrer de uma vez por todas.

Mas quando a dor passava, e em algum momento ela passava, era fácil continuar vivendo, retroalimentado como eu era por uma sonda umbilical metafísica naquela espécie de tubo de ensaio em que estava, quase sempre ouvindo música sozinho, o seminário era o melhor lugar do mundo pra ouvir música. Eu não tinha os ímpetos da juventude, com mais ou menos quinze anos já era um sujeito rígido, parado, minhas feições nada mais exibiam da liquidez fluida da alegria, eram sólidas como a senilidade mais triste, já haviam sido desenhadas como se as agruras de uma vida toda as tivessem cristalizado. Antes de meu caráter estar formado, bem antes de minha força fenecer, a obediência ao império soberano da minha alma castradora já fizera de mim um homem imóvel, entorpecido, hirto, semelhante ao marido que a mulher obriga a andar na linha durante décadas, desenhando na minha cara o vazio inerte e submisso do cadete e a obediência curvada e dócil do colegial antigo.

Quando não tinha dor de cabeça, minha paz era perturbada no máximo pela noite, sempre pela noite, como na vez em que abri o maior berreiro, o reitor achou até que eu precisaria de uma sessão de exorcismo, apenas porque vi desenhada na parede do meu quarto a sombra de um fantasma gigantesco e terrível. Na hora em que todos entraram, derrubando trancas e portas, eu já parara de gritar, aliviado, mas um pouco decepcionado com a realidade, que pusera fim de um modo cruel num possível mistério: era apenas a lua cheia projetando a silhueta de um gato que viera descansar no parapeito da minha janela, o lugar em que sempre desejei reconhecer o rouxinol que jamais vinha. E assim acabei aprendendo na marra que até o mais solene misticismo tem uma explicação mais ou menos científica, fisiológica e evolutiva. E se os ianomâmis moíam os ossos de seus mortos pra comê-los ritualmente com banana amassada, isso um dia principiara apenas devido à falta comezinha de cálcio. Os próprios ianomâmis podiam pensar que estavam louvando seus deuses ou homenageando os que se iam, mas na verdade defendiam egoisticamente a preservação de sua própria vida, consumindo para tanto inclusive os ossos de seus falecidos.

Eu tinha colegas, mas não tinha amigos, e me lembro que se cheguei a gostar de verdade de alguém na época, foi do coveiro, que aproveitava de modo objetivo até mesmo o espaço de seu reino mortuário e plantava aipim no cemitério pra vender na feira. Eu gostava de conversar com aquele caronte sem barca, contador barbudo de casos bucólicos, e um dia, quando ele ouvia *Sailing* no celular, a qualidade sonora era terrível, estimei a coincidência e lhe perguntei se ele sabia que Rod Stewart também havia sido coveiro antes de se tornar bêbado. Ele não quis acreditar, a cavaqueira se estendeu e ele me ofereceu um gole de um licor de jabuticaba que sempre bebia sozinho enquanto cuidava do cemitério. O troço era bom, melhor do que o vinho da consagração que eu vivia bebendo escondido, enfiando hóstias enfarinhadas goela abaixo, quando por algum motivo deixava de aguentar a vida que ia levando.

De resto, eu quase não saía do seminário, via meu pai duas vezes por ano, na Páscoa e no Natal pra ganhar seus presentes, e era o que bastava. Tanto na história do mundo quanto na da minha própria vida, sempre achei que os tiranos faziam de tudo pra mostrar que são justos no varejo a fim de poder ser mais disfarçadamente injustos no atacado. Meu pai me ofendia até com a palavra "divórcio", que eu era obrigado a usar em suas várias formas nos poucos cadastros que preenchi na vida pra explicar o que acontecera entre meus progenitores, e que desde o princípio soava como uma blasfêmia, como o pior dos pecados pra mim.

Quando meu pai vinha a Petrópolis pra uma de suas visitas diplomáticas, eu sempre estava de retiro, fingindo rezas em que na verdade apenas tecia a rede do meu rancor. Se era fácil um homem que não tem medo de nada virar canalha, um que tinha medo de tudo com certeza virava escravo. Minha mãe vinha me visitar muitas vezes, aproveitando todas as permissões, e trazendo o pouco dinheiro que eu nem considerava necessário e que estava embutido no acordo mensal até generoso, depois vim a saber, da separação dos dois.

Eu entrei no seminário um ano antes de este festejar seu cinquentenário. Apesar do pouco tempo, eu já ascendera, estrategista autista, frade tereso a calcular, a comissões organizadoras, pedindo cheio de chantagens que meu pai aumentasse sua já gorda contribuição para a festa. E eis que só agora eu me dava conta de que no seminário por algum tempo eu soube fazer aquilo que agora voltava a esquecer, ou seja, buscar o que queria e não aceitar o que os outros me ofereciam. Ainda colhia alguns frutos na beirada, mas andava pra frente, mais ou menos reto, em busca do que talvez ainda pensasse ser a batina, seguindo o caminho fácil e ancestral que a tradição religiosa traçou pra mim.

A construção do seminário havia sido difícil e só terminaria sete cabalísticos anos depois, muitas coisas demoravam sete anos nesta vida, outras por sua vez duravam os mesmos sete. Tudo começou em 1949 e, apesar da demora, os quatro mil e quinhentos metros quadrados do edifício acabaram sendo levantados e bem levantados, enquanto muitos ainda diziam, em cassandrices desprovidas de fé e como tais hereges, que as obras de terraplanagem pra estender o novo prédio levariam o projeto todo montanha abaixo à primeira chuva mais inclemente de verão. Como isso não aconteceu, passaram a determinar que o seminário jamais ficaria pronto. Mas em 1956 ele estava em pé, inteiro, nobre e altaneiro.

Na ala norte, ficavam a cozinha, o refeitório e um dos dormitórios, mais algumas salas de aula, os quartos dos padres e a enfermaria. Era lá que eu dormia, me enfiando debaixo do cobertor sempre bem armado e preso com quatro nós, junto com lençol e sobrelençol, ao lastro do leito, a fim de que eu pudesse acordar sem precisar arrumar a cama nem esticar panos desmedidos, e à noite simplesmente mergulhar a partir da cabeceira da cama pra baixo dos lençóis sem nada desarrumar, como se a cama fosse um saco de dormir, me poupando do esforço necessário pra corresponder à vigia que sempre vinha examinar se deixávamos nosso quarto e nosso leito em ordem.

A construção da capela ficou pro final, segundo a teoria por ser a parte mais digna, mas também porque na prática se podia rezar em qualquer canto. Ela acabou ocupando o lado oposto ao vértice do ângulo formado pelos dois lados iguais, de frente para a entrada, portanto, nos fundos do prédio, em cujas costas o resto da montanha chegava a um cume muitas vezes encoberto pelas nuvens.

Eu não buscava a redenção, mas quantas vezes não me sentei na capela pra pensar em besteiras, já que a fé não vinha, também porque aquele espaço eclesial de quinhentos metros quadrados estava quase sempre vazio, mostrando de maneira indiscutível que não era apenas a mim que faltava a devoção, mercadoria em falta desde sempre nas prateleiras religiosas. Se a dúvida era a pipeta investigativa no mar da fé, eu me afogava na certeza sem esperanças. O azul cheio de angelitude das paredes da capela invocava em vão um céu que jamais vi dentro de mim.

A solidão da igreja era aumentada pelo pé-direito altíssimo, que quase dava ao edifício a quarta dimensão do tempo que eu vislumbrara em algumas catedrais da Europa, verdadeiras bíblias esculpidas em pedra pelos séculos dos séculos a buscar o céu. Mas o que eu conseguia tanger ali onde estava era apenas uma sensação de bem-estar, além de perceber no mais parado dos presentes que a falta às vezes dolorosa de vínculos era também a ausência libertária de limites. Era tão agradável não ver ninguém por perto e ocupar sozinho tanto espaço, aquele era um ventre no qual eu podia voar, sentado em meu banco, passeando pelos altares laterais, pelos dois grandes vitrais que filtravam a luz do sol e a faziam entrar colorida na minha caverna bárbara e sem reza, estilhaçando de vez a realidade do lugar, enquanto o reitor bem pensava a meu favor que o silêncio humilde da prece valia mais do que o berreiro glorioso da oração, cujo aspecto teatral também jamais suportei.

Eu tinha todas as liberdades, tinha todas as ternuras, todos os favores concedidos pelas doações generosas do meu pai, e aqui e ali demonstrava uma argúcia que fazia os últimos intelectos da igreja depositar todas as suas esperanças em mim. Eu também sabia que era um caso discutido na diocese, e que apenas lamentavam um pouco a minha falta de diligência e de sociabilidade, mas eu certamente poderia me tornar um grande teólogo dos bastidores.

Um dos vitrais da igreja, aliás, apresentava o desenho do próprio seminário em cores, e a figura de Jesus Cristo acolhendo os vocacionados, com o Espírito Santo adejando sobre o cenário, mais ou menos como naquelas casas americanas em que o principal quadro da sala é uma pintura pequeno-burguesa da própria casa. Viva, pois, o umbigo dos que constroem e se orgulham disso a ponto de trazer a própria casa pra dentro de casa, inclusive num seminário. *Venite, ego elegi vos*, o vitral me dizia tantas vezes. Mas eu sabia que não era bem assim, eu tinha vindo não porque fora eleito, mas porque eu mesmo decidira, porque me escondendo ali dentro eu obedecia a minha mãe e arreganhava melhor os dentes pro meu pai, meu primeiro inimigo.

No segundo vitral, Jesus Cristo abria o braço num gesto largo em meio a um trigal ondulante e mostrava, citando Mateus, que a messe era grande e os operários poucos: "*Messis quidem multa operari autem pauci*". A chantagem, no entanto, também não era capaz de fazer com que eu me sentisse responsável, e tenho certeza de que muitas vezes me perguntei em silêncio:

E eu com isso?

Se eu até hoje acordava cantarolando o que chamava em tom irônico de a trilha sonora do dia, aliás completamente aleatória porque todo despertar significava uma nova canção aborrecida, era porque durante todos aqueles anos no seminário havia sido acordado pontualmente às seis da manhã com uma música, em geral clássica, a todo volume. O mais interessante dos sonhos era interrompido pelas caixas de som do dormitório, que berravam sua melodia sem anúncio algum, mostrando que mais um dia, pior do que a noite, estava chegando. Também não eram poucas as vezes em que eu, ainda hoje, sonhava com o seminário, na maior parte delas se tratava de pesadelos labirínticos dos quais eu acordava ofegante, pensando no passado.

E então logo voltava a me lembrar do momento exato em que adentrei o portão principal da mansão rosada, o sino da capela tocava a ave-maria, a mesma hora em que mamãe sempre disse que eu havia nascido, puxando a brasa das minhas inclinações à santidade e esquecendo as da melancolia, que noções também não muito científicas pro meu gosto diziam marcar os que nasciam à hora do crepúsculo. O dia ia embora, e eu vinha com a noite.

Ainda assim lembro de ter estremecido, como ainda volto a estremecer na hora em que uma ave-maria marcando as seis da tarde chega a meus ouvidos, apesar de toda a ciência dos meus princípios mais caros, porque o que sempre contou foi a narrativa, e não a realidade. Minha mãe fazia questão de lembrar o clangor do sino que assinalou minha chegada tanto à vida quanto ao seminário, embora o hospital tenha registrado as dezessete horas e trinta e quatro minutos como o horário em que fui dado à luz e eu mesmo parecesse um temulento sempre que ouvia o gongo fatal.

Já no vestíbulo, senti que a grande imagem do Jesus Cristo de três metros de altura sobre o pedestal de madeira, com sua cabeça ligeiramente inclinada e seus braços estendidos, mais me ameaçava que me acolhia. Talvez ela desconfiasse que tudo naquela entrada não passava de uma mentira. As duas claraboias de vidro colorido em cada um dos lados do portão principal ofereciam uma escassa possibilidade de fuga, mas apenas para um céu que eu não demorei a descobrir definitivamente não estar buscando de verdade, apesar de continuar no seminário.

Ainda hoje me recordo da surpresa que me abateu, eu devia ter uns quatro ou cinco anos de idade, ao descobrir que nosso Deus não era universal, que ele nem existia no oriente, que por um bom tempo não existiu nem mesmo no Brasil, que ele era relativamente jovem. E nunca consegui, como tantos outros que vieram antes e depois de mim, chegar perto da arrogância de me convencer de que a minha religião era a certa, que nosso suposto Deus permitiria que tantos homens nascessem em lugares e épocas deslocadas sem ter a chance da redenção. Isso sempre me pareceu arbitrário demais, completamente desprovido de lógica, além de pretensioso ao extremo, o menor no rol de todos esses pecados, seja dito. Também sempre quis me parecer que um homem que mandava outro se dirigir ao céu ao vê-lo em dificuldades, implorando por ajuda, era indigno até mesmo da terra e muito mais merecedor do inferno.

Vagamente, eu muitas vezes tentara enganar a mim mesmo e me perguntara até a sério, sobretudo no primeiro ano dos doze que fiquei no seminário, e isso dá uma medida das minhas esperanças, se eu não era um daqueles "fiéis dispersos pelas heresias", logo me lembrando do meu pai, já que com certeza não estava entre as "vítimas das superstições" que dom Manoel, o bispo, não o rei, procurava reunir sob seu manto acolhedor, conforme já ficava claro em sua carta oficial de 6 de janeiro de 1949, que anunciava a fundação do seminário.

Tanto eu não estava entre as vítimas das superstições, que sempre estranhei todo aquele culto religioso a algumas imagens, que em mim era meramente artístico, quando as representações se mostravam dignas, é verdade. Também não caía no espetáculo hipnótico dos que canibalizavam o corpo de Cristo e bebiam seu sangue diante de um pedacinho de pão e de uma dose de vinho, nem nunca consegui ver mais do que uma mesa no que os outros chamavam de altar e uma taça até valiosa no que os outros invocavam como sendo o cálice dos cálices.

Mesmo assim eu nunca mastigava a hóstia consagrada, seguindo a recomendação que ouvira desde os tempos em que fora coroinha na Nossa Senhora da Paz, e, quando as devorava, solitário, acompanhadas do vinho que surripiava da sacristia, tomava cuidado pra que não estivessem abençoadas. Apesar de todo o ceticismo, relativizado por alguma cautela, acabei adentrando, sem a elas me adequar, as arcadas do "salubérrimo e ameníssimo recanto de Correias", conforme diz a mesma carta fundadora do digníssimo bispo, sempre cheirando a José Dias, pra caracterizar o lugar em que enfim entrei.

Ainda consegui me enfadar, mais por culpa minha do que dele, nas últimas e sempre superlativas aulas de doutrina cristã ministradas por dom Manoel já velhinho, que aliás conseguiam me amofinar ainda mais do que as já acabrunhantes preleções de introdução à filosofia, antes que ele se aposentasse definitivamente no mesmo ano em que eu chegava ao seminário. Eu vim, dom Manoel se foi.

Embora adentrando o "amplo e majestoso" edifício, "adequado à altíssima finalidade", no entanto, os "inefáveis desígnios de Deus" nunca me alcançaram de fato, embora as "maternais finezas da Rainha dos Céus" tenham me tocado desde logo, ainda que não tanto por seu lado de *mater pulchrae dilectionis*. Eu sempre tinha olhos, mesmo quando ainda os acreditava inocentes, para a Nossa Senhora do Amor Divino, no grande nicho central acima do altar-mor, moldada por um artista italiano que certamente sabia que o pecado era o melhor tempero da vida.

E não era exatamente a coroa de prata, ouro e pedras preciosas que me atraía na estátua, e sim as formas escondidas no majestoso manto. Também jamais olhei com a mesma devoção para as imagens do Sagrado Coração de Jesus e de são José talhados em madeira ao lado da madona dos meus olhos.

Até tentei, mas não consegui me tornar levita, desviado do caminho desde o princípio, apesar da insistência dissimulada em percorrê-lo por tantos anos. Eu deixara tudo de lado como Abraão, mas duvidava seriamente que era pra me dedicar a Deus, apesar de entrar numa de suas casas. Partia como o patriarca, também não sabia pra onde ia de verdade, não tinha indicações sobre o fim da viagem, mas não imaginava que ela pudesse terminar na batina. A terra soçobrava a meus pés, eu seguia adiante mesmo assim, sem guia.

Às vezes até ouvia algum deus me chamar e me sentia um novo Samuel. Não servia a Eli, mas escutava um anjo. O anjo, porém, não era onipotente, e eu achava que quem estava me chamando era Eli, não meu patrão, mas minha patroa, e não reconhecia Deus de uma maneira ainda mais definitiva, era mais cético que o profeta, talvez nem sequer tenha ouvido nenhum chamado, algum dia, a não ser o da minha mãe, que gritou bem alto, e abriu meu coração. *Abba adonai!* Embora eu jamais tenha dito: "Fala, que teu servo escuta", eu disse: "Fala, que teu filho escuta", e assim matei simbolicamente meu pai entrando no seminário cujas portas espirituais mamãe abria pra mim, enquanto meu pai as sustinha fisicamente sem desejar me ver à soleira delas.

Eu já desconfiara que daria tudo errado quando participei da Cruzada Eucarística Infantil, antes mesmo de principiar a carreira seminarística. Aquele universo não era pra mim, mas por outro lado em nenhum outro lugar eu sentiria o meu medo do mundo tão protegido, tão garantido e acolhido.

Cada um com suas fobias, e as minhas eram concretas. Meu pai, por exemplo, sempre dizia ter fobia de tubarão, logo ele. Mas com isso era bem fácil lidar, e ele próprio se divertia ao descrever a agressividade nada seletiva de um tubarão-tigre, que saía devorando tudo que via pela frente, a agilidade assassina de um mako, o baryshnikov dos mares, a potência genocida de um tubarão-branco, grande e possesso.

Os tubarões, ah, se eles fossem homens!

Meu pai!

Eu até que fui longe.

Embora no final das contas e depois de já haver quase concluído a teologia tenha desistido. Eu não gostava mesmo de terminar as coisas que começava por acaso, com o apartamento eu já tinha a impressão de que seria a mesma história, apesar do princípio mais empolgado. De modo que, quando desisti do seminário, um suposto primo em segundo grau que cantava no Coral dos Canarinhos de Petrópolis, oriundo do ramo favelado da família e a quem eu nem sequer conhecia, acabaria sendo, pelo que sei, o máximo em religião que se alcançaria factualmente naquela minha estirpe de tão poucos frutos, depois que frustrei post mortem as esperanças de minha mãe de me ver padre.

O seminário foi bom, não posso negar.

Mas também o que não é bom quando não se faz nada?

Viver naquela tranquilidade recolhida, sem sustos nem percalços, dias bem regulares, tranquilos, rigorosamente planejados, sem espaço pra ousadias por um lado, mas sem chances pra angústias e desilusões por outro, era quase um delírio embotado. E eu agora me dava conta de que também isso, minha solidão sem grades mas cheia de claustros, talvez tenha me aproximado de João, o Vermelho, o mundo era mesmo dos mornos. Se é que eu não chamava de paz o que era apenas letargia, o velho marasmo que talvez nos faça despertar apenas diante do fim.

Mas o passadio era aprazível na estável esplanada da colina de Correias, e eu palmilhava com o máximo gosto possível aqueles últimos resquícios de vitalidade da Igreja católica no Brasil. Os padres rorejavam bênçãos sobre mim, orvalhavam santidade em meus desejos, mas no canteiro da minha alma só nasciam flores pecaminosas.

Sentindo todos os morros crescerem em meus recantos mais côncavos, e aumentando vinte centímetros em tamanho só de pensar no que não devia, eu contemplava o pico do Alcobaça, chamado de Belmonte pelos antigos, ali perto, e lembrava mais uma vez do bispo fundador, que chegara a invocar os versos de Olavo Bilac ao chamar a montanha em que ficava o seminário de "sacerdotisa em prece", que reza "sobre os desertos e as areias", "última a receber o adeus do dia, primeira a ter a bênção das estrelas". *Fundamenta ejus in montibus sanctis.* Assim como Jerusalém, o seminário fora construído nas alturas sagradas, e eu cheguei até elas com minhas paixões mais subterrâneas.

Enquanto olho com alguma saudade, marcada também em sonhos cheios de corredores e desejos que me voltavam às vezes, para a planta do prédio que carrego aqui dentro, onde outros talvez pudessem pensar que enterrei os referidos doze anos da minha vida, vejo que o conjunto colonial harmonioso de três pavimentos em forma triangular é um isósceles semelhante ao triângulo erótico formado pelo centro dos meus verdadeiros interesses, no qual vim beber a vida aqui fora, seguindo os rastros, por tanto tempo evitados, que meu pai deixou pra trás. Como era bonito aquele pedaço de carne rosada do seminário em meio ao verde da montanha, cercado pela floresta densa de quem ainda não desmatava.

No ângulo formado pelo encontro dos dois lados de mesmo tamanho, revejo interiormente o majestoso vestíbulo, o portão central e seu frontispício encimado pela cruz, as cornijas realçadas, até elegantes da grande Casa Rosada da Nossa Senhora do Amor Divino. E volto ao clima da montanha, me sinto mais uma vez próximo das alturas, as nuvens estão ao alcance da mão, mas são apenas nuvens.

E se Deus disse ao povo de Israel: "Não fostes vós que me escolhestes, mas eu que vos escolhi", ele não deve ter me escolhido, porque não deu certo, e a culpa portanto só pode ser dele. Nunca pude me limitar a Santo Agostinho e ver em Cristo a minha ciência e a minha esperança, só pedia pra ele ser ainda mais vagaroso no trabalho de me tornar casto do que fora com o bispo africano.

Eu queria ser pastor, mas não queria ovelhas, era o cordeiro dos meus próprios desejos. Nunca fora herói, nem na conquista de mim mesmo. Não quis ser cabeça de rebanho nenhum, nem mendigo de mãos abertas e generosas. Nunca consegui me tornar inimigo da minha própria inércia. Nem mesmo pra ir buscar a experiência mística que até me atraía vagamente, o brilho que tudo inunda, a infinita amplidão, a imensurável paz livre de paixões apregoada na vida dos santos, o "deixar de ser" que significava a verdadeira felicidade.

Os cientistas, lamentavelmente, não têm visões.

Eu até queria a vida santa, mas de carro, não peregrinando descalço por aí, lançando o cilício sobre os ombros, curtindo o ascetismo da fome e me degustando na autoflagelação. O mais perto que cheguei da luz foi num dia em que subi numa das árvores do pomar do seminário e comi amoras até ficar preto, intoxicando-me a ponto de encarar a realidade de algumas visões que o prazer só fez aumentar.

Fui solitário, sim, e até peregrino, mas jamais pra pregar, até porque não acredito nem em minha própria verdade, na minha própria verdade dita apenas pra mim, comigo mesmo, e pra mais ninguém. Pelo menos não cairia na mera sátira alcançada sempre por aqueles que, movidos pela coragem, eu reconheço, acabam revelando e clamando em público as coisas como elas de fato são.

Estiquei o marasmo, estendi a apatia sem ver o fio da paciência se retesar a ponto de arrebentar.

Em dado momento, já imaginava no celibato uma boa garantia pra não ter de encarar um filho como eu, e se deixei o seminário foi também pra ter esse filho depois do grande acerto de contas final com meu pai, cuja perda me doeu nos ossos. E agora, mesmo levantando minha casa com uma mulher, a mulher do meu pai, eu voltava atrás de novo, e já não queria mais o filho, mesmo não sendo sacerdote.

Dava medo, eu não dava conta nem de mim, já não dera conta de Lívia, como daria conta de alguém que teria de andar com meus pés por tanto tempo? Alguém que como ninguém dependeria de mim, alguém que, por menos que almejasse e mais boa vontade que tivesse, acabaria me repetindo e me demandando pelo menos durante um bom par de anos e, querendo ou não, precisaria das minhas muletas solícitas.

Depois de ter perdido minha mãe, exatamente no caminho em que o jardim da filosofia chegava ao fim e mostrava a chance de uma entradinha pedregosa para a vida leiga ou a possibilidade de continuar adiante, entrando na via mais estreita da teologia, acabei escolhendo a segunda alternativa mais uma vez por inércia. Sabia que se escolhesse a primeira eu teria de dar uma guinada difícil à esquerda, sair do caminho, por assim dizer, e isso era mais do que a minha vontade podia.

No leito de morte, ademais, minha mãe aumentou seus insultos contra meu pai. Ele a arrancara de uma vida tranquila, ainda que precária, que eu na época não tinha ideia de que havia sido na favela, pra lhe dar tudo de bom na Zona Sul e, depois que conseguira afastá-la de vez do mundo do qual ela viera sem inseri-la no mundo em que chegara, simplesmente a descartara, deixando-a sem parentes, sem amigos, sem conhecidos. O caminho da volta fora apagado, e os pássaros haviam comido as bolinhas de pão que ela se esquecera de jogar pra marcá-lo.

Como minha mãe conseguiu viver tanto tempo sozinha, mais sozinha do que eu?

Eu até duvidei dela, mas a história, também essa história, acabou sendo confirmada pelo fatídico cofre. Será que mais do que a meu pai, eu imitava a ela, pelo menos no princípio, nesse atavismo que sempre marca um homem?

Depois que minha mãe morreu, endureci o trato com meu pai, apesar de depender cada vez mais dele. Agora eu não tinha mais minha mãe e me neguei a aceitar interiormente que os cuidados do meu pai comigo aumentaram, que ele tentou se mostrar mais presente, que ele talvez apenas estivesse tão ausente até então por causa da minha mãe.

Demorou, mas quando também meu pai morreu acabei dando ouvidos à voz interior que havia muito me dizia que *gaudium meum et corona* não era a vida sacerdotal, mas bem outra coisa, localizada fora dos muros eclesiais, nas mulheres às quais depois sucumbiria, ao aceitar em mãos, enfim, o cetro que meu pai me passava, isso era certo, ao morrer. Não pude renunciar ao amor humano, à carne terrestre. Eu não era *sal terrae et lux mundi*, não queria ser, não podia ser.

Também não nasci pra ser santo, nem pra fazer correr rios de vida e salvação em lugares ermos, conforme quis o profeta Isaías. Eu existia no máximo pra abrir um caminho no deserto da história, da minha própria história, mas sem marcos nem pilares, muito menos construções que a tornassem visível pros outros, apesar das tentativas de erguer uma casa que eu mesmo assim, e apesar de vê-la andando, achava que nunca ficaria pronta.

Já não me bastava nem mesmo o consolo de Horácio, um pagão que ergueu em seus versos monumentos muito mais perenes que o bronze, inclusive anunciando nada humildemente, desde o princípio, que o faria. Os fantasmas invocados na arte pra nos apaziguar nem por isso ressuscitam, e as pessoas que perdemos, nós as perdemos pra sempre.

E, mesmo assim, tento seguir, tento seguir, tento seguir, *exultavit sicut gigas ad currendam viam*. Busco força nos meus salmos mais interiores, mas sei que nunca me tornarei exultante como o herói do adágio ao percorrer meu caminho sem latins. Tropeçarei aqui, levantarei acolá, até a derradeira e nada gloriosa queda.

Exigindo, pelo menos, o direito sagrado de espernear.

Com Lívia.

A dor da solidão deve ter tornado mais fácil meu casamento, agora preciso apenas acabar com essa sensação estranha de mesmo assim estar sozinho.

E vou buscar o ritual da casa.

Início de 2013
Hoje
Crepúsculo

1.

A empregada chegou atrasada e me lembrou que eu mais uma vez esquecera de abrir as cortinas da casa.

Se não fosse eu, acho que o doutor ia viver no escuro.

Eu estava com pressa, precisava sair, olhei pra ela com cara de e daí, e não lhe dei a mínima trela. Vi logo que ela estava a fim de papo, no entanto. Achei que pudesse estar sugerindo que era o dia do pagamento e, como já estava me esquecendo outra vez do compromisso, voltei à escrivaninha pra buscar o dinheiro, apesar do medo de me atrasar.

Eu decidira vender um quarto e sala no Flamengo pra encarar com mais tranquilidade o final da reforma. Pra tornar as coisas mais fáceis, liberei o advogado, que agora já era o meu pit bull do meu pai, pra pagar todos os subornos necessários. Eles dariam conta de alguma falta eventual de documentos, a burocracia era bem pensada, espertamente portuguesa e ancestral, e obrigava a isso, que fazer.

No contrato do aluguel, encontrei um adendo que mencionava o quadro de Camila, Camila Canali, que eu antes julgara conhecer, casa amarela com telhado azul. A pintura ficaria naquele apartamento, em local definido, que a preservasse da deterioração, e deveria ser devolvida ao proprietário assim que o contrato locatício fosse concluído por qualquer das partes. Foi a única coisa que tirei do apartamento, ordenando em seguida que ele fosse vendido com os móveis e com o resto da decoração. Teria sido um ótimo ensejo pra falar com Camila, ela cairia de quatro se eu anunciasse o que acabara de descobrir, mas eu não tinha mais o menor interesse.

Minha liquidez acabara, a renda dos aluguéis de um prediozinho na Ilha do Governador, de um apartamento em Laranjeiras, de outros dois, mais nobres, em São Conrado, e do já referido imóvel no Flamengo não era mais suficiente, e eu também teria de liberar o apartamento do meu pai na Delfim Moreira pra não ter mais problemas. Como havia sido difícil deixar pra trás aqueles móveis cobertos de mortalhas, a casa toda embrulhada, várias obras de Javacheff Christo com minhas vísceras dentro, os corredores de caixas que ficaram, meu pai perdido pra sempre no labirinto formado por eles.

Pelo menos eu sabia que seria fácil vendê-lo, já conhecia até uma moradora que alugara um apartamento no prédio a um valor de pelo menos vinte e cinco mil reais por mês, apenas a fim de esperar mais de perto que outro fosse posto à venda, o prédio era cobiçado. O porteiro me dissera inclusive que os barulhos na proximidade eram da reforma que a referida moradora estava fazendo no apartamento alugado, afinal de contas, já que tinha de esperar, ela queria esperar confortavelmente. Eu precisava apenas dar o bote, portanto, e isso me deixava na maior zona de conforto, retardando o negócio que eu dava por certo. Eu não precisaria nem das manobras ridículas que caracterizariam o apartamento com expressões dignas de pena como: quadríssima da praia, vistão pro mar e totalmente indevassável.

Mas já ao fazer duas ou três contas, eu era obrigado a admitir que no final da vida, por mais imóveis que tenha me deixado, meu pai acabara perdendo boa parte do que construíra. Que ele tivera anos de resultados negativos no final, até o momento em que fora parcialmente salvo por seu advogado, o pit bull que eu agora também herdava. Meu pai quase tivera de fazer o caminho de volta, e se acomodar junto à aristocracia decadente que não conseguira sair da Rui Barbosa pro mar supostamente mais límpido da orla do Leblon, na Delfim Moreira.

As dívidas de IPTU, fundamentadas sobretudo em alguns terrenos baldios, em boa parte zona de preservação ambiental, o maior deles no Cosme Velho, chegavam aos milhões, e as negociações pra torná-las pagáveis não eram fáceis. Felizmente a oficialidade percebia, no final das contas, que, ou recebia menos, ou não receberia nada. E renegociava.

Sem contar os gastos com processos movidos contra posseiros que ocupavam um terreno gigantesco, construindo uma favela inteira numa encosta de Teresópolis e reivindicando que tinham direito aos lotes por usucapião. Até o filho de uma antiga empregada, que meu pai pusera no lugar pra vigiar o terreno, agora entrava na Justiça pra conseguir o que não era seu, apoiado, como seus convivas, por prefeitos interessados que lhes davam títulos fajutos de posse em troca de votos.

A reforma, além disso, engolira vorazmente as entradas mensais e o advogado me mostrara que já havia compromissos bem salgados prestes a vencer, que eu precisaria correr pra pagar. Eu já via a hora em que entraria em casa e cantaria pra Lívia, imitando o samba: aconteceu, aconteceu, pode guardar as panelas que o dinheiro não deu.

Segundo o advogado, o balanço apontava débitos a vencer pros quais não haveria caixa, isso apesar do bom dinheiro, ele disse com um sorriso de sarcasmo, que ganhamos na causa contra a companhia aérea, que sabiamente não iria recorrer e já se dispusera a pagar. O que supus que iria restar da venda do apartamento no Flamengo eu investiria nas ações em baixa, seguindo as orientações do advogado e sentindo que pisava cada vez mais nos rastros do meu pai, afinal de contas o imóvel certamente era vendido em alta.

Eu não poderia deixar de aproveitar o fim quase divinatório do contrato daquele apartamento na Barão do Flamengo, se pelo menos fosse o Biarritz, na praia, com vista pro Cristo e pro Pão de Açúcar, Niterói do outro lado da baía? O fato de eu já ter dado, visionariamente, o aviso prévio de um mês ao moço que o alugava só facilitou as coisas, e não perdi tempo em instruir o advogado a pôr o imóvel à venda, dizendo que eu mesmo discutiria com os eventuais compradores, mas apenas depois de ele garantir a certeza monetária dos interessados. O negócio não demorou a ser fechado, os preços, embora altos, haviam estacado, provavelmente até baixado um pouco, e quem soubera esperar, fazendo seu dinheiro render em especulações alguns meses, agora dava o bote.

Era meu primeiro negócio, o advogado achou que o preço alcançado foi bom, mas o comprador satisfeito, cuja mão eu acabara de apertar, mesmo assim me deixou com duzentas e duas pulgas atrás da orelha. Vai ver o advogado, apesar de pit bull, também não passava de um puxa-saco.

Depois de passar no Tacacá do Norte, onde consegui degustar um pato ao tucupi me escondendo num canto do boteco, caminhei até o Aterro e fui enfim visitar o mausoléu do Monumento aos Mortos da Segunda Guerra Mundial, onde estava enterrado meu avô. Eu não sentia nada, não apenas porque costumeiramente não sentia muita coisa, mas porque o pato ao tucupi, ou talvez o jambu de todo ardor, parecia estar me dando um barato meio diferente, que eu também não sabia se não devia creditar à

Cerpa que acabei bebendo. Eu duvidava que fosse pra comemorar o negócio e não estava muito acostumado a cerveja. E ainda conseguia pensar que as coincidências dessa vida quase tornam necessária a existência de um criador irônico, um Aristófanes barbudo, um Molière maluco, em algum lugar lá do alto, já que o Aterro do Flamengo, o lugar em que meu avô fora enterrado, estava construído sobre o morro de Santo Antônio. Depois de acolher os escorraçados dos cortiços varridos do centro do Rio de Janeiro no início da década de 1890, ele fora destruído em meados da década de 1950, o que aliás provavelmente fazia dele, sim, provavelmente, a primeira favela do Rio de Janeiro, antes mesmo do morro da Providência, aberto em 1897 pelos soldados de Canudos, oh, vinde a mim os alfarrábios, que lhe deram o nome de morro da Favella pra lembrar a antiga batalha, acabando por batizar o gênero, cuja origem era, portanto, apenas uma planta típica das montanhas do Conselheiro.

Demorei a encontrar a última morada do meu avô entre os quatrocentos e sessenta e oito jazigos de mármore negro que eu supus nacional, tampados pela brancura cheia de veias do outro mármore que por certo era de Carrara. Algumas das placas tumulares simplesmente diziam: "Aqui jaz um herói da FEB — Deus sabe o nome".

Deus devia saber mesmo o nome do herói morto, e inclusive o daquela mocetona que além de mim parecia a única a ter alguma curiosidade histórica ou familiar, será que era a bisneta de algum pracinha, meu Deus, como eu queria fazê-la sentir nas costas nuas o frio daquele mármore todo, enquanto a enlaçava num abraço eterno de tão quente, jogando o cobertor de uma lápide sobre nós. O maná só brotava mesmo no maior deserto, mas eu não sabia o que fazer pra colhê-lo, e por isso mais uma vez não fiz nada.

Depois de deixar o subsolo do monumento, seguindo as

curvas da filha da minha pátria amada, salve, salve, ainda a vi se virar pra mim e pensei que não deixava de ser uma tragédia ser condenado a não vê-la nunca mais sem tomar uma atitude. Mas, por falta de coragem, acabei aceitando a pena.

Ao caminhar pelo Aterro em seguida, me perguntei se aquela não era a paisagem mais bonita do Rio de Janeiro, e vi o quanto de artificial havia nas razões aparentemente objetivas que levavam todo mundo a querer morar mais ao sul da Zona Sul, para a qual aos poucos a nata da cidade foi se deslocando. A balneabilidade, pelo que eu ouvia, já que nunca a via nem experimentava, era pouco usada pelos que moravam na orla. Mas talvez no mundo o bom mesmo seja termos tudo à nossa disposição pra em seguida não usar. Não ter é que era o verdadeiro problema.

E me aproximei da barraca que se desenhava contra o paredão rochoso e cheio de curvas do Pão de Açúcar, ao longe:

Um coco, por favor.

Dois reais, seu moço.

Eu quase não acreditei. Olhei para a camiseta vermelha do vendedor e as letras garrafais em branco anunciavam: LULA SIM. Mas ainda a essas alturas, foi o que me perguntei. Só estranhei ainda mais o fato de encontrar troco em minha carteira. E logo, ao levantar os olhos mais uma vez: o que seria um pastel de pizza? Não imaginei e desisti, ainda sentia o pato bailando no tucupi do estômago. Ora, e pensar que eu jamais andara por aquele lugar, que eu na verdade não andava em lugar nenhum, que eu era um exilado entre os muros dos meus dois bairros.

Dois reais!

Ah, desculpe, tá aqui.

Então aquilo ainda existia? Sim, mas é claro, pensei já de novo.

E os dois reais estavam pros trezentos mil do quarto e sala do Flamengo assim como os cinco do coco no Leblon, que sempre me lembravam seminarística e estoicamente que eu não gostava tanto assim de água de coco, estariam pros setecentos e cinquenta de um quarto e sala bem localizado no mesmo bairro. Depois de Manoel Carlos, aliás paulistano, dar seu glamour artificial aos campos do Leblon, as catapultas do preço eram copas e olimpíadas. Motivos sempre haveria, o espaço era pouco, a beleza muita.

    Mas, para além disso, havia, ainda que talvez arbitrária, uma grande justiça econômica e até geográfica naquela disparidade, em que pesassem também os meros dez quilômetros de distância, se tanto, e a proximidade semelhante em relação ao mar. No paraíso da oferta e da procura em meio ao Leblon havia pouco mais de vinte mil domicílios apenas, e menos de cinquenta mil moradores bem selecionados. Era estranho, ainda assim, que tanta disparidade fosse admitida sem mais nem menos. Ninguém mais se interessava pelos casarões antigos, aristocraticamente guermantianos e decadentes da avenida São Clemente que eu ainda vi no caminho de casa. O Santa Marta, o Dona Marta dos evangélicos, era próximo demais, e Michael Jackson, apesar da pacificação, não pisava nele havia quase vinte anos, inclusive porque estava morto havia quase cinco, enquanto os assaltos continuavam no largo dos Leões, onde Botafogo já virava um Humaitá cada vez mais rico. Quando desdenhava a proximidade do mar em favor de uma mansão com pátio, a verdejante burguesia verdurin desprezava aquelas ruas cheias de tráfego e queria as casas modernas no alto do Jardim Botânico. De preferência sem a vizinhança da assim chamada Favela do Horto Florestal. O bem-estar dos preços astronômicos chegara também aos altos mais recônditos daquele bairro, e os pobres fariam bem em dar o fora, ainda mais que havia supostos argumentos ecológicos, sempre e cada vez mais bem-vindos ante a opinião pública. Era preciso defender o meio ambiente, e se o resultado disso fosse limpar social e etnicamente o lugar, eu mesmo era obrigado a concordar, tanto melhor. Nova Sepetiba, longe dos cartões-postais, era o que bastava pros desassistidos. Quem os mandou nascer onde não deviam, em terreno caro demais pra eles? Se o Brasil inteiro estava lotado, e ademais pifando por causa disso, se não havia mais lugar pra ninguém no overbooking geral, o Rio de Janeiro era apenas a cereja mais doce daquela empada fora de hora, a azeitona mais saborosa de um bolo leviano, que misturava doces e salgados, deslocadamente, e não se importava com o amargo da segurança, da saúde e da mobilidade urbana. Não por acaso eu ouvira a notícia de um empresário falido que passara a morar dentro de seu carro, em Curitiba, e que em algumas cidades dos arredores de São Paulo pessoas começavam a construir suas casas sobre fontes fluviais, uma vez que as brechas na legislação lhes concediam um terreno de graça pelo qual ainda por cima não precisavam pagar impostos.

E eu ainda queria a minha casa, ou achava que a queria, o que vem a dar no mesmo, à moda antiga e bem localizada.

Desde que Lívia voltara de Auckland eu metera mãos à obra e assumira as rédeas da reforma, bem maridinho e cheio de expediente, um verdadeiro joão-de-barro na Selva de Pedra. Decidia com ela, mostrando um voluntarismo inédito e surpreendente até pra mim, quais os vasos que usaríamos no banheiro, o mármore das pias duplas, não queríamos bater cabeça já pela manhã ao escovar os dentes, os metais das torneiras e chuveiros, dos registros, o modelo dos interruptores, tudo.

Agora eu não conseguia mais entrar no apartamento de ninguém, no banheiro de um restaurante e até na cozinha da minha sogra sem dizer: pedra prime, a pia do banheiro deve ter custado uns seis mil reais, mármore italiano, uma bancada pelo preço de um carro popular, granito são gabriel, barato e bonito, vaso deca linha link, dois mil e quinhentos reais, espelho veneziano, sim, um toque clássico garimpado em antiquário, certamente, preço imprevisível, torneiras deca linha twist com misturador, novecentos cada, chuveiro de teto deca linha chromo, bem mais de mil reais.

Havia um universo infindo entre as saboneteiras, e não era fácil escolher, em meio a tantas coisas, a que mais agradava. Melhor mesmo era simplesmente ignorar as saboneteiras, pelo menos as saboneteiras, meu pai devia ser o último terráqueo mais abastado a usar sabonetes em barra pra tomar banho.

Xampus, condicionadores, sabão líquido, pra eles se abria um nicho guarnecido de mármore na parede do boxe, nada mais elegante. Torneiras em que o registro precisava ser girado já me pareciam insuportáveis, a presença de amantes jamais seria denunciada por uma bica fechada com excesso de força num banheiro construído ao sabor do bom gosto. E também não aguentava mais os pobres vasos deca da linha targa de alguns restaurantes, sem contar outros que pareciam ter as tripas enroladas de uma barriga humana, intestino grosso e intestino delgado desenhados na base, e cuja marca eu nem me aproximava pra ver, o mau gosto realmente era a única coisa do mundo que não tinha limites. Vasos bons não mostravam parafusos, quanto mais entranhas.

Até papeleiras passaram a ter estilo pra mim, e de fato tinham estilo, eu nunca mais botaria papel higiênico naquela espécie de êmbolos de plástico que ainda me pareciam os únicos existentes na época do seminário, porque o seminário também foi o único lugar em que eu mesmo precisava providenciar meu papel, e eu aliás diria mais uma vez à empregada que se ela deixasse o papel higiênico de novo com o papel saindo para o lado da parede, e não para o meu lado, estaria despedida, eu já reclamara tantas vezes. Um trinco de porta dizia muito sobre o gosto do morador, um interruptor era um objeto todo especial, cuja escolha requeria um bom planejamento. Quem não usava dímer ainda não havia aprendido o que era morar de verdade sob o controle confortável da luz.

E assim eu mergulhava até com prazer naquele mundo, brincava de casinha como nunca, o purgatório me concedia uma pausa, eu passeava com Lívia pelas lojas, vivia junto dela, cultivávamos a perfeição das aparências tão importantes, dormíamos quase todas as noites em seu apartamento. Eu de repente não gostava mais da solidão em que sempre me refugiava ao notar qualquer resquício de ameaça vindo da possibilidade de um vínculo.

E eu falava, de repente falava muito, eu que quase nunca dizia nada, às vezes ficava um dia inteiro sem abrir a boca. Tudo parecia bem mais normal. Mesmo assim de quando em quando eu saía pra comprar um tanque para a área de serviço e acabava voltando pra casa com um quadro que me fizera parar na galeria mais próxima e esquecer de chegar à loja. *Deambulação e divagação* de José Damasceno também era bom demais, não havia realmente o que fazer, rastros coloridos recortados em miniaturas de papel, micropalmilhas italianas aos milhares, pequenas bases pros meus sapatos do meu pai, enchendo um quadro oco na parede, enquanto eu caminhava perdido por aí.

2.

Há dias que já nascem negros quando acordamos, por mais que o sol finja brilhar lá fora, sobre o mundo. E mesmo quando o sol não aparece, o dia acaba clareando quando as coisas vão bem por dentro da gente. Sobretudo no meu caso, a luz vinda de fora sempre teve pouco a ver com o estado final das minhas sensações.

A síndica ligara pro arquiteto dizendo que alguém devia ter denunciado a obra, porque os fiscais da prefeitura haviam se apresentado exigindo uma vistoria. Lívia logo disse que a denunciante devia ter sido a própria síndica, e me perguntou aquilo que eu desde o princípio suspeitara, se eu sabia que a síndica tivera um longo caso com o meu pai, dizendo que um dia, já muitos anos depois de os dois terem se separado, ela inclusive o acusara no meio de um restaurante de ter ordenado o aborto de um filho que ela quisera e se arrependia de haver tirado.

Um escândalo e tanto no falecido Carlota, lotado numa quinta à noite. A síndica fora convidada a sair pelos seguranças. Houve uma rodada de drinques grátis. Lívia não sabia até hoje se fora invocada às expensas do meu pai ou do maître.

No encontro marcado com a municipalidade pro dia seguinte, fui obrigado a fazer às claras algo que jamais cogitei, amainar o furor fiscal dos homens com um sobejo cafezinho, do contrário a obra seria declarada irregular, eles lamentavam não ter o que fazer. Mas de repente tudo voltou aos melhores eixos, e a reforma inclusive adquiriu ares oficiais que antes não tinha. Até se daria um jeito pra não regularizar a metragem registrada de modo errado e assim não aumentar o IPTU. Sem contar que ignorariam a irregularidade do apartamento como um todo, aquele prédio nem sequer tinha uma cobertura registrada na planta. E assim os fiscais faziam questão de deixar claro pra mim, satisfeitos eles também, que eu sairia ganhando, inclusive monetariamente, com aquele investimento por baixo dos panos.

Paguei, ou então investi, e depois fui espairecer com uma caminhada em que tentei apagar minha consciência. Eu entrara definitivamente no jogo.

Mas por acaso havia saída num bairro como aquele?

Que nascera de tantas irregularidades?

A opção ingênua do passado não determinava a medida do presente, sendo as circunstâncias como eram?

Aquelas ruas um dia haviam sido livres, moradores e não moradores podiam circular abertamente por toda a área do projeto da Selva de Pedra. Os prédios eram ligados entre si por quatro pequenas vias, que convergiam para a assim chamada praça Milton Campos. Não havia muros entre os edifícios, e agora tudo ali era Idade Média.

Sobrava um banco na esquina, vazio, pra testemunhar o passado, uma banca de jornal isolada, enquanto as pequenas praças públicas viraram jardins privados, os espaços comuns se tornavam propriedade pessoal, as ruas deixaram de ser logradouros de trânsito livre com suas cancelas. Tudo na tentativa de apagar a ideia de conjunto habitacional, porque conjunto habitacional lembrava os apartamentos das famílias de baixa renda, recordava os pombais que eles definitivamente não queriam mais ser e também já não eram.

Tudo mecanismos que ajudavam também a fugir das vizinhanças metafísicas da Cruzada, já que as proximidades físicas eram inevitáveis, impedindo assim, pelo menos, que seus moradores, marginais e favelados, saíssem de seu espaço subqualificado e frequentassem livremente as áreas da bem mais gloriosa Selva de Pedra. A Lívia mesmo assim eu disse apenas que a obra havia sido aprovada, que não foi encontrada nenhuma irregularidade, que a síndica, caso tivesse sido de fato ela a alcaguetar, dera com seus burros perrengues na mais gelada das águas.

Na abertura da exposição de Marta Jourdan, à tardinha, eu lamentei ter de guardar meus cobres e não poder comprar uma série de cinco quadros chamada Súbita Matéria, eu já tinha de abrir mão até do luxo de lavar mais dois ou três reais da herança paterna às escondidas do imposto de renda adquirindo arte, o ralo da reforma consumia tudo. Mas quanta beleza e suavidade nos momentos decisivos selecionados fotograficamente pela artista de um vídeo gravado em campo aberto, uma mulher sentada, uma mangueira de água que esguicha, o tempo esculpido em gotas, vasos que se estilhaçam sobre a mesa, uma casa em miniatura que explode, roupas que caem lentamente, dançando sobre o vazio em que se encontra a mulher solitária, uma cadeira e uma mesa ao relento de um dia ainda bem claro. Nada durava mesmo, tudo passava e não se repetia, a escultura era uma ilusão artística imóvel demais. E existir significava parar num instante único, o que sempre era tão difícil, beber o líquido que vira gota e por um momento paira, quase sólido, no ar, antes de se transformar em vapor.

Quando eu e Lívia estávamos sentados na maior concentração nas almofadas da galeria, já vendo o filme pela segunda vez porque não dava pra parar, tudo tinha a beleza de um sonho na forma e o horror de um pesadelo no conteúdo, senti de repente, no exato instante em que a casa explodia mais uma vez, que alguém se punha ao meu lado, em pé, e quase cuspi meu coração num canto da sala ao ver que era Camila. Antes que Lívia a visse, ela inclusive acariciou minha nuca com a mão discreta, e eu não sabia se o melhor era acusar ou não sua presença, por um momento cheguei a pensar até que ela não passava de um fantasma, o que foi quase confirmado quando ela simplesmente desapareceu.

Assim que nos levantamos e trocamos algumas palavras com Artur Fidalgo, Camila chegou até nós e perguntou com a maior nonchalance do mundo:

E aí, gostaram?

Uma beleza, Lívia disse. Ela é muito boa, né.

Você gostou também, ela perguntou, se dirigindo a mim.

Muito, eu respondi, e não consegui me conter, acrescentando: mais uma dessas jovens artistas nas quais certamente vale a pena investir.

Investir em que sentido, Camila perguntou, insinuante.

Ora, acho que ela capta algumas coisas bem essenciais, que está discursando sobre o mundo à nossa volta de um modo peculiar, e em pouco tempo pode ser avaliada como uma grande artista. Em sentido monetário, portanto. Eu sou o filho de João Pedro, você não deveria jamais se esquecer disso.

Senti que Camila estremeceu, achei que peguei pesado, e fui salvo por Lívia, que disse:

Tá falante hoje, meu amor.

João Pedro, o matador, Camila completou, engolindo em seco.

Explicação pedida, explicação dada, eu respondi. Vou buscar uma água pra mim, alguém quer?

Lívia levantou seu copo ainda cheio. Camila ergueu sua taça de vinho pela metade. E as duas continuaram o movimento até brindar.

Eu dei o fora.

Passei a olhar os quadros sozinho, alguns, de outros artistas, no recinto anexo, e de repente tive a impressão, de longe, que Lívia e Camila estavam discutindo, provavelmente discordassem sobre alguma coisa, eu não tinha a menor ideia do que era. Quando voltei pra junto delas, o silêncio imperou por algum tempo, achei que as duas me olhavam de modo acusador, embora fosse visível que tentavam esconder o que acabara de acontecer.

Eu fugi avançando, era uma boa tática quando ameaçavam puxar o punhal pra nos abrir ao meio. E, se no mundo havia dois tipos de pessoas, as que têm a faca no pescoço e as que a seguram, eu preferia estar entre as segundas, ainda que quase sempre me comportasse pra merecer um lugar entre as primeiras:

Falando de mim?

Você mal veio ao mundo e já quer logo estar no centro dele?

Com uma arma de fogo na boca, Lívia assumia o lugar da minha consciência com a precisão mais absoluta, e analisava o pus dos meus furúnculos, meus excrementos cerebrais, com a melhor das lupas. Só me restava bater em retirada. Mas não resisti:

Desculpe, pode ficar sozinha aí, já que sempre só há lugar pra um no sol do centro. Eu prefiro mesmo a sombra das beiradas.

Eu gosto dos dois lugares, disse Camila, metendo sua colher. Ficaria no centro com você, Lívia, mas também aceitaria passear nas beiradas com você, ela disse, se referindo a mim, e ousando pronunciar meu nome em alto e bom som, pra terminar dizendo:

Ninguém aguenta só o calor do sol nem só o frescor da sombra, o prazer está na variação, se é que me perdoam o lugar-comum.

Foi então que Lívia pôs um fim nas previsões meteorológicas dizendo que precisava ir embora e me perguntando se eu ficava ou ia junto com ela.

Claro que eu ia junto. Sobretudo porque ela era capaz de untar com a maior naturalidade os ferimentos de qualquer diálogo. No caminho de casa, respondi com um sonoro e convincente não à sua pergunta sobre se Camila estava dando em cima de mim.

Você toma cuidado com essa moça, ela ainda disse.

Deixa comigo, eu respondi.

Antes de sair da casa de Lívia, que foi tomar banho e nem me levou até a porta, ainda atendi o telefonema de seu analista dizendo que a sessão do dia seguinte teria de ser desmarcada porque ele tinha uma viagem urgente ao Recife, problemas familiares. O analista foi logo perguntando se era eu que estava falando, e conversou comigo, na verdade monologou, durante cerca de quinze minutos como se eu fosse um velho camarada seu, quando eu na verdade apenas sabia da sua existência por algumas menções de Lívia, que de quando em quando dizia não poder se encontrar comigo porque tinha análise. Estranho imaginar que alguém sabia tanto de mim sem que eu sequer o conhecesse, ou supostamente soubesse tanto de mim, admitido o fato de que as informações de Lívia pudessem ser fiéis e corretas, verdadeiras no sentido de me dar a entender, de fazer um outro compreender quem eu era.

Apesar de já estar quase escurecendo, resolvi caminhar até em casa, já que havia dias não corria mais em torno da Lagoa. Fui pela praia na ilusão de olhar o mar e buscar, e talvez encontrar, o assim chamado sentimento oceânico. Nada senti, a não ser a falta dos araçás e pitangueiras, dos cáctus e palmeiras que um dia ocuparam aquele areal vazio e sem concreto onde moravam apenas alguns poucos pescadores.

Em dado momento, algumas centenas de metros depois, tive apenas de me desviar de um caminhão estacionado na calçada com os banheiros químicos que, conforme eu via pelo último que era trazido num carrinho, deviam estar cheios depois de mais um espetáculo nas praias nada limpas de Ipanema. A lei mediana de que tudo que se leva à boca já não está tão quente como na hora em que foi cozido, de que podemos confiar na tendência ao meio que rege o mundo e torna improváveis as assim chamadas hipóteses extremas, permitindo que saiamos do aconchego de casa e caminhemos pela rua sem uma pistola carregada na cintura, tem lá suas exceções.

Vi o banheiro do pesado carrinho de mão soçobrando e soube o que iria acontecer antes mesmo de o caixão de plástico azul e branco virar ao ser içado pro caminhão, espalhando no chão a ida aos pés de centenas de bárbaros. Só não fui atingido por alguns respingos porque antevira o resultado da manobra desleixada. Os uivos de algumas mulheres que passavam por perto mostraram que elas não tiveram a mesma sorte.

Vendo naquilo um sinal, eu decidi dar meia-volta.

Retornei para a casa de Lívia pra não fazer besteira, e ela ficou feliz quando me viu parado diante da porta. E logo sugeriu preparar pra mim o que chamou de a nossa massa: um simples espaguete ao molho frio de tomate-cereja, rúcula, um toque de azeitonas pretas, shoyu, aceto balsâmico, pimenta e muito azeite de oliva.

Depois de tanta merda, nós iríamos dormir juntos.

E estávamos, os dois, felizes.

3.

Quando acordamos na manhã do dia seguinte, entrelaçados em carinhos, Lívia me disse, cheia de mistérios, que precisava me contar uma coisa.

Conta, conta, conta, eu disse, brincando, todo cheio de uns sorrisos que não costumavam se mostrar em meu rosto. E de repente percebi que eu não era um homem que sorria, que eu não ria, que jamais dera uma gargalhada.

Você sabia que a Camila já deu em cima de mim?

Como assim, eu perguntei.

Pois é, eu acho que ela joga nos dois times.

Não pode ser, então a Camila é aquilo que chamam de giletão por aí! Mas como você sabe que ela não é só lésbica?

Ué, ela tem um namorado, parece até que o roqueiro é barra-pesada.

Mas pode ser que os dois não durmam juntos.

É, sei lá, mas só achei que precisava dizer isso a você. Ela tava meio estranha ontem.

Vendo que o terreno se enchia de espinhos e que meus pés estavam mais do que descalços, eu me limitei a dizer:

Essa é boa, a Camila roça o bombril, não é assim que dizem?

E, como estávamos bem, pensando ademais que não havia álibi melhor do que a falta de vergonha quando se andava nu em meio ao calçadão, eu tasquei:

Se ela cantar você de novo eu tô dentro.

Lívia reagiu com uma agressividade que me assustou:

Você só pode estar brincando.

E eu, cheio de chacota:

Não, estou falando sério, Lívia, claro que estou falando sério.

E pensei em estender o discurso irônico, mencionando exemplos bem-sucedidos na preservação de algumas espécies do reino animal, mas vi que Lívia não estava muito disposta a levar a brincadeira adiante e mandei meu pangaré de volta ao estábulo, a chuva prometia ser inclemente.

Conseguimos tomar o café da manhã na maior paz.

Lívia me dava um carinho meio ciclotímico, eu achava, ou talvez achava que achava. Mas parecia ainda mais afável do que costumeiramente já se mostrava. Fomos juntos à obra, faltavam uns mínimos acabamentos, um mármore pra revestir uma parede aqui, um espelho acolá, nós parecíamos duas crianças felizes com nossa casa no alto mais alto de uma árvore frondosa.

E eu dizia:

Viu só como o vaso ficou bem? E a ideia de pintar essa listra de preto fosco no banheiro, não foi genial?

A ideia havia sido minha, eu estava, uai, tão falante, de repente conseguia sair de mim mesmo como jamais fizera, e Lívia só dizia hums cheios de sorrisos.

E almoçamos juntos.

E só não jantamos juntos porque eu precisava pagar a empregada.

Se eu não tivesse de pagar a empregada, será que nada teria acontecido?

Ou será que a empregada era, sem saber, a desventura que ela própria prenunciara havia tanto tempo, chorando, eu até já esquecera do incidente, ao dizer que as pessoas estavam querendo fazer algum mal comigo?

Por que eu não deixara o cheque, que mal aprendera a preencher, em cima da mesa, no lugar combinado de sempre?

Só porque não tinha dinheiro vivo na mão, eu adiara o pagamento, deixando-o pra um depois bem mais trabalhoso?

Por que eu gastara a última folha do talão na compra de três toalheiros elétricos, cheios de estilo e bossa, que garantiriam toalhas secas e sem mofo a toda hora?

Quando saí, já do meu apartamento, pra ir ao banco pegar o referido cheque e assim poder pagar a empregada, vi Camila de repente dentro de uma clínica ortopédica. E provavelmente só a vi porque ao atravessar, fora da faixa, a rua onde a municipalidade mais uma vez cagara seu asfalto ainda meio mole, acabei tropeçando no meio-fio. Me lembrei que meu advogado dissera que aquele meio-fio havia sido de granito, um dia, e que ao serem implantados os cabos da net a pedra nobre simplesmente havia desaparecido e em seguida fora substituída por aquele concreto malfeito e sem graça ao qual, pra completar, o asfalto nem chegava, cheio de bordas irregulares, lava vulcânica que escolhe a bel-prazer onde parar, uma coisa feia de doer, uma falta de zelo, mais uma vez o Brasil à beira da estrada, literalmente. E foi então que levantei os olhos e vi.

Era mesmo Camila.

Ora, mas será que agora eu a veria todos os dias?

As portas de vidro ajudaram, mas eu nunca encontrara ninguém na rua. Conhecia pouca gente e não olhava pros lados, estava sempre trancado no interior de mim mesmo, vendo por assim dizer pra dentro. Quando por acaso chovia, eu abria meu guarda-chuva que só levava quando a água era torrencial e andava com ele por aí, fechando-o apenas no momento em que descobria no riso mais sonoro dos outros que o céu havia um bom tempo já não se derramava mais sobre a minha cabeça. A moça sapeca da última gargalhada, na chuva mais recente, devia ter visto em mim um paraquedista confuso que, ao tentar espiar o mundo além do emaranhado que o cercava, acabou despencando de seu ninho, no alto de um prédio.

Mas era assim, eu só via o que acontecia fora de mim quando um canhão, antes silencioso, disparava fazendo seu estrondo. E no entanto naquela hora eu vi. E Camila estava linda, um passarinho no poleiro estofado daquele aquário, e eu me debatendo como uma baleia fora da água ao lembrar do que Lívia dissera e da minha própria sugestão indecorosa.

No momento em que erguia a mão pra cumprimentá-la e talvez nem parar, ela se levantou e veio ao meu encontro, aberta num sorriso que ignorava inclusive todo o amargor das despedidas e das afrontas passadas.

O que você está fazendo aqui, eu perguntei.

Quebraram minha espinha dorsal, Camila respondeu, me olhando com uma insinuação desenhada na face. Brincadeira, acho que meu namorado quebrou o dedo e está no meio da radiografia.

Vai me apresentar?

Deus me livre. E acho que ainda vai demorar um pouco.

Você tá linda.

Para com isso.

Mas que tá, tá.

Já aprendi, você fez questão de me ensinar de novo, que a beleza tá longe de ser tudo, embora talvez seja fundamental.

Ah, coitadinha. Quer meu ombro? Um carinho? Eu dou.

E você?

Tô indo ao banco.

Ah, a reforma.

Não, só um cheque pra pagar a empregada.

Hum.

Gostou da exposição?

Fiquei com ciúmes por ver você elogiando tanto a Marta Jourdan, mas já aprendi que isso é um problema meu.

Ora, ciúmes, você continua sendo minha artista preferida.

Você vai na minha exposição?

Claro que vou.

Não vai se esquecer, só faltam... é, só faltam três meses.

Pode deixar, até lá a reforma já vai estar... Desculpe, foi sem querer...

Sem querer, querendo.

Olhei pra blusa vermelha dela, vi sangue e perguntei:

Chapolin agora virou psicanalista?

Nossa, quanto conhecimento inútil! Não, estou apenas cuidando dos meus espinhos.

Quer que eu arranque alguns?

E, não me aguentando, concluí com mais uma pergunta:

Ou que eu enfie mais um?

Você é maquiavélico mesmo. Gostou das minhas unhas?

Olhei pra mais um tom de vermelho, senti a ameaça, mas disse, frio:

Imagino o belo quadro que fariam segurando o meu pau.

E então lembrei não apenas de Lívia, mas também da saideira que acabou não existindo, e achei de repente que as coisas não podiam terminar assim, simplesmente, e disse:

Você não quer ver como ficou o apartamento? Vou lá às sete, quando não houver porteiro de plantão. Você sabe muito bem como odeio os porteiros.

Que o digam as praças da Zona Sul.

Ora, nem chegamos à Atahualpa.

Onde fica essa? Aqui perto?

Falando assim, você me dá até vontade de encher um quarto de ouro pra você.

Ah, tá, agora é o ouro de Atahualpa. Acho que prefiro o leite de Antero de Quental.

Eu já estava de pau duro e botei a mão no bolso da bermuda. Ela viu. A Nossa Senhora da Paz de outros encontros ficava perto, mas o dia ainda estava claro e as obras do metrô a ocupavam de cabo a rabo. Sem contar que eu de repente queria bem mais do que alguns segundos ainda por cima hipotéticos, já que haviam sido raras as vezes em que nossas incursões às praças acabaram dando certo. Pelo menos a garantia de alguns minutos. Eu era mesmo o artesão cuidadoso do meu próprio mal. E, todo doce de repente, disse:

Chega de mapear praças, Camilinha. Sabia que a nossa árvore na Antero de Quental já foi arrancada?

Mas não disseram que elas seriam replantadas? Eu posso esperar.

Que moça calma! Mas acho que talvez demore um pouco demais. Você vai querer ou não conhecer o apartamento?

Ela riu. Depois disse, simplesmente:

Ora, mas é um convite irrecusável. Quero ver como ficou o ninho onde não vou morar. Ao contrário do que acontece contigo em relação à tua, pra mim, a minha felicidade não é a coisa mais importante do mundo.

Será que era realmente assim? Senti um suspiro de perigo no ar, mas me abaixei pra pegar o prazer lá onde ele na maior parte das vezes se encontra, na lama, do lado direito do poder, que sujava as mãos de tanta gente, e do esquerdo da verdade, que todo mundo desprezava sem se dignar nem mesmo a lhe dar uma olhada. Os anos de seminário haviam me ajudado a não aprender que ao nos abaixarmos deixamos exposta a nossa parte mais vulnerável, e eu me abaixei. Eu só sabia o que o mundo todo sabia, que quem tem cu tem medo, mas ninguém me ensinara como me proteger. E eu dera um jeito de evitar, sozinho, os professores que a vida poderia ter me dado.

Combinamos nos encontrar diante do portão do prédio da Selva de Pedra às sete e dez. Ainda perguntei se daria tempo de ela resolver a questão do namorado, e ela disse que sim, tranquilamente, e julguei nem precisar dizer que por garantia só teríamos uns quarenta minutos, ela conhecia muito bem meus horários. E, quando nos despedimos, eu tive de me conter pra não agarrá-la e botar o til no "i", o pingo no "a" ali mesmo, no meio da rua.

Só o banco conseguiu baixar minha tensão, eu ainda precisava me concentrar pra fazer a operação sem cometer erros. Quando saí, achei que seria bom cortar os cabelos, e passei na Fashion Clinic. Eu faria aquele sacrifício por Camila, embora continuasse detestando me submeter à tesoura devido à estranha sensação, eterna e nem de longe tão absurda, apesar de talvez infantil, de que algo doeria quando os cortassem, eles eram parte do meu corpo.

Antes de entrar no seminário, eu inclusive só aceitava cortar os cabelos se pudesse guardá-los num saco gigantesco, escondido no sótão, no qual durante anos conservei o que minha cabeça produziu. Meus cabelos eram sempre elogiados, o cabeleireiro dizia que eram grossos, e eu ficava minutos inteiros contemplando os fios, achando que ele se referia ao diâmetro dos mesmos. Minha mãe, que nunca entendera os cabelos guardados e fora ensinada por meu pai a me deixar fazer o que eu bem entendesse, devia ter se livrado do souvenir quando saí de casa pra ir ao seminário.

Uma pena.

Por sorte e porque eu era cliente antigo, fizeram a concessão de me atender. Só precisei esperar o pagamento de uma conhecida atriz que chegou antes de mim e cujo nome me fugiu no exato instante em que vi sua bunda:

São oitocentos e sessenta reais.

E a atriz, depois de fazer o cheque:

Ótimo, então. Até amanhã.

Ao chegar em casa, paguei a empregada, que elogiou meu cabelo e logo saiu, não sem antes dar mais um testemunho do apocalipse:

Ontem encontraram meu vizinho morto. Cortaram a garganta dele e depois puxaram a língua pelo buraco, parecia até uma gravata.

E o que eu tenho a ver com isso, não cheguei a perguntar, apenas olhando pra ela. A empregada achou que precisava continuar, apesar de eu nada dizer:

Pacificam aqui na Zona Sul e os bandidos vão todos pra Baixada.

O mundo era mesmo um espaço entre o Corte 8 e o Posto 9, eu pensei, mais uma vez sem dizer. A metralhadora da empregada ainda parecia ter um bocado de munição no pente:

Sem contar os tiroteios, que aumentaram, agora é quase toda noite uma chuva de balas, ela terminou, sentenciosa.

Diante de mais um silêncio, ela se calou.

Mal tive tempo de tomar um banho, me vestir com todo o esmero, eu não entendia o tamanho da vontade que me bateu de repente, maior do que na primeira vez, dava pra medir claramente. Aquele tchau seria muito bem dado, ah, como seria. Até vesti um dos ternos azul-marinho do meu pai, adaptado a um novo sapatênis da Osklen e uma camisa tranquilamente branca.

Saí cedo demais, caminhei devagar, combinei comigo mesmo em dado momento, quando já caminhava na Ataulfo de Paiva, que se dos dez próximos carros que passassem por mim três fossem táxis tudo daria certo, e o encontro com Camila seria uma festa. Incrivelmente, apenas dois táxis passaram, mas eu descontei um caminhão e forcei o terceiro no décimo primeiro veículo que voou diante dos meus olhos, porque ele era amarelo e menti pra mim mesmo que era um táxi, apesar de ter visto que se tratava de um Camaro, até porque ele logo parou em frente ao Clipper. Me lembrei da Lotus amarela de Lívia, mas não parei mesmo assim. Aliás, quem eram aqueles alucinados do Clipper, festeiros do meio-fio, bebuns de todos os dias que achavam que a vida se passava num boteco, de preferência com muito berreiro?

E seriam meus vizinhos.

Mas tudo daria certo.

Apesar de passear um bocado pelas beiradas do pensamento, cheguei primeiro, eu nunca chegava primeiro a lugar nenhum, e aproveitei pra garantir que o porteiro já havia de fato ido embora, o espertalhão saíra antes mesmo das sete, e fiquei lendo alguns livros de arte no hall de entrada, de olho no portão de ferro. Camila foi pontual e eu gostei ainda mais dela por um momento.

Quando ela me olhou, me medindo de cima a baixo, eu notei que ela nem sequer mudara de roupa, também porque não resistiu a um comentário que certamente se referia ao fato de eu estar por assim dizer novinho em folha.

Uau, hoje a festa é lá no seu apê, ela disse.

Uma vez que não captei a mensagem, no entanto, me limitei a ficar mudo por alguns instantes. Mudo e parado. Só reagi quando ela disse:

Ou você vai querer parar por aqui mesmo?

Quando subimos, eu abri a porta, e me indignei um pouco com o fato de os pedreiros, esses desconhecidos, saírem sem dar duas voltas na chave, onde já se viu, apenas bater a porta e mais nada. Dava bem pra perceber que o que havia ali dentro não era deles.

Quando ouvi um barulho no andar de baixo, pedi silêncio

a Camila, com um dedo nos lábios. Tudo no mais perfeito sossego, eu estava ouvindo coisas. E terminei dizendo, num sussurro:

Vamos subir?

Você não vai me mostrar o andar de baixo, antes de eu subir?

Camila não se preocupava em adotar o tom de voz que a paranoia me indicava que teria de ser umas três notas mais sutil, afinal de contas quem garante que alguém não poderia estar passando no corredor, embora a limpeza do prédio fosse feita pela manhã? E sussurrei mais uma vez:

Você quer ver?

Quero, quero ver tudo!

Pois não, e, sempre no maior silêncio, já fui tirando meu pau pra fora das calças e encostando Camila na parede ao lado da porta.

Apressadinho, hein? Assim, apesar de termos quarenta, não vamos precisar nem de cinco minutos.

E ela começou a descer as escadas, simplesmente, fazendo o maior estardalhaço, depois de dar um apertão promissor em minhas partes, que logo voltei a esconder.

Foi quando um pedreiro apareceu ao pé da escada, lá embaixo.

Devo ter ficado roxo, me perguntando o que ele vira, o que ele ouvira. E quase gritei:

O que você está fazendo aqui?

Acho que eu nunca fizera a mesma pergunta duas vezes em tão pouco tempo na minha vida inteira.

Fiquei de dormir na obra, pra começar logo de manhã, ele respondeu.

Pois é, eu vim aqui mostrar o apartamento a essa amiga que é arquiteta e ficou curiosa pra ver se o colega dela estava trabalhando bem, se o projeto não podia talvez ser melhorado um pouco, antes de o apartamento ficar pronto.

Em vez do sorriso de ironia que julguei ter se desenhado no rosto dele, o que eu vi foi pânico.

Está tudo meio bagunçado aqui embaixo.

Tudo bem, ela não se importa.

E foi então que a síndica apareceu. Ela devia estar ouvindo atrás de uma das portas.

Oi, oi, oi. Pois é, eu e a moça arquiteta tivemos a mesma ideia, ao que parece.

Eu senti vontade de rosnar, mas não podia me enfurecer, e, apesar de ter certeza de que a minha situação ainda poderia ser encarada como neutra, e de que a síndica tinha tudo a perder, que ela estava nas minhas mãos, não queria que ela acabasse contando a Lívia que eu mostrara o apartamento a uma amiga supostamente arquiteta.

E levei a suave mentira adiante, enquanto a síndica dizia, atrevida, maliciosa, que ela já vira o apartamento todo, que já podia ir embora. E que o moço pedreiro, devia ser o mesmo que ela outro dia chamara de bonitinho, havia se revelado muito respeitoso ao mostrar os vários ambientes a ela.

Aliás, está uma beleza, o apartamento. Parabéns, eu o conheci bem diferente!

Eu sabia que ela provavelmente estivesse se referindo ao meu pai, e só então me dei conta de que a síndica devia ter dormido com ele ali várias vezes, eu não sabia ao certo que pé o caso deles havia alcançado, apesar do que Lívia contara. Por ora, a vagabunda devia estar fazendo uma volta mais proletária ao passado, e pensei em quantas vezes ela já se esbaldara com o operário em meus aposentos, agora eu via que a cara do sujeito lembrava a de Carlos Alberto Ricelli, embora talvez fosse um pouco mais alto do que o ator.

Tchauzinho!

E a síndica simplesmente se preparou pra sair, rebolando. Enquanto eu me sentia como uma estátua sem pedestal, ela ainda me deu dois beijinhos de despedida, repetindo o gesto com Camila, na maior intimidade.

Tchauzinho!

Diplomático, distante, eu mostrei o apartamento a Camila. Ela logo entrou no jogo, comentamos banalidades, o pedreiro cabisbaixo não sabia o que fazer, tentava ficar ao longe. Quando saímos do andar inferior, ele começou a ajeitar o saco de dormir onde eu sabia que a síndica acabara de se deitar e onde ele teria de passar a noite pra manter em pé a suposta verdade do que dissera.

O teatro iria continuar.

Mostrei o andar do meio, mostrei o andar de cima, onde Camila, sempre com ares de arquiteta especializada, depois de ter comentado o pé-direito, de ter enquadrado algumas paredes pra ver se estavam retas no andar intermediário, elogiar a escolha do exaustor, do cooktop e do forno, continuava dizendo, quase a gritar, que o ofurô era uma ideia genial, enquanto esfregava a bunda em mim, me fazendo sentir vontade de ir pra perto da fileira dos angicos do Indalécio e arrancar uma folha da bananeira que também havia sido plantada logo ao lado e crescia bem mais rápida e vigorosamente, a fim de esconder minhas vergonhas. Por um momento, pensei se não devia agarrá-la ali mesmo, o silêncio do pedreiro estava garantido. Mas um pouco de compostura era bom.

Quando saímos, ainda deixei uma nota de cinquenta reais em cima de uma bancada, dizendo ao homem que comprasse um sanduíche na esquina. Passava pouco das sete e meia quando chegamos ao elevador, juntos, porque não havia outro jeito, e também porque vizinhos, sobretudo na medida em que eu ainda não participara de nenhuma reunião de condomínio, normalmente são mais distantes do que marcianos que por acaso tenham desembarcado num prédio da Zona Sul.

A síndica, ademais, já vira Camila.

Enquanto descíamos, eu me perguntava se a saideira mais uma vez iria pro brejo e, como já estava escuro, disse que acompanharia Camila por algumas quadras, que poderíamos caminhar um pouco juntos, já que havíamos sido podados de um jeito tão desastroso. Ela foi esperta o suficiente pra se adiantar e caminhar na minha frente, mostrando o embalo daquilo que eu mais gostava de ver.

Logo a alcancei e peguei seu braço pela primeira vez na rua, discretamente. E assim cruzamos a praça Milton Campos, aberta demais pra qualquer mão mais boba, uma pena. Só havia uma ou duas veredas mais curtas e arborizadas, quase às escuras, mas mesmo assim próximas demais da luz.

Quando chegamos, depois de centenas de metros que pareceram dois, ao canal do Jardim de Alá, atravessamos para o outro lado já a um metro um do outro. E, depois de descermos alguns passos pela Epitácio Pessoa em direção à Lagoa, simplesmente a empurrei pra dentro de um portão da obscura praça que se encontrava aberto.

Olhei pros lados, simplesmente não havia ninguém por perto, todo mundo devia estar com medo de ser assaltado, a Cruzada São Sebastião ficava logo ali, uma praça do Rio de Janeiro, sobretudo à noite, não devia ser o lugar mais seguro do mundo. Ao longe, bem ao longe, vi um homem passeando com seu cachorro. Debaixo de uma árvore, cujas folhas desciam quase até o chão, parei com Camila, encostei sua cabeça no tronco, levantei seu vestido, baixei a calcinha, lubrifiquei meu pau na boceta que pingava e estoquei todo o meu desespero dentro dela, direto onde ela menos esperava.

Camila apenas sussurrou, gemendo, se encolheu, não pôde fugir, porque estava presa à árvore, e me disse no ouvido, depois de morder minha orelha, toda enrolada em mim com seus braços:

Seu filho da puta, louco, veado...

E tentava conter os gemidos, respirando forte e pedindo mais. Acho que bombeei só umas sete ou oito vezes e despejei dentro dela um chafariz que não queria mais parar de esguichar.

Ela ficou de cócoras por alguns momentos pra não se sujar, depois se levantou e me beijou, enquanto eu só queria ir embora, cheio de medo de repente.

Não vai me dizer que você agora está achando que alguém pode nos ver, ela disse.

É perigoso aqui, eu respondi.

E, enquanto embainhava todas as minhas espadas que em nenhum momento ficaram expostas, se alguém nos visse provavelmente constataria apenas um agarra-agarra comum na cidade, já conduzia Camila pra fora da praça. Nem sempre quem fazia pecado saía de casa assobiando.

Vou levar você até um táxi.

Oh, quanta gentileza, Camila respondeu.

E, assim que ela quis pegar minha mão, eu lembrei que podia haver gente por perto, aquelas ruas eram bem próximas de todo mundo. Sim, depois de comer o cu de Camila eu lembrava que aquelas vias eram familiares.

E o táxi veio.

E eu disse até mais, lhe dando dois amistosos beijinhos nas faces, aos quais ela correspondeu um tanto estática, rija, mas correspondeu. Naquele momento, eu nem de longe imaginava que o Jardim de Alá era meu Getsêmani, que o parque que eu deixava, cujo nome na verdade e por incrível que pareça era praça Grécia, mostrando mais uma vez que as metáforas vinham antes das realidades, ficava aos pés do Horto das Oliveiras, onde eu lutara fazendo um amor cheio de ódio em busca das alturas, sem saber que me precipitava no pior dos abismos.

Depois, era o Gólgota!

4.

Cheguei em casa e tentei engolir o mal-estar com um suco de fruta-do-conde que só piorou minha sensação, aumentando, por ser doce e bom demais, o amargor que eu já sentia. Só uma dose de creolina, eu suponho, teria um pH talvez compatível. Depois, todo receoso, fui colher no correio eletrônico os reproches posteriores, cada vez mais costumeiros, de Camila.
Nenhum e-mail.
Pensei se devia agradecer.
Mas o que escreveria?
Agradeceria, digamos, sua tolerância de caráter especial?
Perguntaria se ela gostou?
Se fora bom pra ela também?
Ora, eu tinha percebido muito bem que a ofensa real só viera depois, na hora em que a deixei no táxi, que o durante fora bem recebido por ela. Não seria aquela a única vez em que o melhor a fazer, que nesse momento coincidia surpreendentemente com o mais fácil, mais uma vez, sim, mais uma vez, seria não fazer nada.

Ainda abri um e-mail do meu advogado, ele agora não era mais o advogado do meu pai, eu me dava conta, interiormente eu já tomara posse dele e não o tratava mais por pit bull. Enxerido, abelhudo, sabichão, até ao diabo ele daria sugestões de como deveria atiçar melhor o fogo em que se veria queimado logo depois. Sempre me mandava aquelas mensagens com piadinhas, mas eu decidi abrir a que trazia no título: gigantesca revoada de pássaros.

Tudo se passava em algum lugar ao sul do mundo e eu logo o perdoei.

O que eu via era pura poesia, estorninhos desenhando nuvens, milhares, milhões, que escapavam do inverno rigoroso da Rússia e da Escandinávia, viajavam distâncias continentais e, no final da jornada, se reuniam numa revoada formidável que agora me deixava hipnotizado, um balé singular, o maior do mundo, cheio de precisão, uma habilidade que nenhuma máquina jamais atingiria, eu tinha certeza. Na explicação ao vídeo, li que os cientistas estimavam o tempo de reação dos estorninhos em menos de cem milissegundos pra que as colisões não sucedessem, e isso num universo de milhares, de milhões de pássaros. Caso um deles errasse, haveria uma hecatombe. Parece que nem mesmo os melhores computadores conseguiam reproduzir com a mesma eficiência e harmonia os algoritmos complexos por trás daquela movimentação toda, e eu ali não conseguindo andar nem ao lado de uma única mulher sem derrapar em outra, sem descobrir com a ponta do nariz o lugar mais duro de todas as paredes que eventualmente surgiam à minha frente.

Na manhã seguinte, acordei me lembrando que no oriente o dia era considerado uma continuação da noite, e não o contrário, e me senti um árabe no meio das mil e uma histórias, sem saber o que fazer, aquilo não poderia acabar bem, e a noite que passei acordado, cheia de resíduos diurnos bem ocidentais, realmente não prometia um novo dia assim tão bom. Quando fui comprar um pão no Mundo Verde achei que vi Camila cruzando a rua a uns vinte metros de distância.

Mas o que ela estaria fazendo ali?

E de novo?

Ah, besteira.

Eu fazia o que fazia e depois ainda queria curtir minha consciência paranoica.

À tarde, julguei ver Camila outra vez, quando saí pra almoçar com Lívia, de novo nas redondezas do meu apartamento, desta feita eu tinha quase certeza de que havia sido ela. Até voltei pra casa pra abrir os e-mails, chegaria atrasado ao encontro com Lívia, mas, se Camila estivesse de fato por perto, talvez tivesse escrito.

Subi, liguei meu iPad às pressas. A conexão à rede foi instantânea. E não soube se devia ficar frustrado ou feliz por não ver nenhum e-mail da mariposa que eu cravara na árvore daquela praça na noite anterior.

O melhor mesmo seria deixar de usar aqueles óculos de sol. Eles distorciam um pouco a minha visão, eu precisava me acostumar por algum tempo a cada vez que os usava, a curvatura das lentes era grande demais, o laboratório tivera dificuldades em fazer um serviço satisfatório. Nos primeiros dois ou três minutos, parecia sempre que eu estava subindo por uma ribanceira de alguns metros, e mesmo depois tinha a impressão de não ver com tanta nitidez como com os óculos normais. Eu já não olhava pra nada, nada via, e quando olhava, ainda via coisas.

Definitivamente não devia ter sido Camila.

Pra tentar descontrair, me ofereci pra desmatar o jardim de dona Eudora ao ouvir uma conversa de mãe e filha no telefone. A marquesinha estava pensando em vender a casa na Barra. E o jardim, pelo menos, deveria mostrar melhores condições pra não afugentar os compradores. Eu nunca fizera algo parecido, e Lívia, mais até do que a mãe, estranhou a oferta:

Vai virar jardineiro?

Pus ares voltairianos na cara e respondi:

Sim, já que vou ter de aprender a cultivar meu próprio jardim.

Dona Eudora me entregou todas as chaves da casa e falou, com a mão diante da boca, que estava indo à Zona Sul, a fim de assentar uma nova prótese dentária, já que no dia anterior perdera um dos dentes frontais. Ao sair da Maria Bonita, em Ipanema, espirrara mais inesperadamente do que nunca e o dente lhe voara pra fora da boca. E, por mais que procurasse, ajudada por duas gentis vendedoras, não conseguira reencontrá-lo.

Depois de ouvir a história, empunhei a foice de cabo longo e cortei umas duzentas cabeças, do passado e do presente, vi o sangue escorrer vermelho do pescoço de uma Camila esguia e toda verde, em forma de palmeira, e consagrei a maior atenção do mundo a um arbusto ao qual dei o meu próprio nome, que, se a realidade tivesse alguma coisa a ver com a fantasia, poderia muito bem ser Marcelo. A dor maior daqueles caules devia estar no fato de o cabo da foice que os cortava ser feito de madeira igual à deles. Só parei, suando como um javali e arquejando como um buldogue, quando minhas mãos estavam cheias de bolhas. O jardim não estava melhor depois do meu trabalho, embora eu mesmo já me sentisse bem.

Lívia chegou. Depois de ouvir a mãe lhe contar que pretendia fazer mais uma viagem, ela simplesmente sugeriu de repente que nós também fôssemos viajar ainda uma vez antes de nos mudarmos pro apartamento, prestes a ficar pronto.

Com sua mãe?

Você está louco?

Não, só brincando.

E então perguntei se ela estava querendo fazer o derradeiro teste antes de encararmos a vida conjugal.

Nem pensei nisso, mas já que você está dizendo, talvez seja mesmo bom, ela arrematou.

Apenas senti um grande alívio, uma tranquilidade que descia sobre mim, nada melhor do que a distância numa hora dessas. Dei toda a corda a Lívia, até porque na madrugada anterior o interfone de sua casa tocara e eu, insone, mas meio dormindo, acabara atendendo, e tivera a impressão de que era Camila murmurando alguma coisa do outro lado.

Me assustei, consegui me conter, achei que era fantasia, mas por via das dúvidas esqueci o fone fora do gancho. Eu sempre havia sido contra esses números no porteiro eletrônico, que permitiam a qualquer um chamar diretamente o morador das casas que pretendia visitar se apenas soubesse todos os detalhes do endereço.

Nos prédios de verdade, ninguém chegava ao morador sem passar pelo porteiro, e talvez também isso fosse um reflexo do corte de gastos, não era mais tão fácil assim manter porteiro vinte e quatro horas por dia, e nem aos domingos, em alguns prédios. Afinal de contas os zeladores da Zona Sul já mandavam seus filhos estudar em Stanford. Lívia tocou a campainha da minha cabeça e disse, como se adivinhasse o que eu estava pensando:

Dling, dlong, dling, dlong! Imaginei alguma coisa como esquiar no Colorado, inverno frio, nós dois bem juntinhos.

Isso mesmo, pra que o teste seja realmente decisivo, foi o que eu emendei, soberanamente irônico e fragilmente culpado ao mesmo tempo, acrescentando em seguida:

Mas eu não sei esquiar, não vou me meter no meio desses atletas pra fazer um papelão. E então tive a ideia de sugerir que, pra garantir nosso futuro também pelo lado abstrato, ouvíssemos o destino.

Quando chegamos na minha casa, em Ipanema, Lívia mal a conhecia, e eu me dei conta de que jamais gostara de ver alguém entrando em minha casa, nem Lívia, peguei o velho globo terrestre que um dia ganhara do meu pai, um globo iluminado por dentro, que apresentava em cores bem realistas as saliências e reentrâncias dos acidentes geográficos mais espetaculares, fechei os olhos e me preparei pra girar o mapa com força, fazendo-o parar com o dedo que encontraria um lugar a esmo em algum trecho do hemisfério Norte, já que Lívia queria o frio. Se caíssemos no meio do oceano, repetiríamos a experiência, havíamos decidido previamente. Ainda brinquei dizendo que duas pessoas que definiam com tanta precisão e plano a casa em que iriam morar pra sempre juntas, e acentuei mais uma vez ironicamente as três últimas palavras, pra sempre juntas, estavam praticamente obrigadas a dar uma chance ao destino de conspirar contra elas.

O dedo parou, na terceira tentativa, já que nas duas primeiras se cravara em diferentes lugares do oceano Pacífico, numa região na fronteira entre a Alemanha e a Holanda, mais pro lado da Alemanha, mas nitidamente, assim eu determinei, a oeste de Colônia e Düsseldorf. Depois de ficar um pouco frustrado por não termos caído na Sibéria, a Europa era uma sorte que me parecia exagerada, até Vladivostok seria bem-vinda, comecei a investigar no google as cidadezinhas próximas e foi assim que chegamos a Straelen, um lugar que escolhi um tanto arbitrariamente por me parecer bastante ermo, por não ter estação ferroviária, porque com certeza nos concederia a paz do teste que pretendíamos fazer. Eu agora já estava engajado em levá-lo a cabo com toda a diligência e requinte.

E ainda disse a Lívia:

Não existe nem trem pra você fugir de mim, e o símbolo maior da cidade é, acredite se quiser, um sofá verde, recortado em plantas decorativas. Poderia haver lugar melhor do que esse?

Parece interessante, ela se limitou a dizer.

O sofá de Straelen seria a cama da nossa lua de mel anterior ao casamento, eu continuei, quase discursando, e tive de me conter pra não acrescentar, o leito prévio da nossa morada eterna.

Quando chegamos, logo vi como a Europa estava em crise. A Alemanha discutia o abismo cada vez maior entre pobres e ricos, enquanto continuava sustentando o ideal da União Europeia à força de sua indústria e obrigando gregos, portugueses, espanhóis e italianos a conter seu perdulário espírito sulino. Achei que até as placas no trem que nos levou de Düsseldorf a Geldern, uma cidade mais próxima de Straelen, proclamando ironicamente aos que tentavam viajar sem pagar sua passagem que, por quarenta euros, os guardas aceitavam qualquer desculpa, representavam um sinal da crise.

Não entendi, disse Lívia, quando lhe contei o que estava escrito no alerta da placa.

Eu não perdoei e, chamando-a de última flor do lácio, expliquei:

Quarenta euros só pode ser o valor da multa, e até os alemães devem estar tentando viajar de graça, já que não há guardas nem roletas controlando a entrada nos trens.

Uma vez que nem mesmo os noticiários falavam de outro assunto, eu baixei um decreto pessoal proibindo a televisão no hotel, dizendo que bastava de notícias de crise e alegando que a fuga precisava ser completa. Antes disso, no entanto, porque desligar sem mais nem menos era muito difícil e porque eu mesmo era sempre o primeiro a burlar meus próprios decretos, ainda mudei de canal e vi um curioso documentário sobre uma cidade minúscula chamada Halberstadt, na qual estava sendo apresentada, pelo que entendi, a peça *As slow as possible*, de John Cage, que eu já conhecia. Mas de um modo bem peculiar, ou seja, tão lenta quanto possível, seguindo à risca a recomendação do compositor. Na igreja Burchardi, localizada na referida cidadezinha, do outro lado da Alemanha, se mostrava como a peça podia ser realmente lenta, pois. O órgão fora instalado de maneira a fazer com que a peça de John Cage durasse seiscentos e trinta e nove anos.

Nessa apresentação não havia como fugir à consciência da música, e talvez o som fosse mais duradouro do que o instrumento, quem garantia que aquele órgão resistiria aos mais de seis séculos previstos para a execução da obra? O fim do aparelho, por incrível que pareça, era a única ameaça objetiva ao fim da música, que de resto só pararia por causa de uma guerra, de uma catástrofe ou da falta de disposição, ou então de criatividade, das gerações futuras, que, apesar de suas eventuais vicissitudes, deveriam mudar de quando em vez a nota tocada e estendida até o meio da eternidade.

Eu via que o destino da arte ia além de sua capacidade técnica, de sua qualidade estética, havia um mundo inteiro em volta de uma simples composição. Mas quem teria coragem, ante uma grandiosidade assim, de pôr um fim naquela música, interromper o concerto, acabar com aquela desarmônica harmonia infinita? A cidade de Halberstadt fora a escolhida pro projeto porque ali havia sido construído o primeiro grande órgão do mundo em 1361, com teclado de doze notas, num esquema que era seguido até os dias de hoje.

No ano de 2000, seiscentos e trinta e nove anos depois, se decidiu que a peça de John Cage começaria a ser tocada exatamente ali, e que sua execução duraria mais seiscentos e trinta e nove anos. A música já soava havia fatídicos treze anos, mas continuava, e não parecia querer parar.

O mosteiro construído no ano de 1050, que durante um longo período secular já servira de chiqueiro de porcos e alambique pra fazer aguardente, voltara a se tornar um templo. Eu fiquei tão apalermado com o documentário que esqueci de Lívia, e, quando acordei do sonho, senti mais uma vez que era preciso realmente ter coragem pra apertar o botão. Antes, ainda, vi em outro canal que uma banda esquisita chamada Rammstein expressava com bastante exatidão, conteudística e formalmente, aquilo que eu costumo sonhar, inclusive meus piores pesadelos. Não consegui parar antes de o clipe chegar ao fim, as imagens pareciam até um plágio daquilo que eu elaborava no meu sangrento caldeirão cerebral durante a noite, valia a pena prestar atenção e investigar o assunto mais de perto. Logo depois do susto, que me fez reagir de uma vez por todas, a tela azul da TV me deu um tchau vazio antes de se apagar de todo, enquanto Lívia chegava do banheiro e dizia, me estendendo a mão:

Muito prazer, Lívia.

Eu estendi a minha, murcho, e pedi desculpas, fazendo um muxoxo, e lhe dando um beijo.

Foi só então que comecei a observar em detalhes a mobília do hotel e o que mais me chamou a atenção foi um bauzinho de madeira antiga com dois pegadores de metal. Não resisti e me aproximei. Quando ergui a tampa, vi que o estranho baú era encimado por uma tábua com um buraco arredondado no meio e um saco de lona abaixo dele. Só depois de algum tempo percebi que se tratava de uma privada portátil, usada por aqueles que ao fugir de casa já gostavam de viajar higienicamente no século XIX, dispensando o matagal mais próximo, usado para as necessidades até então.

Viajar se tornara realmente fácil, não dava pra entender por que as pessoas ainda construíam casas. Quando levei a mão ao meio do rosto julgando sentir um cheiro, percebi que ela se encheu, eu precisava realmente era cuidar do meu nariz, e com isso já faria o bastante.

Ao ver meu encanto, Lívia disse:

Ainda bem que você sabe um pouco de alemão. Que linguinha brava, hein? E o pessoal dessa aldeia tem dificuldades com o inglês.

Tento dar um jeito.

A única pessoa que eu conheço, que sabe alemão muito bem, é a Camila.

É mesmo? Eu não imaginava, foi o que respondi.

Parece que ela morou aqui, por algum tempo.

Lívia bem podia deixar de lado o nome da outra e não atiçar minha saudade. Parecia até que essa necessidade de falar de Camila revelava a tentativa de descobrir alguma coisa, de me fazer confessar no meio de toda aquela solidão a dois, aproveitando o último retiro penitencial antes do casamento. Mas Lívia só conseguia era açular meu azedume, tornando-o amargo.

Olha isso aqui, ela chegou dizendo depois de uma caminhada em que mais uma vez não a acompanhei.

Vi que ela trazia um pacote do que me pareceu ser um pão preto na mão.

Sim, e daí?

É pão alemão.

Eu não gosto, mas pelo menos faz bem pros intestinos.

Mas eu gosto! E você me disse que gostava, outro dia.

Ah, sim, desse aí eu gosto.

E, tirando da sacola de supermercado uma geleia e uma manteiga, Lívia preparou um pão pra mim. Eu olhava fascinado pra ela, a manteiga dura, que demorava a amolecer, era distribuída com uma regularidade verdadeiramente artística sobre a fatia de pão, não sobrava uma só manchinha escura sob a camada finíssima do laticínio cremoso. E logo depois veio a geleia.

É de figo. Sabe quanto eu paguei pelo pão?

Hum?

Noventa e oito centavos.

Sim, e daí?

Você sabe quanto custa a imitação desse no Mundo Verde?

Hum?

Doze reais.

Hum.

Eu agradeci o pão que Lívia me deu nas mãos, pensei quanto deveria ter custado o tal do pão do Bento que joguei fora depois do cinema com Camila, e me ocorreu dizer que gostei da surpresa e, ao dizê-lo, logo senti o coração amolecendo um pouco, tanto que prometi deixar que Lívia me mostrasse a cidade, inclusive o supermercado, se fosse o caso, nos dias seguintes.

Nos passeios que desde então passamos a fazer juntos todas as manhãs, o inverno, apesar da neve, estava ameno, benfazejo, vi que aquela cidade minúscula da província alemã crescia apesar da crise, várias casas novas sendo construídas, a realidade da reforma não me deixava em paz. A diferença era que ali as pessoas visivelmente tentavam levar uma vida em família. As casas tinham até jardins, jardins cuidados, trilhas no jardim, flores no jardim, homens que se ocupavam com todo o zelo durante o fim de semana pra deixar o que era seu mais verde, olhando pouco pro jardim do vizinho, instalando o monjolo dos bisavós decorativamente diante de suas casas, recortando cercas vivas ornamentais em forma de letras que identificavam o nome da família que ali habitava. O orgulho dos Bender estava desenhado no mais presunçoso verde, apesar do inverno, ainda que um balanço abandonado numa árvore mais alta enforcasse toda a alegria do jardim.

Logo adiante, uma pensão pra cachorros. Nem mesmo aqueles tabaréus do primeiro mundo eram de ferro e deviam viajar de vez em quando, largando seu idílio protegido pra se submeter aos mosquitos que ainda existiam nos trópicos mais ao sul, onde o sol queimava o lombo do mundo de outubro a abril e até os estorninhos buscavam refúgio. A linha diagonal de uma série de quatro casas era perfeita, nenhuma atrapalhava a vista da outra, todas situadas na mesma e acabada simetria, postadas descontraidamente ao longo da rua.

A limpeza e a ordem do alinhado subúrbio da cidadezinha incluía até pôneis e gansos, passeando nos potreiros bem próximos das casas de tijolo holandês. A urbe até parecia perder seu caráter eterno de organização apenas provisória de uma benevolência aliás fingida. Família Op de Hipt. Aquele era um mundo em que até as cercas, quando existiam, serviam pra enfeitar, apenas pra enfeitar.

Mas eis que diante de uma das casas encontramos o nome dos moradores identificado por uma enorme pedra, ornamental, decorativa, a família Semper gravava sua eternidade na rocha à força de formão. Mas logo me dei conta do que estranhei desde o princípio, e não deixei escapar a oportunidade de destilar sobre toda aquela harmonia a minha baba de filho de Caim, e disse a Lívia que aquela rocha mais parecia uma pedra tumular, e que aquele lugar todo não passava de um cemitério, um resquício do passado, que ainda tentava preservar os nomes dos que lá viviam, lutando contra a inclemência do tempo que passa e identificando-os para os passantes. Será que Ana Linnemann não teceria o nome de nós dois sobre uma de suas pedras?

Uma varanda envidraçada, hipermoderna, revelou a nossos olhos um casal troncho de alemães tomando o café da manhã. Os exibicionistas nem se preocupavam em tirar o pijama velho de pelúcia, fazer a barba e perder os quarenta e cinco quilos a mais que ambos continuavam aumentando com uma montanha de pão sobre a mesa. Numa casa, vi uma garagem em forma de caixote perfeitamente retangular, minimalista e elegante, em outra um puxadinho bauhaus. Ali até a classe C do espírito sabia ser jeitosa arquitetonicamente, alguns inovavam com telhados de uma água, que sempre me davam a ideia de estar faltando metade das casas. Muitas inclusive tinham painéis solares no teto, as pessoas lutavam até contra o aquecimento global pra eternizar sua vidinha de merda.

Falando em merda, aliás, as sacadas de um prédio mais pobrinho, mas ainda moderno, bem adiante, certamente construído pros trabalhadores migrantes, a fim de que um dia não abrissem favelas na cidade, pareciam de plástico, do mesmo plástico do qual eram feitos os banheiros químicos no Brasil. Na verdade a sacada parecia, toda ela, um banheiro químico.

Lívia nada dizia ante os meus comentários, e eu parei a resenha amarga, evitando dizer qualquer coisa sobre o poço no meio do jardim, provavelmente uma imitação da vida antiga que nem chegou a funcionar algum dia. E, quando vi mais um moderno moinho de vento, ao longe, quase disparei contra ele de lança em riste. Só desisti porque ele me pareceu devotamente contemplativo na adoração da paisagem branca. Meu tédio era tão grande, no entanto, que julguei ter sido minha violência metafísica e meramente interior que espantou um corvo solitário da cumeeira do telhado mais próximo. Me assustei mesmo assim com o bater das asas.

Um dos jardins era tão grande que mostrava, num dos lados, um arremedo de labirinto onde lamentavelmente não daria pra se perder. O caminho de volta pra casa, era fatal, seria reencontrado. Na outra extremidade do mesmo jardim havia uma trilha de pedras arredondadas que terminava num círculo de pouco mais de três metros de diâmetro em meio ao qual uma árvore hibernalmente desprovida de folhas com meia dúzia de gralhas nos galhos secos acolhia um banco solitário no qual senti vontade de sentar pra chorar por algum tempo.

Entre todas as árvores, aliás, apenas abetos e pinheiros estavam verdes, e algumas delas, completamente secas, mostravam vida só através da hera que as encobria da base do tronco ao último galho. A planta parasita parecia ter matado sua hospedeira, quando na verdade só lhe emprestava uma beleza perfeitamente longilínea que a deixava verde inclusive no inverno, transformando uma relação oficialmente parasitária em poeticamente simbiótica.

Minutos depois da mais longa das caminhadas, passamos por uma série de ruas, Goethestrasse, Schillerstrasse, Lessingstrasse, aquelas bibocas caipiras também respeitavam a mais alta cultura nacional, e em seguida vi que adentrávamos um caminho em meio ao campo chamado Backespad. Me lembrei imediatamente de um mefistofélico colega de seminário e achei que ele arrotaria de orgulho, se mostrando fausticamente impossível mais uma vez por cerca de uma semana, ao ver que a assim chamada vereda Backes partia da região em que ficavam as ruas Goethe, Schiller e Lessing.

Na verdade, o tal Backespad começava na zona de casario das referidas ruas e se estendia por apenas uma quadra, pra em seguida desembocar num descampado gigantesco, nos limites da cidade, e se alargar a perder de vista. Do lado direito, um campo de futebol ainda mostrava que a solidão não devia ser completa por ali, pelo menos não no verão, porque no inverno coberto de neve não dava pra ver uma alma viva no caminho que se estendia em meio ao prado branco, buscando o infinito e chegando provavelmente ao nada. Numa instalação militar em meio à floresta que principiava bem mais tarde, havia um depósito da Bundeswehr, só aparentemente abandonado, e os musgos cresciam, chumaços verdes e pacíficos, no topo dos postes de concreto armado que sustentavam a cerca.

Quando chegamos ao hotel, eu disse a Lívia que iria ver as notícias e encontrei um já surpreendente e-mail de Camila me perguntando se eu tinha gostado, e dizendo que me daria tudo, muito mais do que aquilo que já me dera, inclusive as maiores homenagens. Até senti vontade, mas resolvi não responder e consegui me orgulhar disso.

À noite, Lívia e eu, sim, Lívia voltava a estar toda comigo, saímos pra jantar num restaurante chamado El Paso, dirigido por sérvios de todos os principais países da antiga Iugoslávia. Sérvios da Sérvia, sérvios da Croácia e sérvios da Bósnia, mas todos sérvios, que já foram logo dizendo "buenas noches" quando descobriram que éramos brasileiros, depois de perguntar de onde vinha uma dama tão elegante. A qualquer coisa, diziam "gracias", não tinham ideia do que era um "muito obrigado", e só ficaram calados quando pedi uma Weinschorle, pra ofender o furor carnívoro e machista deles e minhas próprias recordações mais dolorosas.

Estupefatos de verdade, no entanto, os garçons sérvios apenas ficaram quando exagerei na gorjeta ao pagar a irrisória conta, no final. Será que o cozinheiro que abriu tantas ostras pra nós pediria demissão pra montar sua joalheria?

Mais do que a carne em profusão que também rejeitamos, ćevapčići, pljeskavica, raznići, o que me chamou a atenção no restaurante foi um enorme crocodilo à entrada do estabelecimento, cuja função não descobri e que parecia ter sido composto com os mesmos diamantes usados por Damien Hirst em suas obras de arte. Por um momento, me passou pela cabeça que o artista britânico também poderia ter se encantado com a cidadezinha.

Pra terminar as festividades do dia, sugeri uma passada por um bar que segundo eu vira na internet era o mais típico da cidadezinha, o Markt 3. Depois de um dia de sadismo, deixei Lívia emocionada ao sussurrar pro garçom, que também era o dono do lugar, que minha mulher fazia aniversário, era o segundo que passávamos juntos, ao que ele apenas respondeu: deixa comigo, em seu inglês de extrato de tomate.

A música seguinte chegou ao fim, e logo depois soaram os primeiros acordes de "Happy birthday", de Stevie Wonder. Só então Lívia entendeu o que estava acontecendo. E em seguida, sorrindo pra mim com todo o amor do mundo, passou a se curvar à multidão de tabaréus que veio cumprimentá-la, em medida fila. Um espetáculo só pra ela, um bar curvado a seus encantos.

Um grego mais cosmopolita e absurdamente avantajado, apelidado por todos de Colosso da Samotrácia, cantou, cheio de simpatia, um parabéns a você helênico pra ela. E um alemão mais atrevido, que até hoje não sei se estava bêbado ou era abobado mesmo, vestido numa calça laranja semelhante à dos trabalhadores da Comlurb no Rio de Janeiro, operário da catedral, chegou a beijar a mão da minha mulher, se apresentando: Balduin Op de Hipt.

Lívia não conteve as lágrimas, que jorraram soltas enquanto ela sorria. E assim, meio sem querer, eu acabava me redimindo.

5.

Durante a viagem, o Brasil virou notícia na Alemanha por conta de uma boate de Santa Maria que pegou fogo. A primeira pergunta que me fiz foi a que distância das missões ficava a cidade, pra logo sentir alívio e constatar que, na falta de parentes mais jovens, ninguém próximo do velho Vassili devia ter morrido. O filho de João, o Vermelho, pelo que eu sabia, continuava no Rio de Janeiro, e ademais, pelo que o pai me contou, não seria uma perda de chorar se tivesse morrido. Aliás, também por causa disso eu nunca pensara em procurá-lo, o pai disse que tentara tantas vezes, e sempre inutilmente, se aproximar dele, costurar a relação que se esgarçava, até o momento em que se despediram cheios de ódio pra sempre, tanto que o filho nem o visitaria na cadeia, nem sequer iria a seu enterro. O rapaz, que inclusive devia ser apenas um pouco mais velho do que eu, seria apenas uma nova variável problemática na minha vida já complicada por demais, eu tinha certeza. Estranho o velho Vassili jamais ter perguntado por ele, talvez tivesse sido instruído por seu Yannick a nada fazer em relação ao moleque depois de tudo que aconteceu, ou então soubesse que ele vivia enfim com a mãe, eu não tinha a menor ideia.

Voltamos na quarta-feira de cinzas e fomos cada um pra sua casa. O arquiteto escrevera num e-mail que o paraíso ainda demoraria três ou quatro dias pra ficar pronto. No máximo uma semana.

Lembro que respondi, cheio de ironia: não se preocupe, Deus também levou sete anos pra construir o seu Jardim do Éden. O nosso, pelo menos, vai estar pronto em um ano e meio.

Em Ipanema, imperavam as sobras do carnaval, o cheiro da barbárie tomava conta do ar, em alguns lugares mal dava pra caminhar de tanta gente. A vida só voltaria ao normal depois de duas chuvas. As águas de março, mais tarde, providenciariam pra que não fosse necessário caminhar com a mão no nariz pelas ruas do bairro.

E então percebi mais uma vez como eu odiava gente. Aliás, a empregada não perdia por esperar minha fúria. Quem a mandou me deixar sem uma fruta em casa, sem água filtrada, onde já se viu, eu me recusava a beber a podridão que eu sabia sair das torneiras da cidade maravilhosa.

Em busca do supermercado mais próximo, passei por aquela galeria famosa. Diante da vitrine, três mendigos ou tresnoitados se encontravam dispostos como a mais recente instalação. Pouco depois, a transversal inteira estava tomada pelos foliões que fizeram dela o ancestral hotel ao relento, Miguel Rio Branco virando teatro a céu aberto, um Copacabana Palace entre a parede e o paralelepípedo, com bar de caixas de isopor, restaurante a tiracolo e tudo. O povo aglomerado, disposto ao apego coletivo, eu queria ver quando ele resolvesse começar a gritar e a protestar contra os que assim como eu, assim como meu pai, pisaram durante tantos séculos em seus calos.

Quando dei por mim, já estava atravessando o pelourinho

às avessas, abandonado à perpétua putaria. E foi então que uma das moças disse, me convidando:

Você não quer deitar aqui com a gente?

Achei a voz que ouvi parecida com a de Camila, e quase saí correndo, pra só então me dar conta de que não pensava em Camila havia dias. Ainda olhei pra trás a fim de garantir que não era ela, coisa doida, e só vi uma preta piscando pra mim. Definitivamente, mais uma vez não era Camila.

Quem eram, aliás, aquelas pessoas?

Ambulantes vendendo bebidas mornas, pastéis estragados, aproveitando a fome de multidões que só pensavam em festejar?

Ou será que faziam parte, eles mesmos, da festa?

Ao que parece, haviam dormido de fato ali, senhores da rua. Arrotavam trufas, pigarreavam cristais pensando que eram diamantes, e eu temi seus bíceps e sua miséria, que parecia fazer uma menção bem evidente de ocupar meus espaços bem civilizados.

Apressando o passo, ainda vi um Orfeu perguntar a uma Eurídice das mais negras se ela iria desfilar no Suvaco do Cristo no dia seguinte, e só então descobri que o nome do famoso bloco não era tão herético e blasfemo quanto eu imaginava. Tirei a dúvida ao chegar em casa, e constatei que os carnavalescos de fato não se chamavam Suvaco do Cristo, como eu pensava, e que a menção religiosa se limitava, portanto, apenas à estátua, e era meramente geográfica, por assim dizer.

Também não era todo mundo que, assim como aquela espanhola velha e doida de Saragoça, se não me engano, saía por aí desfigurando a imagem de Jesus. Engraçado como às vezes também se cadastrava algo erradamente e continuava assim até o fim da vida, se o acaso não nos fizesse tropeçar. Havia poucos anos, apenas, eu descobrira que as mesinhas de cabeceira de todas as casas não eram os criados-mundos que eu sempre tinha lido de modo errado em algumas traduções, mas sim, e poeticamente, singelamente, apenas criados-mudos.

Depois de providenciar o mínimo, fui ao Minimok, um restaurantezinho japonês, e pedi quatro porções de congro negro defumado, a dica de Lívia provou ser realmente ótima. Em seguida, passei em casa e esvaziei a garrafa de saquê Watari Bune Kame Número o, desprezando em goles bem rápidos os pequenos grãos de arroz raro, polidos até ficar com a metade do tamanho, dos quais só depois era extraído o líquido. Quando saí pra dar uma olhada no nosso apartamento, cambaleei um pouco, mas me sentia eufórico. Os pedreiros também aproveitavam o feriado de carnaval.

Não vi o que ainda poderia estar faltando, parecia tudo pronto, inacreditavelmente pronto.

Escrevi um e-mail ao arquiteto, perguntando se ele estava querendo nos fazer uma surpresa.

Na resposta, que veio logo a seguir, ele disse, de seu iPhone, que não, que os festejos da virada de ano, estendidos ao carnaval, haviam prejudicado o andamento final da reforma, que realmente faltavam alguns acabamentos. E inclusive uma derradeira mão de tinta nas paredes, e um verniz fosco no piso de tacos do andar inferior e do andar intermediário, eu fizera questão de mantê-lo, não tolerava a nova moda do porcelanato, só o piso do último andar é que não era de madeira. Pela resposta longa, vi que ele devia se sentir culpado, mas mesmo assim perguntei apenas comigo mesmo:

Quando, enfim?

Caminhando pelos recintos vazios, senti medo de repente, aquilo me pareceu tão definitivo, tão definitivamente definitivo. E me lembrei dos quadros de Pieter de Hooch. Não eram poucos os que mostravam cenas caseiras, mas em quase todos havia uma porta aberta nos fundos, uma possibilidade de fuga, outro mundo que se abria fora de casa, um caminho pra buscar a distância. Em várias das cenas podiam ser vistas uma mulher e uma criança, ou então uma mulher e duas crianças, ou ainda duas mulheres e duas crianças, certamente porque o homem fizera uso da porta aberta e não se deixara trancar, enquanto a mulher cuidava dos dois filhos, ou então apenas do filho mais novo, e a criada dava conta do mais velho. Mesmo quando homem e mulher se encontravam em conluio, sozinhos dentro de casa, supostamente antes de as crianças nascerem, e talvez preparando seu nascimento em grandes debates anteriores à cama dos fatos, a porta quase sempre ficava aberta, dava pra respirar, o mundo se descortinava sem trincos nem grades para além das cenas caseiras.

Em que medida eu ainda poderia continuar ouvindo o convite de moças dormindo na rua?

Como poderia seguir olhando pro lado, admirar as flores mais vagabundas à beira do caminho?

Eu via o Golias da reforma tombando à minha frente e não conseguia sentir a humildade vitoriosa de Davi. Assim que entrasse naquela casa, eu trancaria todas as portas pra mim, eu mesmo. E de repente decidi que o piso de tacos não estava bom, não. Que um de tábuas seria mais bonito. E no dia seguinte mandei trocar tudo. O mestre de obras que encontrasse madeira de demolição pra tanto, eu sabia que aquilo estava muito mais na moda. Ele concordou, alegando que a obra atrasaria, no entanto.

Mas eu insisti.

Senti que estava ficando viciado na reforma, que não conseguia parar, mas talvez apenas por medo de ver tudo pronto, ou então pra estender o prazer de mandar, de dar minhas ordens, aliado à nostalgia de ver escombros à minha volta, eu não sabia ao certo, mas ao chegar em casa justifiquei de modo pretensamente razoável a minha decisão pra Lívia, que apenas me ouviu, o rosto estupefato, sem saber se louvava meu entusiasmo ou criticava meu temor, que eu supus ver em seus gestos que ela percebeu. Triste, esburacado por dentro, fui me afogar na música de Tom Waits, que ainda outro dia gerara uma piadinha da mesma Lívia.

Cadê o classicismo do meu homem?

6.

No dia seguinte acordei irritado e, ao abrir o refrigerador, vi que minha empregada, por que ela se mostrava tão negligente de uma hora pra outra, será que adivinhava que eu a despediria, esquecera de botar no congelador a bacia de metal de onde eu tirava o pedaço de gelo diário que quebrava na pia pra lavar meu rosto. Só imitando a água gelada do seminário eu conseguia acordar mais ou menos pra encarar ainda tropeçando uma vida que pra mim sempre pareceu uma touceira que arranhava meu rosto e me fazia tropeçar na mata rasteira.

Como sempre, tive a sensação de que com a água, pura e simples, eu não conseguiria dar o primeiro passo de um modo mais adequado no mundo daquela manhã. Ao olhar mais concentradamente pra pia julguei ver meu rosto nos círculos turbulentos que eriçavam a água meio morna, e toquei a superfície, tentando acalmá-la, não vendo mais nada em seguida. Eu estava sem óculos.

Peguei uma banana e liguei o computador, sentindo de repente que o quadro de Camila, que eu pendurara na parede do escritório, não tirava os olhos de mim. Casa amarela com telhado azul. Olhei durante algum tempo pra ele e depois voltei, ainda desconcentrado, à tela do computador. Em São Paulo, mais uma favela pegava fogo, e eu me perguntava se o incêndio era realmente acidental, se quarenta anos depois os paulistas não imitavam os cariocas. Em Porto Alegre, até a Vila Liberdade, junto ao novo estádio de futebol do Grêmio, que teria sido construído sobre um lixão, fora devorada pelas chamas. João, o Vermelho, certamente diria que dos gremistas não se podia esperar outra coisa mesmo. E eu mais uma vez me lembrei do meu pai, o primeiro João, e o repeti interiormente, na voz cada vez mais embargada de sua idade que avançava.

Eu só acredito no fogo!

Foi quando me dei conta de que meu mundo, talvez pela primeira vez, tinha um aqui e agora, que eu estava no Rio de Janeiro, prestes a me mudar pra minha nova casa, construída sobre aquele incêndio que o mundo inteiro sabia que veio a calhar bem demais pra ter sido acidental, e num terreno outrora ocupado por alguns indesejados, cuja presença jamais fora bem-vista na Zona Sul. Eis que de repente eu voltava a subir na peanha da moral, que usei religiosamente por tanto tempo como uma luva pra não me sujar no mundo, e depois abandonei por não me servir mais. E tudo apenas pra fugir ao que agora já me parecia inevitável.

Eu me sentia como se estivesse entrando na igreja, ou melhor, como se já me encontrasse dentro dela esperando a noiva, e logo me lembrei que Berlioz compôs a "Marcha ao suplício" na manhã do dia em que se casou. Quando o pombo de sempre pousou no parapeito baixo da minha janela, espiando pra dentro, eu o chutei com toda a força, e ele voou bem alto, sem usar suas asas, caindo no pátio do prédio vizinho. Eu sempre tivera vontade de chutar os pombos como se fossem bolas de meia ao vê-los como ratos em meu caminho, apesar de nunca ter gostado de jogar futebol.

Com a cotação das ações sempre aberta, lembro que em dado momento, eram dez e dez, fui dar uma cagada, e quando voltei do banheiro os papéis que comprei haviam caído mais de dez por cento. Meu pai postiço voltou vermelho à minha lembrança, dei uma cuspurada pela janela e pensei que ainda algum tempo antes eu jamais faria aquilo e talvez tivesse pensado arcaicamente que fora aos pés, como se dizia nos romances, ou que visitara o toalete, como se falava nos salões que eu não frequentava.

Irritado, tentando convencer a mim mesmo de que devia estar feliz, apesar de tudo, fui verificar a obra outra vez três dias depois. Nem sequer sabia mais se torcia pra ela ficar pronta ou não. Vi que o piso já havia sido colocado, inacreditável!

Mas uma das quinas da grande abertura da sala pra cozinha semi-integrada estava torta, mandei ajustar, o mestre de obras disse que ela não estava torta, eu ordenei que ele trouxesse o prumo, a quina estava minimamente torta, meio milímetro, talvez, mandei quebrar a parede de novo, não havia o que discutir. E depois, pra compensar minha indecisão e dar uma colher de chá ao espírito de Lívia, que eu sentia pousado em meu ombro, ainda exigi que o prazo de mais três dias fosse mantido, do contrário eu cobraria a multa por atraso, que aliás já estava pendente havia meses e só era perdoada pela minha inesgotável benevolência com a classe trabalhadora.

O mestre de obras se encolheu, pediu licença depois de um pois não, doutor, que a praxe lhe mandava dizer, e foi embora. Em seguida ouvi que ele falava no celular, supus que buscasse reforços, e me arrependi de fato da dureza que mostrara com o homem. Não por clemência, mas porque definitivamente não tinha certeza de querer o apartamento pronto com tanta rapidez.

Lívia disse que já estava tão cansada daquilo que chamou

de obra de igreja, que só voltaria a visitar nossa casa, ela disse nossa casa e eu não sabia se ficava feliz ou sentia ainda mais medo, com a mudança. Antes disso, não pisaria mais nem nas cercanias do prédio.

Uma vez que ela passaria alguns dias na casa da mãe, a casa em que passara boa parte da infância e seria vendida, a mãe que incrivelmente reclamara da solidão, fui com ela até a Barra, inclusive pra visitar dona Eudora, que já não via fazia algum tempo. Quando chegamos, tivemos de atravessar a casa inteira e só encontramos minha sogra no jardim, onde ela xingava um garoto de uns três ou quatro anos que cavalgava em pelo a sua antiga tartaruga de estimação, um pedaço da crosta terrestre que mal se mexia, sem pressa, porque parecia, como todas as tartarugas, caminhar lentamente de um milênio a outro.

Desce daí, menino, deixa o pobre do Sarney em paz.

Já vou, vó.

Vamos, desce já daí, menino.

Tô indo, vó.

Depois de mais uma chicotada fingida e um galope de dois centímetros e meio, o garoto desceu do cavalo improvisado pra receber de lambuja, apesar dos protestos de dona Eudora, uma palmada da mãe, que chegava correndo com um pano de prato na mão.

Mas bom cabrito é o que mais berra.

Dona Eudora praticamente adotara o filho mais novo da empregada, um temporão de pai desconhecido, e agora pagava o pato. Ao mesmo tempo em que era capaz de pisar na campainha da sala de jantar pra chamar suas criadas, até eu via um grande horror simbólico no gesto, ia logo dividindo com elas tudo o que tinha, e se responsabilizando pelo futuro de seus rebentos. Havia inclusive porta-retratos do menino espalhados pela sala.

Voltei ao apartamento depois de mais três dias, afinal de

contas eu devia explicações a Lívia e me sentia solidário com ela, apesar do medo. Ameacei expulsar os pedreiros do apartamento, e só recuei diante do Indalécio, que levantou todo o seu silêncio à minha frente, pedindo respeito sem abrir a boca. Tomando fôlego pra respirar, me voltei pros outros e perguntei por que estavam enrolando daquele jeito, se iam ocupar mesmo a minha casa, se pretendiam ficar ali pra sempre, se estavam gostando de passar o dia na Zona Sul, se a vida no subúrbio não lhes agradava mais.

Quando um dos homens virou as costas pra mim, gritei, lembrando dos sacos de dormir, que estava sabendo, inclusive, que alguns dormiam no apartamento, e que isso não me parecia nem um pouco direito. Quase perguntei se eles sabiam com quem estavam lidando, mas acabei indagando apenas quem eles pensavam que eram. Dei mais dois dias pra terminarem a reforma de uma vez por todas. Liguei pro advogado na frente do mestre de obras a fim de mostrar com a clareza de um processo que eu não estava brincando.

O arquiteto logo ligou pra dar explicações, mas eu me limitei a dizer que queria o apartamento pronto.

Pronto.

E pronto.

Era quinta-feira, a mudança já estava marcada para a terça da semana seguinte. Ao chegar em casa, senti uma dor estranha do lado esquerdo do peito, que parecia se anunciar havia semanas e agora ficava mais aguda. Tive certeza absoluta de que seria bom fazer um exame quando recebi um e-mail da Unimed oferecendo, como se fosse um vaticínio, seus serviços. Tá certo que o mundo virtual adivinhava nossas vontades, exibindo e oferecendo o que queríamos ver, mas no caso do meu coração eu não dera nenhum clique que pudesse denunciar o problema. A solução tinha toda a cara de sobrenatural, portanto.

Na segunda à tardinha, os pedreiros continuavam no apartamento. Subi nas paredes e atropelei todo mundo, mandando embora quem se encontrava presente, mesmo no meio do serviço. Cheguei a dar um empurrão num mais baixinho que ousou uma piada que por sorte não entendi, ou melhor, não quis entender, dizendo que a obra apenas não acabara ainda porque eu na última hora resolvera chamar uma segunda arquiteta pra mudar tudo, hihihi.

À noite, o primeiro arquiteto me ligou pedindo desculpas, e dizendo que tudo seria terminado na terça mesmo, eu não precisava me preocupar, e sem atrapalhar a chegada da mudança de Lívia. Seriam as peças selecionadas da casa dela que comporiam, com alguns eletrodomésticos novos, cujas caixas já se encontravam no apartamento, e com a espreguiçadeira da casa do meu pai, a mobília quase completa da nossa nova moradia.

Eu só esperava entrarmos no apartamento pra enfim pôr o do meu pai à venda, o contrato de locação do apartamento de Ipanema em que sempre morei, antes e depois do seminário, já estava acertado, e o inquilino entraria no princípio de abril. Em poucos dias, portanto. Eu me sentia encarcerado, mas continuava avançando meio que por inércia, apostando que o ócio valia mais que a negação do ócio, o negócio. Procurava saídas, mas estava num túnel sem braços nem ramificações, que desembocava direto no apartamento da Selva de Pedra.

Quando estava quase chegando em casa, o lugar em que nasci e iria deixar, tive de engolir em seco pra não soluçar ao ouvir o vendedor passando com seu habitual feixe às costas e gritar o já conhecido refrão, que eu ouvia de verdade pela primeira vez:

Vassoureeeiro! Vassoureeeeeiro! Vassoureeeeeeiro!

Será que ele também vendia suas vassouras ainda democráticas na corte do Leblon?

Resolvi experimentar os doces que o pobre velho de sempre

mais uma vez me ofereceu, doces especiais, ele não desistia nunca, embora sua caixa parecesse sempre estar cheia, e de repente passei a gostar tanto do meu bairro que assinei o manifesto contra a municipalidade decidida a arrancar todas as nossas árvores por causa das obras do metrô. Como ousavam esburacar a areia onde brinquei quando era criança, meter torres e tratores em cima dos meus playgrounds? Eu, que nunca sentira nada, agora me sentia dono daqueles troncos. Se não tivesse ninguém por perto, eu talvez os abraçasse, ou pelo menos fizesse a sesta à sombra frondosa de uma das árvores daquela que sempre foi a praça mais bonita do Rio de Janeiro.

7.

No exato instante em que consegui botar o último pedreiro pra fora de casa, usando a tática do cerco e da insistência, era terça à noite, o mestre de obras chegou e me entregou solenemente as chaves usadas pelos operários e anunciou que a obra estava pronta. Como se apenas esperasse a deixa, o arquiteto também entrou, com um champanhe e três taças de plástico, aquilo parecia realmente um teatro. Eu engoli em seco, sentindo por dentro que não tinha muito que comemorar.

Quando um foguete explodiu por perto eu quase caí duro.

Ouviu? Festa pra vocês, o arquiteto ainda disse, perguntando em seguida onde estava Lívia.

Expliquei que ela não sabia, aliás nem eu sabia, que o apartamento seria entregue realmente naquele dia. Que duvidávamos que isso pudesse acontecer, e tentei esboçar um sorriso. Com as chaves numa das mãos, a taça na outra, eu parecia estar percebendo que se meus dois braços não estivessem ocupados, cada um com uma coisa, eu cairia pro lado como o prato de uma balança desequilibrada.

Paranoicamente, eu permitira que os pedreiros trancassem apenas a fechadura principal da porta de serviço e não lhes entregara nem mesmo as chaves das duas fechaduras anexas, a de baixo e a de cima, que havia mandado instalar presencialmente alguns dias antes, novinhas em folha. Mesmo assim resolvi garantir e chamei o chaveiro, mandando que ele trocasse o segredo da fechadura principal. Agora aqueles sujeitos não entrariam ali nunca mais.

E então anunciei a Lívia que a área estava limpa. Ela prometeu que a partir de agora seria ela quem cuidaria de tudo, que arrumaria as coisas conforme os planos já combinados com o arquiteto, que dois funcionários da transportadora Fink voltariam pra ajudá-la e ajudar a decoradora, estava tudo registrado no contrato da mudança. Eu me afastei, curti dois dias de enxaqueca, uma dor de cabeça terrível unida à vontade constante de vomitar, trancado no meu apartamento de Ipanema, que eu deixaria pra sempre, pra sempre, lá se ia meu último ninho. E, enquanto eu pensava que um saco preto bem trancado, completamente escuro, também podia ser o melhor lugar do mundo, levei um susto, e literalmente saltei da cama, quando Lívia me ligou na sexta-feira, me convidando, com todo o seu charme, a passar o fim de semana e a vida inteira com ela em nossa casa nova.

Ao sair de minha casa, eu nunca mais diria minha casa, será que algum dia eu ainda diria minha casa, em Ipanema, não senti muita coisa, embora imaginasse com alguma certeza que estivesse fechando aquela porta pela última vez. O nó na garganta só veio se instalar quando insisti em chamar um táxi na esquina mais movimentada de duas ruas próximas, pedindo ao porteiro que cuidasse das malas enquanto isso, e acabei encontrando o sabido e consabido afiador de facas com sua bicicleta, prestando seus serviços em domicílio. Fazia tanto tempo que eu não o via, e agora teria de abandoná-lo pra sempre, deixando-o em seu já acabado mundo de antanho.

Atropelando qualquer possibilidade de estranhamento da parte do homem, pedi que assobiasse pra mim com uma de suas facas e depois perguntei, quase tremendo, se ele trabalhava também no Leblon. Ele disse que circulava por toda a Zona Sul, e meu coração se acalmou. Só não lhe dei meu novo endereço porque ele garantiu que passava também pela Selva de Pedra e que eu poderia muito bem ouvir seu ruído ancestral, ele não disse ancestral, quando ele chegasse e se abancasse como fazia desde sempre. Será que, ocupado como estava com minhas reformas e meus tropeços, eu apenas não tivera tempo de ouvir seus assobios?

Ao chegar com minhas malas diante do elevador da nova casa, minha casa, minha primeira casa de verdade minha, e mesmo assim não minha casa e sim nossa casa, tive a sensação de ver diante de mim as muralhas de Jericó, que eu ainda seria obrigado a derrubar ao som das sete trombetas, conquistando a última estação antes da difícil subida a Jerusalém. E, me lembrando do afiador de facas, sem trombetas nem cornetas à mão e sem saber o que fazer, quase assobiei pra anunciar minha chegada.

Assim que toquei a campainha do apartamento, porque eu toquei, sim, a campainha do meu próprio apartamento, Lívia me recebeu com um beijo cheio de acolhida e hospitalidade, e me conduziu para a sala, perguntando antes:

Ué, cadê a sua chave.

É que ouvi você por perto e achei que seria mais rápido.

Tive a sensação de estar entrando num palco em que faria a minha primeira apresentação pública depois de muito tempo, me lembrei dos teatrinhos dos quais não participava no seminário. E do dia em que, na terceira série do segundo grau, esqueci diante de duzentas pessoas um verso decisivo de "A flor e a náusea" de Carlos Drummond de Andrade, e simplesmente tive de deixar o palco em que declamava, ouvindo o riso de todo mundo.

E me comovi ao ver, dominando o centro da sala, o tapete de pólen de avelã que Wolfgang Laib instalara no MoMA havia alguns dias, eu acompanhara a abertura da exposição pela internet. O amarelo luminoso do pó sobre a borda em tom pastel instalado pelo artista alemão era igual ao tapete à minha frente. Não havia diferença, a coincidência era extrema. Puxei Lívia pra que ela não pisasse nele, e corri para a janela a fim de evitar que o vento o levasse embora.

Ela me perguntou o que estava acontecendo.

Eu pedi desculpas e lhe expliquei.

Wolfgang Laib coletara o pólen de seus tapetes durante mais de vinte anos nos campos e florestas de sua pátria suábia, e eu não queria machucar aquela obra assim tão bela e delicada, tão provisória, cheia de uma placidez e ao mesmo tempo de um vigor que não nasceram pra ser pisados. A vida ia embora de verdade, e o agora era um tapete tecido com os instantes que nunca mais veremos de novo. Se pelo menos o tapete ainda pudesse me levar pra longe, voando como os veículos perfeitos das mil e uma noites? Mas tocá-lo era desfazê-lo, encostar nele era constatar que não existia.

Lívia estimou a coincidência e a creditou ao acaso que às vezes também era capaz de reunir um homem e uma mulher que haviam nascido um pro outro, apesar de às vezes parecerem tão diferentes. E eu pensei, coçando a paranoia, se ela já não dissera o mesmo ao meu pai.

Ou pior, se não considerava favorável o destino da sua morte.

8.

Vivemos bem, a novidade era muita, as coisas andaram nos trilhos durante umas boas duas semanas, o tempo parecia se multiplicar, os segundos da vida nova viravam minutos e os minutos eram horas com pouco movimento. O coração parou de bater fora do ritmo, e até nos divertíamos esperando um novo móvel, o derradeiro eletrodoméstico, que era anunciado por exemplo pra quinta-feira, mas sem determinação de horário.

Apostando que o mesmo chegaria depois das cinco e meia, Lívia achava que ele poderia chegar logo pela manhã por especular discriminatoriamente que as transportadoras começavam pela Zona Sul, eu percebia que alguns serviços pressupunham o desemprego universal da população brasileira: como assim, entre oito e dezoito? Aquela terra ainda seduzia, faltava luz à noite, e água de dia. Ou então supunham empregadas bem treinadas em todos os lares. Menos mau que eu vivia de renda, e Lívia era autônoma. Tínhamos todo o tempo do mundo pra esperar, e até brincávamos com o interfone tocando.

Ganhei, Lívia gritava e corria pra atender, voltando com

um muxoxo pra dizer que era apenas o porteiro avisando que entregaria um sedex.

Mesmo assim, eu comecei a me sentir um tanto sufocado, nunca vivera a dois, era dono do meu nariz, jamais o compartilhara com alguém, e agora dividia com Lívia tudo o que tinha. Sem contar uma sensação inescrutável de estar me sentando sobre um fogo que de algum modo ainda não havia se apagado.

Socialmente, Lívia queria mostrar a casa a todo mundo.

Pra reduzir as visitas, eu inventava traumas, e dizia que ela tomasse cuidado, alguns poderiam sentir inveja da nossa felicidade e da nossa casa, e isso não era bom, pesaria no ambiente. Ela me respondia que a crença no olho gordo era a forma mais humilde da autossabotagem, e eu acabava baixando a cabeça, bovinamente. Quando eu já estava louco pra mandar embora as visitas que chegavam a mancheias, Lívia ainda vinha com a formalidade de seu: fiquem mais um pouco, ainda vou servir a sobremesa. Era o quinto ato de um drama que deveria ter uns três no máximo, o final sem graça da peça que me aborrecia já desde o início, à chegada, quando Lívia dizia:

Nossa, que delícia, faz séculos que não nos vemos!

Eu quase pedia pra dar uma lambida na amiga pra ver se ela de fato correspondia objetivamente à apreciação da minha mulher.

E a amiga embarcava no entusiasmo:

É mesmo! Como você está linda, Lívia.

Você é que parece mais jovem a cada dia.

Bondade sua.

Falando em bondade, ou melhor, em juventude, seu filho tá bom?

Tá ótimo, adorando a Nova Zelândia. E sua filha, tá boa?

Eu por pouco não me metia na conversa dizendo que sim, que a filha da amiga estava boa, e como estava boa, ainda outro dia a vira na rua, quase assobiara pra ela, na verdade ela não estava boa, estava boazuda, ela, sim, uma delícia! Apesar de ouvir aquele adjetivo no lugar do esperado advérbio desde criança, eu continuava achando que o referido dava a impressão de que se estava avaliando o efeito de alguém nas papilas gustativas, eu não conseguia me acostumar. Como assim, boa? Era "bem"!

Mas o teatro ainda estava longe de chegar ao meio:

Que vestido lindo!

E essa blusa, de onde é?

Olhando pro bico dos meus sapatos, eu saía a passear pra bem longe sem me deslocar do sofá onde estava, e só acordava quando Lívia chamava meu nome, que poderia realmente ser Marcelo. Era a tática que ela sempre usava pra me trazer de volta, onde quer que eu estivesse.

Mas quando saíamos, era pior, o mundo da minha casa nova eu pelo menos já conhecia, um pouco. Abrir a boca era motivo pra tropeçar, como num dia em que perguntei pra uma amiga de Lívia, que só então descobri ser a mesma que em outra ocasião vira no Clube Caiçaras quando fora buscar minha sogra, se o delicioso pastelzinho que eu estava comendo era de bacon:

Não, é de peito de peru, ela respondeu.

E eu, pra piorar:

Nunca pensei que peito de peru pudesse ser tão bom.

Só porque senti um gosto de defumado junto às cebolas fritas, cortadas com toda a finura, eu já achava que era bacon, enquanto lia no rosto da amiga de Lívia todo o seu desdém diante da minha ignorância. Ela obviamente jamais toleraria um pastelzinho de bacon em sua casa.

Eu e Lívia também nos desentendemos em relação à empregada. Eu não queria ter mais ninguém morando em casa, e preferia três diaristas a uma governanta, já me bastava Lívia. Tive de fazer ameaças com a nova PEC das domésticas, mentir que consultara o advogado, que a barra poderia pesar, que não fazia mais sentido empregar alguém, que o custo da empregada acabava sendo o de duas professoras públicas, onde já se viu? Lívia disse que não conseguia se imaginar sem empregada, que tinha uma desde que havia nascido, e eu terminei a pendenga alegando que seu comportamento lembrava o de dona Eudora, de quem ela vivia se queixando.

Agora pegou pesado, hein, meu amor.

Lívia sempre me chamava de meu amor.

Casar era, também, descobrir que as pessoas andavam com velocidades diferentes no mundo. Se a minha chegava a, digamos, trinta por hora, a de Lívia era de pelo menos cento e cinquenta. E por isso ela estava sempre me apressando, enquanto eu aproveitava pra dizer como odiava vê-la pegando o copo pela borda, imagina, tocar com os dedos sujos onde beberiam os lábios limpos, e ainda lascava que fizera minha empregada repetir o gesto duzentas vezes, acompanhando a contagem, até que se acostumasse com o fato de um copo ter uma base que foi feita inclusive pra ser pego por ela.

Pensei que você não queria uma empregada, ela disse ironicamente, baixando minhas bolas.

Quando sozinhos, eu tinha uma dificuldade imensa em explicar a Lívia que gostava de contato, mas não gostava de carinho. Eu realmente não gostava de, digamos, afagos móveis, chamava-os de esfrega-esfrega, ficava agoniado, e dizia que ela me abraçasse, sim, que me beijasse, mas sem fazer fricções. Essas deveriam ficar reservadas a situações, digamos, bem localizadas. Às vezes, no entanto, nem o viático eterno de seu beijo me agradava e eu preferia morrer sem a derradeira comunhão.

Nós também pisávamos nos pés um do outro de quando em quando, meu chinelo caía em cima do dela, ela não tolerava a antiga toalha molhada em cima da cama, o ramerrão de um casamento foi construído em poucos dias. Lívia também não conseguia aceitar minhas camisetas decrépitas, me chamava de ultradalit, referindo o parco híndi que disse ter aprendido numa novela. Eu ironizava sua proficiência linguística, ou melhor, novelística, capaz de associar um substantivo oriental e um prefixo latino pra construir um adjetivo brasileiro que me ofendia, e dizia que nada no mundo era mais macio do que algodão velho. Ultradalit, onde se viu!

Era então que ela aproveitava pra me ensinar que não ficava bem usar o fio dental quando ela estava no banheiro. Que essa, assim como outras atividades, era melhor eu fazê-la sozinho. Eu nem desconfiava dessa etiqueta, confesso. Até o fogo precisa se adaptar à lareira, ele crepita e estala no princípio, pra só se acalmar com o tempo e por fim deixar pra trás apenas cinzas, carvão, arbustos consumidos que desabam e só voltam a fazer algum estardalhaço no fim, quando o fogo já acabou.

Por outro lado, pra mim era difícil aceitar bobagens como a suscetibilidade de Lívia à variação de temperatura. Se o termômetro, que nada tinha de objetivo no caso dela, baixava dos vinte e dois vírgula sete graus centígrados para vinte e dois vírgula quatro, mais ou menos, ela já queria pegar mais um cobertor, e, no meio da noite, me acordando, me obrigava a levantar pra pegar o referido cobertor, embora eu soubesse que ela o largaria pouco mais tarde, quando a temperatura chegasse a dezoito, no meio da madrugada, porque, apesar de objetivamente mais frio, ela acharia que estava quente demais:

Variada!

Era o que eu dizia, me vingando, ao jogar o cobertor na cama. Mas ela levava na brincadeira. Quando eu tentava lhe explicar como sua sensação térmica era subjetiva e nada tinha a ver com a realidade, dizendo que ela faria melhor se assumisse meu ascetismo que não suava nem sentia frio, até porque o inverno no Rio de Janeiro nunca passara de um mito, ela simplesmente me respondia:

Mas eu estou com frio.

Mas está quente, eu replicava.

Mas eu estou com frio. Você quer que eu passe frio?

Mas não está frio.

Mas eu estou com frio.

E assim eu acabava levantando, apesar de mais uma noite de insônia, rolando na cama de um lado pro outro, sentindo que até meus braços me incomodavam, e com uma imensa vontade de desatarraxá-los do corpo, jogá-los no chão, pra apenas voltar a fixá-los em seu lugar quando levantasse. Não passavam duas horas, nitidamente esfriara, e Lívia de fato jogava o cobertor de lado, quando eu já estava começando a gostar dele.

Às vezes a ladainha terminava antes mesmo de eu me ver obrigado a me levantar.

Será que nós hoje vamos sentir frio ou calor, Lívia perguntava.

Você vai sentir frio e calor, e eu não vou sentir nem frio nem calor, eu terminava de modo taxativo o que apenas pretendia começar.

Quando eu enfim estava conseguindo dormir, Lívia me acordava, não pra dizer que estava frio, mas pra perguntar se eu agora estava querendo comer meus próprios dentes.

Como assim?

Esse barulho…

Que barulho?

Na sua boca…

Não ouvi nada!

Sim, e como poderia ouvir, você estava dormindo…

E assim acabei descobrindo que eu tinha bruxismo. E fui obrigado a dormir de chapa, uma incerta placa oclusal que fazia com que eu me sentisse como um cachorro de focinheira, só que com o utensílio escondido dentro da boca e nem de longe porque ameaçava atacar alguém num parque, e sim apenas porque Lívia precisava dormir em paz. Eu não acreditava que minha enxaqueca tivesse a ver com o fato de rilhar os dentes durante o sono.

Agora eu ainda por cima tinha de ouvir a ironia de Lívia todas as noites, perguntando quando enfim estaria pronto, afinal de contas eu precisava usar a placa nos dentes, a máscara sobre os olhos e os tampões nos ouvidos pra conseguir dormir:

Daqui a pouco você vai aplicar algodão no nariz, começar a usar luvas, todas as partes do seu corpo precisarão de uma coisa pra você funcionar mais ou menos durante o sono, ela dizia.

Eu fingia que não ouvia, e seguia meus cuidadosos preparativos. Os três suaves apertos no braço, que eram a maneira combinada de ela me dizer eu te amo depois de eu botar os tampões no ouvido, não eram suficientes pra pagar todas as minhas penas.

Eu precisava mais, bem mais, pra compensar, e mostrar que era uma potência que não se deixava colonizar assim sem mais nem menos. Meu sofrimento ao rolar na cama era realmente grande mais uma vez, eu dormira sozinho a vida inteira, de modo que logo botava a insônia na lista dos débitos de Lívia, junto com as voltas que ela ainda me devia por fazer brincadeiras como me perguntar se eu ficara com as entradas de cinema, quando eu fugia pro banheiro antes da sessão, e só apresentá-las em seguida, sorrindo com a boca de uma orelha à outra e cheia de carinho, depois de eu já ter certeza de que eu de fato havia perdido os bilhetes.

E, pra equilibrar ainda mais e saudavelmente a balança, eu não titubeava nem em gastar parte das reservas guardadas no meu caixa dois da relação. E planejava uma vingança aqui, não abrindo a porta do carro pra ela, e uma maldade acolá, como esquecer de acionar o botão do despertador e fazê-la perder o encontro com um noivo afobado querendo discutir os detalhes mais caros de um novo convite de casamento. Ou então a perversão de deixar seu copo d'água bem na beirada da mesinha de cabeceira só pra ver como ela o derrubava ao beber um gole, à noite.

Lívia era toda amor e parecia querer ficar perto de mim até quando eu planejava correr na Lagoa, o que eu na verdade fazia apenas pra respirar um pouco de ar livre sozinho de novo, e pra fugir das marteladas que comecei a ouvir no apartamento de baixo, será que os barulhos da obra realmente nunca me deixariam em paz? Só havia uma coisa pior do que uma reforma em casa. Uma reforma na casa do vizinho.

Se fores caminhar, eu vou junto, ela dizia.

Mas eu preciso correr.

Tudo bem, então, e Lívia fazia uma carinha amuada.

Vou abrir uma suprema exceção, eu dizia, e ela ia comigo, feliz e saltitante. Mesmo assim eu não resistia, e a punia quando ela me perguntava se seus ombros estavam retos, alinhados. Ficava os três necessários metros pra trás, adquiria independência e me libertava dos antolhos matrimoniais, secando todas as gostosas que passavam por mim.

Quando a paz chegou e durou alguns dias, eu apareci com o quadro de Camila, casa amarela com telhado azul, e disse que ele ficaria muito bem na parede da escada que levava ao andar privativo, as cores eram perfeitas. Lívia chegou a se assustar e perguntou onde eu conseguira o quadro. Eu lhe disse toda a verdade do mundo, que ele pertencia a meu pai, e que estava no apartamento do Flamengo que eu fora obrigado a vender. E disse ainda, numa espécie de pedido de desculpas pela impertinência, que meu pai não devia apreciar muito a obra, e por isso a deixara num apartamento alugado, mas que eu gostava muito dela, da obra, não da artista, brincando também com o fogo da dubiedade. Se Lívia não visse problemas, portanto, eu queria que o quadro fizesse parte da nossa seletiva coleção:

E, depois, ele não vai ficar ao lado do Gerhard Richter nem do Carlito Carvalhosa.

Muito menos da Ana Linnemann, Lívia disse, quase horrorizada.

Ué, o que está acontecendo, eu provoquei, afetando uma segurança que escondia meu medo de que ela talvez desconfiasse de alguma coisa, mas sentindo que agora não podia mais recuar.

Tudo bem, ela disse, depois de pensar um pouco.

Senti que foi apenas por um triz que ela não cobrou a conta da minha traição, e pensei que poderíamos viver melhor agora, já que ela me perdoara depois de eu confessar.

Vou pendurá-lo ao lado daquela homenagem do Oiticica ao Cara de Cavalo, eu terminei dizendo, e me sentindo bem ao situar o quadro na parede consagrada aos crimes. Era incrível, mas o afã catalogador e meio autoirônico do meu pai havia providenciado pra sua coleção inclusive uma das obras em homenagem à primeira vítima das duas tíbias cruzadas do Esquadrão da Morte, o favelado Cara de Cavalo. Hélio Oiticica trabalharia com o espólio do bandido depois de visitar a Mangueira várias vezes junto com Lygia Clark. Entre as acusações de glamorizar o crime, Oiticica ainda se defenderia de um modo que tenho de admitir coerente, ao dizer que a violência até podia ser justificada como revolta, mas não como opressão.

Aquilo tudo era engraçado.

Havia pouco mais de dois anos Lívia nem existia pra mim e agora era o marco principal do meu mundo precário, numa cidade que também ainda não existia, pelo menos em sentido estrito, e na qual eu agora morava sabendo de tudo e até demais. Mas na vida era assim. Na verdade, nada existia pra nós. Pacatos cidadãos, íamos construindo o mundo à nossa volta a partir da experiência direta com as coisas e pessoas que devido a uma circunstância qualquer acabavam nos tocando. Eu nunca percebera, por exemplo, a existência da espreguiçadeira da Missoni, mas quando Lívia a mencionara, ela passou a ser o móvel mais importante da casa do meu pai e eu inclusive me lembrara da cena dolorosa do relógio descendo por seu braço.

Até as pedras do nosso caminho só passam a existir quando tropeçamos nelas, tanto mais se nos machucamos, e aos poucos, enquanto nos curamos, vão caindo no esquecimento de novo. Também entre mim e Lívia o hábito já botava as manguinhas de fora, e apagava aquilo que a experiência dera à luz. Eu só não imaginava a importância que o hábito passa a ter, mesmo quando é representado pela convivência com outra pessoa, ao ser perdido. Não imaginava que ele poderia me fazer sentir falta até daquilo que eu mais desprezava, que justamente sua onipresença plácida e pouco demandante é que o tornava tão essencial. Eu devia saber que o hábito é um cáctus, e não precisa de solo fértil pra vicejar.

Nos momentos de maior felicidade, Lívia pedia pra cheirar meus pés e eu acho que ficava mais feliz do que quando dormíamos juntos. Ela dizia gostar, e eu subia para as montanhas mais inalcançáveis, me sentindo o everest, aquela mulher de tanta altura se deliciando no cheiro do meu chulé, rainha de sabá deitando aos pés da minha salomônica sabedoria todas as suas riquezas amorosas, como eu gostava do seu calor conhecido.

Mas o idílio durava pouco. Logo Lívia já dizia coisas como:

Olha só esse e-mail do Lucas, ele aliás mandou abraços, e conta que ganhou o concurso de quem comia mais pavlova entre os amigos da faculdade.

Vai ser mesmo um grande homem, eu respondia, azedo depois de ter curtido tanto os quititutes do alto.

Você não quer nem saber o que é pavlova, pelo menos?

Kiwi com chantilly, o Lucas já disse da última vez em que

esteve no Rio, e algumas outras frutas, acho. Mas como detesto kiwi, só me lembro que vai kiwi.

E assim eu via que mesmo o porco mais selvagem acabava se acostumando ao chiqueiro, e em pouco já rolava na própria merda. Terminadas algumas burocracias na locação do apartamento de Ipanema e outras tantas na liberação do apartamento do meu pai, na Delfim Moreira, eu saía cada vez menos, e, como Lívia também trabalhava em casa, ficávamos os dois ali.

Já que Lívia sempre prometia me acompanhar nas caminhadas, eu inclusive desisti de vez de me exercitar na Lagoa. Embora continuasse desejando fugir, faltava-me a vontade, e uma pasmaceira, uma tranquilidade geral não me deixavam nem cultivar os exercícios que às vezes fazia em casa. Na última vez em que ainda me arrastara pra correr em torno do coração tosco daquela geografia, aproveitando uma visita de Lívia à mãe, pensando mesmo assim que correr talvez fosse inútil, porque se ficasse em casa também estaria sozinho, vi um casal me ultrapassar sem fazer esforço e perguntei o que poderia estar acontecendo comigo.

Na camiseta da mulher estava escrito que a vida começava aos quarenta. A do homem dizia, em alemão garrafal, que os anos das vacas gordas haviam chegado ao fim: "*Die fetten Jahre sind vorbei*". Os dois, quarentões vigorosos, tinham a mesma idade de Lívia e pareciam se entender na harmonia dos passos, apesar da irônica discórdia fundamental na perspectiva em relação à existência. Na vida, depois que a intimidade chegava, o diálogo se tornava difícil também porque a mentira se mostrava impossível, castrando de vez a língua, e era preciso se entender falando a verdade.

Quando eu rolava na cama com Lívia certo dia, ainda me deliciando com a madureza perfeita de suas formas, botei a "Sarabanda" de Händel pra tocar. Lívia estremeceu e, quando avancei, ela disse que estava cansada, e logo se levantou, alegando que precisava terminar uma leva de convites pra ontem, os noivos já estavam cobrando, e ela acabara se atrasando por causa da mudança.

Quantas vezes ela ouvira aquela música com meu pai?

E em que circunstâncias?

O iPad do meu pai se encontrava junto à sua cama, eu me lembrava bem, e parado justamente nessa música. Mas, por outro lado, ele já estava tão doente, ela só lhe dera o primeiro beijo quando ele já era noivo da morte.

Também por ter explicado tudo assim, tim-tim por tim-tim, preocupada com a verossimilhança da desculpa, e mostrando que também eu tinha a ver com o atraso, tive certeza de que Lívia de fato pensava no meu pai. Mais do que isso, que ela sentia sua falta. E, pior, que ela tivera a ilusão de poder esquecê-lo se casando com o filho.

Só podia ser.

Ficamos uns dois dias sem conversar, eu disse que precisava ir a São Paulo, ela nem perguntou por quê. Senti que ao ir embora eu devolvia Lívia à ausência do meu pai. Fui mesmo assim. E em São Paulo contratei, seguindo um anúncio que vira na internet, uma moça pra dormir de conchinha comigo no hotel, onde eu mais uma vez senti, como em nenhum outro lugar, a dádiva de escapulir de casa, da minha casa, da nossa casa.

O contrato era rigoroso, não poderia haver assédio sexual, eu paguei os trezentos reais e me apaixonei pela moça da conchinha, sentindo que o agora era o buraco de uma facada que em pouco faria meu corpo perder todo o seu sangue.

9.

Quando voltei ao Rio de Janeiro, tentei resistir, mas não aguentei, e contei a Lívia o que acontecera.

Só não contei que continuava trocando e-mails com a moça, nem que quase chorara quando rompemos o rigor do contrato já no dia seguinte e, ao passar por São Paulo, entramos no banheiro de uma galeria de arte. Eu, porque me sentira mal dos intestinos de repente, deviam ter sido as ostras do jantar, pelo menos eu achava que tinham sido as ostras. Ela, apenas pra lavar as mãos. Era assim, eu sentia o mar me beijando ao tocar a ostra com a língua e o resultado de todo esse amor era uma ida mais que urgente ao banheiro.

Ao meu pedido, já dentro do WC, a moça da conchinha que ficara junto às pias me estendeu um papel higiênico molhado por cima da parede vazada do banheiro que não tinha ducha higiênica. Eu não conseguia viver sem ducha higiênica, não tolerava a secura do papel, passara mal na Europa por causa disso. Quando vi a mão dela sobre a porta lateral, as lágrimas já me corriam faces abaixo, e ela me estendeu vários metros de papel higiênico molhado.

Aquilo não fora melhor do que todo o resto que poderíamos ter feito?

E a moça da conchinha ainda abriu a porta geral do banheiro pra mim ao ver que eu, as mãos bem lavadas, não estava com vontade de tocar o trinco e tentava pegar a beirada pela parte de cima, sem conseguir. Na sesta depois do almoço, dormimos juntos sem fazer nada mais uma vez. E eu que sempre pensara, apesar da falta de prática, que todo carinho era uma ponte para a carne? Quando terminei o mero raciocínio que em minha cabeça continha toda essa multiplicidade de detalhes, Lívia me olhou com cara de vinte para as quatro e logo perguntou se eu queria lhe dizer mais alguma coisa.

Não, eu disse, já sentindo que se me mexesse muito talvez acabasse tocando a dor de cabeça que se encontrava bem perto de mim, e terminando por jogar a batata quente no colo dela:

E você, quer dizer alguma coisa?

Não tenho nada a confessar, ela disse.

Então está tudo em pratos limpos?

Sim, imagina, por que não haveria de estar, ela disse numa voz que eu não sabia se era irônica ou resignada.

Quando Lívia me pediu pra ver o que estava acontecendo com a tábua de passar roupa, ela era zelosa e precisava de uma blusa que a empregada deixara amarfanhada, fiz um muxoxo e fui dar uma olhada. Ao tentar ajustar a altura da tábua capenga, metendo a mão por baixo da mesa, a raiva resultou num solavanco tão forte que cortei o lado inteiro do meu indicador e apareci na sala com o sangue escorrendo braço abaixo e deixando minha camisa branca completamente vermelha. Senti que Lívia quase desmaiou de susto, e minha dor, que já nem era tão grande, diminuiu ainda mais. Em dois segundos, foi a impressão que eu tive, a ambulância chamada por ela estacionava e tocava a campainha da porta.

Doze pontos.

Embora construindo uma casa, eu arrotava em alguns gestos que não estava me curvando à grande máxima da edificação burguesa, alegava que o princípio era outro, mas ainda estava longe de ver que a verdadeira construção nada tem de material, que nós, tanto sozinhos quanto a dois, não somos prédios aos quais podem ser acrescentados tijolos vindos de fora, mas cedros que crescem lentamente a partir de dentro e vão ganhando força apenas arrastada, porém duradouramente.

As piores feridas estavam longe de acabar num dedo enfaixado. Duro pensar que, em tudo que se faz por uma mulher, aquilo que é inspirado pelo desejo do amante, que ama e quer ser amado, ocupa bem menos espaço do que os impulsos humanos, demasiado humanos, de consertar erros e emendar faltas, que respondem ao dever moral de um homem que nem parece estar amando.

Mas era assim.

Por que não escrevi sequer um poema de amor a Lívia?

Mas era assim.

Mesmo quando devia levantar o edifício das vivências espirituais conjuntas, no entanto, de passear com Lívia por aí, experimentando o mundo com uma mulher a fim de conceder uma história comum a nós dois, para a qual pudéssemos voltar quando a dúvida batia, eu ficava boiando aos quatro ventos, ocupado até com as piores misérias de um solitário deprimido. E se ela ia dormir às onze, eu ficava zanzando no sofá até as três da manhã.

Afinal de contas, quem ainda via televisão aberta?

Parei ao chegar num Renato Machado ensinando, esnobe, a seu público pobre, que nem tudo que custava caro era bom, mas que tudo que era barato era necessariamente ruim. Os jornais, por sua vez, não paravam de falar da condenação do seminarista Gil Rugai, e eu me perguntava se os repórteres não estavam apontando o dedo também pra mim. O crime havia sido cometido em 2004, quando eu ainda fazia o curso de filosofia, estava longe de ter uma madrasta, e mesmo assim odiava tanto meu pai que várias vezes desejei matá-lo. Acho até que foi só a prisão do meu colega paulista que me fez desistir da história, mas eu não conseguia parar de pensar que em certa medida acabara matando meu pai mesmo assim, ainda por cima casando com sua mulher.

Quando veio o novo e-mail do velho Vassili, pela manhã, anunciando que a reforma da casa estava pronta, enfim, e insistindo pela enésima vez que fizéssemos uma visita, eu e Lívia estimamos a coincidência e resolvemos transformar a promessa em realidade, aproveitando pra fazer os primeiros reparos no prédio prematuramente cheio de rachaduras do nosso casamento. Um dia antes de encarar de novo o aeroporto, que eu desejava mais tranquilo dessa vez, ainda escrevi um e-mail à moça da conchinha dizendo que ficasse tranquila, que apesar de eu navegar pra ela de mastro erguido e a todo vapor, ela podia me dar porto sem problemas, porque o meu desejo não mostrava o perigo de uma âncora, que talvez me atracasse demoradamente demais a seu píer acolhedor. É que ela, apesar de todo o carinho, me dissera, surpreendendo-me, que nem pensava num relacionamento mais sério naquela fase de sua vida, em que os negócios iam tão bem.

E, pra me redimir da nova falta com Lívia, ainda comprei os *Bagos* de Edgard de Souza, já que não podia ter seus dois corpos fundidos em bronze, juntados na cabeça na mais perfeita das simbioses e expostos no paraíso artificial do célebre colecionador de plantas, em Inhotim. Eu achava bonito aquele estilo Brancusi levado aos touros, e me perguntava, talvez pela proximidade temporal do Rio Grande do Sul, afinal de contas viajaríamos no dia seguinte, se Tudinha Simões, minha tataravó, não estava enfim se manifestando dentro de mim.

Os bagos eram tão puros, tão sólidos, tão homogêneos, não tinham ambiguidade, não tinham ranhuras, rasuras, nem rupturas, não tinham falhas. Demorei pra conseguir localizar Isabella Prata, e tive de oferecer uma fortuna pra convencê-la a se livrar do conjunto mais interessante da série das esculturas de Edgard: dois bagos lisos, grossos, juntinhos um do outro, couro sobre madeira num efeito que os fazia parecer de metal.

10.

    Nas missões reencontramos de fato a paz do ninho em que nosso amor fora chocado e acabara por nascer.
    Curiosamente, no mesmo dia em que chegamos os noticiários divulgaram que Sady Baby não tinha morrido, mas sim vivia, clandestino, desde seu suposto suicídio, e acabava de ser preso por estelionato junto com a namorada. Esses gaúchos sabiam mesmo ser esquisitos e eram tantos os personagens cuja vida acompanhávamos de longe que eu já especulava com uma tese paralela de que boa parte do que era decisivo em nossa existência sucedia em âmbitos dos quais não tínhamos a menor ideia, espaços aos quais não nos era concedido acesso, se desenrolando à nossa revelia nas ações e ensejos de outros.
    Eu queria falar com Lívia a respeito, de Sady Baby, de minhas origens rio-grandenses e da tese em seu aspecto mais abrangente, mas deixei pra lá, tinha outras feridas a lamber, e talvez meu pai já tivesse lhe contado tudo e eu apenas choveria no molhado. Das origens, não do cineasta, que ele certamente manteve escondido de todo mundo. No que diz respeito à tese, por sua vez, meu pai sempre fora concreto demais pra chegar a pensar.

Condoído, não me neguei nem mesmo a acompanhar o casal de velhos ao culto dominical, onde, na fila da comunhão, revisei a lista dos moradores do lugar, vendo inclusive que Gisele Bündchen devia ter um punhado de primas. Eram futuras modelos e outras, já passadas da idade, que não se interessaram pela carreira ou jamais cogitaram encará-la, ocupando vários dos lugares na fila da esquerda, os homens iam na da direita, assim como todos também sentavam, ordenada e respeitosamente divididos por sexo, nas duas fileiras dos bancos. Só casais recentes ou forasteiros tinham o direito de burlar o sistema, pelo que julguei perceber. O sistema dos bancos, mas não o da fila da comunhão.

O velho Vassili e dona Maria ficaram impressionados com as fotos da Rússia.

Vassili não entendia a beleza toda de Púchkin, nos arredores de Moscou, e quando eu lhe expliquei que se tratava do Vaticano russo, ele disse que tinha ouvido falar, sem arrotos nem arrogâncias. O que ele não sabia era que o castelo de Catarina, a Grande, em Tsarskoje Sielô, era inspirado no palácio de Versalhes, na verdade nunca ouvira falar no palácio de Versalhes, e eu fiquei impressionado, desejando pra mim um mundo mínimo como aquele, sem percalços nem problemas.

Mais tocado ainda fiquei quando o vi descascando uma laranja com a faca de cozinha, fazendo uma cobra absolutamente perfeita, regular, que começou na cabeça e só encontrou sua cauda quando a laranja chegou ao fim. Depois ele ainda jogou a casca, inteiriça, bem-acabada, sobre a cerca do galinheiro, onde ela balançou por algum tempo até encontrar a quietude de sua paz, que em pouco certamente voltaria a ser perturbada pela avidez das formigas.

Uma casca de laranja, uma casca de laranja, uma casca de laranja!

E assim eu e Lívia ordenhamos juntos aquela solidão toda

e bebemos o apoio que nos deu o vigor necessário pra continuar juntos, degustando a assim chamada schmier que, mesmo no Rio de Janeiro, graças ao carinho dos velhos, era a madalena distante que nos vinculava àquele paraíso perdido. Olhávamos para as espigas do trigo fazendo cócegas no vento, a paisagem inteira brincava refletindo o céu nos espelhinhos das poças de uma chuva antiga e o orvalho ainda novo chorava antecipadamente as lágrimas do dia que acabava de nascer e em algumas horas infelizmente chegaria ao fim.

Quando caminhávamos juntos pelo pátio, bastava eu apontar pra Lívia uma marca cicatrizada do machado no tronco da mangueira. Não precisava dizer nada, ela entendia tudo. Num momento de maior emoção, desenhei seu nome ao mijar na terra vermelha, a poeira logo vencia a chuva debaixo daquele sol inclemente, e depois a chamei pra ver. Num sorriso entregue, ela perguntou por que eu não a convidara a contemplar a execução da obra.

Quando Lívia quis mexer no ninho de canários de um pé de pitanga, me lembrando que tudo começara de fato entre nós quando procurávamos por um filhote, eu disse que não o fizesse, que João, o Vermelho, filho experiente daquele lugar, me contara que não se pode mexer em ovo ou filhote de passarinho, porque a cobra-verde come. Depois que alguém mexia, a cobra acabava achando o ninho, talvez pelo cheiro, talvez porque o segredo escondido era revelado por um terceiro intruso, talvez apenas porque se tocava, e literalmente, no assunto, na vida era assim. E quando não era a cobra-verde, era o gavião que descia dos ares, ou um gato, talvez o mesmo que nascera naquela época, no galpão, que subia do chão pra acabar com os que nem chegaram a sair da casca ou então ainda se preparam pra deixar sua reduzida casa sem divisórias e dar um primeiro voo como aqueles filhotes de canário. E não pude resistir, tive de ir ao galpão onde tudo começou, me assustando um pouco ao ver que as moscas escreviam uma frase ininteligível sobre a cal da parede branca. Tive certeza de que o significado não era bom, mas não disse nada a Lívia.

    Cheguei a sentir João, o Vermelho, interpretando o texto das moscas pra eu ouvir e derramei minhas três lágrimas bem sozinho num canto, remoendo mais uma vez a sua falta, lamentando jamais ter chegado perto de seu atávico e depois bem treinado objetivismo que, se no final das contas não o salvou, me ajudaria tanto em algumas das minhas piores horas. E o sofrimento todo que passamos juntos, aquelas minhas horas ao lado do velho Yannick voltaram, embora já menos dolorosas, e marcadas sobretudo no fato de saber que a perda era, e mais uma vez confirmava ser, definitiva, afinal de contas eu voltava inclusive pra sua terra e ele não estava nem sequer ali, ele não estava mais em lugar nenhum. Também a João, o Vermelho, eu ainda quis dizer tantas coisas e não consegui, jamais poderia voltar a abrir a boca pra lhe deixar claro o quanto aprendi e inclusive lhe mostrar o que nunca aprenderia, a ele mais do que a ninguém eu queria perguntar tantas vezes o que fazer, e ele nunca mais voltaria a me dizer uma única palavra que fosse, a fim de talvez indicar o caminho a não ser seguido, porque o caminho a ser seguido, o assim chamado caminho certo, devia estar na descoberta pessoal de que qualquer caminho era o caminho certo, justamente e apenas por ser o caminho seguido. Gostar de alguém era mesmo a melhor maneira de entender um pouco mais como funciona o mundo, e como eu gostei daquele João que me aconteceu, que encontrei por acaso, que foi meu pai por algum tempo, depois de eu ter perdido o meu. E eu sentia, num carinho que já começava a ser maior do que a dor, que não devemos nos limitar a aceitar resignadamente as coisas como elas são, mas sim louvá-las por se arranjarem assim, amá-las como se mostram, embora justamente horas como aquelas ainda me deixassem claro que ter perdido meu João, ter perdido meus Joões, continuava me parecendo bem pior do que a suposta dádiva de conseguir me lembrar deles, as mesmas horas que sempre de novo me davam a certeza de que contar tudo, a história de um, a história do outro, a quem quer que fosse, com certeza de nada adiantaria, sobretudo porque definitivamente não mais os traria de volta. Eu ainda não estava pronto pra cultivar com mais cuidado os sinais que já me faziam recordar com frequência cada vez maior das horas que foram boas, esquecendo as ruins, talvez porque ainda me concentrasse demais em tornar más as horas boas que eu mesmo vivia. Mas também nisso era preciso dar um basta. E era por isso que eu e Lívia estávamos ali. Pobre de mim, ainda seria obrigado a compreender que saber de alguma coisa não significa nenhuma garantia de que se agirá corretamente na sempre esperada próxima vez, e que a diferença essencial entre os que erram, e todos erram, é que alguns o fazem inocentemente, e os outros com conhecimento de causa.

O velho Vassili parecia estar sofrendo da próstata, não parava de ir ao banheiro, eu fi-lo prometer que se cuidaria, ele disse que não era nada, que estava apenas ficando velho. Quando ele perguntou, meio envergonhado, certa noite, na galinhada do jantar, depois de voltar dos afazeres cansativos do dia, se não planejávamos um filho pra qualquer momento, eu senti que botavam o dedo em meu peito e me lembrei do bom propósito de fazer descendência quando abandonei o seminário, animado também pela reconciliação final que tivera com meu pai, e pelo carinho doloroso do encontro com João, o Vermelho, na cadeia. Mas respondi com uma brincadeira que só conseguiu deixar o velho num mutismo meditativo e fez Lívia se contorcer na cadeira:

Um filho é uma reforma que na melhor das hipóteses dura vinte e um anos.

O silêncio foi grande, ninguém parecia ter gostado da piada, Lívia chegou a se encolher de vergonha depois de se contorcer, e o clima só melhorou quando o Clarito contou que, falando em filho, seu filho fora no dia anterior buscar o presente de aniversário na casa do Canísio, seu padrinho, e, depois de ficar o dia inteiro conversando com o velho, cultivando o que ganharia no maior sacrifício, chegara em casa chorando com uma sacolinha de supermercado nas mãos e dois jundiás congelados dentro dela. O velho era mesmo pão-duro. Não podia ter dado um brinquedo, um chocolate que fosse, ao pobre menino? Enrolara o afilhado o dia inteiro, e ao cair a noite fora ao caixote da geladeira pra lhe dar de presente dois peixes congelados, fisgados duas semanas antes em seu próprio açude.

Quando faltava um dia pra voltarmos ao Rio de Janeiro, fomos visitar os minijardins absolutamente perfeitos que um camponesinho de seis anos começara a desenhar nos gramados que encontrava pela frente desde que os pais haviam descoberto e anunciado que ele tinha câncer na medula. Aquele menino certamente nunca ouvira falar em Burle Marx, não ouvira falar nem em Groucho Marx, nem sequer em Karl Marx, até seus pais só conheciam outro Marx, vizinho, dono da serraria, mas suas obras artísticas em miniatura eram de uma beleza tão rara que fariam inveja ao mais estudado paisagista japonês.

Eu registrei algumas fotos, eram vários os parentes e próximos que foram agraciados com a arte do garoto, muitos perguntaram se eu não ia mostrar os registros fotográficos pra Globo, pra RBS, pra fazerem uma matéria. E eu respondia que ia ver, rezando pra ninguém ter a ideia de matar com a banalidade de uma reportagem sensacionalista a aura daquela arte que sobreviveria ao moribundo, até porque alguns dos contemplados já as cobriam, evitando os estragos eventuais da chuva.

Em Porto Alegre, ainda degustamos em paz nossas xícaras

de café Jacu, pouco antes de pegar o avião pro Rio e depois de sete cansativas horas de viagem, que pelo menos não vieram com a frustração de um aeroporto que deixou de existir. Eu não disse em nenhum momento a Lívia que aquele café era o fruto dos excrementos da ave que lhe dava o nome, um dia esteve ameaçada de extinção e era cuidadosamente seletiva ao engolir os grãos que depois defecava, e que só isso explicava a qualidade do líquido negro que ela tanto elogiava. Um quilo daquele café tinha uns dez quilos de aroma, todo o ar em torno de nós era o empíreo descendo ao chão.

Foi quando Lívia me mostrou o e-mail de Camila, convidando-nos para a abertura de sua exposição, e eu automaticamente inseri uma variável problemática na equação até agora fácil dos próximos dias. Nada entristece tanto uma criança como ver que o carrossel está começando a girar mais vagarosamente. Pra mim, Camila não escrevera, nem me convidara, conforme constatei ao chegar em casa. Fazia tanto tempo que ela não dera sinal de si, tudo terminara num grande silêncio que, apesar de mal resolvido, eu já saudava conformado havia meses.

Meses?

Um dia a morte vem nos visitar e tira a medida pro enxoval do nosso enterro.

Não percebemos nada.

Ela volta a desaparecer.

A vida continua.

Mas os teares já trabalham a todo vapor.

11.

No dia da festa em que Camila exporia suas obras, encarei logo pela manhã mais uma estação na via-sacra que eu nem me dava conta de estar percorrendo. Achei que o problema com o inquilino de um dos apartamentos de São Conrado, que meu advogado me relatara, era uma boa oportunidade pra ver o estado do imóvel, já que o próprio advogado estaria viajando, e talvez também um ensejo pra tentar vendê-lo, eu não aguentava mais as contas sem cobertura que iam chegando. E, quando saí de casa, ainda nem imaginava o que já podia estar se desenhando em algum daqueles lugares dentro da gente em que sentimos as coisas sem conseguir nos aproximar delas.

Será que eu agora compreendia por que meu pai jamais atendera às reivindicações da minha mãe, que preferia trocar o apartamento de Ipanema por um dos que meu pai tinha em São Conrado?

Será que, mesmo depois de separados, ele não queria permitir que ela ficasse nem sequer próxima de suas origens?

Será que eu era chamado até São Conrado pelas dívidas ou

pelo calor de dona Maria, que deixei nas missões, e que mais que minha mãe podia ser minha avó, porque Lívia é que podia ser minha mãe e meu próprio pai me vira nascer tão tarde que podia ser meu avô e amara a Lívia, que poderia ser sua filha e no entanto era minha mulher?

Da praia de São Conrado, eu ainda olhei de longe para a favela. Como era possível tantas casas dançarem coladinhas umas às outras sem se pisarem nos pés, porque aos meus olhos elas estavam dançando em meio às cintilações do calor daquele abril insuportável. Não percebi o que estava fazendo nem mesmo quando perguntei ao atendente do quiosque onde eu poderia pegar um ônibus para a Rocinha.

Ele me olhou com um sorriso cheio de compreensão irônica. Certamente imaginava que seria contratada mais uma festa na laje, ou então que eu buscaria in loco o que estava precisando muito, agora que a paz chegara também à Rocinha, e disse que logo ali, bem perto, ao lado do Fashion Mall, eu encontraria o que estava procurando.

Quando entrei no ônibus, ainda sem saber muito bem o que estava fazendo, já tremia de medo, mas mesmo assim tentava me concentrar nos supostos apelos ancestrais que certamente haviam me trazido até ali, a fim de sentir se eles porventura não continuavam se manifestando. Eu buscava antecipadamente a assim chamada sensação de pertencimento àquele lugar, tentando descobrir o que de certo modo tornava plausível eu ter vindo dali.

Na realidade, porém, eu não conseguia mais me voltar pra dentro, o temor vindo de fora era demasiado grande. Logo percebi que eu poderia ter escolhido melhor minhas roupas, ter me vestido com mais humildade pra uma empreitada como aquela, mas eu também não podia me apresentar com desleixo pra verificar a situação de um apartamento que nem sequer conhecia, e que, eu agora sabia, também teria de mandar reformar antes de vender. Coisa que eu desde já tinha certeza de que faria de longe, no entanto, deixando tudo por conta do advogado e de um novo arquiteto, mais barato e não tão metido a besta quanto o meu.

Antes de chegar à roleta, notei, me adiantando cautelosa e, conforme supus, espertamente, que o ônibus estava quase vazio, que havia vários lugares livres. Eu não sabia se isso deveria me deixar mais tranquilo ou mais preocupado, no entanto. Quando fui pagar a passagem, percebi meu segundo erro. Não se pagava uma passagem de dois reais e setenta e cinco centavos com uma nota de cinquenta. No instante em que pensei em pedir ao trocador, que já me olhava sarcasticamente com um sorriso sem caixa suficiente, que descontasse cinco, ou então dez reais, achei que isso talvez apenas piorasse os arrotos arrogantes da minha situação.

Depois de ter feito umas sete tentativas inúteis de empurrar a roleta, que permanecia trancada, o trocador me mandou passar, dizendo que se eu demorasse mais um pouco a roleta voltaria a se fechar e eu teria de pagar a passagem de novo. Achei que era mentira, senti que ele já zombara de mim antes, quando mantivera a roleta trancada, porque foi nesse exato instante que o ônibus bem carioca fez uma curva abrupta à esquerda e quase me lançou ao colo de um mulato remoto que fumava, sem mais, um palheiro em pleno ônibus, lançando ao ar gigantescas baforadas. Pedi desculpas, e o mulato apenas sorriu pra mim, mostrando uns dentes incrivelmente fortes, apesar de marrons.

O trocador ficara com a nota de cinquenta e, quando eu já fazia menção de seguir adiante sem esperar pelo troco, ele me chamou com um psiu e disse:

Ô bacana, vai pra onde?

Achei a pergunta estranha, e murmurei, depois de imaginar às pressas a trajetória do ônibus:

Pra Gávea.

Quando entrar mais gente eu passo o troco.

Cometi o erro de dizer o.k., e vi que ele teve certeza de que eu era estrangeiro. Só um estrangeiro se perderia naquela linha, quando eu na verdade de certo modo havia nascido ali onde estávamos prestes a entrar. Mas na vida tudo era passageiro, menos o condutor e o motorneiro.

Escolhi o banco mais isolado e me sentei, enquanto ouvia duas pessoas comentando:

Parece que a passagem vai subir de novo.

É, um absurdo, onde já se viu?

Então quer dizer que aquela gente achava dois reais e setenta e cinco centavos demais? Logo o ônibus parava e entrava um caminhão de crianças já bem crescidas, com uniformes que eu vi serem de uma escola municipal. Estávamos a alguns metros da entrada da favela, e uma loja de blindagem me disse que talvez fosse melhor passar por ali antes de entrar, sua localização parecia ironicamente estratégica. Ao lado, um supermercado: pá e acém, o que seria aquilo, oito reais e noventa e oito centavos, negresco, dois reais e trinta e nove centavos.

Alguns surfistas da favela passaram com suas pranchas diante do ônibus. Então naqueles locais também se surfava? Todos os bancos à minha volta foram ocupados, só o que ficava a meu lado restou livre, as estudantes estavam com medo de sentar perto de mim. Eu me desloquei até a janela pra não dar a impressão culpada de que não queria que ninguém sentasse ao meu lado. Notei que algumas das meninas, moças na verdade, davam risadinhas e falavam de mim, porque quando eu levantava os olhos sérios pra um lugar nenhum à minha frente, percebia que elas também estavam me olhando.

E já entrávamos na favela, saudados por uma igreja universal que ocupava o centro dos acontecimentos, no lugar onde antigamente, quando Deus ainda era justo, existiria uma praça. Na fachada da linha de frente, Hundertwasser parecia ter chegado ao Brasil, as casas mostravam a cara nova de um cartão-postal colorido, sem pincel nem vergonha, sepulcros caiados que faziam da incompetência imobiliária uma atração turística, maquiavam a ralé, tapavam com ruge e brilho as cicatrizes e espinhas do rosto carioca.

Até que era bonito. O morro não se mostrava tão malvestido assim. Mas também não festejava mais seu eterno feriado nacional.

No ponto seguinte, pouco antes eu ainda vira, estupefato, uma agência do Bradesco em plena favela, duas velhas entraram e passaram por mim praguejando, irritadas, no momento em que o ônibus começou a subir. Não entendi o que elas disseram, deviam estar falando outra língua.

Só então percebi que ao meu lado havia um adesivo anunciando que aquele conjunto de dois bancos era destinado a idosos, portadores de deficiências ou gestantes, e que eles se destacavam de todos os outros por um amarelo bem nítido no topo do azul estampado que estofava o ônibus novinho em folha. Eu não sabia o que fazer, se devia ou não pedir desculpas às velhas, mas acabei me levantando, ouvindo as risadinhas aumentar, e quando já estava em pé percebi que só havia mais dois bancos livres, um ao lado do velho do palheiro e outro ao lado de uma das meninas do grupo que ria pra mim.

Ou de mim.

Eu não sabia mesmo o que fazer, e quando já estava ficando desesperado, dois rapazes, que desde o princípio haviam me causado um certo medo, se levantaram pra descer no ponto seguinte, e eu constatava mais uma vez que no momento exato em que o homem honrado começa a sentir medo o canalha principia a agir e vice-versa. Agradeci a Deus, sim, agradeci a Deus, e fui me sentar sozinho no banco que os dois deixaram. O ônibus apenas começava uma subida que eu nem de longe imaginava que pudesse ser tão longa e íngreme, nem tão demorada, porque aqui era um carro que manobrava, ali uma moto estacionada de través, acolá um ônibus que descia, todos obrigando o coletivo em que eu estava a parar pra esperar.

Enquanto olhava disfarçadamente pra fora, eu não queria afetar muita curiosidade, também mantinha os olhos atentos ao que acontecia dentro do ônibus. As meninas continuavam a rir, dois cochichos e uma risada, sempre assim, um jogral perfeito cujo tema devia ser mesmo eu. Achei que uma delas era parecida com minha mãe numa das fotos de sua juventude, linda, talvez um pouco mais mulata, minha mãe era branca, devia ser apenas minha fantasia que me pregava mais uma peça. Das cinco, aliás, três eram muito bonitas, um café diferente do leite missioneiro, meu pai devia mesmo gostar de circular por aquelas bandas, tantos anos antes, quantos anos, quase cinquenta anos antes.

E o ônibus continuava subindo, lento, eterno, como aquela gente havia conseguido construir assim tão alto, homens na calçada de um boteco bebendo e falando com voz de meio-dia, dava pra ouvir tudo, um deles me encarou insinuando mais uma vez que eu era um estranho naquele ninho. Quando achei que ele fosse dizer alguma coisa, talvez ele já fizesse até menção de se levantar pra vir até mim, o ônibus arrancou, porque no carro da frente o homem parara de conversar com a mulher na entrada da casa depois de ouvir a quinta buzinada.

Tanto à direita quanto à esquerda, carcaças de novos andares sobre lajes que não me pareciam muito estáveis. Também ali o mundo queria conquistar mais um, mais dois pavimentos, se construindo todo, possivelmente aproveitando o tempo que restava antes de regularizar o imóvel.

Na televisão do ônibus, chamada Onbus, eu via que Jorge

Paulo Lemann acabara de superar Eike Batista e se tornava o homem mais rico do Brasil, e pensava com meus botões que no final das contas quem acabava vencendo era sempre o capitalismo de corte mais tradicional, com alguns toques inovadores, talvez, mas nem de longe tão especulativo e desprovido de materialidade como a hipótese de uma mineradora ou a suposição de um projeto hoteleiro. Metade do que um brasileiro médio, e nem de longe apenas brasileiro, comprava mensalmente acabava saindo das fábricas e lojas do agora homem mais rico do Brasil.

Se Eike Batista aliás tivera seu momento de glória, um vendedor nem por isso é um investidor, e eu faria bem em me lembrar pra sempre da fábula do suposto e aliás pouco original toque de Midas, que levou também um bom naco dos meus trocados. Afinal de contas, eu já estava pensando em vender de novo.

Parei de olhar para a TV, apesar de constatar que a programação era especial. Já estava me sentindo mal do estômago por causa da fixidez disfarçada com que acompanhava as letras. Pisava em astros, distraído. Ademais, aquele não era um assunto a ser tratado ali onde eu agora estava, apesar de a rua se chamar, e aquilo também só podia ser um deboche, Via Ápia. A miséria toda à minha volta não deixava de ser bem organizada, no entanto, e a televisão, como se a concordar comigo, começou a dar as previsões pro horóscopo. O signo de escorpião ainda demoraria muito a chegar, e eu me lembrei da tábua de crustáceos do Satyricon.

Na propaganda à frente do tabique transparente que isolava um pouco o trocador, sentado no alto, de lado pros passageiros, vi que estava sendo propagandeado um colégio chamado Futuro Vip.

Mas o que era aquilo?

Será que o colégio prometia um futuro vip aos alunos da Rocinha ou já declarava que eles seriam futuros vips caso entrassem?

A ironia dos donos de escolas privadas não tinha mesmo limites. E eu me perdi em alguma vereda da memória e me lembrei, ouvindo não sei que voz, que um dia os avoengos daqueles veículos eram animados com anúncios bem mais poéticos: veja, ilustre passageiro, o belo tipo faceiro que o senhor tem a seu lado, e, no entanto, acredite, quase morreu de bronquite, salvou-o o rhum creosotado.

Mas ouvindo a voz do meu pai, era a voz do meu pai, eu estava me esquecendo de olhar pro mundo que deu minha mãe pra mim. Queria sentir uma coisa e não conseguia constatar nada além de medo. Onde será que ela havia nascido? Quem sabe se o ônibus agora não parava justamente em frente à casa em que ela viveu até ser arrancada dali, grávida, sim, porque minha mãe estava grávida na época, por meu pai, deixando pra trás sua família, seus pertences e toda a vida que levava até então. Se meu pai a tivesse abandonado, talvez minha mãe estivesse viva, e meu irmão abortado vivesse por ali.

Quem sabe não seria um grande chefe do tráfico, se bem que já estaria bem acima da idade média alcançada pelos que escolhiam o caminho de Aquiles nas favelas do Rio de Janeiro. Quem poderia garantir que o Indalécio pedreiro não era um primo que eu não conhecia? E de repente até achei que o comportamento do operário era parecido com o meu, que seu jeito macambúzio era igualzinho. Eu realmente não era quem eu achava que era, eu realmente não vinha de onde achava que vinha, meus antepassados surgiam de lugares mais distantes que os de um conto de fadas.

Foi quando um vendedor de tudo entrou pela porta de trás do ônibus e se dirigiu até a roleta, começando um discurso que supus evangélico. Primeiro pediu desculpas por estar perturbando o silêncio da viagem, e depois disse, numa espécie de alerta, que bem podia estar roubando, acho que disse até que poderia estar matando, mas que preferira, corruíra de rapina, o caminho honesto, e assim por diante, passando em seguida com seu cacho de coisas balançando perigosamente próximo das cabeças de todo mundo, oferecendo com alguma insistência e muita ofensividade suas mercadorias.

Quando ele passou por mim, eu tive a impressão de que parou, esperando. Eu olhava pra fora a fim de disfarçar, mas no canto do olho percebi que ele simplesmente parara, como se eu tivesse a obrigação de comprar alguma coisa. Eu até iria fazê-lo, mas não queria, nem podia, tirar mais uma nota de cinquenta pra pagar balinhas de um real. Arrematar o cacho inteiro também seria ridículo. Se o trocador pelo menos já tivesse me passado o troco... Depois de alguns intermináveis segundos, o vendedor seguiu adiante, vociferando pra dentro uns grunhidos monossilábicos que mais uma vez não entendi, que língua era aquela, e me atingindo em cheio mesmo assim.

A subida não terminava, se por vezes eu pensava que o veículo não teria potência suficiente pra seguir adiante, por outras achava que em pouco chegaríamos ao céu. Em dado momento tive a impressão, depois de mais uma parada obrigatória fora do ponto por alguma tranqueira no caminho, de que o ônibus recuou cerca de dez metros e não conseguiria mais avançar, perdendo o controle e batendo de ré contra as casas da primeira esquina. O espasmo de um arranco, porém, fez com que ele voltasse à direção certa.

Sempre em frente, toda a vida.

O ônibus já estava cheio, por que tanta gente pegava o coletivo àquela hora, uma da tarde, em que ninguém se dirigia pros bairros mais chiques da Zona Sul pra trabalhar? Vai ver dariam um rolé no asfalto. Duas meninas se levantaram e deixaram uma grávida sentar. Eu fiz o mesmo e me levantei, um tanto intimidado, querendo dar lugar a dois homens de mais idade que haviam entrado no último ponto.

Só um deles se sentou, no lugar em que eu estava, junto à janela, o outro disse que logo desceria, e foi pros fundos. Eu voltei a me sentar no banco livre. As duas meninas continuavam cochichando, bem perto de mim, quando o ônibus guinou para a esquerda se desviando de uma van que vendia cachorro-quente. Uma das meninas empurrou a outra, que caiu sentada no meu colo.

O velho ao meu lado se limitou a dizer:

Laiquiú, laiquiú, elas tão gostando de você.

Um ônibus da Rocinha realmente estava longe de ser o melhor lugar pra exibir as virtudes de um terno italiano do meu pai. Sorri constrangido, e no mesmo instante quase me borrei de susto ao ouvir o estrondo do que pensei ser um revólver caindo no chão. Suspirei quando o velho juntou seu celular quase debaixo dos meus pés.

Pedi desculpas mais uma vez, e só então me lembrei de ajudar a menina, que fingia não conseguir sair de onde estava, rebolando toda no meu colo, até que enfim logrou se levantar. Tremi de vontade e de medo, até porque um dos homens que estava em pé, mais à frente, olhou pra mim com cara de dono daquelas propriedades todas e me fuzilou com as pupilas em fogo.

À minha frente um casal discutia. O marido disse que não venderia a casa por menos de cento e quarenta mil, o barraco tinha laje, e não seria um estrangeiro metido a besta que lucraria com o que ele demorou tanto tempo pra construir, agora que morar na Rocinha realmente começava a valer a pena. Achei que o homem inclusive aumentou o alcance da voz ao perceber minha presença, talvez especulando que eu estivesse ali pelos mesmos motivos compradores. A mulher argumentava que era muito dinheiro, que pelo valor poderiam adquirir, ela disse "adquirir", vários terrenos numa comunidade de Jacarepaguá, o processo seletivo da moradia continuava imperando, mais ou menos violento, eu via.

No banco do outro lado do corredor, uma cabeleireira se queixava de que com o fim dos bailes funk a qualquer hora sua clientela diminuíra pela metade.

A UPP acabou com a chapinha, ela sentenciou.

A pacificação era o fim das escovas progressivas. A amiga também lamentava o choque de ordem, o fim do que sabiamente chamou de Sodoma e Gomorra, paraíso das viúvas do tráfico. E o gato-net com todos os canais por trinta reais também acabara, agora meia dúzia custava mais de cinquenta, onde já se vira uma coisa dessas, uma das várias holandesas em visita ao agora assim chamado bairro dissera que no Brasil se pagava a TV a cabo mais cara do mundo. Pelo menos poderiam alugar dependências da casa pros interessados em vir para a Jornada Mundial da Juventude e pra todos os outros eventos previstos, o Rio de Janeiro estava cheio deles, dava pra conseguir quatrocentos e cinquenta reais por um quartinho sem banheiro, setecentos por uma suíte, e isso em apenas uma semana.

Quase me borrei de susto quando um rapagão dos mais suspeitos estendeu a mão direto no meio da minha cara. Achei que ele tivesse um punhal entre os dedos, mas era apenas o dinheiro do troco que o trocador mandava me entregar. Peguei o maço das notas enrolado longitudinalmente, agradecendo com um sorriso cheio de timidez e, descuidado, deixei cair pelo menos uma moeda, que rolou pelo chão fazendo estardalhaço. Não ousei conferir o troco, mas, pra não afetar desdém, tentei ver onde havia caído a moeda, mas acabei desistindo logo em seguida. Agora o ônibus parecia estar chegando enfim ao término de sua subida sem fim.

Mas logo vi que não.

Quando consegui pensar de novo em minha mãe, será que era a nostalgia da lama, senti que algo tocava meus cabelos de leve, por trás. Primeiro pensei, quis pensar, que fosse o vento, e mesmo assim estremeci. Quando o toque se repetiu, alguns segundos depois, tive certeza de que alguém passava a mão em mim.

O que fazer?

Me virar e encarar a brejeirice das meninas que não me deixavam em paz e agora decidiam até me fazer carinhos só pra rir da minha falta de jeito? O toque ficou ainda mais evidente e eu senti como o asfalto da Zona Sul era uma pradaria onde o capital me dava canhões pra caçar borboletas, embora agora me sentisse mais desarmado do que nunca e já visse sangue, o meu sangue, por todos os lados, obrigado a encarar a provocação.

Quem estava sentado no banco de trás?

Tentei me lembrar, mas mais uma vez não tive coragem de me virar. E mais uma vez fingi que não havia percebido nada, o veículo lotado me ajudava.

Eu já sentia um certo alívio por ver que o ônibus agora de fato começava a descer numa carreira alucinada, certamente o motorista tentava recuperar o tempo perdido. As casas passaram voando pela janela, eu não tinha coragem de olhar pro lado porque ali estava sentado o velho que possivelmente notava quem me tocava mais uma vez.

Eu mantinha os olhos numa linha diagonal, percebendo que do lado direito as casas aos poucos se transformavam em muros. Mas não podia mais ignorar o que estava acontecendo. Foi quando senti que o toque de leve nos meus cabelos mudava pro ombro e se transformava em três batidinhas nítidas de dedo me pedindo alguma coisa.

Não tive como não me virar. Olhei pra trás e vi o homem

do palheiro, que eu nem sequer percebera se deslocando até ali, fazendo um sinal em que me indicava que estava querendo fogo pra acender de novo seu cigarro arcaico. E ele pedia fogo logo a mim, filho do meu pai.

Eu disse que não fumava.

Ele continuou fazendo os mesmos gestos, achei que estivesse oferecendo seu palheiro pra mim. Fiz que não entendi, e não entendi mesmo. Ele insistia. Eu disse um pouco mais alto que não tinha fogo, e, quando não sabia mais o que fazer, senti que meu coração saltava pela boca ao ver a chama que surgiu de repente entre nós dois.

O isqueiro do rapagão que me trouxera o troco vomitou um palmo de fogo e eu achei que meu cabelo havia se chamuscado um pouco. O velho aproximou o palheiro e fez uns pafs-pafs bem sonoros, tentando reacender o fumo apagado, enquanto as duas mocinhas emitiam cofs-cofs histéricos e eu me perguntava pra onde elas estavam mesmo indo, já que chegávamos à Gávea e todos os outros colegiais haviam descido fazia tempo.

Levantei apressado, quis puxar o fio que pedia a parada, tive dificuldades em alcançá-lo, o ônibus voava encosta abaixo, não encontrei nenhum botão vermelho nas barras verticais, o rapagão baixou minha mão com toda a calma do mundo, e, quando eu já achava que seria enterrado de vez naquele ônibus, ele mesmo se encarregou de solicitar o próximo ponto pra mim, fazendo um gesto no qual me indicava gentilmente que me abria o caminho e me mostrava a saída ao mesmo tempo. Uma bênção, me esqueci até de retribuir a gentileza com outro rapapé.

Mal esperei o ônibus parar, ainda via o chão rodando à minha frente quando saltei, e peguei o primeiro táxi que apareceu, esquecendo até do cuidado que sempre me fazia escolher um carro de cooperativa.

12.

Não contei minha aventura a Lívia, não sentia mais vontade de lhe dizer as coisas, nem de lhe contar minhas conquistas.

Mal consegui almoçar, por causa do que se passara, e também porque me incomodava com o fato de Lívia não sair mais da espreguiçadeira. Eu podia focar a beleza, mas me concentrava na dor. O colorido dos cordões da cadeira sustentada pelas delgadas barras de aço inoxidável começava na cabeça de Lívia e só terminava onde descansavam seus pés, descendo longitudinalmente como um arco-íris ao sabor de seu corpo e dando moldura à harmonia de sua silhueta acomodada. Se eu não soubesse que ela também sofria, aquela seria a imagem absoluta do conforto.

Quando não estava desenhando seus convites, no entanto, Lívia ficava esparramada naquele assento fatídico. E foi então que pensei pela primeira vez a sério em perguntar a ela em que medida sabia dos negócios do meu pai, se ela realmente tinha ideia de onde estávamos morando. Desde que havíamos voltado das missões, aliás, ela fizera da espreguiçadeira seu lugar preferido, o altar de suas meditações.

Então era esse o modo de ela selar a cura das nossas feridas?

Agora, quando a espreguiçadeira estava vazia, eu via meu pai sentado nela, apoiando o cotovelo no encosto lateral e o relógio eterno descendo por seu braço até parar onde os ossos se dobravam, e, quando ela não estava vazia, era Lívia quem sentava nela. Mas poderia ser pior, sempre pode ser pior. Eu poderia estar vendo Lívia sentada no colo do meu pai, por exemplo.

Por que não?

Afinal de contas ela era a mosca que se sentira atraída pelas carnes quase mortas de seu cadáver. E minha paranoia às vezes era tão grande que nem a realidade do frasco de detergente de coco no organizador logo ao lado, junto à pia, me ajudava a acreditar que uns esguichos brancos que vi certa vez sobre a bancada da cozinha não eram restos de sêmen, alguém devia ter estado ali com Lívia enquanto eu saíra pra fazer alguma coisa na rua, talvez o fantasma do meu pai. Só consegui sentir os bafejos do alívio quando a empregada, diarista bem paga, chegou, e foi logo perguntando o que significava aquele detergente todo derramado na pia.

Tá lembrando da exposição hoje, Lívia me perguntou, talvez pra quebrar o silêncio, bloquear meus medos ou atalhar meu ódio.

É mesmo, eu disse, fingindo ter esquecido, pra afastar até mesmo do reino das hipóteses qualquer importância que ela pensava que eu pudesse dar a Camila. Lívia não disse mais nada, eu nunca dizia nada mesmo, e assim arrastamos o dia ao encontro da hora em que deveríamos sair.

E a hora chegou.

Lívia não quis ir de carro, a lei seca se mostrava cada vez mais inclemente, agora dava cadeia comer um bombom de licor, e ela não estava disposta a abrir mão de um vinhozinho ou dois. Quem sabe até não saíssemos pra jantar depois da exposição, certamente encontraríamos conhecidos, a própria Camila estaria presente e talvez nos convidasse, Lívia disse.

No táxi que nos levou à abertura da exposição, numa galeria do centro do Rio de Janeiro, o motorista só baixou a música evangélica quando Lívia lhe pediu gentilmente que o fizesse. Mas o taxista substituiu os acordes religiosos por tons ainda mais dolorosos, e começou a falar da filha que tinha uma doença degenerativa qualquer, eu não aguentava mais aquele assunto, a filha era linda, ele fez questão de mostrar uma foto, enquanto recitava, entusiasmado, as idas ao hospital, o vulto das despesas médicas. No exato instante em que desconfiei que o taxista sugeriria uma colaboração, ele fez questão de esclarecer que não estava pedindo nada, que daria conta do recado sozinho, com a ajuda da mulher, que trabalhava fazendo faxina de segunda a sábado, e ganhava bem.

Vai melhorar com a PEC das empregadas, eu pensei, só pensei, era PEC aqui, PEC acolá.

E percebi que o motorista contava aquilo tudo porque sentia a vaidade de quem se sacrifica por uma grande estrela, vaidade que era tanto maior porque a estrela, sua filha, o deixava arruinado, e a pena, o tédio, que me tornava impossível continuar ouvindo aquela conversa, acabou virando uma espécie de inveja. Parece até que agora todo mundo estava tendo filhos de uma hora pra outra só pra me mostrar que eu fugia deles. E isso que os outros ficavam felizes até mesmo com seus descendentes nascendo enfermos.

E sua mãe, também vai à exposição, eu perguntei a Lívia pra desviar o assunto, matar meus sentimentos e isolar o taxista.

Esqueceu que a doida estava em Trancoso e voltou só hoje?

Fingi lembrar e disse:

Claro que eu sabia, mas achei que, voltando hoje, ela iria. E logo me lembrei que a velhinha até dissera, ao chegar, que as fotos das férias já estavam no insta. Insta?

Não, ela não vai, disse que tá cansada demais, Lívia quase rosnou, eu tive a impressão.

Dona Eudora não vendera, mas alugara sua casa na Barra, e viera morar no apartamento da filha. Não aguentava mais a distância, a marquesinha queria morrer, sim, queria morrer, conforme dizia na maior tranquilidade, na Zona Sul, trazendo a Creusa e seu filho, o caubói de tartarugas, consigo. O menino aliás chorara durante três dias e três noites quando soubera que Sarney não viria junto, que continuaria morando na casa de um vizinho, na Barra, e só se calara ao ouvir a promessa de que poderia visitá-lo de vez em quando.

Apesar do discurso conciliador em relação à morte, dona Eudora estava mais viva do que nunca, e inclusive trocara o apartamento com a conhecida de uma conhecida de uma conhecida, e assim passara duas semanas em Trancoso. A baiana ficara no apartamento de Lívia, na General Artigas, agora eu me dava conta de que até a zona mais nobre do Rio de Janeiro era dominada por caudilhos gauchos: San Martín, Bartolomeu Mitre, Venâncio Flores, Urquiza, Artigas e quejandos. Eu não entendia como uma pessoa era capaz de emprestar sua casa assim sem mais nem menos, permitir que ela fosse devassada por uma estranha, sem pestanejar, mesmo que em compensação pudesse ocupar a casa dessa mesma estranha.

Quando chegamos à galeria de arte, fiquei intrigado com a cartola que vi no vestíbulo, quem ainda usava uma coisa daquelas? A exposição tinha até uma recepcionista bem vestida, insinuante, a presença de público era boa, Camila devia ter contratado uma boa assessora de imprensa.

Eu já lera no jornal algumas manifestações antecipadas bem favoráveis ao novo trabalho da jovem artista, dizendo que ela deixava de lado as paisagens abertas e os grandes planos pra adotar um viés mais crítico e inclusive adentrar a casa, mostrando como os lares plácidos e bucólicos que antes apareciam de longe funcionavam interiormente na selva de pedra em que vivia o homem contemporâneo do Rio de Janeiro. O lugar-comum inclusive devia ter sido copiado do release, porque apareceu em todas as notas que li, junto com as declarações de Camila dizendo que sobretudo nos últimos meses seu espírito criativo se mostrara mais atilado do que nunca.

Quando encontramos Brígida Baltar, Lívia lhe disse que a artista precisava nos fazer uma visita, até pra tirar uma dúvida que a estava deixando angustiada. Mais uma visita. O tríptico A Coleta da Neblina devia ter pegado um pouco de sol durante vários dias, Lívia demorara a perceber que o sol matinal batia nos quadros e só constatara o fato quando, num dia em que eu a acordara com minha insônia terminal, ela acabara subindo à sala às sete e meia da manhã, e imediatamente tivera a impressão de que os quadros haviam desbotado um pouco.

Quando você quiser, Brígida disse.

Ah, aqueles quadros são a paz do amanhecer na qual mergulho todos os dias como se fosse o mar, Lívia disse, me envergonhando com sua poesia.

Brígida sorriu e a abraçou, elas eram amigas.

Eu pensei que sim, Lívia realmente ficava olhando para a suavidade dos quadros, meditativa, ocupando seu lugar eterno, sua cadeira cativa, na espreguiçadeira, e empinei minha taça, sentindo de repente que me lambuzava todo com a garrafa de leite que aparecia num dos quadros de Brígida. Toquei o canto da boca com um guardanapo, eu devia ter babado mesmo, o guardanapo ficou completamente molhado. Olhei pra ver se não manchara a camisa, estava tudo em ordem.

Eu já empinara umas três taças de vinho, e enquanto isso buscava Camila com os olhos, tentando ser o mais discreto possível. Quando peguei mais uma taça, voltei a insistir com Lívia pra que ela me acompanhasse. Lívia recusou o vinho mais uma vez, dizendo que mais tarde beberia um último gole.

Eu ergui a minha taça, e ainda disse:

Ao último gole!

Lívia apenas piscou pra mim, e perguntou a Brígida o que ela estava achando da exposição. Brígida respondeu que também acabara de chegar, encontrara muita gente e ainda nem entrara na sala. Foi quando Nara Roesler veio de dentro e puxou Brígida pro lado, pedindo desculpas pela intromissão e alegando que precisava lhe dizer uma coisa.

Vi que as duas olharam pra mim e ergui os ombros, corrigindo minha postura e cumprimentando Laura Marsiaj de passagem. Nesse instante ainda ouvi um escritor que eu não conhecia perguntar aos outros membros do grupo se eles não achavam que o sorvete Itália representava a melhor relação custo-benefício entre os gelados disponíveis no Rio de Janeiro e a resposta em gargalhada de uma mulher que me pareceu ser da Galeria Fortes Vilaça e que certamente só encomendava seus sorvetes na Vero, talvez na Sorvete Brasil.

Quando eu e Lívia nos dirigíamos à sala da exposição, Camila, conversando com um grupo de pessoas no outro canto do saguão da entrada, nos recebeu com um sorriso, de longe, lívida como uma vampira, e fez um sinal no qual entendi que dizia que em pouco viria se juntar a nós. Fiquei feliz em vê-la sozinha, de certo modo eu receava que Camila pudesse estar de mãos dadas com alguém, o roqueiro do dedo quebrado, e só me perdoei porque até Salomão adorou seus ídolos.

Então vi que a palidez do rosto de Camila era quebrada apenas pelas bordas avermelhadas das aletas do nariz, ela devia estar resfriada, e por uma certa crosta esbranquiçada, quase indistinguível, que julguei perceber na pele entre o lábio superior e as narinas. Logo depois não a vi mais.

Quando entramos na sala, eu não sabia pra onde olhava primeiro, se pros quadros ou pro rosto de Lívia.

A primeira pintura, à esquerda, mostrava um prédio luxuoso que se erguia em meio a uma favela em chamas. Nas proximidades era possível ver a Lagoa e sua superfície escura, algumas árvores bem penteadas que aproveitavam pra se olhar no espelho das águas. O prédio, eu percebi logo, poderia muito bem ser o prédio em que nós morávamos, em que eu e Lívia morávamos, o nosso prédio, tinha inclusive os mesmos tijolos à vista. O quadro se chamava *Assim constrói a humanidade*.

A pintura chamada *Uma pastilha para o autismo*, logo à direita, reduzia a perspectiva ao mínimo e era mais um impecável trabalho em óleo sobre tela. Mostrava o que também pelo título tive certeza de ser uma pastilha verde que tentava acertar o tom malaquita, mas era escura demais, com uma gota de água que se estilhaçava e respingava no canto inferior esquerdo onde, no cruzamento do rejunte imaculadamente branco, bem próximo à extremidade do quadro, começavam a ficar visíveis as primeiras marcas de bolor, que davam a impressão de se irradiar pelo rejunte, afetando as três pastilhas que a cercavam, das quais era possível ver apenas a quina de uma e a borda estreita das outras duas. Simbolicamente, o início da deterioração, conforme supus.

Em seguida vinha *A casa vazia*, e mostrava a solidão imensa de um ambiente interno, sem móveis, alguns apetrechos de construção pelos cantos, uma colher de pedreiro no primeiro plano ocupando quase um terço do quadro, que se abria em perspectiva para a sala da nossa casa, agora era evidente, a nossa casa. Eu já não tinha mais coragem de olhar pra Lívia.

Logo ao lado, no último quadro, vi um pastiche de Kokoschka. Pela expressão do rosto do homem pintado na tela, ele acabara de receber uma punhalada no estômago e fazia de tudo pra tentar conter sua dor. Em vão. A mão brutal e arcaica junto à boca denotava o susto ancestral de modo ainda mais claro do que o próprio rosto. O homem parecia querer fugir dali, escapar ao mundo e aos olhos dos que o viam, se confundir de vez com o fundo universal da tela da qual se destacava em seu terno azul-marinho apenas pelo traçado diferente do tecido, mais cheio de crostas e pontos, como se as cores tivessem sido aplicadas com pinceladas brutais e pouco cuidadosas, em meio às quais era possível entrever, quase desaparecendo, apenas o punho contraído da outra mão. Tive pena do homem retratado, cheguei a sentir um aperto no coração ao me dar conta de como ele estava sofrendo, perdido e acabado, solitário e abandonado, e só então percebi que o homem era eu. Era como se eu passasse diante de um espelho e visse enfim o homem que sempre imaginei do outro lado, e esse homem, como não podia deixar de ser, era eu, meu verdadeiro eu. O título do quadro era O *dono confuso*. Camila, Salomé, não pedia minha cabeça, mas a servia na mais transparente das bandejas de prata a quem quisesse ver.

Quando tive coragem de me voltar enfim pra Lívia, de quem só naquele momento voltava a me lembrar, minha impressão era a de estar olhando pro meu quadro uma eternidade inteira, já não a vi mais ao meu lado, e constatei que todos os presentes na sala passeavam os olhos por mim como os espectadores de um jogo de tênis ante uma troca interminável de bolas: do quadro pra mim, de mim pro quadro.

Saí da sala atordoado, devo ter derrubado a bandeja de um garçom com um providencial copo d'água, que acabei recusando pra pegar mais uma taça de vinho. Tive medo de engoli-la com vidro e tudo de repente, e deixei a taça cair sobre a mesa da recepcionista, molhando seu decote com o que restara de líquido e eu não conseguira engolir de uma só vez. Havia os que caíam com a taça no bolso e eram mais felizes.

Consegui me desvencilhar de Marcelo Valls, que veio me

perguntar o que estava acontecendo e por que Lívia saíra correndo daquele jeito. O artista plástico me estendia com ares de xará e irmão mais velho um guardanapo que eu supus fosse pra enxugar minhas faces de crucificado. Ele era mais um dos amigos da minha mulher no mundo das artes, e eu até gostava do seu quadro chamado *Urutu Branco*.

Na rua, vi os maltrapilhos de sempre esperando as gorjetas da Zona Sul, vendendo duas balinhas em troca ou não. Um mais ofensivo ainda gritou: sapato maneiro, tio, enquanto o policial o afastava com um repelão. Eu estava com o Jo Ghost do meu pai e era chamado de tio pela primeira vez na vida. Devia ter envelhecido de uma hora pra outra. Olhei pro couro sanguíneo e não vi mais o chão que todo mundo, e em toda parte, sempre assegurou existir debaixo dos meus pés. Era por isso, então, que os bobos da corte e os palhaços do circo sempre tinham braguilhas assim tão grandes.

Toquei meu nariz.

Não encontrei a bola vermelha.

Peguei o táxi do desespero.

13.

O celular de Lívia estava desligado.

Tentei vinte e seis vezes, o número de meses que estávamos juntos. Eu me sentia apavorado, parecia que só agora me dava conta de que vendera minha paz pelo mais raso dos pratos de lentilha.

Liguei para a casa de Lívia, a casa que antes era a sua casa, porque sua casa agora era a minha casa, a nossa casa.

Dona Eudora atendeu.

Antes que eu pudesse perguntar qualquer coisa, ela disse que Lívia chegara chorando e se trancara em seu antigo quarto sem dizer nada. Eu só consegui sentir alívio. Então estava tudo bem, ela pelo menos não fizera nenhuma besteira. Quase fiquei tranquilo e me esqueci que estava com o telefone nas mãos.

Aconteceu alguma coisa, dona Eudora, com sua voz vindo de longe, me chamou de volta à realidade, perguntando.

Não, nada.

Vocês brigaram?

Não.

Mas o que aconteceu, então? Você estava com ela?

Sim, estávamos numa exposição e ela simplesmente foi embora sem me avisar. A senhora pede pra ela me ligar, por favor?

Mas claro. Pode deixar.

Boa noite, então.

Boa noite.

Será que os piores dias de um homem acabavam no boa-noite da sogra?

Saí de casa e comecei a andar a esmo. Não conseguia mais ficar no apartamento, me via logo pregado ao quadro de Camila, cambaleava em direção à casa amarela com telhado azul, quase rolando escadas abaixo. Resistia, mas era arrastado pra trás, andando de costas, e acabava de braços abertos contra a parede da sala, o Cara de Cavalo ameaçando me matar. Em outra sequência de imagens mentais, todos os quadros da exposição me voltavam à lembrança, meu retrato a óleo, com uma pastilha verde e toda bolorenta na testa, era pendurado na pintura que mostrava a sala, que por sua vez era logo enfiada no quadro do prédio, enquanto meu pai e Camila botavam fogo em tudo, rindo às gargalhadas, e eu tentava fugir à tela, segurando a mão de Lívia, que já não conseguia mais alcançar.

Será que Camila havia botado alguma coisa no meu vinho? Mas ela nem sequer estava por perto na hora em que me servi. Mesmo em meio ao pesadelo, eu ainda conseguia me perguntar com alguma razão se não estava surtando, e responder a mim mesmo que talvez só estivesse um pouco bêbado.

Sentindo o estômago doer do que logo pensei que fosse a fome, o estômago era um lugar bem melhor do que minha alma pra localizar minhas angústias, perambulei adiante em busca de alguma coisa pra comer, algo pra matar a sede, minha garganta estava seca, mas eu queria mesmo era algum líquido pra me ajudar a engolir o nó que a trancava.

Embora sentindo que as forças que ainda me restavam eram

suficientes apenas pra desejar, e não mais pra realizar o desejo, finquei o pé na rua e me arrastei adiante. Nada dormia tão bem como as torres daqueles prédios, à noite, apesar de uma janela iluminada aqui, outra acolá, naqueles monstros de mil olhos.

O Leblon virara um labirinto com as obras do metrô, eu já nem sabia mais onde estava. Agora não construíam apenas por cima, mas também por baixo da terra, tudo era aberto, o mundo parecia estar tremendo, a cidade se suicidava cortando suas veias.

Quando os cidadãos começariam enfim a berrar, reclamando desse descalabro todo?

E pensar que aquele território um dia não passara de uma pastagem de gado próxima ao mar. Tentei ver qual era a rua nas placas da esquina, ambas piscavam alucinadamente formando um ângulo vertiginoso em azul e branco, uma instalação inesperada de Olafur Eliasson. Quando vi quatro sujeitos que em toda e qualquer outra circunstância me pareceriam altamente suspeitos se aproximando no corredor em que eu estava, formado pelos tabiques do metrô e as grades dos prédios, nem desconfiei. Quando o primeiro gritou que eu podia ir passando tudo, e sem dar um pio, olhei pra mão direita dele e não vi nada, nem notei volume algum na cintura onde ele mantinha a esquerda.

Pensei calmamente que eu não tinha muito a perder e, mais que isso, vi passar tranquilamente em minha cabeça a cena de um romance vagabundo que lera na adolescência. Como alguém era capaz de se lembrar de um livro lido tanto tempo antes numa hora dessas? O mocinho, não tão mocinho assim, explicava à polícia como matara um agressor e aproveitava pra ensinar que nunca se devia dar um soco com a direita, porque era isso que o assaltante sempre esperava, mas sim com a esquerda, e não golpear no rosto como todos os agressores faziam e os agredidos especulavam, e sim no meio do pescoço, isso, sim, era fatal.

Fui o mocinho.

Foi o que eu fiz.

Com uma rapidez que devo ter tirado de algum lugar escondido em meu antigo sistema límbico, aliado eficazmente ao mais contemporâneo e em plena atividade foda-se, eu senti que ganhava músculos e perdia razão, que meu corpo virava energia concentrada e minha consciência começava a farejar de novo, que eu não passava de um bípede que ainda sabia rugir, uma fera de volta ao cada um por si da pradaria.

Soquei o homem que me atacava sentindo a dureza de seu pomo de adão, vi-o recuando em câmera lenta, cambaleando, até ficar sob a luz mais clara do poste, as duas mãos agarradas ao pescoço sobre o qual julguei num relance ver a cabeça mais jovem de João, o Vermelho, antes de ele bater nos tabiques do metrô e deslizar abaixo. Quando consegui desviar os olhos estupefatos, os outros três já haviam saltado em cima de mim.

Eu tive certeza de que era apunhalado várias vezes, e fiquei surpreendentemente feliz ao perceber que ainda estava vivo quando a aproximação de um casal fez os três homens fugir, correndo na direção da Cruzada, levando o quarto, que cambaleava, com eles. Era assim, portanto, que aqueles bandidos cultivavam sua identidade e incrementavam sua relação de pertencimento ao nobre bairro, ainda consegui pensar, imaginando talvez que aquele pudesse ser meu último pensamento.

E em seguida, ainda mais surpreso comigo mesmo, consegui me levantar.

Meu nariz, ao que parece, sangrava. Deus, ou o que quer que seja, não estava comigo, porque eu também fora idiota demais. Vasculhei o corpo pra achar os buracos das facadas, não encontrei nada, apesar da dor terrível na altura das costelas. Só minha cabeça estava coberta do sangue que provavelmente saíra do nariz e empapava também a camisa e o casaco, junto ao peito. O casal chegou correndo e perguntou se eu precisava de ajuda, horrorizado ao ver meu rosto.

Eu disse que não, que daria um jeito.

Quer que chamemos uma ambulância?

Não será necessário, muito obrigado, eu moro aqui perto.

E me arrastei de volta pra casa, secando nas mangas do casaco e da camisa o sangue que ainda escorria pelo rosto.

As placas de Olafur Eliasson continuavam piscando, agora mais lentas. E baças, porque não consegui encontrar meus óculos.

14.

Lívia chegou, com Creusa a tiracolo, pela manhã. Não sei se trouxe a empregada da mãe como escudo pra ela ou como socorro pra mim. Na medida em que de nada sabia, a primeira hipótese provavelmente fosse a correta, mas a segunda acabou vencendo, favorecida pelas circunstâncias.

Na Rússia, caía o primeiro meteorito que João, o Vermelho, devia ter mandado de algum lugar do alto onde por certo estava. Era pela Rússia que as coisas começariam, havia sido por lá que tudo principiou, pelo menos pra ele, antes de nos encontrarmos naquela penitenciária deste Rio de Janeiro quando já éramos gente, ele velho, eu jovem, ou em algum lugar do pampa distante quando ambos ainda nem éramos, nem gente, nem nada. Devia ser essa a maneira digamos trovejante de João, o Vermelho, investigar um passado de estepes que jamais conheceu in loco e castigar um filho, seu filho, e agora eu não me referia a mim, mas a seu filho de verdade, que nunca tomara as rédeas da vida na mão. O filho que ele aliás de certo modo também substituiu por mim, após tantas tentativas inúteis de acertar os ponteiros com o moleque, quando nos encontramos em nossas sempre lembradas, nossas saudosas conversas na cela, depois de aparadas as arestas que ainda impediam uma aproximação no princípio. E eis que agora me ocorria que a vingança talvez também soubesse escrever suas palavras certas por linhas ainda mais tortas que as divinas, e o filho de João, o Vermelho, enfim tivesse ido à desforra sem querer, porque eu tinha certeza de que havia sido o filho dele que me atacou, a semelhança era demasiado grande, coincidências fisionômicas tão absurdas não deviam existir. Quer dizer, se o filho de João, o Vermelho, se vingava de mim sem querer por ter ocupado o lugar que ele ocupava, será que meu pai também, eram tantos os tambéns cheios de simetrias, não se vingava de mim de longe por eu ter dado seu lugar paterno a outro e inclusive ter ocupado seu trono marital ao lado de sua mulher? Eu estava tão confuso que não sabia de mais nada, dessa vez de nada mesmo, como se em algum momento tivesse sabido de alguma coisa.

Os cegos começavam a acreditar no que viam, e eu de qualquer modo já tinha a mais absoluta certeza de que antes do fim do dia o asteroide anunciado, apesar da tranquilidade certamente fingida dos astrônomos, se chocaria com a Terra. E exatamente na Zona Sul do Rio de Janeiro, mais precisamente na Selva de Pedra, varrendo do mapa aquele conjunto habitacional que não deveria nem ter sido levantado, e me levando junto, já que eu também não fizera nada pra melhorar as coisas. Eu me perguntava se o quadro de Camila, que encontrei torto na parede ao acordar, já não era um sinal disso, da Terra tremendo sem que ainda percebêssemos, e comecei a esperar minha hora com toda a tranquilidade.

O que foi que aconteceu? Lívia se mostrou preocupada comigo ao me ver. Ainda vi que ela tentou esconder mais uma pilha de contas que o advogado certamente enviava.

Fui assaltado, respondi.

Quando?

Ontem à noite.

No Centro?

No Centro também, eu disse, num sorriso irônico que tentava engolir a dor, mas o ataque físico foi aqui mesmo, no Leblon.

Como assim?

Eu estava procurando alguma coisa pra comer.

E, buscando as origens, repentinamente histórico, ainda completei:

Devem ter sido os índios tamoios, chefiados pelo filho vermelho do João, que voltaram pra ocupar o bairro que um dia foi território deles. Quem mandou Antonio Salema, depois de derrotar os franceses, espalhar roupas infectadas com o vírus da varíola nas matas às margens da Lagoa pra expulsar os pobres selvagens e estabelecer com mais facilidade seus engenhos de cana-de-açúcar por aqui? Foi assim que tudo começou. Se o prometido asteroide não vier de cima, virá de baixo, não vai ser pra sempre que os pisados vão engolir em seco.

Você tá delirando?

Levaram minha identidade, toda a minha carteira, na verdade. Devem ter ficado frustrados, nem celular eu tenho.

Por isso, então, bateram tanto em você.

É, eu também acabei reagindo.

Que horror!

Meu rosto estava pior pela manhã do que o vira de madrugada, quando tentara me olhar no espelho. Um lábio rachado, o nariz inchado, um hematoma no olho esquerdo, que eu soube tapar usando meus óculos escuros dentro de casa, também por ter perdido os outros quando fui atacado no labirinto do metrô. Óculos que Lívia agora tirava, afetuosa, recuando apavorada em seguida.

E então ela cuidou de mim, lambeu todas as minhas feridas, ajudada por Creusa. Quando me levantei, não conseguindo conter um gemido, Lívia exigiu que fôssemos fazer uma radiografia. Eu disse que não era necessário, e repeti o que centenas de russos deviam estar dizendo depois do ataque vindo dos céus na forma de uma bola de fogo:

Até casar, sara.

Ela não recebeu muito bem a brincadeira de um coitado ao qual só restava o esconderijo do chiste. E eu ainda não sabia que as piores feridas estavam por vir, e que as maiores dores nada tinham a ver com asteroides, eslavos e assaltantes.

Logo senti que Lívia apenas esperava o melhor momento pra falar comigo, mas também que eu estava com medo de fazer minhas necessárias confissões, não sabia por onde começar. Até que Lívia disse o que alguém sempre acaba dizendo nessas horas, eu lera nos livros, eu presenciara na vida algumas vezes:

Acho que precisamos conversar.

Sim.

Novo silêncio. De repente, tive a impressão de que Lívia estava antes querendo falar do que ouvir, e só por isso resolvi contar tudo. E comecei a dar com a língua nos dentes, desconhecendo que essas discussões nunca davam certo, não podiam dar certo, sobretudo porque quem falava sempre imaginava seus próprios ouvidos do outro lado.

No princípio do mea-culpa, eu até sentia estar chapinhando na água ao me defender, notava o fundo do rio bem firme debaixo dos meus pés, mas aos poucos já me debatia pra não me afogar. E disse que sim, que Camila havia sido minha amante, que eu nem gostava dela, mas que acabara não resistindo, se bem que "resistir" não era a palavra certa, porque eu nem sentira grandes vontades, que eu só fizera o que achava que não podia deixar de fazer mesmo sem querer fazê-lo de verdade, mesmo sabendo que não ganhava nada com isso, nem sequer um prazer indispensável, e que depois continuara fazendo o que fazia pra justificar o que fizera até então, e assim por diante.

Enquanto eu contava, julguei ver no rosto de Lívia que ela até aquele momento nem sequer achava que eu a traíra de fato. E me dei conta de que ela talvez pudesse ter pensado que eu mostrara alguma foto a Camila, até que a levara pro apartamento em obras, mas não que fizera o que fizera. A casa de seu rosto foi desmoronando aos poucos, mas eu não conseguia mais parar, até o momento em que ela já chorava desconsoladamente, como uma criança que não sabia mais o que fazer porque veio ao mundo com quarenta e poucos anos, e me deixando assim sem armas, sem braços pra um carinho, eu também estava perdido com meus vinte e lá vai pedrada.

Aqui em casa também, ela perguntou, soluçando.

Eu achei que era tarde demais pra mentir:

Sim, na época da reforma.

Só quando não estamos pensando, porque o susto foi grande demais ou o pânico não nos deixa reagir, é que dizemos o que pensamos de verdade. E então eu percebi que a revelação da realidade mais minúscula era mil vezes pior do que a mais terrível das fantasias. Quando um traidor dizia: foi só uma vez e com uma única mulher, isso não era mil, mas milhões de vezes pior do que tudo que até então não passava de uma quimera, por mais escabrosa que fosse, por mais que a vítima do outro lado imaginasse quatrocentas traições em surubas com duzentas mulheres, trezentas ovelhas e quinhentas extraterrestres de uma só vez.

Era a realidade, por mínima que fosse, contra a fantasia que, por mais formidável que parecesse, esperava desesperadamente até o fim ouvir que se tratava apenas de uma fantasia, de um engano. E a realidade que eu oferecia a Lívia estava longe de ser mínima, era terrível, eu trouxera a outra pra dentro de casa, da casa que estava levantando pra Lívia, da nossa casa. E nem sequer dissera que fora uma única vez.

Será que fora?

E então Lívia apenas me deu as costas e foi embora, levando Creusa consigo. Não me disse mais nada, eu não consegui implorar pra que ela ficasse, sabia que tinha toda a razão em ir.

E também sabia que ela ia pra sempre, ainda que não soubesse exatamente por quê.

À noite, descobri.

Um e-mail de Lívia.

Lívia nunca me escrevera e-mails, agora eu me dava conta, talvez usasse um torpedo pra me dar o fora se eu tivesse celular. Mesmo no princípio, nosso veículo sempre fora a clareza aberta do telefone fixo, do telefone fixo, o telefone fixo, o telefone fixo com uma casa ao redor, uma casa que o obriga a um lugar definido entre quatro paredes, esse aparelho ainda tão humano e já em extinção.

E o que li foi muito pior do que o passa-fora imaginado, me derrubou de vez do cavalo em que eu tentava percorrer a floresta tenebrosa em busca de algum refúgio.

Lívia simplesmente me disse que havia sido namorada de Camila, que meu pai a arrancara das mãos da pintora, que Camila jamais a perdoara e nem perdoara meu pai por causa daquilo que Lívia não teve coragem de chamar de traição. E Lívia ainda disse que Camila, retaliando, inclusive tentara conquistar meu pai depois de perder Lívia, que tentara se aproveitar dele num dia em que os dois haviam cheirado boas doses de cocaína comemorando a primeira exposição de Camila, mas que meu pai a insultara com um não mais terrível ainda, contando tudo a Lívia em seguida.

Lívia até confessava que o princípio de sua história com meu pai não havia sido dos mais nobres, mas ela acabara se apaixonando, que fazer, pelo homem que Camila lhe apresentara com orgulho certo dia como seu primeiro mecenas, depois de voltar de mais uma ida à Alemanha, onde ela estudara com Jörg Immendorff. Lívia e meu pai inclusive haviam escondido seu amor por muito tempo, e ficado juntos para a sociedade apenas meses depois de Lívia ter deixado Camila, pra tentar preservar a imagem de todos. Mas Camila mesmo assim jamais engolira a história.

Eu não queria acreditar no que estava lendo e de repente entendia tudo.

Tantos alarmes e eu surdo, tantos alertas e eu cego, dando atenção apenas às constelações erradas.

Por que não afoguei no mar aquela Safo, em vez de trazê-la à superfície três vezes, todo vinicius, com minha rede e meu amor, quando ela submergiu no dia em que uma pirâmide de sombra se abateu sobre nós?

Mas o náufrago era eu.

Na enxurrada de sinais que agora narravam pra mim a história que por tanto tempo ignorei, lembrei que Camila tentara me contar alguma coisa quando estava doidona, era assim que ela falava, quando estava doidona a meu lado na cama do meu pai, e que depois rira sarcasticamente quando eu lhe dissera que Lívia era o caminho, o meu caminho, o caminho certo. E que Lívia também abrira a boca sem conseguir dizer nada e até fizera duas ou três insinuações várias vezes, quantos e-mails será que elas haviam trocado, inocentes ou não, pra implorar, se acusar ou ameaçar.

E tantas outras coisas.

Não estranhei quando alguém me disse que um asno passara voando, passarinho. Preferi acreditar, tomista até o fim do mundo, que um irmão meu seria incapaz de mentir. Nem olhei pra confirmar. Mas estava explicada também a má vontade de Lívia ao ver que eu trazia o quadro de Camila pra dentro de casa, enquanto eu achava que apenas eu sabia de tudo, e o fato de meu pai ter mandado o mesmo quadro a um de seus apartamentos de aluguel, no Flamengo. Dos dois outros que Camila disse que meu pai também havia comprado, não cheguei a ter notícias, ele devia simplesmente tê-los vendido.

Quantas nuvens brancas, cirros carneirinhos, agora lançavam granizos, enquanto as meio negras, cúmulos-nimbos que eu observara paranoico, se dissipavam no horizonte. No fundo nós nunca vivemos as coisas, nunca as vemos de verdade enquanto estão acontecendo, e só conseguimos entendê-las depois de já terem se passado, e então vemos que fomos cegos, inclusive. E imaginar que antes da exposição cheguei a cogitar que Camila havia desaparecido pra sempre da minha vida, que havia se conformado com a perda, que em dado momento cheguei até a pensar em escrever a ela de novo a fim de ver se debaixo de todas as cinzas que restaram de nós dois ainda não havia algum carvão aceso antes da chuva.

Mas o pior está sempre por vir.

Lívia me disse que estava grávida, sim, que estava grávida, grávida, e eu tive certeza de que ela mentia só pra me machucar ainda mais. E no meio de toda aquela voçoroca que me devorava a alma, me lembrei, numa pororoca, por incrível que pareça, da grávida de quadrigêmeos que enganou até seu marido, ficou semanas dando entrevistas em programas de televisão, portais de internet e jornais, mostrando inclusive um ultrassom forjado em laboratório. E logo vi Lívia diante de mim num vestido longo, todo floreado e de pano vagabundo, voltamundo, com uma barriga falsa de silicone pendendo à sua frente.

Será que Lívia já estava grávida, será que já sabia que estava grávida quando fiz minha piadinha sobre as obras que na melhor das hipóteses duravam vinte e um anos, nas missões?

Em que terreno minhas ofensas involuntárias, se é que eram mesmo involuntárias, acabaram caindo?

Por que, aliás, eu aumentara tanto minha aversão cheia de escárnio ante a possibilidade de ter filhos?

Em que medida uma coisa tinha a ver com a outra?

Por que eu fingi desconhecer os súbitos e fortuitos encontros com a verdade que duas ou três situações me concederam?

A sensação seguinte que tomou conta de mim, me levando de arrasto, já não negava a informação, mas determinava que um filho que vinha assim tão inesperado, viria com defeito, afinal de contas não era o produto de um plano, ninguém pensara nele, nem fizera questão de sua vinda, ele vinha sem avisar e na pior hora. E então percebi que Lívia quisera anunciar a novidade na noite da exposição, num jantar festivo, dizer que estava grávida, e beber sua última taça de vinho pelos próximos meses. Por isso, aliás, ela não me acompanhara na bebida que eu insistira tanto que ela aceitasse.

O que me deixou verdadeiramente magoado, no entanto, foi o fato de descobrir que ela falara da gravidez ao filho neozelandês antes de revelá-la a mim. Ao mesmo tempo também já queria me parecer que, mesmo nos momentos de maior confusão, nós sempre procuramos deitar a culpa nos outros. Lívia dizia que talvez devesse ter seguido o conselho de Lucas e usado o que ele chamara, vociferando no telefone, de método australiano, ao ouvir a notícia. E ainda detalhou ofensivamente a sugestão do filho, que consistia, conforme eu agora ficava sabendo ao sentir as chicotadas na alma, em sacudir uma garrafa de coca-cola tapando seu bico pra depois fazer o conteúdo ativado pelo gás entrar na vagina a fim de lavar tudo e acabar com o que não devia nem ter entrado ali, porque ela imaginara saber exatamente a noite em que tudo acontecera e portanto poderia, na verdade deveria, ter feito alguma coisa. Pena que a sugestão, o conselho do filho, chegara tarde demais, em todos os sentidos.

E Lívia terminava dizendo que não havia mais futuro pra nós dois, que seria impossível construir uma cabana mais ou menos sólida sobre o entulho de tantos absurdos. E se despedia, pedindo desculpas por contar tudo num e-mail, mas dizendo que só a frieza do instrumento lhe permitira revelar com alguma precisão o "a" mais "b" daquilo que havia acontecido.

Eu vi estrelas, fechei os olhos pra não ver mais nada, e o número delas apenas aumentou. E pensar que eu muitas vezes até tivera medo de que Camila, embora eu sempre terminasse em sua boca, engravidasse!

Mas Lívia?

Os ataques do destino realmente vinham sempre de onde menos se esperava. Pouco adiantava fincar bandeirinhas, marcando terrenos perigosos, areias movediças, não era a blindagem que nos livrava do assalto. Lívia já tomava seus últimos comprimidos apenas pra garantir, conforme dizia.

Será que havia parado?

Sobre isso, nenhuma explicação.

No anexo do e-mail que ela também nem sequer anunciava, e mesmo assim abri, vi, dentro do violeta caput mortuum de um envelope, o convite de casamento que ela desenhara pra nós dois e o meu nome, Marcelo da Campina, registrado em sua melhor letra ao lado do nome dela.

Pra sempre.

Pra nunca mais.

15.

A hora da verdade havia chegado.

Eu não abria mais as cortinas, não comia mais nada, fiquei dois dias apenas bebendo água, jogado no apartamento, me arrastando da cama à geladeira, da geladeira à cama. No terceiro dia comi um sanduíche de nirvana com um suco de luz e vi a mais insuportável das Creusas chegar logo pela manhã, arejando ofensivamente o ambiente e enchendo diante dos meus olhos duas malas que arrancariam de mim pra sempre as coisas das quais minha mulher, sim, minha mulher, mais gostava.

À tarde, achei que estava mais do que na hora de sair de casa. O espelho me disse que ninguém mais se assustaria com minha cara, pelo menos não por causa dos ferimentos. E eu só tinha os óculos escuros pra usar.

Consegui me arrastar até o elevador, torcendo pra que ele abortasse o que eu pretendia fazer e me levasse até o fundo mais literal do poço em que interiormente já me encontrava havia tanto tempo. Eu sempre ouvira que a maresia acabava corroendo os cabos dessas antigas instalações, quem sabe se agora os últimos fios que ainda mantinham o elevador subindo e descendo não se romperiam de uma vez por todas e a queda de quinze andares não encontrasse resistência suficiente nas molas do fundo, me transformando no auspicioso bolo de carne que o desejo já estava exibindo havia um bom tempo pra mim no conhecido filme que passa diante dos nossos olhos.

Mas nem o elevador estava disposto a prestar seus mais caros serviços a mim. Não me restou outra coisa a fazer a não ser levar a falta de planos adiante.

Depois de caminhar alguns metros, senti vontade de pagar os trabalhadores do metrô pra acabar com aquele barulho todo, mas vi que o lugar era um formigueiro mal escondido pelos tapumes demasiado baixos e ainda assim incômodos. Acabei entrando no primeiro táxi de uma rua ainda livre, a via pública era uma prisão, e fui até o Shopping Cidade Copacabana. Passei pela galeria de Artur Fidalgo, a quem nem sequer saudei, e só parei diante da vitrine pra entender o que me pareceu ser uma série de janelas expostas. Por que tudo o que se fazia, a arte inteira, cada pincelada, dois centímetros de matéria processada com fantasia, de repente tinha a ver com casa, com a nossa casa, com a minha casa?

Mas não havia sido sempre assim?

Eu não sabia mais se o que eu estava vendo era pintura ou era instalação, arte figurada ou composição abstrata. Janelas, janelas, janelas, e casas que não se viam mas que certamente existiam por trás delas. Não janelas pro mundo, mas janelas que deviam, sim, que deviam dar pra casas, mas antes disso davam pra outras janelas, quebrando o sol, deixando o ar entrar, função que virava imagem, duas dimensões que pareciam três no óleo sobre tela, três que pareciam duas no acrílico de lâminas dispostas na caixa de MDF como se o conjunto fosse apenas cor.

Por trás de uma janela vermelha, parecia até que Hildebrando de Castro também estivera em nossa casa, na minha casa, na casa de ninguém, eu não sabia se via sombra ou se via pintura, se as diversas camadas eram da luz ou da arte, geometria e cor se misturavam num labirinto de sensações óticas que logo viravam dores no coração, porque eu sabia que a abstração geométrica disfarçava uma fachada real, e que por trás da janela havia uma casa, ainda que eu visse apenas outra janela, uma janela visível que dava pra uma janela invisível. Eu tentava olhar pra dentro e não via nada, não via a casa, será que havia casa, e via apenas a sombra que não era sombra, que era cor e era também sombra porque havia luz, uma janela por trás de outra janela.

E nada da casa, que no entanto existia, devia existir, por trás de tantas janelas.

Mas eu estava ali por outras artes, queria antiquários e não galerias. Entrei na loja e comprei sem discutir nem barganhar o gigantesco cavalo de pinho-de-riga que um dia pertencera ao presidente Figueiredo e eu vira alguns meses antes, mandando que fosse levado ainda no mesmo dia ao endereço que anotei num papel pra garantir que não houvesse erro. Por um momento, cheguei a pensar que poderia aproveitar a compra e resolver a entrega ao mesmo tempo, seguindo a galope pra casa, mas achei o cavalo um pouco indócil. No táxi que me levou a toda a velocidade, mais um motorista louco, eu ainda assim parecia sentir as rédeas do corcel na mão.

Parei no Shopping Leblon com a ilusão de que encontraria algo como uma sela na assim chamada selaria daquela loja famosa, afinal de contas era uma selaria.

Me enganei.

Minha sorte teria sido maior se a aflição, a angústia me deixassem procurar o utensílio entre as velharias do shopping anterior, o que não se encontrava em Copacabana definitivamente não existia. Acabei me contentando com uma manta bordada em tons coloridos que comprei num quiosque qualquer e que me fez parar apenas por exibir o arremedo daquilo que eu queria em sua vitrine.

Não tive paciência de aguardar que embalassem o tecido, eu não era o mármore esperando a estátua pelos séculos dos séculos afora, e, ao sair com a manta sobre um dos ombros como se fosse uma mala de garupa que eu conhecera nas missões, vi Camila saindo de um táxi a cerca de vinte metros de mim. E acho que a vi apenas porque estava olhando mais do que nunca pro meu próprio interior. Eu já estava do outro lado da Afrânio e, sem saber o que fazer, simplesmente gritei:

Camila!

Bastava mesmo botar o pé na porta da rua e já acontecia alguma coisa. E os sossegados, que costumam sempre imaginar o pior, um dia acabam tendo razão. Bem antes de se cogitar a teoria da relatividade, alguns homens de tutano e letras já haviam percebido que uma fração de segundo merecia páginas e páginas de reflexão, do mesmo jeito que anos inteiros podiam ser resumidos em duas palavras. O horror de um instante nada tem a ver com o tempo que ele dura na realidade tacanha de quem não sente nada. E a justiça de alguns baques, baques, baques, precisa de anos, muitos anos.

O mundo parou pra escutar o nome que eu gritei.

Camila também parou.

E justamente quando se preparava pra atravessar o sinal fora da faixa.

Ela avançara alguns passos até além do meio da rua.

Aparentemente atrasada pra algum cinema dos mais normais. E.

Curiosa como a mulher de Ló, parou pra ver de onde viera o chamado.

Os três segundos de hesitação bastaram pra que a van, uma

das últimas que ainda deviam estar circulando irregularmente na Zona Sul do Rio de Janeiro antes da proibição geral, e que certamente tentara pegar o derradeiro fulgor do sinal aberto na Ataulfo de Paiva, a colhesse em cheio, jogando-a como uma estátua de sal a alguns metros de distância. Eu estremeci, fiz menção de correr a seu encontro, mas desisti depois de dar os três passos de um espasmo.

Também não havia mais nada a fazer, eu tinha certeza. Eu sonhava, ela era atropelada. Meu pesadelo voltava, mais real do que nunca. Um carro parou, alguém pulou às pressas, deixando a porta aberta. O som a todo volume mandava o mundo fazer um quadradinho de oito, e eu pela primeira vez não senti doer a violência da música dos impertinentes no meu ouvido.

Não sei como foi que consegui chegar em casa, aquele era mais um trecho de estrada que se apagava da minha mente, minutos aos quais não teria mais acesso, nos últimos tempos eles eram cada vez mais frequentes. No dia seguinte, revirei os jornais pra tentar descobrir que talvez fosse mentira aquilo que eu tinha certeza de saber. Nada encontrei nos veículos tradicionais, já alimentava esperanças de uma nova ordem física que tivesse salvado a vida de Camila, mas o *Meia Hora* do porteiro me disse a verdade, uma verdade cheia de megafones mudos.

E inclusive me fez constatar, antes mesmo de ver ao certo, que eu teria feito melhor em nem tentar buscar informações. Embora não fosse nem bem por Camila que eu sofria, eu achava que ela apenas registrava o sentido da perda em sua feição mais definitiva, aquela era mais uma imagem nem um pouco auspiciosa que jamais sairia da minha mente. A dor da gente também pode sair no jornal.

Depois de mais dois dias sem comer, e de ter acabado com meu sempre avantajado estoque de paracetamol, cartelas e cartelas de Celebra, o anti-inflamatório amainava a dor da minha cabeça podre, mergulhando todo o meu vazio na música de um Tom Waits que o cantava como ninguém, voltei a me alimentar com o que era necessário pra sobreviver. Quentinhas encomendadas na hora, cujas embalagens iam formando uma montanha ao lado do meu cavalo.

O meu cavalo.

Agora eu assistia TV montado a cavalo no meio da sala, centauro dos pampas em meio à selva de pedra, Saulo que não cai pra virar Paulo, Saulo que sempre pensou demais nos detalhes de sua culpa pra alcançar a iluminação da queda, parado como uma estátua patética no piso de tábuas, olhando do alto a casa vazia à minha volta, uma pilha de contas aumentando no aparador. E, quando ficava cansado de mudar de canal, parava por exemplo num jogo de futebol e, usando o controle da imagem, tornava verdes as camisas de um time de vermelho, e vermelho o campo que antes era verde, invertendo tudo e fazendo os jogadores correr sobre uma poça de sangue. Com o passar do tempo até um pássaro deixa de voar contra a tela que o cerca, talvez não apenas por constatar que a insistência inócua propicia a chegada do hábito, mas porque não goste de pensar na tristeza da gaiola vazia.

Quem pode saber?

Eu apenas esperava, continuava esperando.

Em algum momento, a *Criança no caminho da porta* de Pieter de Hooch haveria de tocar a campainha nas mãos de um carteiro e eu poderia dar o fora. O quadro era maravilhoso, uma metáfora perfeita. A criança não chegava a barrar o caminho da porta, havia espaço pra passar ao lado dela e encontrar o mundo longe de casa, lá fora, depois do muro, quando isso parecesse necessário, mas eu mesmo assim tinha fugido antes de me perguntar se isso seria possível ou não.

Eu esperava, pelo menos, que meu filho conversasse animadamente com sua mãe como a criança do quadro, e tentava esquecer que a família retratada pelo pintor holandês certamente tinha um pai que estava apenas viajando. Pior do que uma casa trancada, era uma casa vazia. E eu descobria de repente que não tinha mais nenhum mundo, nenhum mundo meu, porque nunca conseguira me acostumar ao novo e desde sempre desprezara o velho.

À beira da última fuga pro vácuo, eu ainda continuava a coleção artística do meu pai. Assim que a réplica fiel em óleo sobre tela do mestre flamengo que eu comprara na internet pela bagatela de dois mil e quinhentos euros chegasse, eu a embalaria, mandando-a à Lívia junto com minha mensagem, dizendo que papai estava viajando, apenas viajando. E depois deixaria tudo pra trás.

E se em lugar do quadro a Amazon me entregasse um rifle como vi outro dia que aconteceu com um morador do Arizona que encomendara um aparelho de televisão, eu saberia muito bem como usá-lo. Consideraria o suposto engano nos endereços, alegado pela empresa, um dedo em riste do destino. Seria a coisa mais fácil do mundo, minha vontade estava mais do que engatilhada. Quando o sol do crepúsculo bateu na janela, vi em minha sombra estendida na sala o veludo negro de um caixão, e fiquei com vontade de me deitar logo de uma vez, sabendo que a moldura tétrica me acolheria amistosamente.

Mas ainda havia o que fazer, encomendar os óculos novos, e o que pensar.

Enquanto esperava, cultivava minha costela quebrada, eu achava até que os ossos já estavam se juntando, mas as feridas da alma não saravam tão rápido assim. Eu não tinha mais identidade, os ladrões a levaram, mas me restava o passaporte, e ele me recomendava uma vida longe do Rio de Janeiro. Tantos Jeremias dentro de mim e eu mesmo assim permitira que o templo e toda a minha Jerusalém fossem destruídos. Pra todo tijolo que eu mandava botar na casa, me encarregava eu mesmo de abrir um buraco em seus fundamentos, e agora ainda queria me surpreender ao vê-la caindo. Meu ninho só tinha os gravetos da estrutura, eu esquecera o calor das penas que lhe dá a solidez de uma arquitetura duradoura.

Nem sequer me ocorreu implorar pela volta de Lívia, pelo menos não nessas condições. Camila nem existia mais, e eu percebia de repente que me comportara inclusive pior do que meu pai, porque quando Camila o cantara, meu pai, passarinho, soubera recuar. Eu avançara, machucara Lívia e depois ainda matara Camila com um grito.

Será que Lívia sabia que Camila morrera, aliás?

Que eu era culpado também por sua morte, ela com certeza não sabia.

Ignorei dois e-mails insistentes da moça da conchinha, não iria de jeito nenhum levar mais alguém comigo ao fundo do poço. Eu estava exausto, e agora percebia que estava cansado já quando cortejava Camila, e na verdade queria ficar só com Lívia, mas era difícil permanecer pousado sempre sobre o mesmo galho, não voar pro outro arbusto da armadilha mais próxima.

Mesmo quando estamos por assim dizer felizes, na verdade já sangramos sem saber. Eu não tinha mais nem a quem perguntar se o que Lívia dissera era mesmo verdade, todos estavam mortos, e Camila, pelos últimos quadros que pintou, parecia saber muita coisa sobre o meu pai. Restavam Lívia, longe, e eu, que não passava de uma sombra na penumbra. Eu precisava, pois, coletar escombros e acertar as contas com meus fantasmas sozinho, era a única coisa que me importava, eu queria tentar entender por que nunca se sabe sequer um terço de toda a verdade cantada na missa do mundo, das pessoas, das coisas e das relações.

Como identificar o manco, se ele está sempre sentado?

Com as cortinas baixas e as janelas trancadas, atendendo apenas à entrega da comida necessária pra continuar pensando, eu seguia montado a cavalo, só, moribundo, enquanto uma aranha cerzia por perto, tentando remendar o ar que não passava de um buraco, e a noite tombava sobre mim, só, sem voltar a virar dia. Antes de ir embora, eu precisava me lembrar de tudo, juntar os cacos do passado, montar o quebra-cabeça do presente a fim de avaliar se o futuro era um tempo a ser buscado no meio de tanto espaço.

Eu achava desde o princípio que não, e se o rifle não viesse pelo correio ainda havia, em último caso, a doce recomendação dos antigos césares. As possibilidades da água morna e as veias abertas longitudinalmente no ofurô do último andar, banheira que eu até então nem sequer usara, eram pra mim uma garantia de luz no fim do túnel em que vinha o trem. Quando pra um homem não existe nada mais valioso do que sua própria vida, isso significa apenas que essa mesma vida não vale grande coisa.

Mas ainda era preciso ligar o incinerador e, antes de ligá-lo, reunir a papelada toda que eu jogaria dentro dele. Mesmo querendo compreender o que havia acontecido pra assim lidar mais facilmente com minha dor, eu nem por isso me acovardaria buscando o ouvido fácil dos outros e revelando ao mundo que meu pai permitiu que alguns capangas armassem uma cilada pro meu tio, já que ele não pagava suas dívidas de jogo e acabava sempre encrencando o irmão mais velho. Não, não iria confessar de jeito nenhum que meu pai não conseguia mais tapar os buracos que o irmão deixava pra trás, lidar com aquele encosto eterno, até porque sei que meu pai sofreu a vida inteira com a morte do irmão. A confissão do crime na carta do cofre, junto aos pertences do tio que não conheci, o Maninho, não deixava nenhuma dúvida a respeito.

Ademais, aquela fora a culpa que meu pai tentara vencer sem conseguir, o arrependimento que sempre o derrubava, inclusive porque no último instante pensou em salvar meu tio, seu Maninho, mas acabou chegando atrasado, meu tio era de fato um problema e se antecipara até na hora de sua morte. Meu pai bem poderia ter eliminado toda e qualquer prova, tivera tempo suficiente pra isso, mas lamentavelmente achara que seria mais honesto jogando todo o peso de sua carga no meu dorso. Eu era mesmo o filho de Caim, e me perguntei se não continuara a me vingar do meu pai ao ficar com Lívia, se eu não era o resultado da morte do meu próprio irmão mais velho que, não tivesse sido abortado, talvez não me desse a chance de nascer tão tarde assim, quando quase ninguém mais nascia, se a vida não era, bem ao natural, uma sucessão de culpas, cargas e vinganças involuntárias que lançávamos uns às costas dos outros.

Eu também não iria contar jamais que num dia em que tive dor de cabeça, ainda no seminário, um orientador vocacional vindo de fora havia me curado, depois de me convidar a seu quarto. Que ele começara botando a mão na minha testa pra ver se eu estava com febre, e depois me dera tanto carinho, mas tanto carinho que, meio sem querer, não demorei a responder, apesar do susto e do asco inicial. Que eu até gostara, que eu tremia, que por alguns segundos sentira a grande epifania me garantindo que tudo aquilo que os puros faziam era puro, mas que em pouco já sabia que eu estava longe de ser puro, sempre estivera, que eu era um porco, e na condição de porco fazia minhas porquices, se é que eram porquices, porque as porquices pareciam boas e eu já tinha catorze anos e uma consciência bastante avantajada do que estava acontecendo. Mas nem por isso recuei, era mais fácil não fazer nada, já naquela época, e até porque gostei, porque gostava, sim, me sentia todo-poderoso enquanto era dominado, e adorava me entregar à inclemência carinhosa daquele orientador que sempre sabia tão bem o que fazer.

Muito menos diria que a referida primeira vez, depois de muitas insinuações e negaças em visitas anteriores, o jogo da ternura que ficava num abraço, havia sido justamente na festa do cinquentenário, e que fora também a fim de agradar já antecipadamente àquele orientador que eu insistira tanto pra aumentar o valor da doação do meu pai à festa. Ou será que estou delirando? Não, o orientador me dava tanto carinho, que eu simplesmente não conseguia dizer não. Eu queria aquilo que não queria, e via tanto prazer em seus olhos, que passar por cima do primeiro horror me custava bem pouco. Por que eu haveria de confessar que enquanto cortejava as formas de Nossa Senhora e treinava meu latim, eu já vestia os paramentos metafísicos de um chichisbéu carente e ainda embrionário, aplacando, com a disposição bem aproveitada de um preceptor que vinha me visitar, a sede eterna da minha adolescência sem carinhos?

E tudo muito embora eu hoje saiba que talvez por isso eu nunca tenha conseguido me vincular a ninguém, jamais tenha aprendido a aplainar o caminho que levava ao outro lado de uma pessoa, que esses primeiros carinhos talvez explicassem o fato de eu sempre ter me sentido abandonado nos braços de Camila, no colo de Lívia, meio passivo e desamparado, sozinho, mesmo nos momentos em que deveria pressupor a maior união. Eu talvez tenha começado cedo demais, e com medo, mas sem precisar lutar nem conseguir parar.

Não será por isso, no entanto, que eu agora abrirei meu coração pra contar tudo. Minha dor é maior. O consolo, sobretudo de alguém que não sofre, jamais conseguirá dar conta daquilo que estou sentindo. A mudez é o melhor caminho. O trabalho de instalar em minha alma andaimes buscados na orelha dos outros, nos olhos curiosos dos leitores de confissões, é inútil, eu sei. E não me trará de volta nada daquilo, nem ninguém entre aqueles que se foram. Aprender a conviver com o que ficou pelo caminho não me parece uma resposta, nem me propiciará alívio, eu nunca mais recuperarei o que sei que perdi. Servir de exemplo a outros que eventualmente poderão ver melhor dentro de si mesmos com os meus olhos também não me interessa. Para a reforma que eu agora preciso fazer não há pedreiro, e o mestre de obras dos meus fantasmas só pode ser, só posso ser, eu mesmo, sozinho, sozinho comigo mesmo e mais ninguém.

Epílogo

Uso os óculos novos, ergo a lamparina, ilumino um fantasma no espelho, ainda quero me ver no rosto de alguém. Mas acabei perdendo todo mundo, não encontro mais ninguém. Pra não encarar a enfermidade, pra fugir à injustiça, eu me recusei a olhar pela janela e tranquei todas as portas de casa, esquecendo que o perigo era eu mesmo.

E meu ninho virou minha coroa de espinhos.

Olho pros dois chuveiros no meio do boxe. Como foram bem escolhidos! Os dois chuveiros que Lívia e eu, não eu e Lívia, Lívia e eu mandamos instalar um ao lado do outro pra tomarmos banho juntos com mais conforto. E me pergunto mais uma vez onde está, realmente, o já velho e ainda tão inviável sentido da vida. Na menina de uns três anos de idade que vi tocando violão pra mim no sonho da última noite em claro?

Sei que não sou Jó porque jamais fui próximo do Senhor, porque em nenhum momento fui bom, e não posso nem acusar Deus, portanto, de ter virado injustamente as costas pra mim. Eu bem queria seguir a ordem caetana, mas sou apenas uma alma teatina, à minha volta tudo ainda parece construção, e já é ruína.

Pego a mala, confiro a passagem e o passaporte. Quando tento trancar a porta pela última vez, a chave se quebra, e eu por incrível que pareça ainda me lembro do chaveiro da esquina.

Ele não será necessário.

Nunca mais voltarei a tocar esse trinco.

Será que estou ouvindo mesmo o afiador de facas?

Fantasia.

Na realidade, depois de chegar a Berlim, eu irei de trem a Halberstadt, que fica a apenas duzentos quilômetros da capital alemã. De certo modo, voltarei ao mosteiro, me entregando ao claustro mais uma vez, na esperança de que, pelo menos agora, não seja pra ficar sozinho. A única coisa que ainda me anima é ver de longe aquela antiga construção em estilo românico, e ouvir aos poucos, cada vez mais altos, os acordes do mais longo concerto do mundo.

Quero acalentar a provisoriedade da minha casa, que caiu em tão pouco tempo, junto à catedral eterna dos sons de John Cage. Quero abolir a pressa, saudar a contemplação. Dar ouvidos à música no meio do burburinho todo do mundo, redescobrir a lentidão. Sei que as apresentações ao público são abertas das onze da manhã às quatro da tarde, imagino que eu talvez seja o único presente e possivelmente durma ao lado da igreja, num colchão de folhas. O inverno já passou, o frio não será tão intenso assim.

E de lá, do lado da igreja, eu talvez telefone a Lívia, sim, talvez telefone a Lívia com um celular comprado no aeroporto mesmo, meu primeiro celular, que logo depois jogarei no fundo do rio mais próximo, dizendo que ela venha, que eu mandarei meu advogado providenciar a passagem pra ela, sim, que ela venha ter seu filho, ter meu filho, ao meu lado, junto àquela catedral em que a música toca pra sempre. Basta de e-mails por escrever, de recados por dar, de frases por dizer.

Talvez o quadro de Pieter de Hooch que enviei a ela ainda ontem ajude a convencê-la a ir ao meu encontro, inclusive pelo carinho anexo da mensagem deixada por mim, papai distante. Talvez ela também perceba que eu mudei de verdade ao ver o que agora vejo da esquina, as primeiras fumaças mais escuras saindo do alto do prédio, e as chamas que não demoram a secundá-las.

Daqui a pouco os canais de notícia já anunciarão o incêndio de uma elegante cobertura na Selva de Pedra. Os estopins improvisados que instalei junto ao cavalo de tanta madeira maciça, à espreguiçadeira de tecido, às cortinas embebidas em combustível inodoro do andar intermediário, funcionaram muito bem, e o fogo certamente conseguirá ser controlado antes de chegar aos outros apartamentos, mas não antes de aniquilar completamente a cobertura e o andar de baixo, onde espalhei bem menos combustível, quase nada, na verdade, devorando pela derradeira vez tudo o que desde o princípio não deveria nem ter sido construído. As autoridades, tateando no escuro de sempre, alegarão que o incêndio se deveu ao caráter irregular da construção, aquele prédio não deveria nem ter uma cobertura. O dono será apenas mais um foragido. E só me resta torcer, no mais importante e definitivo dos tomaras que a vida porventura ainda poderá me dar, torcer pra que essa ebulição toda, que deixará a panela do meu mundo fermentando, ajude a lançar pelas bordas a espuma infecta daquilo que me deteriorou.

As primeiras pessoas já saem correndo do prédio, a síndica comanda a tropa, sombras imprecisas saindo de casa, o vermelho das chamas nas janelas do andar intermediário, as labaredas no topo do prédio, cada vez mais formidáveis, me tranquilizam.

Sim, talvez.

Talvez eu ligue.

Talvez Lívia venha ao meu encontro.

Talvez.

Agradecimentos

Agradeço a Nina, sempre, e a Luciana Villas-Boas, Toia Lemann, Christine Bredenkamp, Maria Mendes, Marta Amaral, Lucinha Carneiro, Bete Floris, Renata Franceschi, Livia Baião, Elza Barco, Marlei Caroli, Claudia Monteiro, Rose Vega, Claudia Meireles, Nazira Fortes, Tite Zobaran, Suelena Werneck, Nelita Leclery, Claudia Ferraz, Denise Erse, Renate Schubert, Karin Heinz, André Stock, Roberto Calmon, Ingo Schulze, Jürgen Jakob Becker, Zé Mario Pereira, Luiz Gravatá, Fausto Fawcett, Carlos Secchin, Milton Ribeiro, Gustavo Elarrat e Riccardo Gori. Todos, e um punhado de outros que certamente esqueci, têm, na parte melhor, alguma coisa a ver com este livro.

ESTA OBRA FOI COMPOSTA PELO GRUPO DE CRIAÇÃO EM ELECTRA E
IMPRESSA PELA GRÁFICA BARTIRA EM OFSETE SOBRE PAPEL PÓLEN SOFT
DA SUZANO PAPEL E CELULOSE PARA A EDITORA SCHWARCZ
EM SETEMBRO DE 2014